As Bestas de Bronze

ROSHANI CHOKSHI

AS BESTAS DE BRONZE

TRADUÇÃO MARCIA BLASQUES

astral
cultural

Copyright © 2021, Roshani Chokshi
Título original: *The Bronzed Beasts*
Tradução para Língua Portuguesa © 2025 Marcia Blasques
Publicado originalmente por St. Martin's Press.
Direitos de tradução cedidos por Sandra Dijkstra Literary Agency e Sandra Bruna Agência Literária, SL.
Todos os direitos reservados à Astral Cultural e protegidos pela Lei 9.610, de 19.2.1998. É proibida a reprodução total ou parcial sem a expressa anuência da editora.

Editora Natália Ortega **Editora de arte** Tâmizi Ribeiro
Coordenação editorial Brendha Rodrigues
Produção editorial Gabriella Alcântara e Thais Taldivo
Preparação de texto João Rodrigues
Revisão Carlos César da Silva e César Carvalho
Capa Kerri Resnick
Foto-ilustração da capa James Iacobelli
Elementos da capa Rialto Bridge © muratart/Shutterstock.com; portão © Guliveris/Shutterstock.com; céu © Nature Style/Shutterstock.com; nuvens © Ink Drop/Shutterstock.com; água © Catarina Belova/Shutterstock.com; folhas © Chansom Pantip/Shutterstock.com; brasas © Ravindra37/Shutterstock.com
Foto da autora Aman Sharma

Dados Internacionais de Catalogação na Publicação (CIP)
Angélica Ilacqua CRB-8/7057

R473b

Chokshi, Roshani
   As bestas de bronze / Roshani Chokshi ; tradução de Marcia Blasques.
— São Paulo, SP : Astral Cultural, 2025.
   368 p. (Coleção Os lobos dourados)

   ISBN 978-65-5566-635-9
   Título original: The bronzed beasts

   1. Ficção norte-americana 2. Literatura fantástica I. Título II. Blasques, Marcia

25-0986   CDD 813

Índice para catálogo sistemático:
1. Ficção norte-americana

BAURU
Rua Joaquim Anacleto
Bueno 1-42
Jardim Contorno
CEP: 17047-281
Telefone: (14) 3879-3877

SÃO PAULO
Rua Augusta, 101
Sala 1812, 18º andar
Consolação
CEP 01305-000
Telefone: (11) 3048-2900

E-mail: contato@astralcultural.com.br

Para meus amigos, que não me impediram quando falei que queria escrever algo como *A lenda do tesouro perdido* misturado com *Fausto* e uma pitadinha de crise existencial... mas com um toque sexy. Vou botar alguns drinques na conta de vocês. E a terapia também.

Onde estavas tu quando eu fundava a terra?

O Livro de Jó

PRÓLOGO

Kahina cantava para o menino enquanto ele dormia.
Sentada à beira da cama dele, afastava com carícias os pesadelos que enrugavam a testa dele. Séverin soltou um pequeno suspiro, virando-se na direção da mão dela, e Kahina sentiu o coração apertar. Era só aqui, nos momentos roubados no instante em que a noite se derretia bem devagar em dia e todo o mundo dormia, que ela podia chamá-lo de filho.

— *Ya omri* — disse ela, baixinho.

Minha vida.

— *Habib albi* — disse ela, um pouco mais alto desta vez.

Amor da minha vida.

Séverin piscou, depois olhou para ela. Sorriu sonolento e estendeu os braços.

— *Ummi.*

Kahina o abraçou contra si, segurando-o enquanto ele voltava a dormir. Mexeu no cabelo dele, escuro como a asa de um corvo e encaracolado apenas nas pontas. Sentiu o leve cheiro de mentol em sua pele, que vinha dos ramos de eucalipto que ela insistia em colocar nos banhos noturnos dele. Às vezes, odiava como o filho tinha poucos traços dela. Com os olhos fechados, era uma miniatura do pai, e Kahina já podia ver como isso moldaria seu futuro. A boca sorridente do filho logo teria o formato de um sorriso de canto marcante. Suas bochechas rosadas e cheias ficariam afiadas como uma lâmina. Até seu comportamento mudaria. Por enquanto, era tímido e observador, mas Kahina havia notado que copiava a crueldade elegante do pai. Às vezes isso a assustava, mas talvez aquilo não passasse do instinto de sobrevivência do filho. Havia poder em saber não apenas como transitar pelo mundo, mas como fazer o mundo transitar ao seu redor.

Kahina passou os dedos pelos cílios dele, ponderando se deveria acordá-lo. Era egoísta, sabia disso, mas o desejo era mais forte que ela. Somente nos olhos do filho Kahina encontrava a única parte de si mesma que não havia sido apagada. Os olhos de Séverin eram da cor dos segredos: um tom de crepúsculo atravessado com prata. Eram da mesma cor dos olhos dela, dos olhos da avó dele e, antes disso, dos olhos do bisavô.

Era a cor dos olhos de todos os Bem-Aventurados, aqueles marcados pelas Irmãs Não Adoradas: Al-Lat, Al-'Uzza e Manat. Deusas antigas cujos templos quebrados agora pavimentavam os caminhos do progresso industrial. Seus mitos haviam sido apagados. Seus rostos, quase inteiramente perdidos. Apenas um mandamento havia escapado despercebido pelo tempo, guardado pela linhagem outrora abençoada pelas deusas.

Em suas mãos estão os portões da divindade... não deixe ninguém passar.

Quando criança, quando a mãe lhe contou sobre o dever de seguir esse mandamento, Kahina não acreditara. Ela rira, achando que não passava da imaginação fantasiosa da mãe. Mas, em seu décimo terceiro aniversário, a mãe a levou a um pátio destroçado no deserto, havia muito abandonado para cabras e vagabundos. No centro do pátio estavam os escombros do que parecia ser um poço, mas não continha água. Em vez disso, transbordava de folhas de palmeira empoeiradas e areia.

— Dê seu sangue para ele — mandou a mãe.

Kahina havia se recusado. Esse capricho tinha ido longe demais. Mas a mãe estava determinada. Puxou o braço da filha para si e passou uma pedra afiada no interior do cotovelo. Kahina se lembrava de gritar por conta do ardor quente da dor, até que seu sangue atingiu as pedras antigas.

O mundo tremeu. Luz azul, como o céu torcido em uma única corda, disparou das pedras, depois se dividiu em fios brilhantes que enjaularam o antigo pátio.

— Olhe para o poço — ordenou a mãe, que já não mais soava como ela mesma.

Kahina, abalada, olhou por cima da borda de pedra. Já não era mais possível ver a areia nem as folhas de palmeira empoeiradas, pois foram substituídas por uma história que fluía através dela. A menina fechou os olhos. Sua boca se encheu com o peso de uma centena de idiomas, sua língua se soltou, seus dentes doíam no crânio. Por um segundo (não mais do que um piscar de olhos), uma consciência diferente se estendeu dentro dela, uma consciência que sussurrava para que as raízes se desenrolassem e os pássaros alçassem voo, uma consciência suficientemente afiada para cortar a intenção do caos, esculpir a razão do acaso e colocar estrelas girando pelos mundos.

Kahina caiu de joelhos.

Ao cair, sentiu sua perspectiva se lançar para cima, de modo que o mundo abaixo dela podia ser segurado na palma das mãos. Viu um mero fragmento daquela consciência sobrenatural ardendo brilhante e se estilhaçando em um mundo jovem. Viu o poder entalhando a terra, viu grupos de pessoas levando as mãos aos olhos, como se novas cores tivessem explodido na visão delas. Viu esses fragmentos de poder cruzando a terra, cada ponto florescendo com vinhas de luz, de modo que o mundo parecia rabiscado em uma linguagem poética que apenas anjos poderiam pronunciar. A terra floresceu acima daquela rede de luz. Plantas brotaram. Animais pastavam. Comunidades (de início, pequenas e, depois, sempre crescentes) começaram a ser criadas. Um homem passou a mão por sobre a grama, e as folhas aos poucos se transformaram em uma flauta. Uma mulher com uma roupa adornada de miçangas pressionou os dedos nas têmporas de uma criança, e as pessoas ao redor dela se encolheram em admiração. Mais tarde, Kahina aprenderia que o mundo ocidental chamava isso de Forja, tanto da matéria quanto da mente, mas a arte tinha mais de um nome.

Suspensa naquela consciência misteriosa, Kahina sentiu sua perspectiva se deslocar mais uma vez.

Em um templo de pé-direito alto, fios da estranha luz que se espalhara pela terra pairavam no ar como uma luz de sol endurecida. Um grupo de mulheres recolhia os fios. Kahina podia ver que os olhos delas haviam bebido a luz e agora brilhavam em um tom de prata. Um a um, os fios eram colocados em um instrumento não maior que a cabeça de uma criança. Uma mulher, curiosa, dedilhou o instrumento. O tempo parou de supetão e, por um terrível momento, os fragmentos de poder dentro da terra rangeram, aquela caligrafia de luz piscando em advertência. A mulher abriu a mão, silenciando o som de imediato.

Mas o dano estava feito.

Por todo o mundo, Kahina viu incêndios irromperem, cidades recém-nascidas ruírem e pessoas serem esmagadas sob os escombros. Kahina não mais via o próprio corpo, mas sentiu a alma estremecer de horror. Aquele instrumento não devia ser tocado.

Nas visões, o Tempo avançava.

Kahina viu os descendentes das mulheres espalhados pelo mundo. Dava para reconhecê-los pelo tom sobrenatural de seus olhos, suficientemente estranho para chamar a atenção, mas não a ponto de despertar suspeitas. O instrumento estranho passava entre eles, contrabandeado através de portais que distorciam o tempo e o espaço, girando pelas eras enquanto impérios travavam guerras, deuses famintos exigiam sangue e sacerdotes mais famintos ainda exigiam sacrifícios, tudo isso enquanto o sol se punha e a lua se erguia, e o instrumento jazia maravilhosamente silencioso.

De repente, as visões a libertaram.

Kahina caiu, e foi uma queda que pareceu atravessar as eras. Ela sentiu o atrito de antigos zigurates contra as bochechas, o gosto de moedas frias na língua, a pelagem de animais extintos ondular sob os pés. Abruptamente, ela se encontrou no chão, olhando para a mãe. A vastidão que outrora esticara sua alma havia sumido, e ela nunca se sentiu tão pequena ou fria.

— Eu sei — disse sua mãe, não sem gentileza.

Quando pôde confiar em si mesma para falar — e isso levou mais tempo do que pensava, pois parecia que o árabe que conhecia estava escorregando de sua língua —, Kahina perguntou, com voz entrecortada:

— O que foi aquilo?

— Uma visão concedida aos Bem-Aventurados, para que possamos entender nosso dever sagrado — explicou a mãe. — Me disseram que temos outros nomes para nossa família, que se espalhou há muito tempo. Somos as Musas Perdidas, as Nornas, as Filhas de Bathala, as Apsaras Silenciosas. Aquele instrumento que você viu tem muitos nomes em muitas línguas, mas a função dele é sempre a mesma... quando tocado, ele perturba o divino.

— O divino — repetiu Kahina.

Parecia uma palavra muito pequena, dado o que havia visto.

— Minha mãe falava de um lugar construído a partir das ruínas de uma terra cujo grupo sagrado abusou de seu poder. Tocado fora dos limites daquele templo manchado, o instrumento desencadeará uma destruição que nivelará o mundo — explicou a mãe de Kahina. — Tocado *dentro* do templo, diz-se que une todos aqueles fragmentos de divindade que você vislumbrou. Alguns dizem que pode ser erguido como uma torre, que se pode escalar como um edifício e reivindicar a divindade para si. Não nos cabe saber. Nosso dever está estabelecido em um único comando...

A mãe estendeu a mão e ajudou Kahina a se levantar.

— Em suas mãos estão os portões da divindade. Não deixe ninguém passar.

Agora, Kahina se inclinava sobre o filho. Virou a mão gordinha da criança, traçando as delicadas veias azuis de seu punho. Beijou os nós de seus dedos, depois beijou cada dedo e os dobrou na direção da palma da mão. Ela desejou poder viver naquele momento para sempre: seu filho, aquecido e dormindo ao seu lado; o sol brilhando em outro lugar; a lua de vigia; aquele canto do tempo cercado por nada além dos sons de sua respiração.

Mas não era assim que o mundo funcionava.

Ela havia visto suas presas e fugido de sua sombra.

Kahina tentou imaginar levar o filho até aquele poço sagrado, mas a imagem não se sustentava. Foi aquele medo que a levara a contar a Delphine

Desrosiers, matriarca da Casa Kore, a verdade. A outra mulher cuidaria dele. Ela entendia o que estava em jogo e sabia para onde ele deveria ir, caso o pior acontecesse.

Embora anos tivessem se passado, Kahina não havia esquecido o que vislumbrara naquele dia no pátio destroçado. O mundo abaixo dela, as linhas de poder rabiscadas ininteligivelmente sobre montanhas escarpadas e lagos cristalinos, vastos desertos e selvas fumegantes.

Ao primeiro som do instrumento... tudo poderia desaparecer.

— Em suas mãos estão os portões da divindade — sussurrou ela para o filho. — Não deixe ninguém passar.

PARTE I

1

SÉVERIN

VENEZA, FEVEREIRO DE 1890

Séverin Montagnet-Alarie fitava o homem ajoelhado diante de si. Às costas, um vento frio ondulava a superfície das escuras lagoas envernizadas de Veneza, e a proa de uma gôndola batia com melancolia contra o cais sombrio. A cerca de trinta metros de distância, estava uma porta de madeira simples e pálida, cuja entrada era flanqueada por uma dúzia de membros da Casa Caída. Eles olhavam para Séverin em silêncio, com as mãos cruzadas diante do corpo, o rosto obscurecidos por máscaras *volto* brancas que cobriam tudo, exceto os olhos. Sobre os lábios, estavam mnemo-insetos em formato de abelhas douradas, suas asas metálicas zumbindo enquanto documentavam cada movimento de Séverin.

Ruslan, patriarca da Casa Caída, se encontrava ao lado do homem ajoelhado. Ele acariciou a cabeça do sujeito como se fosse um cachorro e puxou todo brincalhão as amarras que lhe tapavam a boca.

— Você é a chave da minha apoteose! — disse ele ao homem, batendo no lado da cabeça com a Faca de Midas dourada. — Bem, não a chave principal, mas um passo necessário. Veja, não consigo abrir a porta da frente sem você... — Ruslan acariciou o cabelo do homem, a pele dourada brilhante de sua mão refletindo a luz das tochas. — Você deveria se sentir lisonjeado. Quantos podem dizer que pavimentaram o caminho para a divindade dos outros, hein?

O homem ajoelhado gemeu. O sorriso de Ruslan se alargou. Dias antes, Séverin teria dito que a Faca de Midas era o objeto mais fascinante que já havia visto. Ela era capaz de reorganizar a matéria humana através de uma alquimia que parecia divina em sua criação, muito embora, como Ruslan havia provado, seu uso tivesse como preço a sanidade. Dizia-se que a lâmina em si havia sido forjada a partir dos tijolos mais altos da Torre de Babel, cujas peças caídas alimentaram a arte da Forja pelo mundo.

Mas, comparada à lira divina que Séverin segurava nas mãos, a Faca de Midas não era nada.

— O que você acha, *monsieur* Montagnet-Alarie? — perguntou Ruslan. — Não concorda que este homem deveria se sentir nada menos do que lisonjeado? Maravilhado, até?

Ao lado dos membros enfileirados da Casa Caída, Eva Yefremovna, a artista de Forja de sangue e gelo, enrijeceu de maneira notável. Seus grandes olhos verdes não haviam perdido o brilho febril nas doze horas desde que deixaram o Palácio Adormecido nas águas congeladas do lago Baikal.

Você deve seguir com cautela.

A última conversa de Séverin com Delphine, a matriarca da Casa Kore, surgiu em seus pensamentos. Eles estavam agachados na barriga de metal de um leviatã mecânico. No mnemo-painel oculto, Séverin observara Ruslan avançar sobre seus amigos, dando um tapa no rosto de Laila e cortando a orelha de Enrique. Ruslan buscava algo que apenas Séverin poderia dar: controle sobre a lira. Tocada fora do templo sagrado, a lira só trazia ruína. Tocada dentro dos terrenos sagrados... a lira poderia acessar os poderes da divindade.

Naquela altura, Séverin sabia exatamente para onde precisava ir para tocar a lira: Poveglia. A Ilha da Peste.

Anos antes, ouvira falar da ilha perto de Veneza. No século XV, fora construído um hospital na ilha para aqueles que adoeciam durante as epidemias de peste, e dizia-se que o solo de lá era mais ossos do que terra.

No passado, Séverin quase havia aceitado um projeto de aquisição na ilha, antes que Enrique objetasse.

— A entrada do templo está bem escondida sob Poveglia — dissera a matriarca a ele na última, e definitiva, vez que estiveram juntos na barriga do leviatã de metal. — Existem outras entradas para o templo espalhadas pelo mundo, mas os mapas foram destruídos. Só esta permanece, e Ruslan saberá onde procurar.

— Meus amigos... — falara Séverin, incapaz de tirar os olhos da tela.

— Eu os enviarei atrás de você — afirmara a matriarca, agarrando-o pelos ombros. — Planejo isso desde que sua mãe me implorou para protegê-lo. Eles terão tudo de que precisam para te encontrar.

Séverin levara um momento para entender.

— Você sabe — acusara ele, com raiva. — Você *sabe* onde está o mapa para chegar ao templo sob Poveglia, e não quer me dizer...

— Não posso. É muito perigoso falar em voz alta, e eu o camuflei até mesmo da casa segura — dissera a matriarca. — Se os outros falharem, você deve encontrar a resposta com Ruslan. E, uma vez que fizer isso, deve encontrar uma maneira de se livrar dele. Ele vai fazer de tudo para ficar de olho em você.

— Eu...

A matriarca o havia agarrado pelo queixo, direcionando seu olhar para a tela. Laila se encontrava de joelhos, o cabelo caindo sobre o rosto. Enrique estava estirado, sangrando no gelo. Zofia agarrava o vestido com as mãos, os nós dos dedos brancos. Mesmo Hipnos, deitado inconsciente atrás de Séverin, seria destruído se Ruslan obtivesse sucesso. Algo frio e desumano se embrulhou no estômago de Séverin.

— O que você fará para protegê-los? — perguntara a matriarca.

Séverin olhara para a família dele, demorando-se um momento mais do que o necessário em Laila. Em Laila e seu sorriso caloroso, seu cabelo perfumado com água de rosas e açúcar... seu corpo que deixaria de abrigar a alma dela em dez dias. Ela nunca lhe dissera quanto tempo restava, e agora...

O aperto da matriarca em seu queixo se intensificara.

— O que você fará para *protegê-los*?

A pergunta sacudira o corpo dele.

— Qualquer coisa — afirmara Séverin.

Neste momento, no limiar de mármore do lado de fora da casa de Ruslan, Séverin controlou a expressão em seu rosto, transformando-a num vazio, e olhou para o homem ajoelhado. Ele se obrigou a responder à pergunta de Ruslan. Não sabia o que o homem ajoelhado tinha a ver com a casa do patriarca, ou com como entrar nela, o que fazia cada uma de suas palavras ter um estranho equilíbrio.

— De fato — disse ele. — Este homem deveria se sentir lisonjeado.

O homem ajoelhado gemeu, e Séverin enfim o olhou. Ao examiná-lo mais de perto, viu que não era um homem, mas um garoto que parecia estar nos últimos anos da adolescência, talvez apenas alguns anos mais jovem que Séverin. Era pálido, tinha olhos azuis e cabelo loiro sujo. Os braços e as pernas eram finos como os de um potro, e uma flor saía do botão superior de sua camisa. Um nó surgiu na garganta de Séverin. O cabelo, os olhos e a flor... eram um eco frágil, mas, por um momento, foi como se Tristan estivesse ajoelhado a seus pés.

— Meu pai tinha um profundo entendimento do mundo — disse Ruslan.

Quanto mais Séverin encarava o garoto ajoelhado, mais começava a suspeitar de que a estranha semelhança com Tristan não era nenhum engano. Os dedos dele coçavam de vontade de alcançar o garoto, desatar suas mãos e jogá-lo na água fétida para que pudesse escapar de fosse lá o que Ruslan planejasse.

— Mais importante — continuou Ruslan. — Meu pai sabia que nada vem sem sacrifício.

A mão de Ruslan avançou com tamanha velocidade que Séverin não teve tempo de reagir. Mordeu a língua, sentindo o gosto do sangue. Foi a única coisa que o impediu de avançar para pegar o garoto e impedir sua queda. O garoto arregalou os olhos por um instante antes de desabar para a frente. Sangue jorrava de sua garganta degolada, aos poucos espalhando-se pelo limiar de mármore. Ruslan olhou para baixo, a faca em sua mão agora manchada com um vermelho-vivo. Sem palavras, ele entregou a lâmina a um de seus seguidores.

— O sacrifício foi embutido no próprio design do nosso lar ancestral — continuou Ruslan, casual. — Meu pai sempre soube que nosso destino era nos tornarmos deuses... e todos os deuses exigem sacrifício. É por isso que ele a chamou de *Casa D'Oro Rosso*.

Casa do Ouro Vermelho.

Antes, a casa parecia pálida e desinteressante. Mas o toque de sangue a havia mudado. O que antes era um piso de mosaico incolor, levando à porta pálida, começara a se transformar. Conforme o sangue se infiltrava no chão, as pedras translúcidas se deslocavam — um tom fraco de carmesim ganhando força até se tornar um tom de rubi. Granadas cor de cereja escura salpicavam as pedras, envoltas por padrões de quartzo-rosa que formavam um desenho geométrico decorativo. A cor desabrochou sem pressa, expandindo-se até atingir a porta branca, que se pintou de rosa, com redemoinhos de ouro escuro rastejando para cima do mármore e através da madeira Forjada que fumegava, revelando os arabescos de ouro e ferro de uma entrada grandiosa. Em um movimento suave, a porta se abriu.

— Acredito que o trabalho com pedras incrustadas tenha sido feito num estilo chamado *cosmatesque* — explicou Ruslan, gesticulando para o limiar. — É lindo, não é?

Séverin não conseguia parar de olhar para o corpo estirado no cais, o sangue fumegando no ar frio. Suas palmas ficaram úmidas, lembrando-se da sensação quente e escorregadia do sangue de Tristan em sua pele quando ele havia segurado o corpo de seu irmão contra o peito. A voz da matriarca ecoou em sua cabeça: *Antes de confiar em você, ele vai te testar.*

Séverin engoliu em seco, forçando os pensamentos a focarem Hipnos e Laila, Enrique e Zofia. Todos contavam com ele para encontrar o mapa do templo sob Poveglia. As instruções no mnemo-inseto que ele deixara ao lado de uma Laila inconsciente eram claras: em três dias, se encontrariam no local marcado em Veneza. Até lá, eles devem ter decifrado os enigmas da matriarca e descoberto a localização do mapa. Do contrário, caberia a ele encontrar a resposta. Uma vez que a tivesse, ele precisaria descobrir um modo de se livrar de Ruslan.

— É lindo, sim — concordou Séverin, arqueando uma das sobrancelhas. Franziu o nariz. — Mas não dá para dizer que o fedor de sangue combina com esse ar veneziano fétido. Vamos andando, antes que isso deixe a gente sem apetite. Um dia, em breve, exigiremos oferendas mais elegantes que sangue.

Ruslan sorriu, gesticulando para dentro.

A mão de Séverin tremeu. Ele pressionou o polegar contra as cordas duras e cristalinas da lira divina. Ainda lembrava como era tocar aquelas cordas com uma mão ensanguentada... como se o pulso do universo corresse por ele. Só na mão dele estava a porta da divindade.

E, em questão de dias, Séverin Montagnet-Alarie seria um deus.

2
LAILA

Laila nunca se sentira tão sozinha.

Ao redor, o frio abrasava a gruta. Pingentes de gelo jaziam quebrados no chão, e, na sinistra luz azulada das paredes cobertas de neve, as asas esmagadas do mnemo-inseto sangravam um arco-íris aquoso. Um nó se formou em sua garganta, e ela apertou o pingente de diamante que tinha na mão, estremecendo com a dor aguda de suas pontas.

Na hora que se passara desde que Séverin havia partido com Ruslan, ela não se movera. Nem uma vez.

Continuou olhando para os corpos de Enrique e Zofia caídos no gelo, a não mais do que três metros dela. Não queria deixá-los, tampouco queria se aproximar. Se tocasse neles... se fosse fechar os olhos deles para fazer suas mortes parecerem um sono... seria como quebrar a frágil película de um sonho. Um toque, e ela teria tornado esse horror *real*. Não podia permitir isso.

Não podia se permitir abraçar toda a verdade em seu coração: Séverin havia matado todos eles.

Ele esfaqueara Enrique e Zofia. Talvez tivesse feito a mesma coisa com Hipnos. Pobre Hipnos, pensou Laila. Esperava que ele pelo menos tivesse sido golpeado pelas costas, para que morresse sem saber que a pessoa cujo amor mais desejava o traíra.

Séverin sabia que não havia necessidade de submeter Laila ao mesmo destino. Não havia nada que ele pudesse fazer que já não fizesse parte dos planos do tempo. Laila piscou e viu os olhos violeta e frios de Séverin fitando-a enquanto limpava a faca na frente do casaco e dizia:

— Ela vai morrer em breve, de qualquer jeito.

A luz brilhou no anel de granada, o número exibido dentro da joia impossível de perder de vista: 10. Era tudo o que lhe restava. Dez dias antes que os mecanismos de Forja que mantinham seu corpo unido se desfizessem e sua alma se desprendesse. Talvez ela merecesse aquilo.

Ela havia sido muito fraca, muito complacente. Mesmo depois de tudo, deixara que ele — não, ela *quisera* que ele — a atraísse para si e intercalasse seus batimentos cardíacos com beijos. Talvez fosse uma bênção que Séverin não tivesse tocado a lira divina, pois como ela poderia viver consigo mesma sabendo que havia encorajado um monstro?

Monstro, e não Majnun, disse para si mesma.

No entanto, uma parte egoísta dela se partiu ao meio por saber o quanto havia estado perto da vida. Tocara as próprias cordas que a poderiam ter salvado, mas elas não se moveriam por ela.

Séverin havia sido cruel o suficiente para querer mostrar isso a ela. Por que mais teria deixado o mnemo-inseto ao lado dela e o pingente de diamante que ele já havia usado para convocá-la? Laila esmagou as asas do mnemo-inseto mais uma vez, observando com um suspiro as lembranças que ele guardava expirarem. Uma vez seguida de outra, ela o bateu contra o gelo, dominada por um desejo feroz de destruir qualquer sinal de Séverin. Uma risada estranha e engasgada saiu de sua garganta enquanto plumas de fumaça colorida subiam em uma névoa espessa, distorcendo a gruta ao redor.

Enquanto fitava através do véu de neblina... uma fisionomia se moveu no gelo. Laila recuou, horrorizada. Só podia estar vendo coisas. *Tinha* que estar vendo coisas.

Era provável que Séverin a tenha levado à loucura.

Porque, bem diante de seus olhos, Enrique e Zofia voltaram à vida.

3

ZOFIA

Zofia acordou com um zumbido estridente na cabeça. A boca estava seca. Seus olhos não paravam de lacrimejar. Além disso, havia geleia de framboesa e cereja grudada em sua camisa — e ela não gostava de geleia de framboesa e cereja. Devagar, os olhos se ajustaram à paisagem ao redor. Ela continuava na gruta de gelo. Vários pingentes de gelo quebrados a cercavam. A piscina oval na qual o leviatã chamado Davi um dia repousara agora estava sem a criatura mecânica, e a água, muito parada. Uma névoa colorida subia do lugar onde Laila estava antes que...

Laila.

O pânico tomou conta de Zofia. O que havia acontecido com Laila?

A última hora lhe voltou à mente. Ruslan — que mentira para eles, passando-se por amigo — sacudindo Laila e exigindo que tocasse a lira divina, apenas para descobrir que era Séverin quem podia fazer isso. E então Séverin caminhando na direção dela com a faca imbuída do veneno paralisante de Golias. Ele a havia agarrado, sussurrando:

Confie em mim, Fênix. Eu vou consertar tudo isso.

Ela mal teve tempo de acenar com a cabeça antes que o mundo ficasse preto.

Através da névoa colorida, alguém correu em sua direção. As luzes da gruta ainda faziam seus olhos arderem, envolvendo a figura na escuridão. Zofia tentou levantar as mãos, mas estavam amarradas com corda. Enrique ainda estava seguro? Para onde Séverin fora? Alguém em Paris havia se lembrado de alimentar o Golias?

— Você está viva! — gritou a figura.

A pessoa caiu diante dela: Laila. A amiga a agarrou em um abraço feroz, seu corpo tremendo em meio a soluços e, então, inexplicavelmente, a risos. Em geral, Zofia não gostava de abraços, mas parecia que Laila precisava disso. Ela ficou imóvel.

— Você está *viva* — repetiu Laila, sorrindo através das lágrimas.

— ... Sim? — disse Zofia, a palavra saindo como um grunhido.

Séverin havia dito que ela ficaria paralisada por algumas horas, só isso. Algo assim não era mortal.

— Eu pensei que Séverin tivesse te matado.

— Por que ele me mataria?

Zofia examinou o rosto de Laila. Pelo rastro de sal nas bochechas dela, sabia que a amiga andara chorando. Seu olhar caiu para o anel de granada na mão de Laila, e Zofia parou. Séverin tinha se recusado a tocar a lira divina, que deveria ter salvado a vida de Laila. Não havia razão para fazer isso, a menos que a lira *não* pudesse salvar a vida de Laila. Mas então em que pé ficava o plano deles para salvá-la? Restavam apenas dez dias antes que o corpo de Laila colapsasse.

— Ele disse que a paralisia fazia parte do plano.

A expressão de Laila mudou. De alívio para dor e depois... confusão. Um som alto de gemido chamou a atenção de Zofia. Foi preciso muito esforço para virar a cabeça, pois o pescoço doía demais. À direita dela, Enrique se levantava. Ao vê-lo, vivo e franzindo a testa, um calor percorreu o peito de Zofia. Ela o analisou. Tinha sangue seco espalhado no pescoço. Uma de suas orelhas estava faltando. Ela não se lembrava de isso ter acontecido, embora se lembrasse de muitos gritos ruidosos. Naquele momento, ela tentara ignorar tudo ao seu redor. Estivera avaliando os possíveis cenários, tentando encontrar uma maneira de escapar.

— O que aconteceu com sua orelha? — perguntou ela.

Enrique colocou uma mão no lado da cabeça, fazendo uma careta antes de olhar para ela com raiva.

— Eu quase morri e sua primeira pergunta é o que aconteceu com minha orelha?

Laila o abraçou, depois recuou.

— Não tô entendendo. Eu pensei...

Da piscina oval veio um som agitado, e todos eles se viraram ao mesmo tempo para olhar. A água espumava, fumegando enquanto uma cápsula mecânica rompia a superfície e deslizava para o chão de gelo. Zofia reconheceu a cápsula de escape que antes estivera dentro de Davi, o leviatã, que durante todos esses anos guardara os tesouros da Casa Caída. A cápsula, que tinha formato de peixe e era equipada com várias janelas e um ventilador de pás na parte em que deveria estar a cauda, fumegava e sibilava enquanto uma parte dela se abria.

Hipnos, vestido com seu terno de brocado do Leilão da Meia-Noite da noite anterior, pisou no gelo e acenou com alegria.

— Caros amigos! — disse ele, sorrindo.

Mas então ele parou, seu olhar alcançou o rosto inexpressivo de Laila, o sangue no pescoço de Enrique, as mãos atadas de Zofia e, por fim, a névoa colorida na borda do gelo onde, pela primeira vez, Zofia notou o mecanismo esmagado de um mnemo-inseto.

O sorriso desapareceu do rosto de Hipnos.

Durante os últimos oitenta e sete segundos, e contando, Hipnos não havia dito uma única palavra.

Enrique recém-acabara de explicar o que acontecera entre eles e Séverin, como o líder deles havia pegado a lira divina e saído com Ruslan antes de fingir a morte dos amigos. Hipnos cruzou os braços, olhando para o chão por mais sete segundos antes de enfim levantar a cabeça, os olhos indo direto para Laila.

— Você está morrendo? — A voz dele falhou.

— Ela não vai morrer — contestou Zofia, brusca. — A morte depende de variáveis que vamos mudar.

Laila sorriu para ela, antes de dar um pequeno aceno de cabeça. Ela não havia dito muito desde a chegada de Hipnos. Tampouco havia olhado para ele. Seus olhos continuavam indo para o anel de granada e o mnemo--inseto esmagado no gelo.

— A lira não funciona como pensávamos — explicou Enrique. — Lembram a escrita na parede da gruta? *O ato de tocar o instrumento de Deus invocará o desvanecimento*. Nesse caso, o desfazimento é tudo o que foi Forjado, a menos que a lira seja tocada em um local específico, mas nós não sabemos *onde...*

— Em algum lugar sob Poveglia, uma das ilhas perto de Veneza... — interrompeu Hipnos.

— Poveglia? — repetiu Enrique, sem cor.

Zofia franziu a testa. Conhecia aquele nome. Anos antes, Séverin havia se referido ao lugar como Ilha da Peste. Eles quase aceitaram uma aquisição lá antes de desistirem. Enrique parecera muito aliviado por não irem, porque achava cemitérios perturbadores. Zofia se lembrava de Tristan pregando uma peça em Enrique enquanto discutiam o assunto, fazendo videiras rastejantes envolverem os tornozelos do historiador. Enrique não havia achado graça.

— A matriarca me contou — revelou Hipnos rapidamente. — Disse que os mapas para os locais de outras entradas foram perdidos, e isso é tudo o que sobrou. Eu conheço as rotas de Tezcat para a Itália. Podemos chegar lá esta noite. A matriarca até mesmo tem uma casa segura à nossa espera em Veneza, um lugar que disse que vai ter todas as respostas de que a gente precisa, mas cuja localização é Forjada pela mente.

— Então como vamos encontrá-lo? — perguntou Enrique.

— Ela me deu uma dica de onde podemos encontrar a chave e o endereço — revelou Hipnos. — Uma vez que estivermos estabelecidos, podemos encontrar Séverin. Ele deixou instruções no mnemo-inseto a respeito de como...

Seus olhos foram para o mnemo-inseto esmagado no gelo.

— ... encontrá-lo — completou, de olhos arregalados, depois observou os entornos. Por fim, fixou-se em Laila. — *Ainda* não entendo por que você quebrou!

Laila franziu a testa, e o rubor subiu até seu rosto.

— Ele esfaqueou Zofia e depois Enrique, na minha cabeça ele... ele... Hipnos arqueou as sobrancelhas.

— Como você pôde acreditar que Séverin queria que todos nós morrêssemos?

— *Porque ele perdeu a cabeça e atualmente planeja se transformar em um deus?* — sugeriu Enrique.

Ele fez uma careta, tocando a orelha. Mais cedo, Laila havia rasgado parte do vestido para fazer um curativo que envolvia toda a cabeça dele. O sangramento havia estancado, mas Zofia percebeu que Enrique parecia mais pálido. Ele estava sentindo dor. Zofia não sabia como ajudá-lo, o que só a deixou frustrada.

— Mas, se a matriarca mencionou um mapa, então talvez ela saiba onde está — destacou Enrique.

A boca de Hipnos se virou para baixo, e seus ombros caíram.

— Ela afundou com... com a máquina — contou ele.

Laila arfou e cobriu a boca com as mãos. Enrique ficou em silêncio. Zofia baixou a cabeça. Sabia que ela deveria estar pensando na matriarca — e sentia tristeza pela morte da mulher —, mas seus pensamentos voaram para Hela. Lentamente, Zofia tocou o coração na parte em que um ponto afiado e irregular da carta não aberta de Hela tocava sua pele. Ela recebera a carta alguns dias antes, mas a caligrafia não era a de sua irmã. E se Hela não pudesse escrever uma carta para ela sozinha, então isso aumentava a probabilidade de ela estar morta. A simples possibilidade da morte de Hela doía muito mais do que a morte real da matriarca. Zofia sentiu aquele aperto familiar de pânico no peito. Procurou o bolso de seu vestido em que guardava a caixa de fósforos, mas não tinha nenhuma ali. Olhou ao redor da caverna, tentando contar coisas e centrar seus pensamentos — doze pingentes de gelo, seis bordas irregulares no gelo, três escudos, quatro gotas de sangue no chão —, mas Hipnos e Enrique começaram a elevar a voz.

— O que a gente vai fazer? — perguntou Hipnos. — Sem o mnemo--inseto, não vamos saber onde encontrar Séverin e aí não temos como encontrar o mapa!

— Nós não precisamos de Séverin — disse Enrique, frio.

Hipnos ergueu a cabeça.

— Como é que é?

— Você mesmo disse... a casa segura da matriarca vai ter todas as respostas de que precisamos — argumentou Enrique.

— Mas a lira... — começou Hipnos, olhando para Laila.

— Séverin está atrás da divindade — cortou Enrique. Havia uma rigidez em sua boca. — Com ou sem a gente, ele vai chegar à Ilha da Peste. É lá que vamos encontrar ele. Lá, ele pode tocar a lira e salvar Laila. É só pra isso que precisamos dele. Depois, nunca mais teremos que olhar pra ele de novo.

— Mas o que Séverin vai pensar? — perguntou Hipnos em voz baixa. — Antes de ir embora, ele me disse que só queria nos proteger...

Zofia observou um pequeno músculo na mandíbula de Enrique se contrair. Por um momento, ele olhou para o gelo e, depois, de volta para Hipnos. As sobrancelhas de Enrique estavam pressionadas em uma linha reta, o que significava que estava com raiva.

— A única coisa da qual a gente precisa se proteger é dele — concluiu Enrique.

Proteger. Zofia se lembrou de Enrique desmembrando a etimologia da palavra. Vinha do latim. *Pro*: "na frente". *Tegere*: "cobrir". *Coberto na frente*. Proteger significa cobrir. Esconder. Zofia levou a mão bem acima do coração, cobrindo o lugar em que a carta não escrita por Hela se alocava. Quando avaliou os possíveis resultados, Zofia soube que a carta só poderia ser um anúncio formal da morte da irmã. Hela estava doente havia meses. Quase tinha morrido. Zofia havia falhado em proteger a irmã... mas ainda tinha uma chance com Laila.

Devagar, Zofia se obrigou a prestar atenção na conversa dos outros. Falavam de rotas de Tezcat secretas que os levariam a Veneza, e como os membros da Ordem de Babel continuavam paralisados pela Forja de sangue de Eva, o que lhes dava apenas algumas horas para sair ou corriam o risco de serem pegos. Zofia mal conseguia se forçar a ouvir.

Em vez disso, olhou para o anel na mão de Laila: dez dias.

Tinha dez dias para proteger Laila. Se pudesse fazer isso pela amiga, então talvez pudesse se forçar a abrir a carta e saber o destino de Hela com certeza. Até lá, manteria a carta fechada. Se não olhasse, não precisava saber, e, se não sabia, então talvez houvesse uma chance... uma impossibilidade estatística, mas ainda assim um número ponderado, de que Hela não estivesse morta. Zofia buscou a segurança desses números: dez dias para que encontrasse uma solução para Laila, *dez* dias em que poderia torcer para que Hela continuasse viva.

A esperança, percebeu Zofia, era a única proteção que lhe sobrava.

4

LAILA

Laila abria caminho pelas sombras de um estreito beco de tijolos, segurando com firmeza o tecido que cobria seu rosto e cabelo. Ao redor, gatos vadios miavam e bufavam, debatendo-se nos montes de lixo. Onde quer que estivessem — após a sétima troca, ela perdera noção de localização das rotas de Tezcat —, era início da tarde, e um vento vindo do mar carregava o cheiro de peixe morto. Na frente dela, Hipnos apoiou a mão em um tijolo sujo. Zofia estava ao lado dele, segurando um pingente de Tezcat que tinha arrancado do pescoço. Era a única ferramenta que tinham. A pesquisa de Enrique, o laboratório de Zofia, os trajes de Laila... tudo havia sido deixado para trás no Palácio Adormecido.

O pingente brilhou intenso, indicando uma entrada escondida.

— Esta deve ser a última rota de Tezcat — informou Hipnos, forçando um sorriso no rosto. — A matriarca disse que, a partir daqui, a passagem se abriria bem ao lado da Ponte Rialto. Não é maravilhoso?

— Não é assim que eu definiria "maravilhoso" — rebateu Zofia.

O cabelo loiro dela havia se soltado e formava um halo em torno da cabeça, enquanto o vestido azul parecia chamuscado. Ao lado dela, Enrique tocou com delicadeza o curativo ensanguentado em torno da orelha, e, naquele momento, uma barata gorda correu pelas sapatilhas enlameadas de Laila, que recuou.

— Maravilhoso é um banho quente e um plano infalível esperando por nós do outro lado — comentou Enrique. — A gente nem mesmo sabe onde vai encontrar esse esconderijo.

— Nós temos uma dica... — argumentou Hipnos antes de recitar as instruções da matriarca: — *Na ilha dos mortos jaz o deus que não tem uma só cabeça. Mostre a soma do que enxergar, e isso direto a mim levará.*

— E *o que* exatamente isso significa? — perguntou Enrique.

Hipnos apertou a boca até transformá-la em uma linha fina.

— Isso é tudo o que tenho, *mon cher*. Então temos que nos virar. Vou verificar se esta é a rota certa. Zofia, me acompanha? Pode ser que eu precise daquele seu colar chique.

Zofia assentiu com a cabeça, e Hipnos pressionou a mão contra um tijolo específico. O Anel de Babel — uma lua crescente sorridente que abrangia três nós dos dedos — emitiu um brilho fraco. Um momento depois, eles atravessaram o tijolo e desapareceram.

Laila olhou para a porta Tezcat, uma risada desesperada subindo pela garganta.

Quando saíram do Palácio Adormecido, ela quase imaginou que as coisas pudessem ser salvas... mas aí Hipnos havia revelado a "dica" da matriarca, e Laila soubera que estavam completamente no escuro. Mesmo que chegassem à ilha de Poveglia, e daí? Não tinham instrumentos, nenhuma informação, nenhuma arma, nenhuma direção... e nenhum ponto de encontro.

Laila semicerrou os olhos com força, como se pudesse evocar fosse lá o que deveria ter vislumbrado naquele mnemo-inseto. Na mente, ela viu o olhar frio e sombrio de Séverin se desviando do dela. Lembrou-se de ter visto uma meia impressão de seu batom logo abaixo do colar dele, de quando o beijara naquela noite. Laila abriu os olhos de repente, banindo aquelas imagens.

Odiava Séverin. Ele confiara demais na crença de Laila nele. Presumira, como o tolo que era, que ela pensaria que não podia existir um mundo no qual ele machucaria Enrique ou Zofia, mas ele havia subestimado o quanto convencera a todos de sua indiferença. Laila quase conseguia imaginá-lo dizendo: *Você me conhece.* Mas isso não era verdade. Ela não o conhecia. E, ainda assim, a culpa permanecia. Toda vez que piscava, via as asas do mnemo-inseto quebradas, e não sabia o quanto aquele momento de fúria havia custado para a busca do grupo.

Laila expulsou Séverin dos pensamentos e olhou para a viela onde Enrique estava. Ele estava de braços cruzados, e seu olhar parecia distante e furioso.

— Você me culpa?

O historiador levantou a cabeça com tudo. Parecia horrorizado.

— Mas é claro que não, Laila — garantiu ele, caminhando até ela. — Por que você pensaria uma coisa dessas?

— Se eu não tivesse esmagado o mnemo-inseto...

— Eu teria feito a mesma coisa — contou Enrique, com a mandíbula cerrada. — Laila, eu sei como você se sentiu... Sei o que parecia...

— Mesmo assim...

— Mesmo assim, não estamos sem opções — cortou Enrique, com firmeza. — Era sério o que falei... nós não precisamos dele. Vamos encontrar outro jeito.

Enrique pegou a mão dela e, juntos, os dois olharam para o céu. Por um momento, Laila esqueceu o peso da morte em seus ossos. Ergueu o queixo e varreu as altas paredes de tijolo com o olhar. Pareciam fazer parte de uma espiral de muralhas separando a cidade do mar. Acima, podia ouvir o burburinho de um mercado e fofocas contadas em línguas estrangeiras. O cheiro de pão assado com mel e especiarias preenchia o ar e afastava o fedor podre do mar próximo.

— A Ilha da Peste — disse Enrique, com suavidade. — Lembra aquela peça que Tristan pregou em mim? Estávamos todos discutindo se deveríamos ou não ir atrás daquela aquisição, e ele sabia que eu estava um pouco desconcertado com toda aquela conversa de ossos no solo...

— Um pouco desconcertado? — provocou Laila, abrindo um sorrisinho.

— Eu me lembro de você gritar tão alto, quando as videiras Forjadas de Tristan envolveram seus tornozelos, que metade dos convidados no L'Éden pensou que alguém havia sido assassinado na sala de estar.

— Meu *coração* foi parar na *boca*! — defendeu-se Enrique, tremendo.

Laila sorriu, mesmo sem querer. Pensou que a lembrança daquele dia deixaria um gosto amargo na boca, mas, em vez disso, trouxe uma doçura inesperada. Pensar em Tristan havia começado a parecer uma antiga contusão, em vez de uma ferida recente. A cada dia que passava, sua memória ficava menos sensível ao toque.

— Eu lembro — disse Laila, baixinho.

— Cemitérios me dão nos nervos — explicou Enrique, rapidamente fazendo o sinal da cruz. — Na verdade...

Ele parou de repente, os olhos arregalados. Naquele momento, Hipnos e Zofia atravessaram o portal Tezcat. Atrás deles, Laila via um longo corredor de pedra que dava em um mercado. Havia uma ponte branca ao longe. Gaivotas voavam em volta das barracas de peixarias.

— Enrique? — perguntou Laila. — O que foi?

— Eu... acho que sei onde nós precisamos procurar pela chave da casa segura — respondeu Enrique. — *Na ilha dos mortos...* deve ser uma referência à Isola di San Michele. Quase cem anos atrás, Napoleão decretou que a ilha se tornaria um cemitério por conta das condições sanitárias de enterro no continente. Eu me lembro de ter estudado isso na universidade. Sabe, tem uma igreja e um mosteiro renascentistas particularmente únicos na ilha que...

Hipnos bateu palmas.

— Está decidido! Vamos para o cemitério!

O historiador o olhou com desconfiança.

— E o resto do enigma? — perguntou Zofia.

Laila recordou as palavras: *Na ilha dos mortos... jaz o deus que não tem uma só cabeça... mostre a soma do que enxergar, e isso direto a mim levará...*

— Eu... eu não sei — admitiu Enrique. — Com certeza existem muitas divindades com múltiplas cabeças, particularmente nas religiões da Ásia, mas "mostre a soma do que enxergar" parece que só saberemos mais quando chegarmos lá.

O sorriso de Hipnos desapareceu.

— Então você não tem certeza do que vamos procurar dentro do cemitério?

— Bem, não exatamente.
— E tem certeza sobre a Isola di San Michele?
— ... Não.

Um silêncio caiu sobre eles. Costumava haver uma cadência quando se tratava de determinar para onde viajar. Os cálculos de Zofia, o conhecimento de história de Enrique, as leituras de objetos de Laila, e então... Séverin. Aquele que colocava as descobertas do grupo em contexto como uma lente, colocando tudo em foco.

Não precisamos dele, Enrique havia dito.

Será que acreditava mesmo nisso?

Laila estudou o amigo: a cor marcada das bochechas, a largura dos olhos, a inclinação da postura. Ele havia encolhido os ombros, como se de repente não quisesse atrair olhares.

— *Eu* acho que é uma ideia tão boa quanto qualquer outra.

Enrique pareceu surpreso. Sorriu para ela, mas o sorriso desapareceu assim que seu olhar foi para a mão dela e para o anel de granada que os encarava com ar acusador. Laila sabia o que dizia ali, nem precisava olhar.

Nove dias.

Mesmo assim, ela confiaria naqueles que mereciam. Laila estendeu a mão, agarrou a de Enrique e fitou Zofia e Hipnos nos olhos.

— Vamos nessa?

O primeiro vislumbre de Veneza deixou Laila sem ar e, embora tivesse tão pouco sobrando dentro de si, não se importou nem um pouco.

Veneza parecia um lugar meio esculpido a partir do devaneio de uma criança. Era uma cidade flutuante, toda costurada por pontes de mármore, cheia de portas meio submersas com rosto de deuses sorridentes. Para onde quer que olhasse, a cidade parecia encantada com vivacidade. Nas mesas dos mercadores, montadas ao longo das margens da lagoa, a renda Forjada dobrava-se na forma de uma lua crescente e brincava de "achou?" com uma criança sorridente.

Uma corda de contas de vidro colorido flutuou de um sofá de veludo para se prender de maneira brincalhona ao pescoço de uma nobre risonha. Máscaras detalhadas cobertas de folhas de ouro e decoradas com pérolas em espiral flutuavam soberanas diante deles, sustentadas no ar pelos artesãos *mascheraris* que trabalhavam perto da água.

— A gente vai precisar de um barco pra chegar a Isola di San Michele — disse Enrique.

Hipnos virou os bolsos com tristeza.

— Como vamos pagar?

— Deixe comigo — ofereceu-se Laila.

Ela caminhou toda ligeira ao longo das docas. Primeiro, pegou um xale preto deixado sem vigilância em um banco — uma lembrança de mãos marrons quentes tricotando o xale passou por sua mente. *Desculpe*, pensou. Ela o passou sobre o vestido manchado e rasgado. No pescoço, a máscara de *L'Énigme* estava dobrada dentro de um pequeno pingente pendurado em uma fita de seda verde. Deu uma batidinha, e a elaborada máscara de pavão se desenrolou e se acomodou em torno do rosto. Se os outros vendedores ambulantes *mascherari*, usando os próprios produtos, notaram algo errado, não disseram nada enquanto ela passava.

Laila não tirou os olhos da água. Eles haviam emergido por uma passagem de pedra de Ístria sem cor que terminava bem ao lado da *Ponte di Rialto*, a enorme construção que parecia uma lua crescente abandonada pelo céu com o simples propósito de adornar a cidade. No final da tarde, gôndolas cortavam a água cor de jade com rapidez.

Os gondoleiros não deram atenção para ela enquanto fumavam e jogavam xadrez nos degraus de pedra. Laila tocou as proas dos barcos, um por um, percorrendo suas lembranças:

O primeiro: *Uma garota com uma flor no cabelo, olhos fechados enquanto se inclinava para um beijo...*

O segundo: *A voz frustrada de um homem: "Mi dispiace..."*

O terceiro: *Uma criança segurando a mão do avô, o cheiro de fumaça de charuto ao redor deles.*

E assim por diante até que...

As mãos de Laila pararam quando um som estático dominou todos os pensamentos dela. Era o tipo de estática que só pertencia a um objeto Forjado.

Ela sorriu.

Uma hora depois, Laila sentava-se na proa da gôndola, observando uma lua cor de geada surgir sobre uma ilha ao longe. O vento frio contra o rosto era revigorante e, embora nunca se livrasse do peso da morte em sua mão, pelo menos ela conseguia vivenciar isso.

Do outro lado da gôndola, Enrique e Zofia pareciam perdidos nos próprios pensamentos. Enrique olhava fixamente para a água. Zofia, que perdera a caixa de fósforos, havia começado a rasgar as pontas queimadas de seu vestido. Na almofada ao lado de Laila, Hipnos se inclinou e deixou cair a cabeça sobre o ombro dela.

— Temo que estou ficando doente, *ma chère*.

— E por quê?

— Eu tô *morrendo* de saudade de ficar no tédio, como se fosse o vinho mais raro de todo o país — disse ele. — Que decadência.

Laila quase riu. Na semana anterior, vira riquezas que rivalizavam com reinos e testemunhara o tipo de poder intoxicante que poderia desfazer o mundo com uma música... mas nada se comparava ao luxo e ao encanto de poder desperdiçar um dia inteiro e não se julgar por isso. Se pudesse encher uma caixa com tesouros impossíveis, era isso o que Laila esconderia: dias ensolarados luxuosos e noites frias, cheias de estrelas, para desperdiçar na companhia de pessoas queridas.

— Eu te devo um pedido de desculpas — falou Hipnos.

Laila franziu a testa.

— Por quê?

— Eu me comportei muito mal quando descobri que você tinha quebrado o mnemo-inseto — explicou ele, fitando o próprio colo. — Por mais que Séverin tenha minha confiança, é óbvio que ele não conquistou a sua. Não sei o que ele disse para você, mas posso te garantir que não foi o que quis dizer. Sei que foi uma das artimanhas dele pra proteger você.

Aquele entorpecimento conhecido voltou a surgir em Laila.

— É, agora eu sei.

— Também não deve ser novidade nenhuma que, apesar de ele se importar com todos nós, é com você que ele...

— Não — pediu Laila, fria, antes de acrescentar: — Por favor.

Hipnos levantou as mãos em rendição e deixou Laila em paz. O olhar dela se voltou para o anel: 9. Nove dias restantes para respirar esse ar, observar o céu. A mente dela devorava avidamente cada imagem como se fosse um creme: as cúpulas pálidas das catedrais, uma mancha de nuvem de tempestade no céu. Pensar em Séverin era como apagar todos aqueles pensamentos com tinta. Manchava a mente dela com escuridão, e Laila mal conseguia ver além disso. Ele não estava ali. Ainda não. Então ela se esforçou para não pensar nele.

O cemitério da ilha de Isola di San Michele era pacato e silencioso, cercado por muros de tijolos vermelhos e brancos. Uma igreja com cúpula, feita de pedra veneziana clara, parecia flutuar na lagoa escura. Quando a gôndola se aproximou do cais, uma estátua Forjada de três metros de altura do arcanjo Miguel abriu as asas e ergueu um par de balanças em saudação. As balanças de bronze oscilavam no vento gelado de fevereiro, e os olhos cegos do serafim pareciam fixos nelas, como se em preparação para pesar o bem e o mal das vidas de todos eles. Ao longo de um caminho de cascalho de pedra branca, ciprestes imponentes se balançavam e faziam a guarda sobre o limiar dos mortos.

No momento em que Laila desceu da gôndola, uma sensação estranha percorreu seu estômago. Um *vazio*, em um momento estava ali e, no outro, não. Por um instante, ela não conseguiu sentir o cheiro da neve no vento ou o frio no pescoço. Seu corpo parecia desconjuntado e muito quieto, como se fosse algo que ela devesse arrastar consigo...

— *Laila!*

Hipnos a agarrou pelos ombros.

— O que aconteceu? — perguntou Zofia, correndo até ela.

— E-eu não sei — gaguejou Laila em resposta.

O corpo dela parecia muito quieto, muito calmo. Laila sentia o coração bater bem devagar, como se lutasse contra sangue viscoso.

— Você está machucada — apontou Zofia.

— Não, não tô, eu...

Hipnos levantou a mão dela na qual havia o anel. Bem ali, Laila viu um corte na palma. Era provável que tivesse agarrado a estaca de madeira no cais com muita força.

— Aqui — ofereceu Zofia, rasgando um pedaço da bainha queimada de seu vestido para usar como curativo.

Sem nenhuma expressão no rosto, Laila aceitou a faixa de tecido.

— Você passou por poucas e boas — disse Hipnos, cauteloso. — Por que não fica no barco? A gente não vai demorar muito, não é?

— Não posso dizer com certeza, mas... — balbuciouEnrique. No entanto, Hipnos deve ter lançado um olhar em sua direção, porque ele logo assentiu. — Fica aqui e descansa, Laila. Vai dar tudo certo.

— Está sentindo dor? — perguntou Zofia.

— Não — disse Laila, olhando fixamente para a mão.

Devia ter assentido a cabeça e acenado com a mão para eles irem embora, mas o tempo todo a mente dela gritava algo que Laila não conseguia dizer em voz alta. Ela não tinha mentido para Zofia. Não sentira nenhuma dor.

Laila não sentira nadinha de nada.

5

ENRIQUE

Enrique Mercado-Lopez sabia muitas coisas.

Sabia história e idiomas, mitos e lendas. Sabia beijar bem, comer bem e dançar bem, e, embora no momento não tivesse certeza a respeito de muitas situações, havia uma coisa que ele sabia sem sombra de dúvida: o lugar dele não era ali.

E ele não era o único que sabia disso.

Alguns passos atrás, Zofia e Hipnos caminhavam em silêncio pesado, esperando que ele soubesse o que fazer em seguida.

Eles esperavam que ele liderasse, desse ordens, planejasse os passos seguintes... mas aquele não era Enrique.

Você não pertenceria, sussurrou uma velha voz no crânio dele. *Saiba seu lugar.*

O lugar dele.

Enrique nunca parecia conseguir entender isso. Quando criança, lembrava-se de ter feito teste para o teatro da escola. Ensaiara as falas do herói a noite toda. Até colocara os brinquedos em cadeiras, como sua futura audiência. E incomodara a mãe até que, exasperada, ela desistira e o ajudara a ensaiar as falas, lendo o roteiro da coestrela feminina. Mas, no dia das audições, a freira que dirigia a peça o interrompera depois que ele dissera duas frases.

— *Anak.* — Ela rira. — *Você não quer ser o herói! Muito trabalho e muitas falas. E na frente do palco? É um lugar de dar medo, pode acreditar... seu lugar não é esse. Mas não se preocupe, tenho um papel especial para você!*

O papel especial acabou sendo uma árvore.

Mas a mãe dele ficara muito orgulhosa, e Enrique havia chegado à conclusão de que as árvores eram simbolicamente muito importantes e então, talvez, ele pudesse ser o herói na próxima.

Mas outras tentativas tiveram o mesmo fim. Enrique entrou em concursos de escrita apenas para descobrir que suas opiniões não encontraram uma audiência. Tentava participar de concursos de debate e, quando não rejeitavam suas ideias logo de cara, davam uma boa olhada no rosto dele, nas feições espanholas misturadas com a herança vissaiana, e, no final, todas as respostas eram as mesmas:

Seu lugar não é aqui.

Quando Enrique conseguira trabalho como historiador de Séverin, foi a primeira vez que ousou acreditar no contrário. Pensou que tinha achado seu lugar no mundo. Séverin foi o primeiro a acreditar nele, a incentivá-lo... a oferecer amizade. Com ele, as ideias do historiador encontraram raízes, e seu conhecimento cresceu a tal ponto que até mesmo os Ilustrados e seus grupos nacionalistas, cujas ideias poderiam um dia remodelar o país dele, o aceitaram, e, embora não fosse mais do que um membro marginal escrevendo artigos históricos, já era mais do que ele jamais havia recebido... e isso o fez esperar por mais.

A ilusão de um tolo, no fim das contas.

Séverin tomara os sonhos de Enrique e os usara contra ele. Prometera que ele sempre seria ouvido e, depois de um tempo, o silenciou. Tomara a amizade que tinham e a torcera para suas próprias necessidades até que ela se quebrou. Depois disso, Ruslan pegou os pedaços e a transformou em uma arma.

Tudo isso levara Enrique até ali: completamente perdido em todos os sentidos e quase certamente no lugar errado.

Enrique levantou a mão, tocando com todo o cuidado o curativo que cobria a orelha perdida. Fez uma careta. Desde que saíram do Palácio

Adormecido, tentara não se olhar, mas o reflexo nas lagoas de Veneza o encontrara de qualquer maneira. Ele parecia desequilibrado. *Marcado*, até. Antes, quando estava no lugar errado, pelo menos podia se esconder. Mas a orelha cortada era uma declaração: *Eu não pertenço. Vê?*

Enrique deixou o pensamento de lado. Não podia se dar ao luxo de se perder na autocomiseração.

— Vamos... *pense.*

Ele olhou em volta do cemitério, fazendo cara de dúvida. O comprimento do cemitério de Isola di San Michele era de pouco mais de quinhentos metros, e até aquele momento eles haviam circulado o perímetro duas vezes. Era a terceira vez que seguiam por esse caminho ladeado por ciprestes. Logo à frente, havia uma curva que dava em uma fileira de estátuas dos arcanjos, que viravam a cabeça Forjadas para observá-los passar. Nos lotes do cemitério, as lápides de granito eram altas e cuidadosamente curvadas, muitas delas coroadas com cruzes grandes cobertas de rosas Forjadas que nunca perderiam o aroma ou o brilho, enquanto os mausoléus tinham pouca decoração do lado de fora... quase nada que lembrasse a Enrique um deus sem nenhuma cabeça ou com múltiplas delas.

— *Na ilha dos mortos jaz o deus que não tem uma só cabeça* — recitou Enrique, repetindo as palavras na mente — ... *mostre a soma do que enxergar, e isso direto a mim levará.*

— Você disse algo? — perguntou Hipnos.

— Eu? Não — respondeu Enrique, sem perder tempo. — Estou apenas, hum, revisando o enigma da matriarca para obter pistas... mais uma vez.

— Mesmo assim, você disse algo — apontou Zofia.

— Sim, bem — disse Enrique, que sentia o rosto começando a ficar vermelho. — A interpretação afeta o que estamos procurando. É uma frase bastante vaga.

— Achei que a gente estivesse procurando um deus com "que não tem uma só cabeça" — retorquiu Zofia, arqueando uma das sobrancelhas. — Isso parece específico.

— Ainda deixa um espectro de representações! — respondeu Enrique.

— Por exemplo, há a divindade chinesa Xingtian, que continuou lutando mesmo depois de ter sido decapitada. E tem também os seres celestiais hindus Rahu e Ketu... também decapitados... e ainda as divindades que têm *mais* de uma cabeça, então qual é? Parece bem improvável que a gente encontre deuses de religiões orientais numa lápide em Veneza, então deve haver algo mais... algo escondido, quem sabe...

Hipnos pigarreou.

— Deixe nosso belíssimo historiador trabalhar, Fênix — disse ele. — Tenho certeza de que ele nos surpreenderá em breve com suas descobertas.

O patriarca da Casa Nyx sorriu. Por um momento, Enrique ficou tentado a retribuir. Havia algo inebriante e onírico na beleza e na verve de Hipnos, na maneira como isso induzia uma pessoa a imaginar coisas impossíveis dentro do alcance. Só que, agora, Enrique sentia a força disso como um sonho que havia escapado por entre seus dedos.

— Obrigado — disse Enrique, com rigidez, dando as costas para ambos.

Tentou se concentrar no enigma, mas o sorriso de Hipnos o tinha descompensado. Apenas alguns dias haviam se passado desde que Enrique o confrontara a respeito do desequilíbrio entre os afetos deles, e o outro rapaz lhe confessara: *Acho que, com tempo, poderia aprender a te amar.* A lembrança ainda estava fresca e doía.

Enrique não queria um amor forçado. Queria um amor que fosse como uma luz, uma presença que expulsasse as sombras e remodelasse o mundo em algo caloroso. Uma parte secreta dele sempre suspeitara de que não encontraria tal amor com o patriarca deslumbrante e, no fim, talvez isso fosse o que mais o machucava. Não a perda do amor, mas a falta de surpresa.

Era claro que Hipnos não sentiria o mesmo por ele. O fato de ainda ficar surpreso ou era um sinal de seu otimismo ou de sua tolice, e Enrique suspeitava fortemente que só podia ser culpa da última opção.

◆———◆———◆

Durante a meia hora seguinte, eles percorreram o cemitério mais uma vez, até chegarem à entrada de novo. A cerca de três metros de distância ficava um lote de sepultamento inacabado. Das poucas lápides ali, apenas uma parecia completa, embora o pedreiro a tivesse deixado esculpida em saliências irregulares. Era o único lugar que eles não haviam explorado, pois parecia irrelevante. A casa segura da matriarca devia existir havia anos e, como tal, não tinha por que estar em um lote novo.

— *Mon cher* — disse Hipnos, tocando-o no ombro. — Dá pra ver como você deve estar trabalhando duro, mas... tenho que perguntar... tem *certeza* de que a gente tá no lugar certo?

Enrique sentiu o rosto ficando quente.

— Bem, tudo na história não passa de conjectura, mas este parece ser o único lugar que faria sentido, não?

Hipnos lhe lançou um olhar vazio, e Enrique quase desejou que Séverin estivesse lá. Séverin tinha um jeito de expulsar a dúvida. Ele conectava os fios históricos aleatórios de Enrique em grandes narrativas para encontrar tesouros que faziam com que todos se sentissem confiantes.

— Quer dizer, existem muitas "ilhas dos mortos", na verdade... Tartarus, Naraka, Nav etc. Mas são só mitológicas, enquanto este é o único lugar perto de Poveglia e...

— Já faz mais de uma hora que a gente tá andando! — interrompeu Hipnos. — Ainda não encontramos nada.

— Em breve, também não vamos conseguir ver nada — apontou Zofia.

Acima, a claridade diminuía cada vez mais rápido. As sombras sob as estátuas dos anjos ficaram longas e semelhantes a lâminas, e os ciprestes pareciam anormalmente imóveis. Por um instante, Enrique imaginou *enkantos* esguios o espiando por trás das árvores, os olhos sobrenaturais noturnos brilhando de fome. A avó dele dizia que as criaturas podiam farejar sonhos e torná-los realidade... por um preço. Naquele momento, a ferida de Enrique latejou. *Eu já não paguei?* Ele deu as costas para os túmulos, afastando o pensamento de criaturas sobrenaturais se esgueirando nas sombras.

— Temos que continuar procurando — disse Enrique —, continuar pensando. Se não encontrarmos a chave da casa segura, então não teremos para onde ir. Zofia precisa de um lugar pra construir as invenções dela e eu preciso de uma biblioteca e...

— Talvez nosso tempo fosse ser melhor usado se procurássemos pelo Séverin — sugeriu Hipnos, hesitante.

Enrique ficou chocado.

— *O Séverin?*

— A gente sabe que ele tá em algum lugar de Veneza — justificou Hipnos. — Nós podemos usar o tempo que nos resta para tentar encontrá-lo de alguma forma... daí pouco importa que Laila tenha destruído o mnemo-inseto! Tenho certeza de que Séverin saberá o que fazer.

E lá estava. *Seu lugar não é aqui.* O que ele estava fazendo? Por acaso pensava que poderia liderá-los ou resolver um enigma? Esse era o papel de Séverin, não o dele.

— Talvez você possa perguntar a ele sobre a "ilha dos mortos" — acrescentou Hipnos.

A orelha de Enrique ficou quente, e a ferida latejou.

— Ah, sim, por que mesmo que eu não faço isso? — retrucou Enrique, que se virou para o espaço vazio ao lado, depois fingiu estar chocado. — O que é isso? Ah, sim... *ele não tá aqui,* e nós não temos como encontrar ele sem mostrar o rosto e colocar tudo em risco, porque a Casa Caída pensa que a gente tá morto! Mas suponho que seria melhor arriscar a morte do que me dar uma chance.

Hipnos deu um passo para trás.

— Não foi isso o que eu disse...

Mas Enrique já havia ouvido demais. Ele se afastou em direção às lápides inacabadas, o coração acelerado, a respiração rápida. Por alguns momentos, ficou sob a proteção de um cipreste, observando as sombras engolirem os túmulos. Talvez eles tivessem razão. Enrique deveria desistir e voltar, e não desperdiçar mais o tempo de ninguém... em especial o de Laila, que mal tinha tempo a perder.

Como conseguiria fitá-la nos olhos? Passos ecoaram atrás dele, e Enrique cerrou os punhos ao lado do corpo. Não queria pedir desculpas a Hipnos.

Mas não foi Hipnos quem apareceu ao lado dele.

— Não gosto do escuro — disse Zofia.

No crepúsculo, ela parecia pequena e semelhante a uma sílfide. A luz da lua crescente destacava a prata em seu cabelo loiro-esbranquiçado, e seus olhos enormes pareciam sobrenaturais. Enrique se sentiu tenso. Ela também o culpava? Mas então Zofia ergueu a mão para soltar um pingente de seu colar.

— Não tenho muitos sobrando — comentou Zofia. — Mas de fato ajuda a encontrar o caminho em meio à escuridão.

O pingente explodiu em luz, como uma estrela presa entre os dedos de Zofia. Enrique piscou por conta do brilho repentino e, quando seus olhos se ajustaram, o mundo parecia um pouco diferente.

Zofia não sorriu, mas estendeu o pingente, ansiosa. Naquele momento, a luz conferia a ela um tom prateado, o que fazia parecer que a luz no escuro era emanada *dela*.

Ele mal tivera um instante para pensar a respeito quando a luz do pingente atingiu as saliências de uma lápide que tinha cerca de um metro de altura e parecia ter sido fundida a partir de duas peças separadas. Líquenes manchavam a superfície, mas, quando Enrique deu um passo naquela direção, percebeu que o granito estava curiosamente sem nenhuma inscrição, exceto por uma sequência de números gravada em relevo na pedra: *1, 2, 3, 4, 5*. Os pelos na nuca de Enrique arrepiaram quando ele se aproximou e observou o objeto — a terra ao redor estava um tanto afundada e, sob a luz, dava para ver que a forma curiosa da lápide era, na verdade, a sugestão de dois rostos olhando em direções opostas.

O deus que não tem uma só cabeça.

— Olha — exclamou Enrique. — Eu... acho que encontramos algo!

Um momento depois, Hipnos apareceu e bateu palmas.

— *Mon cher*! Você conseguiu! Nunca duvidei.

Enrique olhou para ele com raiva.

— Zofia, venha ver!

Mas Zofia ficou a cerca de três metros de distância, segurando o pingente que lançava luz às pencas. Tinha posicionado a mão diretamente sobre o coração, e ela se agitava sobre os calcanhares, como se o túmulo e a escuridão que caía a tivessem descompensado.

— Parabéns et cetera — disse Hipnos, descontraído. — Agora, para o que eu tô olhando? E outra, me parece prudente dizer que, no caso de eu morrer com todos vocês, o que a cada dia que passa parece cada vez mais provável, *por favor*, me arranjem uma lápide muito mais elegante que essa.

— Achei que a gente estivesse procurando por um deus — comentou Zofia.

— Mas é um deus — rebateu Enrique, sorrindo. — É Janus, o deus romano do tempo... ele olha para trás e para a frente. É o guardião de portões e de começos, passagens e limiares.

— Janus? — repetiu Hipnos, franzindo o nariz. — Também acontece de ser o nome da Casa mais *grosseira* da facção italiana. Eles são guardiões da cartografia, ou algo assim, e sempre dão uma festa épica e secreta no *Carnevale*. Agora, pergunta se eu fui convidado para uma *única* reunião? Não. E, por si só, não sou invejoso, mas...

Enrique colocou a palma da mão na frente da lápide. Não tinha certeza do que achava que iria acontecer... talvez o líquen desaparecesse, ou talvez os rostos cuspissem uma chave. Mas, em vez disso, uma imagem Forjada distorceu a pedra e revelou um quadrado de quinze centímetros de lado delimitado por luz:

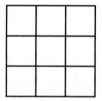

1 2 3 4 5 6 7 8

A poucos centímetros abaixo da grade, os números de pedra tremiam, e o enigma passou a fazer sentido.

— *Mostre a soma do que enxergar, e isso direto a mim levará* — recitou Enrique. — Parece bem simples... talvez até simples demais. Se é a chave de uma casa segura, a matriarca não a teria protegido melhor?

— Soma? — perguntou Hipnos. — Soma do quê? Dos quadrados? Não sou bom em matemática, então vou deixar você... espera aí.

Hipnos olhou para os pés ao mesmo tempo que Enrique sentiu uma curiosa sucção na sola das botas. O solo afundado do túmulo começara a puxá-los um pouco por vez. Hipnos soltou um gritinho e tentou levantar a perna, que em pouco tempo estava presa na terra. Enrique agarrou a lápide, tentando se puxar para fora, mas o movimento apenas fez o mecanismo Forjado funcionar mais rápido. Em questão de segundos, ele tinha afundado até os joelhos. A luz ao redor deles saltou com violência, balançando do túmulo para a lápide e para os olhos planos do deus de duas faces. Enrique se virou para ver Zofia pulando em um galho no cipreste para tentar puxá--los para fora, mas os galhos estavam muito altos...

— Anda logo! — pressionou Hipnos. — Coloca a resposta! É nove, né? Só agiliza!

Enrique arrastou os dedos pela pedra, o coração afundando.

— Nove não é uma opção! Talvez seja dez, porque o todo é um quadrado adicional? — ponderou ele.

Mas, quando olhou para os números, também não havia zero. O pânico percorreu sua espinha.

— *Seis?* — sugeriu Hipnos.

— Como é que pode ser seis?!

— Não sou bom de conta! — gritou Hipnos.

— Nossa, não me diga!

A terra do túmulo emitiu barulhos altos de coisas sendo esmagadas, infiltrando-se pelos botões da frente da camisa do historiador e derramando frio por sua pele. Enrique tentou bater os pés, apenas para sentir algo duro e liso deslizando ao longo da panturrilha. Por instinto, recuou, o que só o puxou ainda mais para baixo. Enrique se esforçou para se agarrar à terra firme, mas tudo ficava macio e afundava ao toque. Hipnos começou a gemer, mas Zofia gritou:

— Um e quatro!

— Isso não faz nenhum sentido! — retorquiu Hipnos. — Talvez não passe de um quadrado grande e seja apenas uma péssima piada...

Enrique estudou a grade. Nove quadrados. Um quadrado grande envolvendo-o... e quatro quadrados formados por quatro blocos dentro do padrão: 14.

Com as mãos tremendo, tocou no número 1 e depois no 4. Os números afundaram na pedra enquanto a terra o puxava mais para baixo. Uma lama fria se acumulava em torno de seus ombros quando, de repente, a luz brilhou em seus olhos.

Ele parou de afundar.

— Graças aos deuses! — gritou Hipnos, erguendo o corpo pelos cotovelos.

Enrique agarrou punhados de terra e arrastou metade do corpo para fora. Hipnos e Zofia estenderam as mãos e o puxaram pelo resto do caminho, até que o historiador pudesse se deitar na terra, respirando com dificuldade.

— A... chave... — conseguiu dizer, virando-se para a lápide.

A pedra Forjada se contorcera mais uma vez. Agora, um endereço aparecia ali:

Calle Tron, 77

Uma chave enorme, do tipo que poderia abrir uma mansão de campo, borbulhou para fora da pedra. Enrique a encarou, maravilhado. Sentiu Hipnos batendo em suas costas com entusiasmo e ouviu Zofia exigindo que partissem naquele instante, e uma esperança cresceu no peito dele.

A chave da casa segura não era a solução para tudo. Ainda precisavam encontrar o mapa para o templo sob Poveglia. Ainda precisavam tocar a lira e salvar a vida de Laila. E Enrique continuava sem saber a que lugar pertencia... mas se sentiu um pouco mais seguro à frente do grupo quando se virou para eles e disse:

— De nada.

6

SÉVERIN

Durante a noite toda, Séverin revirou a lira divina nas mãos, contando os momentos até o amanhecer. Dava para ouvir os membros da Casa Caída de guarda do lado de fora do quarto. Carmim e granadas incrustavam as quatro paredes. Um candelabro Forjado de vidro de Murano vermelho girava devagar acima da cabeça dele. Não havia janelas, mas dezenas de velas cintilando em castiçais de bronze conspiravam para fazer as paredes vermelhas parecerem brilhantes de sangue.

No centro do aposento ficava uma cama dourada com pés em formato de garra, um dossel escarlate e sedas combinando. Toda vez que olhava para ela, Séverin se lembrava de uma cama diferente, uma esculpida de gelo e drapeada em cristais congelados e tecido diáfano. Lembrou-se de Laila em seu colo, olhando para ele como uma deusa contempla um suplicante.

Naquela noite, se perguntou se seu toque era o inverso da alquimia. Um toque e ela não seria mais tão dourada e distante quanto o paraíso, mas humana e terrena e totalmente dentro de alcance. Quando a tocou, ele sentiu os batimentos cardíacos dela sob o veludo quente de sua pele. Quando se ergueu sobre ela, observou seus olhos se arregalarem, os dentes se prendendo no lábio inferior, tornando-o um vermelho tão vivo que ele tinha que saber como era o sabor. Mesmo agora, o sabor o assombrava. Água de rosas e açúcar, e o mais leve traço de sal na parte em que ela o mordera no lábio, tirara sangue e pedira desculpas com um beijo um momento depois.

Séverin sabia que ela já devia ter lido o mnemo-inseto que deixara ao lado dela no gelo. Teve apenas alguns instantes para gravá-lo, tempo apenas para dar a ela o nome do local de encontro em três dias. Mas, antes de terminar a gravação do mnemo-inseto, ele dissera uma última coisa:

Não se esqueça de que sou seu Majnun. Sempre.

Mesmo sem dormir, sonhava com o rosto dela e o de Tristan, Enrique, Zofia e Hipnos. A essa altura, já saberiam que ele os manipulara. Ficariam furiosos com as mentiras de Séverin e toda sua crueldade até aquele momento... mas o perdoariam, não é mesmo? Entenderiam que tudo o que ele havia feito, toda a feiura do que havia cometido, tinha sido por eles. Ou havia ido longe demais? Sabia que tinha cometido erros terríveis e destruído a confiança do grupo, mas esperava que o que eles vissem no mnemo-inseto bastasse para recuperar um pedaço da crença que depositavam nele. E, uma vez juntos, ele começaria a fazer reparações completas.

Em suas mãos, o instrumento do divino pesava tanto quanto um ninho de pássaro. Apenas para ele, as dez cordas da lira brilhavam como fios de luz do sol, como uma esperança e uma promessa reais o suficiente para tocar. Com esse instrumento, o mundo nunca mais seria capaz de machucar Séverin ou as pessoas que amava. Com isso, Laila poderia viver e, quem sabe, até amar. Com isso, Tristan poderia voltar à vida. Séverin poderia refazer todos eles com um toque. Poderia derramar luz do sol em suas veias e lhes dar asas caso desejassem voar. E faria mesmo. Tudo o que ele tinha a fazer era chegar ao templo sob Poveglia, entrar e tocar a lira.

— Eu farei de todos nós deuses — jurou Séverin.

Enquanto as velas queimavam até os tocos, Séverin ponderou acerca dos passos seguintes. Precisava se livrar de Ruslan, mas não poderia fazer isso até que o patriarca da Casa Caída revelasse onde ele poderia encontrar o mapa da entrada do templo escondido sob Poveglia. Nesse meio-tempo, também precisava conseguir arranjar uma desculpa para deixar a Casa d'Oro... talvez Eva pudesse ser útil.

Do outro lado da porta do quarto, ele ouvia os membros da Casa Caída se movimentando ao longo de um corredor. Esperava que cada um de seus passos fosse ser seguido e, se parecesse que estava catalogando a casa, seria muito suspeito.

Ruslan mal o deixara vislumbrar o que havia dentro da Casa d'Oro antes de mandá-lo escoltado para o quarto. Séverin caminhara devagar, fingindo exaustão, mas o tempo todo registrava tudo o que podia. Captou o cheiro de terra arada e ouviu o bater distante de asas. Um jardim interno, talvez? Ou um alojamento para feras? Logo depois da entrada, vislumbrou uma grande escadaria curva que desaparecia em direção às varandas mais altas e uma porta meio aberta que revelava uma cozinha no andar principal. Não era suficiente para fazer um plano... mas era um começo.

Embora não houvesse janelas no quarto, Séverin ouvia os barcos na água e, logo além da parede, a correria de pés pequenos e órfãos brigando. Aos poucos, um plano começou a se formar.

Ao amanhecer, Séverin saiu do quarto. Um par de guardas estava parado, imóvel, a não mais de dois metros dele. Na penumbra, mal distinguia o formato da Casa d'Oro. Seu quarto ficava em um corredor vermelho-sangue com múltiplos arcos. Espelhos se alinhavam nas paredes. A não mais de seis metros, espiou a entrada da cozinha. Excelente, pensou. Virou-se para os guardas e sorriu.

— O patriarca Ruslan está acordado? — perguntou ele.

O membro da Casa Caída se recusou a falar. Ou talvez não pudesse. A máscara *volto* cobria tudo, exceto os olhos, e mesmo estes tinham uma leitosidade curiosa, como se fosse cego. Ou morto. No lugar dos lábios, uma mnemo-abelha de ouro zumbia. Séverin acenou para ela.

— Bem, se não vai me responder, pelo menos pode me dizer onde encontro a cozinha?

Como se por mágica, o estômago dele roncou. O homem não disse nada, mas se virou e caminhou alguns passos até a porta entreaberta que Séverin vira na noite anterior. Quando entrou, sentiu uma ausência dolorosa. Estava acostumado com as cozinhas do L'Éden, repletas das últimas experiências culinárias de Laila. Imaginou Enrique e Tristan brigando pela tigela de massa de bolo, Zofia lambendo uma colher de glacê branco enquanto Laila gritava para que todos saíssem e a deixassem sozinha por um momento. Séverin esperava ver açúcar nas bancadas, uma geleia borbulhando no fogão... mas as cozinhas da Casa d'Oro estavam completamente vazias, exceto por uma tigela de maçãs vermelhas em uma mesa baixa. Deu uma mordida ruidosa em uma, depois guardou mais duas no bolso.

— Vou esperar para terminar de tomar meu desjejum com o patriarca Ruslan, mas, enquanto isso, gostaria de assistir ao nascer do sol — informou ele. — Se não se importar, fique à vontade para se juntar a mim.

Mais uma vez, o homem não disse nada. Séverin caminhou até a porta da frente. Ao fazê-lo, mais quatro membros da Casa Caída pareceram brotar das sombras, caminhando atrás dele.

— Uma comitiva matinal — disse ele. — Estou lisonjeado pela companhia.

— Pare! — gritou alguém.

Séverin se virou e viu Eva caminhando em sua direção. Usava um roupão de seda amarela que arrastava sobre os azulejos vermelhos. Em volta do pescoço, havia aquele pingente de prata em formato de bailarina. Eva era filha de Mikhail Vasiliev, um aristocrata de São Petersburgo, e de uma *prima ballerina* morta. Séverin se lembrou de Laila citar o pai dela, quando implorou pela ajuda de Eva...

— *Podemos te proteger* — dissera Laila. — *Não precisa fazer isso... podemos te levar até seu pai, e prometemos que Ruslan nunca mais vai conseguir machucar ele.*

Séverin se lembrou da hesitação de Eva, da maneira como ela baixou os olhos até o gelo, enquanto Laila implorava.

— *Eu sei que você ama ele* — continuara Laila. — *Vi isso em seu colar. Sei que você se arrepende de ter deixado a casa dele... a gente pode te levar de volta.*

Então, essa era a influência de Ruslan sobre ela. Se não seguisse as ordens dele, seria seu pai quem pagaria por aquilo. Séverin guardou essa informação para mais tarde.

— O que pensa que está fazendo? — perguntou Eva.

— Saindo pra apreciar o nascer do sol — respondeu ele. — Quer me acompanhar?

Eva apertou os olhos, antes de voltá-los para a lira divina ao lado dele.

— Você não pode sair com isso.

Séverin deu de ombros. E, dando mais uma mordida na maçã, tirou a lira de si e a entregou para Eva, cujos olhos se arregalaram enquanto ela a pegava com delicadeza nos braços.

— Você pode guardá-la, então — disse ele, sorrindo. — Embora eu espere algo mais protetor do que simplesmente seus braços. Já tive eles ao meu redor antes e não posso dizer que me senti muito seguro assim.

Eva lhe lançou um olhar furioso. Fios de cabelo ruivo se enrolavam em torno do rosto dela. Parecia que ia dizer algo, mas então seus olhos se voltaram para os membros da Casa Caída que os cercavam em silêncio.

— Eu pretendo fazer alguns passeios, então você vai ter que construir uma caixa pra mim. Algo que se abra com uma gota do meu sangue e que possa ser guardado com Ruslan — orientou Séverin. — Presumo que isso não deva ser muito complicado para uma artista do seu talento.

Sem esperar a resposta de Eva, Séverin caminhou até a porta. Após um momento de hesitação, um membro da Casa Caída avançou e a abriu para ele, que se dirigiu para o cais.

◆━━━━◆━━━━◆

Veneza recebia o amanhecer com indiferença. Para a cidade flutuante, riquezas não significavam nada. Ouro escorria do céu e respingava na lagoa. Do outro lado do canal, casas rebuscadas, esculpidas em pedra clara e adornadas com rostos sorridentes de sátiros e deuses não adorados, o encaravam. Séverin mordeu a maçã, emitindo um ruído alto. Sabia que estava sendo observado em segredo, e não apenas pelos guardas. Esperou alguns momentos antes que o som tímido de pantufas confirmasse suas suspeitas.

A cerca de trinta metros de distância encontravam-se as ruínas de uma casa vizinha. Outrora, devia ter sido um endereço grandioso, mas no momento estava coberta de andaimes. O cais ao lado parecia meio apodrecido. Das poucas sombras, um garoto órfão de não mais de oito anos o encarava com cautela. O menino tinha cabelo preto e oleoso, e seus grandes olhos verdes se destacavam no rosto pálido. Séverin sentiu um estranho arrepio percorrer seu corpo. Laila costumava zombar dele por andar exatamente na direção oposta de uma criança.

— *Elas não mordem, sabe* — dizia ela. — *Você age como se fossem terríveis.*

E elas eram, pensou Séverin. Não eram apenas suas manhas épicas, motivo este que quase o convencera a expulsar uma família do L'Éden simplesmente porque não conseguiam controlar o choro do filho.

A questão era que as crianças não tinham escolha a não ser precisar do cuidado dos outros, e se uma pessoa poderia manipular as necessidades de outra... esta, por sua vez, se torna impotente. Olhar para uma criança era vislumbrar um espelho feio de seu passado, e Séverin não tinha vontade de olhar.

Com cuidado, ele deslizou a mão no bolso e tirou uma segunda maçã, oferecendo-a ao menino.

— É sua, se quiser.

Atrás dele, escondido sob a marquise da Casa d'Oro Rosso, as asas das mnemo-abelhas zumbiam mais rápido. Ruslan via tudo. Ótimo, pensou Séverin. Me observe.

O garotinho magro deu alguns passos à frente, depois franziu a testa para Séverin.

— *Prendi il primo morso* — disse, com uma voz aguda.

O conhecimento de italiano de Séverin era escasso, mas ele entendeu: *Morde você primeiro.* Quase riu. Essa criança não confiava nele.

Que bom, pensou.

Ele deu uma mordida na maçã e a estendeu para o menino, que esperou um instante, depois avançou rapidamente com as pernas finas e arrancou a maçã da mão dele.

— *Ora é mio* — resmungou o menino. *Agora é minha.*

Séverin levantou as mãos em falsa rendição. Sem olhar para trás, o menino correu de volta para a casa em ruínas. Séverin o observou partir, sentindo-se um pouco confuso. O menino não havia agido como ele imaginara. Por um momento, ponderou como ele acabara naquela casa abandonada. Será que o menino estava sozinho? Será que tinha alguém?

— *Monsieur* Montagnet-Alarie — chamou Eva em voz alta. — O patriarca Ruslan deseja sua presença para o café da manhã.

Eva se encontrava na entrada, estendendo a lira para ele em uma almofada vermelha. De cada lado dela, havia um membro da Casa Caída. Enquanto caminhava de volta, Séverin notou que o brilho vermelho-sangue na porta começava a perder força. Os cais pareciam limpos de qualquer evidência do assassinato da noite anterior. Séverin não queria imaginar quantos dias se passariam antes que a entrada da Casa d'Oro precisasse ser reabastecida.

Se tudo corresse como o planejado, a essa altura ele estaria longe dali.

———————◆———◆———◆———————

Em silêncio, Eva o conduziu pelos corredores cobertos de painéis escarlate da Casa d'Oro. Acima do limiar de cada passagem, pairava uma estrela de seis pontas cercada por um círculo dourado. Era o símbolo da Casa Caída, e, toda vez que o via, se lembrava de quantos anos havia passado revirando o ouroboros dourado, que era o símbolo da Casa Vanth. Por muito tempo, pensou que a Casa devia ser sua herança, mas seu verdadeiro direito de nascimento ia muito além do que imaginava. Séverin passou o polegar pelas cordas cintilantes da lira. Quando a tocava, às vezes imaginava uma voz feminina baixa em seu ouvido... murmurando algo que parecia um aviso e uma canção.

Eva parou no limiar da quarta passagem. Ali, aquele cheiro de terra fresca que ele captara na noite anterior ficou mais forte, e o som de asas, mais alto.

— O que você pensa que está fazendo? — sibilou Eva, baixinho.

Séverin arqueou uma das sobrancelhas.

— Acho que "observando e esperando ansiosamente pela minha apoteose" não é a resposta que você está procurando.

— Seus amigos — disse Eva. — Eu... eu não entendo.

— Não mesmo? — rebateu Séverin. — Talvez a gente possa fazer a pergunta ao patriarca Ruslan. Tenho certeza de que ele acharia muito intrigante seu interesse pelos meus amigos mortos.

Por um momento, algo doloroso brilhou nos olhos de Eva. A mão dela foi até o colar antes que ela o largasse com brusquidão. Séverin manteve o rosto inexpressivo. Quando não disse nada, Eva se afastou e abriu a cortina, os olhos cheios de raiva.

— Ele vai estar aqui em breve — informou ela, a voz monótona. — Vou trabalhar no cofre da lira agora mesmo.

— Que ótimo — disse Séverin, sorrindo.

Logo antes de deixar a cortina cair, Eva encontrou o olhar dele.

— Certifique-se de que saiba tocar.

Quando saiu, Séverin viu que Eva o havia deixado em uma estufa. Séverin travou. Por um momento, não conseguia respirar. Não conseguia se lembrar da última vez que havia entrado de bom grado em um lugar como aquele. Mesmo nos terrenos do L'Éden, ele havia arrancado as roseiras de que Tristan cuidara e salgado a terra para que nunca mais pudessem crescer. A lembrança do irmão caminhando em sua direção, com uma flor desabrochando na mão e a tarântula, Golias, pousada no ombro, veio-lhe involuntariamente. Séverin apertou o punho na lira divina, deixando os fios metálicos se fincarem na pele da palma de sua mão. Este era o instrumento do divino, e era *dele*... só dele para usar, só dele para refazer o mundo como bem entendesse.

Eu consigo dar um jeito nisso, disse a si mesmo. *Eu posso consertar tudo.*

Minutos depois, ele abriu os olhos. As últimas palavras de Eva ecoaram em seus pensamentos: *Certifique-se de que saiba tocar.* O garoto morto na frente dele no dia anterior... agora a estufa. Ruslan o estava provocando de propósito com ecos de Tristan.

Séverin cerrou os dentes enquanto examinava a câmara. Tinha metade do tamanho do grande saguão do L'Éden. As paredes eram cobertas de hera, e o teto de vidro abobadado deixava entrar a luz do sol matinal. Um caminho de cascalho branco serpenteava até uma porta vermelho-sangue no lado oposto do cômodo, onde Ruslan, sem dúvida, estaria à espera dele.

Havia algo estranho na estufa. Séverin reconhecia algumas das plantas do jardim de Tristan... datura branca como leite e beladona da cor de hematomas recentes. Uma treliça de flores de solidéu lavanda florescia à sua esquerda. À direita, estavam as dedaleiras cor de rubor e, perto da entrada da outra sala, um imponente castanheiro-da-índia projetava uma sombra sobre a câmara. Uma leve dor de cabeça fermentava na parte de trás de seu crânio, e Séverin entendeu o que era esse lugar. Um jardim venenoso.

Tristan havia mantido uma versão em miniatura de um anos antes, e só parara por causa de decretos de oficiais franceses que os impediam de cultivar flora fatal nas dependências do hotel. Séverin se lembrava de como Tristan ficara furioso quando lhe disseram que precisava arrancar as plantas.

— Mas elas não são *mortais* — resmungara Tristan. — Algumas delas têm propriedades medicinais maravilhosas! Todo mundo usa óleo de rícino, e ninguém parece se importar que venha do *Ricinus communis*, que é altamente tóxico! *Você* já usou solidéu e ficou inteirinho pra contar a história.

— Na época, você não me disse que me deu uma flor venenosa — comentara Séverin.

Tristan apenas lhe lançara um sorriso sem jeito.

Séverin olhou para as flores de solidéu. Anos antes, precisara se esconder em um pequeno armário e, para evitar ser detectado por qualquer criatura Forjada que procurasse por batimentos cardíacos, Tristan lhe dera uma tintura de solidéu.

Certifique-se de que saiba tocar.

Por impulso, Séverin arrancou uma das flores de solidéu e a guardou no bolso. Ruslan poderia estar louco, mas ainda era inteligente, e, se tivesse colocado veneno do lado de fora da sala onde eles se encontrariam, Séverin não conseguia imaginar que veneno o esperava lá dentro.

Bem então, a porta foi aberta. Ruslan entrou no jardim. Vestia um terno preto simples, as mangas arregaçadas para não esconder a pele derretida de seu braço esquerdo.

— Venha, meu amigo, venha — chamou ele, sorrindo. — Você deve estar morrendo de fome.

Séverin se juntou a ele. Lá dentro, entendeu a fonte do farfalhar de asas que ouvira na noite anterior. A sala de jantar estava enfestada de criações animais Forjadas. Corvos de vidro empoleirados no lustre. Beija-flores de cristal colorido zumbiam em seu campo de visão. Um pavão maravilhoso arrastava a plumagem de granadas e esmeraldas, suas penas translúcidas soando como sinos. A mesa era de vidro fumê e repleta de pratos fumegantes: ovos cozidos em tomates assados, *frittata* salpicada de pimenta, *fette biscottate* e xícaras douradas cheias de café escuro.

— Esta era a sala de interrogatório favorita do meu pai — revelou Ruslan, batendo calorosamente em sua cadeira de vidro. — Aqui, ninguém conseguia esconder nada.

— Intrigante — disse Séverin, tomando o cuidado de manter um tom de voz entediado. — Por quê?

Ele tocava na sua cadeira quando sentiu... uma fraca corrente elétrica percorrendo o vidro. Quando tocou a mesa, a mesma sensação o atingiu. A mobília estava fazendo uma leitura dele... mas para quê?

— O aposento tem seus modos — respondeu Ruslan, sorrindo para ele.

Séverin lembrou-se do solidéu no bolso. Não tinha a menor ideia se a mesa Forjada funcionava igual às criaturas Forjadas que procuravam batimentos cardíacos com as quais ele tivera de lidar durante os anos de aquisição, mas era tudo o que tinha no momento. Enquanto Ruslan se servia de café e comida, Séverin arrancou duas pétalas, fingiu tossir e as engoliu inteiras.

— Vi você alimentar um molequinho de rua hoje — comentou Ruslan. — Gosta do menino? Se quiser, a gente pega ele pra você. Nunca tive um animal de estimação, mas imagino que seja quase a mesma coisa... Ele talvez seja um pouco teimoso, mas poderíamos dar um jeito nisso.

Da manga, Ruslan tirou a Faca de Midas e a bateu no lado da testa, sorrindo.

— Uma superstição, devo confessar — disse Séverin. — Alimente o próximo antes de si mesmo e nunca passará fome. Além disso, pretendo ser um deus benevolente.

Pensando no que ouviu, Ruslan baixou a faca.

— Gosto dessa ideia... *benevolência*. Que deuses excelentes seremos, não é mesmo?

Ruslan ergueu a xícara de café, batendo-a na de Séverin, que esperou um momento antes de pigarrear e dizer:

— Estou ansioso para minha apoteose, você não está? — questionou Séverin, estendendo o braço para pegar um pedaço de torta. — A gente poderia pegar o mapa para Poveglia assim que você quiser. Hoje à noite, até.

No momento em que disse isso, Séverin soube que havia cometido um erro. Ruslan parou, olhando-o por cima da borda da xícara de café. Quando a baixou, o sorriso em seu rosto era assustadoramente perspicaz.

— Mas eu tô *feliz* aqui — respondeu Ruslan, com um leve gemido. — Não quero ter que me enfiar em nenhum lamaçal ainda... podemos brincar, relaxar e sabe-se lá mais o quê.

Ruslan espetou um pedaço de ovo. Um pardal de quartzo-preto e branco pousou perto de seu prato, piando. Ruslan baixou o garfo e estendeu a mão. O pássaro de vidro subiu nela.

— Vamos partir em *dez* dias, que tal? — propôs Ruslan.

Uma mancha gelada se espalhou pelo coração de Séverin. Dez dias... Laila só tinha nove restantes.

— Coitadinha da Laila — disse Ruslan, cantando para o pássaro. — Ela ficou falando tanto de como só tinha dez dias restantes, e agora acho que o número ficou gravado na minha cabeça. Presumo que não tenha objeções?

Séverin sentiu uma fraca corrente elétrica o percorrendo na manga. Ruslan procurava por algo... algum sinal, talvez, de que ele se importava mais do que deixava transparecer. Séverin respirou fundo, desejando que o coração desacelerasse. Que se *acalmasse*.

— Nenhuma — respondeu Séverin. — Isso só vai deixar nossa apoteose ainda mais doce.

Ruslan acariciou a cabeça de vidro do pardal com seus dedos dourados.

— Concordo plenamente. Além disso, sei que Laila não tem como nos encontrar, mas eu me sentiria melhor sabendo que ela está bem e verdadeiramente...

Ele bateu a mão na mesa. O pardal de vidro explodiu sobre o tampo. Um canto de sua asa se moveu debilmente, como se a máquina tivesse sido pega de surpresa.

— Morta — completou Ruslan, sorrindo.

7

ZOFIA

Zofia riscou o fósforo e observou a pequena chama se apoderar da madeira com voracidade. O cheiro de enxofre no ar a acalmou enquanto ela aproximava a chama da vela e examinava sua mais recente criação: um pedaço de metal finamente martelado para ter a flexibilidade de um tecido que podia ser inflamado a comando.

Na casa da matriarca, sentia-se o mais segura possível, mas Zofia sabia que chegaria a hora em que precisariam sair. E, quando esse momento chegasse, estaria preparada.

A Casa Caída presumia que estavam mortos, mas, se encontrassem o grupinho deles, transformariam essa suposição em realidade. E eles não corriam perigo só por causa da Casa Caída.

O contato secreto de Hipnos com a Casa Nyx confirmou que a Ordem estava conduzindo investigações a respeito dos eventos que se seguiram ao Conclave de Inverno. Se uma autoridade da Esfinge os pegasse, poderiam ser presos e, com apenas uma semana de vida restando para Laila, todos os planos deles seriam em vão.

Dois dias se passaram desde que encontraram o endereço e a chave da casa segura da matriarca.

— É bom que essa casa seja bonita, porque eu não saio daqui de jeito *nenhum* — anunciara Hipnos.

Quando empurraram a porta de madeira marcada com o número 77 na Calle Tron Strada, encontraram uma casa pequena, mas cuja decoração era riquíssima. Hipnos fora o primeiro a explorar, deixando-os na soleira da porta. Quando não encontrara armadilhas escondidas nem adversários à espreita, sorrira de orelha a orelha, os olhos brilhando com intensidade.

— É exatamente como a matriarca prometeu — dissera ele.

Dentro havia vários quartos, uma sala de estar com um piano elegante que Hipnos começou a tocar no mesmo instante, uma cozinha que Laila logo de cara examinou em busca de ingredientes, uma vasta biblioteca repleta de estranhos artefatos ao longo das paredes, na qual Enrique desaparecera, e, bem em frente à biblioteca, um quartinho onde Zofia poderia Forjar.

Era a menor das suítes, com paredes caiadas de branco, uma pequena claraboia e uma longa bancada de aço. As ferramentas que cobriam uma das paredes estavam desatualizadas, mas ainda assim eram funcionais. Sem perder tempo, Zofia passara as mãos pelo torno de vidro, pelo cortador de arame, pelos frascos empoeirados de salitre e nitrato, pelos frascos de cloreto de potássio e amônia, pelas pilhas de caixas de fósforos e pelos pedaços de metal que revestiam as paredes. No instante em que tocou as chapas de ferro e alumínio, sentiu o metal tentando ler a vontade dela... Será que queria que ele se curvasse? Que se afiasse? Que colocasse fogo em sua estrutura?

O toque do metal aliviou uma sensação apertada e espiralada que vinha crescendo dentro dela desde que saíram do lago Baikal. Todo esse tempo, ela sentira como se estivesse andando no escuro, consciente de que mantinha os olhos bem abertos e de que isso não fazia diferença alguma. Cada passo a levava mais fundo em território desconhecido, então ela mal tinha como adivinhar ou confiar no que estava à frente.

Esse era o problema com o escuro.

Uma vez, sem querer, Zofia havia se trancado no porão da família. Hela e os pais tinham ido ao mercado, e Zofia, assustada, agarrara a primeira coisa que sentira: um pedaço de pele sedosa. Fora só quando Hela a encontrara, e a luz da lamparina se espalhara pelas paredes de madeira, que Zofia vira o que havia segurado tão perto de si: uma pele sem carne, mas com a cabeça e as patas da criatura ainda penduradas no que restava de sua existência.

Zofia a jogou longe no mesmo segundo, mas nunca se esqueceria de como o escuro a enganara. Odiava como ele tornava até mesmo o estranho familiar, e o familiar, estranho. Quando criança, seu medo às vezes crescia tanto que ela se encolhia na cama ao lado de Hela.

— *Você não tem medo de nada, Zosia* — murmurava a irmã, sonolenta. — *O escuro não pode te machucar.*

Cientificamente, Zofia entendia isso. O escuro não era mais do que a ausência de luz. Mas, nessas últimas semanas, também havia assumido uma ausência diferente: a ausência de saber.

Isso a corroía o tempo todo. O único momento em que não sentia isso era quando Forjava e, portanto, Zofia se dedicou ao trabalho. Enquanto os outros procuravam por pistas acerca do mapa que os levaria ao templo sob Poveglia, Zofia criava invenção após invenção. Contara pelo menos doze membros da Casa Caída no Palácio Adormecido. Cada um estava equipado com dois explosivos de curto alcance e duas facas de arremesso. Se tinham outras posses, ela não foi capaz de determinar, e, por isso, sabia que suas invenções deveriam levar em conta o desconhecido. Durante o último dia, para mais ou para menos, Zofia construíra sete explosivos minúsculos, preparara quatro cordas enroladas que cabiam no calcanhar de um sapato e mastigara cinco caixas de fósforos.

Zofia dava os toques finais no tecido Forjado quando Laila bateu à porta.

— Você até pode ser a Fênix, mas precisa subsistir com algo além de chamas — disse Laila, colocando um prato diante dela.

Zofia examinou o conteúdo: carnes e queijos espaçados e uma fileira de tomates ordenadamente dividindo o prato. Em um recipiente à parte, havia azeite e pão fatiado. O estômago roncou alto, e Zofia alcançou o pão...

— Olha os modos — repreendeu Laila.

Zofia franziu a testa e estendeu a mão. Laila lhe entregou um guarda-napo, o qual não fez nem cócegas às manchas de gordura em suas mãos, mas Zofia sabia que a amiga gostava de cerimônia.

— Você não precisa comer aqui — disse Laila, gentil.

— Eu quero — rebateu Zofia, rasgando o pão. — Maximiza a eficiência.

— Seria tão ruim assim dar uma voltinha para pegar um pouco de sol? — perguntou Laila.

— Seria desnecessário, já que não sou uma planta e não preciso fazer fotossíntese para me manter viva — argumentou Zofia.

— Bem, se quiser se juntar a mim, um pouco de fotossíntese esta tarde pode me fazer bem.

— Não quero — respondeu Zofia, antes de acrescentar: —, obrigada.

Ela se importava mais com outras coisas, como preparar itens para fosse lá o que os aguardasse em Poveglia.

— Como quiser — disse Laila, sorrindo.

Zofia percebeu que o sorriso da amiga não alcançava os olhos. Desde que chegaram ali, vindos de Isola di San Michele, Laila havia ficado mais calada. Quando Zofia foi para a cama na noite anterior, a viu parada na sala de estar, esfregando o polegar na palma da mão repetidas vezes. Nas manhãs, quando tomavam o desjejum, Laila ficava olhando para o anel em sua mão.

Zofia olhou para ele agora: *Oito*.

Mesmo sentada, sentiu como se tivesse acabado de tropeçar.

Faltavam oito dias, e muita coisa ainda continuava desconhecida.

— Tenho que trabalhar — informou Zofia.

Com as mãos, ela gesticulou em direção à bancada de trabalho, a respiração ficando rápida e pesada.

— Fênix? — chamou Laila, baixinho. Zofia ergueu a cabeça e viu a amiga a avaliando com os olhos calorosos e castanhos. — Obrigada. Sou muito grata por tudo o que você está fazendo.

Zofia comeu rapidinho e voltou ao trabalho, mas não importava o que fizesse, pois ainda havia aquela sensação de tropeço. Como se estivesse encontrando seu caminho às cegas na escuridão total. Não eram apenas os dias cada vez mais escassos de Laila que pressionavam seus pensamentos. O tempo todo, sentia a carta de Hela contra a pele. Sete vezes por dia, Zofia se permitia pegar a carta e passar as mãos sobre o envelope amassado, que parecia gasto e macio ao toque, não muito diferente da pele macabra no porão. A única diferença entre eles era que, desta vez, Zofia escolheu não saber se ele trazia a morte.

— Por que você não tem medo do escuro? — perguntara Zofia certa vez para a irmã.

Em meio à noite, Hela se virou para ela. Mesmo que não pudesse ver os olhos cinzentos da irmã, Zofia sabia que estavam abertos.

— Porque sei que só preciso esperar um pouco e aí a luz vai voltar — respondera Hela, estendendo a mão para acariciar seu cabelo. — Ela sempre volta.

— E se você se perder no escuro? — indagara Zofia, aconchegando-se mais perto da irmã.

Ela não gostava de ser tocada, mas Hela era suave, quente e sabia que não devia abraçá-la com muita força.

— Eu faria a mesma coisa, irmã... Esperaria pela luz para me mostrar os caminhos à frente. E então eu não mais estaria tão perdida assim.

Sozinha, Zofia pressionou as mãos contra o coração, pensando em Hela e Laila. Fosse lá o que estivesse dentro do envelope continha uma variável que não podia ser mudada. Mas o destino de Laila dependia de elementos que Zofia ainda podia controlar. Não era diferente de estar perdida no escuro. Tudo o que precisava fazer era trabalhar e esperar, e, em algum momento, quando a luz viesse... ela seria capaz de ver o caminho à frente.

— Fênix.

Com os olhos turvos, Zofia ergueu a cabeça da bancada de trabalho para ver Enrique parado no arco. Um zumbido baixo de calor percorreu sua barriga ao vê-lo. O historiador havia perdido uma orelha, mas seu efeito sobre ela quando estava desprevenida permanecia igual. Zofia o estudou, irritada. Seria o curioso brilho iridescente de seu cabelo preto? A profundidade de tinta de seus olhos ou a proeminência de suas maçãs do rosto?

Durantes os últimos dois dias, ela vislumbrara Enrique trabalhando na biblioteca. Ele nunca ficava parado. Cantarolava. Batucava o pé. Tamborilava os dedos nas lombadas dos livros.

Tudo isso devia tê-la irritado, mas, em vez disso, a fez sentir-se menos solitária.

— Fênix... eu te atrapalhei? — perguntou Enrique, entrando. Ele examinou a bancada de trabalho, os olhos se arregalando. — Você tem o suficiente para um pequeno exército.

Zofia olhou para as invenções.

— Tenho o suficiente para, talvez, quinze pessoas.

— Você percebe que somos um grupinho de cinco indivíduos?

Zofia franziu a testa.

— A gente não sabe o que nos espera em Poveglia.

Enrique sorriu.

— Era precisamente sobre isso que eu queria falar com vocês. Se importaria de esperar na biblioteca? Vou buscar Laila, e me junto a vocês em um momento.

Zofia assentiu com a cabeça e afastou a cadeira. Suas costas doíam e seus olhos ardiam enquanto ela saía do laboratório mal iluminado e atravessava o corredor até a biblioteca. Hipnos a cumprimentou com uma canção.

— Ah, minha bela e selvagem musa! — cantou ele, antes de falar: — Como vai seu cultivo de destruição?

Zofia se lembrou dos olhos arregalados de Enrique.

— Produtiva — disse ela. — Potencialmente excessiva.

Ela se pegou sorrindo enquanto se sentava em uma banqueta alta ao lado dele. Hipnos sempre parecia capaz de fazer as pessoas sorrirem. Embora, ultimamente, Enrique não parecesse sorrir para ele. Era diferente de como os dois tinham se comportado no Palácio Adormecido, o que só acrescentava à confusão sombria dos pensamentos dela. Zofia se lembrava de vê-los se beijando e de como haviam se derretido um no outro. Havia momentos em que ela se imaginava no lugar de Hipnos. No entanto, não era porque eles não estavam mais ligados que Enrique alguma vez pensaria em fazer aquilo com ela. As ideias não tinham massa física, mas Zofia sentiu o pensamento como uma pedra batendo em seu estômago.

— Você e Enrique têm andado tão preocupados — comentou Hipnos. — Enquanto isso, eu afinei um piano e cantei músicas obscenas para as sombras. Elas são um público muito frio. Não houve nem mesmo um aplauso.

Zofia olhou em volta da biblioteca. Era uma sala pequena com teto baixo, quatro cadeiras e duas mesas longas. A iluminação vinha de oito arandelas em forma de rosa nas juntas onde o teto encontrava a parede. Em todas as paredes havia prateleiras abarrotadas de livros ou pinturas, bustos de estátuas e mapas. Em uma parede havia um grande espelho dourado. Zofia baixou o olhar para seu colar, mas os dois pendentes de Tezcat não acenderam, o que significava que provavelmente não passava de um espelho comum. Em uma das mesas havia uma pilha de papéis cambaleante que só podia pertencer a Enrique. Uma pena ainda pingando estava equilibrada sobre um frasco de tinta destampado. Ao lado, havia um pequeno busto de marfim de um deus com duas faces, uma voltada para cada direção. Zofia lembrou-se da divindade do cemitério. Janus, era como se chamava. O deus do tempo.

— Bom — disse Enrique, entrando na sala de braços dados com Laila. — Estamos todos aqui.

Laila estava estranhamente imóvel enquanto se acomodava em uma cadeira próxima. As sobrancelhas franzidas, e a boca parecia fina. Zofia percebeu que ela estava preocupada.

— Qual é a boa notícia, *mon cher*? — perguntou Hipnos.

Zofia percebeu que a voz dele saiu um pouco mais aguda. Ele endireitou o corpo, lançando um largo sorriso para Enrique, que não pareceu notar nem retribuiu o sorriso.

— Boa... e ruim — respondeu Enrique, caminhando para a frente. Ele seguiu até o meio da sala e se virou para os três. — Acredito que sei onde o mapa do templo em Poveglia está sendo guardado.

— Onde? — Laila arregalou os olhos.

— Por um tempo, pensei que estaria aqui... em algum lugar... escondido em todos esses livros e pesquisas — explicou Enrique, gesticulando para a biblioteca. — É uma informação sensível e, portanto, a matriarca pode ter escondido seu paradeiro em algum lugar nestas instalações. Mas agora acredito que o mapa esteja em posse da Casa Janus.

— Da Casa Janus? — perguntou Laila, franzindo a testa. — Acho que não conheço eles.

— *Eu* conheço — resmungou Hipnos, cruzando os braços. — Como eu disse antes... se alguém tivesse *se dado ao trabalho* de ouvir... eles são uma facção da Ordem Italiana que dá uma festa *excepcional* no *Carnevale* e nunca me convidaram uma única vez...

— Eles são famosos pela coleção de objetos cartográficos e navais Forjados — disse Enrique em voz alta —, que, de acordo com os documentos desta biblioteca, assumem formas mais do que incomuns. Por exemplo, muitos deles são inestimáveis e feitos com Forja mental.

— Um *mapa* Forjado pela mente? — repetiu Laila.

Zofia estava familiarizada com a ideia dessa forma de arte, mas era uma arte muito temporária e perigosa. A ideia de que um objeto pudesse reter a memória implantada de seu artista ao longo dos séculos exigia um grau de habilidade que havia muito era considerado perdido.

— Não sei os detalhes de sua localização — confessou Enrique. — Mas acredito que seja lá que vamos encontrá-lo.

— Como? — perguntou Hipnos. — Supostamente, a localização da Casa Janus muda a cada ano. A única vez que alguém vê aquela Casa reclusa é durante um *Carnevale* secreto. Caso contrário, eles se consideram guardiões de seu tesouro e nunca se dão ao trabalho de leiloá-lo ou de interagir com as outras Casas.

— O *Carnevale* é daqui a dois dias.

— O que é *Carnevale*? — perguntou Zofia.

— É uma celebração — disse Enrique.

— Eu não saberia dizer... — respondeu Hipnos, amargurado.

Enrique pigarreou.

— Tudo começou no século XII.

— E lá vamos nós... — murmurou Hipnos.

Zofia sabia que outros achavam Enrique prolixo, mas ela gostava de ouvi-lo. O historiador via o mundo com outros olhos, e, às vezes, quando ele lhe ensinava algo novo, era como se o mundo tivesse mudado, mesmo que apenas um pouco.

— Acredita-se que tenha se originado como uma celebração sobre o inimigo de Veneza, Aquileia — explicou Enrique. — As pessoas costumavam se reunir nas ruas usando máscaras elaboradas para disfarçar sua classe e status, para que todos pudessem participar das festividades. Com o tempo, tornou-se parte das celebrações da Quaresma, mas foi proibida há cerca de cem anos pelo Sacro Imperador Romano e, portanto, só pode ser celebrada fora de temporada e em segredo, e o lugar em que acontece é...

— A Casa Janus — disse Hipnos. — Embora você precise de uma...

— Máscara — completou Enrique.

— ... especial — finalizou Hipnos.

Ele pegou os papéis na mesa extensa e segurou duas ilustrações de uma máscara veneziana. Tinha um design estranho, o nariz longo e curvo como o bico de um pássaro. Os buracos dos olhos eram circulares. O outro esboço mostrava uma máscara xadrez preta e branca com contorno de glitter, presa por duas fitas pretas e compridas.

— É *assim* que conseguimos um convite para o *Carnevale* da Casa Janus — disse Enrique. — Hipnos? Quer explicar?

— Dizem por aí que existe um lugar onde se recebe tal convite — contou Hipnos, cutucando uma mancha invisível em sua calça. — Um salão de *mascherari*, me disseram. Lá dentro, a pessoa pode escolher sua máscara específica e, quando ela é colocada no rosto, revela a localização da festa através da Forja mental, e então você deve ir para o referido local em todo o seu esplendor e beber e dançar a noite toda et cetera et cetera.

Zofia franziu a testa.

— São muitas instruções para participar de uma festa.

— Nem me fale. — Suspirou Hipnos. — É tudo tão terrivelmente enigmático que eu só consigo me sentir atraído. A exclusividade da coisa dá risada da minha cara.

— Mas você disse que o *Carnevale* é daqui a dois dias — apontou Laila, lentamente girando o anel em seu dedo. — E a gente não tem nem ideia de como começar a encontrar esse salão de *mascherari*.

— Não — disse Enrique, antes de olhar em volta da sala. — Mas acho que a informação está escondida aqui. A matriarca disse a Hipnos que a casa segura teria tudo de que precisamos para encontrar o mapa.

— E o Séverin? — perguntou Hipnos.

Enrique contraiu a boca.

— O que tem ele?

— Tínhamos que nos encontrar com ele e decidir o que fazer em seguida. Como ele vai saber o que estamos fazendo se não temos nem ideia de onde encontrar ele? — perguntou Zofia.

— Séverin precisa encontrar o mapa sozinho — rebateu Enrique, franzindo a testa. — Ele fará isso com ou sem nós, e nossos caminhos se cruzarão no *Carnevale* ou em Poveglia. Confiem em mim. Ele não vai perder a oportunidade de tomar o poder.

Hipnos franziu a testa, mas ficou quieto. Zofia olhou para Laila. A amiga parecia distante enquanto acariciava a mão com o anel. Quanto mais Zofia a olhava, mais percebia que ela não era a única perdida no escuro. Laila, apesar dos sorrisos, também estava perdida. Séverin, onde quer que estivesse, não fazia ideia de que eles tinham perdido o ponto de encontro. As expressões de Hipnos sugeriam confusão, e até mesmo os planos de Enrique se sustentavam em muitos fatores desconhecidos.

Naquele instante, Zofia se lembrou da mãe sentada ao lado da lareira. Ela erguera o queixo de Zofia, os olhos azuis lacrimejantes brilhando. *Seja uma luz neste mundo, minha Zosia, pois ele pode ser muito escuro.* Zofia não havia esquecido as palavras da mãe, e estava determinada a encarná-las.

— Vamos encontrar o mapa — afirmou Zofia. — Resolver um problema requer uma abordagem parte por parte, e é isso o que estamos fazendo.

Laila olhou para ela, um sorriso suave curvando seus lábios. Hipnos acenou com a cabeça. Até mesmo Enrique esboçou um sorrisinho. Uma rara sensação de calma centrou Zofia. Por seus amigos... por si mesma... ela encontraria um caminho para sair da escuridão.

8
SÉVERIN

Ao amanhecer, Séverin estava de pé no cais, girando uma maçã na mão. Costumava manter uma tigela de maçãs sobre a mesinha de centro na sala de astrologia do L'Éden. Certa vez, logo no início, quando Enrique exigiu comida durante a discussão de uma nova aquisição, Séverin apontou para a tigela de maçãs e dissera:

— Sirva-se.

Enrique parecera ficar horrorizado.

— Maçãs são sem graça demais, ou muito doces ou muito azedas.

— Vai satisfazer seu apetite por um tempo.

— *Ou* pode me tentar a abandonar por completo este empreendimento intelectual para sair em busca de comida de verdade — rebatera Enrique. — É o fruto da tentação, afinal. Eva tentando Adão ao pecado e tudo o mais.

Como se para demonstrar, Enrique colocara uma maçã vermelha na boca e erguera as sobrancelhas sugestivamente para Laila, Zofia, Tristan e Séverin, que estavam sentados diante dele. Tristan fizera uma careta. Laila reprimira uma risada, e Zofia inclinara a cabeça para o lado.

— Vi uma pose semelhante ontem à noite na mesa do banquete.

Enrique cuspira a maçã.

— Aquilo era um porco assado!

Zofia dera de ombros.

— A pose é idêntica.

— *Foco* — dissera Séverin. — Precisamos pensar na próxima aquisição...

— Pensar requer um incentivo melhor do que uma maçã.

— Tipo um bolo? — sugerira Laila.

Séverin se lembrava de como ela se reclinara em sua espreguiçadeira verde favorita. Ela pegara uma maçã da tigela e acariciara sua casca brilhante, e a cena deixou a boca de Séverin estranhamente seca.

— Definitivamente bolo — dissera Enrique.

— E biscoitos — acrescentara Zofia.

Séverin desistiu. Balançou a cabeça, e assim começou a tradição de Laila assar, empurrando um carrinho cheio de guloseimas todas as vezes que começavam a planejar um projeto.

Agora, Séverin encarava a maçã, confuso. Queria irritar Enrique com a fruta. Queria erguê-la até os lábios de Laila e comparar suas cores. Tentação, de fato, pensou, baixando a maçã. Quando Tristan morrera, Séverin tentara se isolar dos amigos e pensara que havia conseguido.

Mas estava enganado.

Mesmo que ele fosse cruel, mesmo que fosse frio... pelo menos eles estavam por perto. Pelo menos podia sentir o fantasma do perfume de Laila nos corredores, ouvir o barulho da Forja de Zofia, sentir o cheiro da tinta das intermináveis cartas de Enrique aos Ilustrados, olhar para os jardins por onde Tristan já havia caminhado.

Mais um dia, pensou Séverin.

Mais um dia até poder vê-los... e dizer o quê?

Ele havia cometido um erro com Ruslan, e agora o tempo escorria por entre seus dedos... tempo que Laila não podia perder. Séverin sentia a perda de cada hora como se tivesse sido arrancada dele à força.

Sem o mapa Forjado, eles poderiam vagar por Poveglia por anos a fio e nunca encontrar a entrada escondida para o templo. E, mesmo que houvesse outra maneira de descobri-la, Séverin não tinha encontrado uma maneira de se livrar de Ruslan. O patriarca da Casa Caída nunca ficava sozinho. Nenhum alimento passava por seus lábios sem que antes um membro da Casa Caída confirmasse sua segurança. Os rituais diários de Eva o tornavam imune à Forja de sangue.

Séverin ponderava essas questões quando ouviu o ruído de passinhos a certa distância. O menino órfão do dia anterior saiu das sombras. Atrás dele, vinha uma criança ainda menor e mais desgrenhada. Seu cabelo era loiro mel, e seus olhos castanhos pareciam lamparinas apagadas em seu rosto. O primeiro menino estendeu o braço, como se protegendo o outro.

— *Un altro* — disse o primeiro menino, estendendo a mão.

Outra.

Séverin sorriu. Jogou uma maçã para a criança, que a pegou com uma mão só, depois tirou outra do bolso e a jogou também. O primeiro menino mordeu de imediato, antes de oferecer a segunda ao companheiro. Após um momento de olhar feio para Séverin, ainda nas sombras, ele murmurou um rápido "*grazi*" e fugiu.

Séverin os observou partir, antes de voltar para a Casa d'Oro.

Lá dentro, Eva esperava ao lado da porta usando um vestido escarlate de gola alta, da cor de sangue. O pingente de bailarina de prata estava fora de vista. Em volta da cintura, havia uma faca adornada. Três membros da Casa Caída em suas máscaras *volto* se recostavam nas paredes, as mnemo--abelhas zumbindo e observando.

— Aqui — disse Eva, empurrando uma caixa em sua direção. — Mas, antes que possa ser usada, falta algo.

— O que é? — perguntou Séverin.

Eva alcançou a mão dele. A garra de seu anel mindinho cintilou na luz, antes de cortar o dorso da mão dele. Séverin prendeu a respiração, olhando para ela, mas Eva não parecia perceber. Usando o sangue, ela traçou um símbolo complicado sobre a caixa enquanto sussurrava algo.

À primeira vista, a caixa parecia delicada, como algo saído de um livro infantil. Forjada com rosas de gelo e videiras retorcidas. Um espinho saía de seu fecho. Um leve tom de rubor subia de sua base.

— Agora ela o reconhecerá pelo seu sangue — esclareceu Eva. — Experimenta.

Séverin pegou a caixa. Puxou as bordas, mas ela não se abria. Em cima do fecho havia um pequeno espinho. Quando passou o polegar ali, sentiu uma picada aguda enquanto o metal rasgava a pele e tirava sangue. Uma gota foi tudo o que precisou. O espinho a aceitou de pronto, e aquele leve rubor se espalhou pela caixa, que se abriu e revelou a lira divina aninhada em um travesseiro de veludo azul.

Séverin retirou a lira com cuidado. O plano que vinha elaborando em sua cabeça a noite toda começou a tomar forma. Ele encontrou os olhos de Eva.

— Você está muito bonita hoje.

Eva se sobressaltou. Atrás dela, as mnemo-abelhas nas máscaras zumbiram mais alto. Bom. Ele havia chamado a atenção de Ruslan. O rosto de Eva estava fora de vista, mas o de Séverin era totalmente visível.

Ele fitou os olhos verdes de Eva, imaginando, em seu lugar, um par de olhos pretos de cisne. Quando os lábios dela se achataram, Séverin conjurou uma imagem diferente — uma boca exuberante moldada para levar os poetas à distração. Eva puxou o cabelo ruivo, e Séverin fingiu que era uma cascata cor de tinta salpicada de açúcar.

Ele estendeu a mão, seus dedos roçando a mandíbula dela.

— Muito bonita mesmo.

Antes de entrar na sala de jantar formal, Séverin beliscou o cantinho da flor de solidéu que havia roubado do jardim venenoso. Depois do café da manhã do dia anterior, Ruslan o evitou por completo. Séverin sabia por quê. A própria ansiedade dele o traíra. Ruslan poderia estar desequilibrado, mas não era nenhum tolo, e talvez suspeitasse de que, mesmo agora, Séverin estava apenas agindo de acordo com o interesse de seus amigos. Precisava ser cuidadoso. Tinha que esconder suas intenções e mudar a linha do tempo ridícula de Ruslan para agir em dez dias... senão Laila morreria.

Séverin respirou fundo e, em seguida, atravessou a porta Tezcat camuflada como uma pintura de um velho deus cujo rosto derretia. Do outro lado, a sala de jantar formal parecia uma visão de sangue e mel. Uma longa mesa de mármore preto erguia-se como um bloco sólido do meio da sala. As paredes eram uma treliça de estrelas douradas entrelaçadas contra um tecido de veludo vermelho. Velas em forma de rosas pretas de caule longo queimavam e derretiam na mesa. No centro, havia uma garrafa de vinho tinto ao lado de um prato de frutas cortadas e finas fatias de carne marmorizada. Nos outros dias, os pratos dourados já estavam cheios de comida, mas desta vez, não. No centro da mesa, ele notou um frasco de vidro fino, não mais alto do que seu dedo mindinho. Séverin o pegou. Uma substância fumegante e nublada movia-se livremente dentro do vidro.

—Uma experiência sensorial adicional para nossa refeição—anunciou Ruslan, entrando na sala. Usava um terno escuro que apenas fazia a pele dourada de seu braço brilhar mais. — *Experimenta.*

Séverin hesitou. Não havia dúvidas de que fosse Forjado pela mente, mas para qual propósito? Conjurar pesadelos para forçar a verdade ou...

—Ah, vamos lá! — Ruslan fez um bico. — Nós somos amigos. E amizade requer confiança. Certamente você confia em mim?

Séverin forçou um sorriso e, em seguida, destampou o vidro. Fios de fumaça escaparam da garrafa, dissolvendo-se no ar. Ele se preparou para o que viria e, mesmo assim, não estava pronto para o que o aguardava. Era uma forma de arte de Forja mental, como nunca havia conhecido. Estava familiarizado com ilusões sofisticadas, mas este lugar era *real*. E *antigo*. Séverin tinha a vaga noção de que estava em uma sala de jantar em Veneza...

Mas seus sentidos diziam o contrário.

Diante de si, via a folhagem exuberante de uma selva antiga. O chão sob seus pés estava encharcado. Ao redor, a selva ostentava flores exóticas da cor de joias derretidas. Mariposas do tamanho de pratos de jantar com asas manchadas voavam em volta dele. Aquele cheiro forte de grama encheu seus pulmões, e as canções de ninar de pássaros brilhantes como joias o envolveram. Séverin estendeu a mão para tocar uma flor. Dava para ver as gotas de orvalho na folha. Quase podia sentir a pétala acetinada contra a pele quando a visão desapareceu.

Quando piscou, não era uma pétala o que ele quase tocava, mas o rosto de Ruslan, agora a centímetros do seu.

— Buu. — Ele sorriu.

Séverin cambaleou para trás.

— Ah, meu amigo, a maravilha transfixando seus olhos! — exclamou Ruslan, batendo palmas. — Você parecia o herói de um poema. Todo galante e triste e tudo mais...

— O que foi aquilo? — perguntou Séverin, cuja voz saiu mais áspera do que havia planejado.

— Forja mental, como você bem sabe — disse Ruslan, sentando-se.

— Isso é diferente de qualquer Forja mental que já vi — comentou Séverin.

Mesmo as ilusões mais belas de Forja mental sempre tinham algo que as entregava... uma fragilidade em suas bordas ou uma fragrância que não combinava. Isso, no entanto, havia sido tão perfeito quanto o conhecimento. Na verdade, Séverin teve a estranha sensação de que, se cruzasse o oceano por várias centenas de milhas, saberia exatamente onde encontraria tal paraíso.

— É um lugar real — disse Ruslan, tomando um longo gole de vinho. — E você acabou de testemunhar seu mapa sofisticado.

A mente de Séverin se prendeu naquela palavra: *mapa*. Era uma dica, tinha certeza. Seria possível que o mapa para o templo sob Poveglia pudesse aparecer em tal forma? Era um sinal de que Ruslan enfim estava pronto para dizer-lhe aonde ir? Ou era apenas outro jogo?

Séverin afundou na cadeira de jantar, alcançando o vinho, quando Ruslan agarrou sua mão e a virou.

— Sabe... quando me passei pelo patriarca da Casa Dažbog, cortei o braço dele e funcionou perfeitamente — divagou Ruslan, pensativo. — Talvez eu pudesse fazer o mesmo com você, e então a lira divina responderia a mim? Eu só preciso da sua mão. O restante não tem utilidade.

Séverin manteve a mão imóvel. A mente de Ruslan não funcionava como a dos outros. O que ele queria? Séverin se lembrou de todas as vezes que Ruslan lhe mostrara uma nova ferramenta de Forja ou tentara chamar sua atenção. *Ele quer brincar*, percebeu. Séverin sorriu e, em seguida, mexeu os dedos.

— Devemos tentar?

Ruslan pegou a Faca de Midas, tocando a ponta na palma de Séverin.

— Poderíamos.

— No entanto, seria uma indulgência bem entediante — acrescentou Séverin, com cuidado para não trair um tremor em seus dedos.

— Entediante? — repetiu Ruslan.

— Você mesmo comentou sobre o deslumbramento em meu rosto — disse Séverin. — Não gostaria de vê-lo de novo quando eu te contemplar em toda a sua divindade e glória? Não preferiria que *nós* conversássemos do que os membros chatos da sua Casa, que são muito mais bens móveis do que companheiros? Caso não, então você não é tão interessante quanto eu esperava. Que decepcionante. Se sim, pegue meu braço, corte minha garganta e me poupe do mar de marasmo.

— Isso foi grosseiro de sua parte, Séverin — reclamou Ruslan, retirando a faca. — Meus sentimentos estão feridos.

Séverin retirou a mão devagar, observando o patriarca. Ao ser chamado de entediante, o semblante de Ruslan mudou. Ele espetou um pedaço de queijo e o enfiou na boca com raiva.

— Perdoe minha piadoca — disse Séverin. — Sua conversa nunca deixa de ser divertida, como sempre. No entanto, estou achando os dias um pouco tediosos... não seria melhor...

Ruslan virou a cabeça devagar. Ele sorriu, mas era um sorriso fechado, como uma criança prestes a negar que se empanturrou de doces proibidos. Um clarão de pânico ácido tomou conta de Séverin.

— Dez dias — relembrou Ruslan, empertigado. — E não se esqueça, *monsieur* Montagnet-Alarie... eu também fico entediado, e talvez você nem sempre goste do que acho divertido.

Séverin fingiu indiferença. Naquele momento, uma porta perto do fundo da sala foi aberta. Eva entrou, segurando um frasco de líquido de Forja de sangue. Ruslan bateu palmas, entusiasmado.

— Meu, meu, meu — cantou, depois lambeu os lábios. — Doce proteção suculenta, embora eu deteste a regularidade de tudo isso. Uma vez por dia espanta a mentira...

Ruslan estendeu o punho. Um leve sorriso malicioso curvou os lábios de Eva enquanto ela passava o anel de garra na pele dele. Sangue escorreu do ferimento, e ela o colheu no frasco. Por alguns momentos, ela o segurou com firmeza. O sangue escureceu alguns graus. Quando Eva esvaziou o frasco, as moléculas subiram no ar, torcendo-se como uma imagem de tinta derramada a centímetros do nariz de Ruslan, que meneou a cabeça e, em seguida, inclinou-se para a frente, agarrando o sangue Forjado como uma criatura comendo algo no ar.

Gotas de sangue salpicaram sua boca.

Ele sorriu, lambendo os cantos da boca e das bochechas.

— Não será necessário quando formos deuses, não é mesmo? Não vai haver necessidade de proteções contra a mentira... Eu mesmo vou me certificar disso. — Ruslan sorriu para Eva. — Embora eu nem imagine o que vou fazer com você. Talvez eu te coma.

O rosto de Eva empalideceu enquanto devolvia o frasco à bandeja, que tremia em sua mão. Séverin esperou até que ela estivesse quase na porta antes de falar.

— Ruslan, espero que não se ofenda se eu disser que ultimamente estou carente de beleza.

Ruslan gemeu e bateu na própria careca.

— Infelizmente, não tenho qualquer ilusão quanto à minha aparência.

— Achei que poderia levar a adorável Eva para um passeio de gôndola esta noite.

Eva congelou, alternando o olhar entre Ruslan e Séverin. Ruslan mastigou pensativamente um pedaço de fruta antes de dar de ombros.

— Não tenho objeções — respondeu o patriarca.

— Eu *tenho* — rebateu Eva em voz alta. — Não quero ir a lugar nenhum com ele...

Ruslan riu.

— Não seja boba, Eva. Você sabe como acho seus ataques de temperamento encantadores, mas, se fizer isso de novo, vou trazer seu pai e matá-lo bem na sua frente. — Sua voz era calma. Quente, até, de um jeito que fez a pele de Séverin se arrepiar. — E depois disso, vou encher sua boca com brasas ardentes para apagar todos esses ataques de temperamento *esquentadinhos*.

Eva empalideceu e se virou para Séverin.

— Seria uma honra te acompanhar esta noite.

Séverin sentiu-se um pouco mal ao observar a troca. Eva os havia traído, sim, mas também estava presa.

E você é diferente?, sibilou uma voz dentro dele. *As coisas que fez com as pessoas que dizia amar...*

Séverin afastou a tal voz e forçou um sorriso.

— Excelente.

Uma hora depois, Séverin se encontrava sentado na gôndola da Casa Caída, um barco forjado em laca preta que não precisava de gondoleiro. O símbolo da Casa Caída aparecia na lateral. Na proa, uma abelha de metal batia as asas. Podia vê-los, mas não os ouvir. Mesmo assim, Séverin manteve as costas voltadas para ela. Do cais, um membro da Casa Caída o observava em silêncio. Em suas mãos, ele segurava a lira dentro da caixa Forjada de sangue.

— Achei que poderíamos ver a famosa *Ponte dei Sospiri* — disse Séverin enquanto o barco deslizava pela água.

Eva não respondeu. Acariciou a bainha que segurava sua faca incrustada de joias.

— Prometi companhia, mas...

— Companhia é tudo o que espero — interrompeu Séverin. — Conversar é opcional.

Passaram a meia hora seguinte em silêncio. As vias aquáticas de Veneza estavam despertas naquela noite. Amantes se aconchegavam, perdidos um no outro. Quando se beijavam, seus barcos Forjados — entalhados em formatos de rosas flutuantes ou mãos habilmente esculpidas — se fechavam ao redor deles, escondendo-os completamente da vista.

Mais à frente, uma ponte intrincada se arqueava sobre as águas do *Rio di Palazzo*. A pedra branca em si já era uma maravilha — espirais coroavam o topo da ponte totalmente fechada como ondas do mar e, ao longo do arco inferior, apareciam dez rosto com expressões de horror e medo. Apenas um sorria. Duas pequenas janelas, ambas cobertas de rede de mármore, os olhavam solenes enquanto passavam por baixo.

— O nome é bem apropriado, não acha? — perguntou Séverin, gesticulando para a ponte e os edifícios palacianos que ela conectava.

Eva parecia desinteressada.

— Eu não falo italiano.

— *Ponte dei Sospiri* significa a Ponte dos Suspiros — esclareceu Séverin. — Ela conecta a nova prisão à nossa esquerda e as salas de interrogatório do Palácio Ducal à nossa direita. Para um homem condenado caminhando pela ponte até a prisão, aquelas janelas eram a última coisa que via. E que visão deve ter sido... certamente digna de um ou dois suspiros.

— O que você quer? — perguntou Eva, brusca.

Séverin alcançou a mão de Eva. Atrás dele, tudo o que o mnemo-inseto veria seria: dois jovens de cabeça inclinada e as mãos dadas.

— Eu posso te ajudar — sussurrou ele.

Os olhos verdes de Eva brilharam.

— Me recuso a ser arrastada da misericórdia de um homem para a de outro. Muito menos a *sua*. Espera que eu confie em você depois de os ter matado? Eles eram... pessoas... *boas*.

Séverin manteve o olhar de Eva.

— E se eu dissesse que eles estavam seguros?

Eva parou.

— Como?

— E tem importância, desde que seja verdade?

Eva soltou a mão dele.

— Só se você puder provar.

— Amanhã — disse Séverin. — Um, ou todos eles, não sei, vai me encontrar na Ponte dos Suspiros à meia-noite. Está tudo planejado. Podemos tirá-la daqui.

Eva contorceu a boca.

— E como sabe que virão atrás de você, *monsieur*? Você pode não ter matado eles, mas até mesmo eu pude ver que a maneira como os tratou foi um tipo de morte.

Séverin recuou, as palavras zumbindo em sua cabeça. Eva estava errada. Eles entenderiam... dariam-lhe mais uma chance. Não dariam?

Enquanto a gôndola deslizava pela água, Séverin olhou para a lagoa escura abaixo. Parecia viva. Uma coisa faminta que engolia os reflexos de catedrais e palácios, lambia arcos de pedra e mastigava o rosto dos anjos esculpidos nas molduras.

A água se alimentava da cidade.

Séverin se afastou de seu reflexo na superfície preta.

Por um momento, o canal pareceu zombar dele, sussurrando na escuridão.

Meu ventre guarda ossos de impérios. Eu comi suspiros, comi anjos, e um dia também comerei você.

9
ENRIQUE

Tomando cuidado, Enrique tocou o curativo. Três dias após perder a orelha, a dor havia diminuído até se tornar uma leve pontada. Ele traçou a estranha nova planície em seu crânio, o pequeno caroço da casquinha de ferida em que antes ficava a orelha. Quando criança, estivera disposto a abrir mão dela. Ansioso, até. Pois pensava que isso significava que seus sonhos se tornariam realidade. Quando tinha nove anos, chegou a pegar uma faca e levá-la até o lóbulo da orelha, antes que a mãe aparecesse e começasse a surtar.

— Por que você iria querer fazer uma coisa dessas? — questionara ela.
— Para a troca! — respondera Enrique. — Para os *enkantos*!

A mãe não ficara impressionada e no mesmo instante reclamara com a avó dele, que apenas rira. Depois disso, a mãe proibira a *lola* de contar mais histórias para ele, mas, no dia seguinte, Enrique se arrastara até o lado dela e se sentara a seus pés, puxando o longo *baro* branco dela.

— Me conte uma história — implorara.

E ela contou. A *lola* costumava lhe contar histórias dos *enkantos* nos bananais, de seus longos dedos separando as folhas de cores vivas e de seus grandes olhos brilhando ao entardecer.

Mesmo usando uma cruz ao redor do pescoço e nunca perdendo a missa aos domingos, a avó nunca se esqueceu dos *enkantos* lá fora. Toda semana, ela deixava uma tigela de arroz e sal do lado de fora da porta. Quando saíam para caminhar e passavam por baixo das árvores, ela baixava a cabeça e sussurrava:

— *Tabi tabi po.*

— Por que a senhora faz isso? — perguntara Enrique. — Por que diz "com licença" quando não tem ninguém aqui?

— Como você sabe, *anak?* — costumava responder a avó, com um brilho nos olhos. — *Eles* vivem aqui muito antes de nós, e é apenas cortesia pedir permissão para cruzar seu território. Os *enkantos* e os *diwatas* são um povo orgulhoso, e você não iria querer ofendê-los, não é?

Enrique balançou a cabeça em negativa. Não queria ser mal-educado. Além disso, adoraria ver as criaturas das histórias da avó. Se fosse muito educado, talvez eles aparecessem e lhe dessem "olá". O garoto até mesmo tentou vê-los. Uma vez, ficou acordado a noite toda observando o corredor fora de seu quarto, convencido de que, se simplesmente esperasse por algum tempo, um anão apareceria nas sombras e perguntaria a ele o que queria. Enrique planejava dar de presente ao anão os bolinhos de arroz que roubara da mesa de café da manhã da família e, então, pediria para ser levado ao bosque onde os *enkantos* viviam. Lá, faria uma troca.

— Os *enkantos* adoram uma boa negociação, *anak* — costumava dizer a avó, baixando a voz como se contasse um segredo. — Eles podem dar uma bolsa de ouro pela sua lembrança mais preciosa. E concederão a uma jovem noiva beleza imortal durante um ano em troca do cabelo comprido dela.

Enrique se sentava aos pés dela, encantado. Lembrava-se da avó se abaixar, puxando suavemente sua orelha.

— Ouvi dizer que um fazendeiro deu uma das orelhas dele a um *enkanto* e, em troca, podia ver o futuro.

Enrique se animara.

— Se eu der minha orelha ao *enkanto*, também poderei ver o futuro?

— Por que você ia desejar ver o futuro, *anak?* — A *lola* rira. — Que fardo terrível seria.

Enrique discordava. Se pudesse ver o futuro, saberia quando o irmão mais velho, Marcos, planejava provocá-lo. Saberia quando a mãe planejava trazer *puto bumbong* para casa antes de qualquer outra pessoa e, aí, poderia pegar os melhores pedaços. E, mais importante, saberia quem ele iria ser. Talvez um pirata do mar com um crocodilo mortal de estimação que o adorava e comia todos os inimigos...

O futuro de Enrique seria claro, e tudo o que precisava fazer era abrir mão de uma pequena parte de si.

Mas, agora, Enrique tinha feito esse sacrifício. Ou, melhor, alguém havia feito por ele. O historiador olhou para o espelho dourado do outro lado da parede da biblioteca, virando a cabeça de um lado e para o outro antes de voltar a olhar para as anotações e pesquisas espalhadas. Ele abrira mão da orelha, mas seu futuro não estava nem um pouco mais claro.

A história o cercava, mas ele não tinha a mínima ideia de a que lugar pertencia dentro dela. Estava perdido. Apesar de ter sonhado em deixar uma marca no mundo, o mundo o marcara e continuara se movendo.

Um som vindo da porta o assustou. Enrique ergueu os olhos e viu Zofia com o avental preto. A fuligem sujava suas bochechas pálidas, mas, por alguma razão, isso apenas chamava a atenção para o azul vívido de seus olhos e o vermelho natalino de suas maçãs do rosto. O cabelo dela, claro como a luz de velas, havia escapado do rabo de cavalo e, por um momento, ele teve o impulso bizarro de sentir os fios entre os dedos... de se perguntar se seria, de alguma forma, como a luz contra a pele dele.

Ele se levantou de repente, quase espalhando alguns dos documentos sobre a mesa ao lado.

— Fênix, o que tá fazendo aqui?

— Terminei meu trabalho.

— Ah... bom para você?

Ela olhou em volta da sala.

— Você ainda não encontrou o que tá procurando.

Enrique murchou um pouco. Desde o encontro deles na noite anterior, ele andou procurando por pistas na casa segura da matriarca a respeito da localização da Casa Janus e da reunião do *Carnevale*. Mas, até aquele momento, não havia encontrado nada. Na outra sala, Laila se ocupava lendo todos os objetos que podia, à procura de uma dica. Uma incógnita, Hipnos tinha ido fazer perguntas secretas em Veneza sobre o bar *mascherari* que criava os convites. Até então, tudo o que Enrique havia conseguido fazer foi tirar todos os livros e quadros da parede da biblioteca.

— Você precisa de ajuda — constatou Zofia.

Enrique ficou um pouco magoado, mas havia se acostumado com a maneira como Zofia processava o mundo ao redor. Ela nunca quis dizer aquilo como um insulto, apenas como uma observação.

— Preciso, sim — confessou ele, suspirando.

Faltavam apenas três dias para o *Carnevale*. Hipnos deixou claro que achava que, se não conseguissem encontrar uma pista sobre a Casa Janus ou o salão *mascherari* em breve, encontrar Séverin seria a melhor chance de chegar ao templo sob Poveglia.

— Temos que aceitar, *mon cher* — dissera Hipnos, pouco antes de sair de casa. — Ele sempre sabe o que fazer e onde procurar.

Talvez no passado isso tivesse sido verdade, mas agora? Enrique não confiava nesse novo Séverin nem nas coisas que ele queria.

Uma parte cruel de si imaginava Séverin esperando por eles no local do encontro, apenas para que não aparecessem. Ele se sentiria abandonado? Olharia para todas as coisas que havia feito e se odiaria? Ficaria chocado? Enrique esperava que sim. Então, talvez, Séverin saberia como o grupo se sentiu.

— O que devo fazer? — perguntou Zofia.

— Eu... não sei — respondeu Enrique, gesticulando para as duas mesas cheias de pilhas de papéis e objetos. — Eu organizei a maioria dos itens nas mesas. Achei que seria útil dar uma examinada. A Casa Janus recebeu esse nome em homenagem ao deus romano das transições e mudanças e, em geral, é representada com duas faces. Ele costuma ser associado a portas, então talvez procurar uma chave? Ou algo que mude de formato?

Zofia assentiu, caminhando até a primeira mesa. Enrique sentia-se envergonhado demais para dizer a ela que já havia examinado todos os objetos na casa segura. E estava envergonhado demais para admitir para si mesmo que a pessoa cuja perspectiva mais queria era a mesma pessoa que ele ficaria feliz em nunca mais ver na vida.

Enrique quase conseguia imaginar Séverin como um dia já foi... vestindo algo perfeitamente feito sob medidas e mastigando um cravo enquanto examinava um cômodo. Ele tinha uma habilidade sobrenatural de saber onde o tesouro gostava de se esconder. Era algo que o historiador admirava de má vontade, o modo como Séverin conseguia contextualizar um objeto e tecer uma história em torno dele.

— O tesouro é como uma mulher bonita — dissera Séverin uma vez. — Antes de se revelar, ele quer saber que você levou um tempo para entendê-lo.

Enrique fingira querer vomitar.

— Se eu fosse um tesouro e ouvisse você dizer isso, afundaria até o fundo do oceano, onde nunca seria encontrado.

Então continuara a repetir a frase por seis meses seguidos.

Séverin não achara graça.

Quando pensou nisso agora, Enrique quase sorriu, mas o movimento perturbou a ferida onde sua orelha havia estado. O sorriso em seu rosto se desfez.

— O que é isso? — perguntou Zofia.

Ele se virou e viu Zofia segurando uma pequena moldura de metal. Dentro havia cinco fragmentos de argila cujas superfícies eram cobertas por uma escrita cuneiforme. Antes, ele teria segurado a peça com carinho, quase com reverência, contra o coração. Teria traçado o ar acima das cunhas, imaginando o junco de ponta cega, que servia como caneta, tomando uma ideia e a colocando nessa forma. Neste momento, desviou o olhar.

— Cuneiforme assírio, creio — elucidou Enrique. Quando Zofia olhou na direção dele com expectativa, Enrique tomou o gesto como um convite para explicar. Zofia nem sempre queria ouvi-lo. Em mais de uma ocasião, ela simplesmente saíra andando quando ele estava no meio de uma palestra, e então o historiador aprendera a esperar e deixá-la decidir. — Há cerca de dez anos, a Sociedade de Arqueologia Bíblica desejava corroborar eventos da Bíblia com eventos históricos... o dilúvio em particular.

— Dilúvio? — perguntou Zofia.

— Também conhecido como o grande dilúvio — disse Enrique. — Noé e a arca.

Zofia acenou com a cabeça em compreensão.

— Um artigo publicado em 1872 falava da descoberta de tabuletas cuneiformes na Biblioteca de Assurbanípal, perto de Nínive... — explicou Enrique, olhando para a moldura. — Quando traduziram as tabuletas, encontraram outra menção ao dilúvio. Foi a primeira vez que as pessoas perceberam que havia várias instâncias de um "grande dilúvio" ocorrendo ao redor do mundo... em diferentes culturas e tradições. Como se esse grande evento não pertencesse a um único povo. É inovador, sério, embora desde então a Ordem de Babel tenha tentado bloquear pesquisas e traduções adicionais das tabuletas.

— Então eles não querem mais que isso seja provado? — perguntou Zofia, franzindo a testa. — Quanto maior a frequência de um evento registrado, maior a probabilidade de que ele realmente tenha acontecido.

— Não se isso contradiz a visão que eles têm de si mesmos, suponho — disse Enrique.

Ele não foi capaz de esconder a amargura que se infiltrou em seu tom de voz. No passado, teria espumado de raiva. Lembrava-se de um ensaio que havia escrito na universidade, argumentando que tais práticas eram um esforço para pegar um pincel e uma tesoura para ajeitar a história, um ato que nenhum humano tinha o direito de cometer. Na época, a raiva o abalou, tornando sua escrita um garrancho febril.

Mas, agora, ele se sentia estranhamente vazio. Qual era o sentido daquela frustração? Dos ensaios que escrevera e dos planos para grandes discursos? Isso faria alguma diferença no mundo, ou o direito de fazer a diferença estava reservado apenas às mãos de poucos privilegiados?

A Ordem de Babel folheava a história como se fosse uma gaveta. Para eles, a cultura era pouco mais do que uma fita atraente ou um ornamento brilhante. Então havia pessoas como Séverin e Ruslan... pessoas que poderiam mudar por completo a ordem mundial, mas apenas se seus próprios desejos estivessem no centro de tudo. E aí havia Enrique, suspenso entre tudo isso como uma joia inútil largada para ficar pendurada entre eles — desejada apenas pela aparência.

— A visão de si mesmos — disse Zofia, devagar. — Talvez não saibam como ver.

— Talvez.

Ele levou o olhar para o espelho na outra extremidade da parede. Não entendia por que a matriarca o colocara ali. Não combinava com os livros e objetos. Nem mesmo parecia estar voltado para o restante do cômodo. Deste ângulo, estava inclinado de forma desigual para mostrar a entrada da biblioteca. Talvez fosse para rastrear estranhos entrando na sala? No início, eles suspeitaram de que pudesse ser uma porta Tezcat, mas Zofia disse que não era.

Como um tesouro deseja se tornar conhecido?, costumava dizer Séverin quando se tratava de encontrar algo. *O que ele quer que a gente veja?*

Enrique afastou as palavras da cabeça. A última coisa que queria fazer era pensar em Séverin.

— Eu não encontrei nada — anunciou Zofia. — Nenhuma chave. Nenhum objeto que muda de forma.

Enrique suspirou.

— Foi o que imaginei.

— Em Isola di San Michele, você disse que Janus era um deus do tempo.

— E...?

— E o tempo não compartilha das mesmas características de uma chave — disse Zofia.

— A chave seria mais uma manifestação do cenário que ele governa — explicou Enrique, acenando com a mão. — A arte é muito autorreferencial e tal...

Ele afundou na cadeira mais próxima, deixando a cabeça cair entre as mãos. Hipnos voltaria em menos de uma hora, e Enrique teria que admitir que estava errado. Não havia nenhuma pista sobre a Casa Janus aqui. Ele teria que assistir ao sorriso presunçoso e simpático de Hipnos, ouvi-lo se gabar sobre como *Séverin* teria sabido o que fazer...

— Me fale mais do cenário que ele governa — pediu Zofia em voz alta.

Enrique ergueu a cabeça, dividido entre irritação e a vaga centelha de alegria ao pensar em explicar qualquer coisa sobre mitos e símbolos.

Nenhum dos outros lhe perguntara a respeito do papel específico de Janus no panteão romano. Só Zofia mesmo para questioná-lo quando ele não tinha mais vontade de falar do assunto.

— Diz-se que ele guarda passagens de todos os tipos — contou Enrique. — Era o deus das dualidades e transições... muitas vezes adorado no mesmo fôlego que Zeus, a quem chamavam de Iuppiter. Janus também era chamado de Ianus, que deu origem a Ianuarius e, portanto, ao mês de janeiro. Como o primeiro mês do ano, é o momento em que ao mesmo tempo podemos olhar para trás e para a frente. É por isso que Janus costuma ser representado presidindo portas e portais. Até mesmo a palavra latina para porta é *ianus*...

Enrique parou de falar. Uma leve sensação de formigamento percorreu sua espinha. Ele se levantou sem pressa e se virou para o espelho. Viu o curativo manchado e a leve protuberância onde sua orelha um dia estivera antes de Ruslan a cortar. Mas, além disso — além da maneira como o mundo o marcara —, ele viu o limiar da biblioteca.

Até então não prestara atenção nela, a madeira esculpida em formas elaboradas e adornada com ouro. Havia parecido apenas outra coisa bonita e decorativa em uma casa cheia de ornamentos bonitos e decorativos. Mas agora seu olhar se prendia em um ponto fraco e brilhante embutido na madeira. À primeira vista, parecia um truque da luz... a chama de uma vela ou arandela refletindo do espelho de prata. Ficava situado bem alto, quase perto da junção onde a lareira e a moldura se encontravam. Um lugar que ninguém teria motivo para examinar muito atentamente.

— Zofia — começou Enrique —, estou começando a pensar que você é mesmo genial.

— Você parece surpreso — disse Zofia. — Por quê?

Enrique sorriu enquanto passava por ela com a mão estendida para a porta... o tradicional refúgio do deus de duas faces.

— Tem um banquinho? — perguntou ele, olhando ao redor.

Zofia pegou um e o levou até ele. Enrique subiu e se ajoelhou. Tocou o brilho embutido na madeira, que se sobressaía como uma lasca inocente.

Enrique o pegou entre os dedos e *puxou* bem devagar.

A madeira ao redor da lasca brilhante cedeu com um som que o lembrou de alguém folheando as páginas de um livro. Enrique prendeu a respiração. Fosse lá o que tivesse agarrado cedeu com pouca resistência. A luz explodiu em sua visão, e algo caiu, o som era como um prato se estilhaçando no chão.

— O que é isso? — perguntou Zofia, aproximando-se.

Era uma meia-máscara prateada. Talvez no passado tivesse fitas presas nas laterais, mas havia muito tempo elas se desintegraram. A máscara em si parecia simples e inacabada, a tinta metálica descascada em alguns lugares. E ainda assim, no instante em que a tocou, Enrique sentiu uma presença invadindo seus pensamentos... um vislumbre do interior de um salão, máscaras penduradas no teto, o brilho suave dos lustres. Só podia ser um lugar: o salão *mascherari* que escondia a localização da Casa Janus.

Talvez fosse apenas coisa de sua cabeça fantasiosa, mas, naquele momento, Enrique se perguntou se algo daquele antigo deus romano havia se movido pelo cômodo. Afinal, Janus era o deus da mudança e dos começos. E, naquele segundo, o historiador quase pôde saborear a mudança no ar. Tinha gosto de prata e fantasmas, como a ressurreição de uma esperança abandonada que se agitava, mais uma vez, para a vida.

10

LAILA

Laila observou uma festa de casamento se aproximando da ponte. Atrás deles, uma lua tão opaca quanto o pescoço da noiva subia acima dos telhados inclinados da catedral. No céu, estrelas turvas brilhavam e testemunhavam os amantes. A garganta de Laila apertou enquanto ela os observava. Disse a si mesma para não olhar, mas foi mais forte do que ela. Seus olhos vagavam com voracidade por cada detalhe da noiva e do noivo.

Os dois se moviam com um indo à frente e o outro atrás, como se seguissem uma música cantada apenas para seus ouvidos. O vestido cor de gelo da noiva se arrastava pelos degraus brancos como nuvens da Ponte dos Suspiros. Seu cabelo era castanho-claro, preso com cuidado sob um véu, e pérolas enroladas em torno da testa. O noivo, um homem de queixo menos proeminente e olhos grandes que quase ficava bonito quando sorria, olhava para ela como se nunca tivesse visto nada colorido até aquele momento. Atrás dos noivos, os amigos e familiares aplaudiam e riam, jogando arroz e pétalas no ar.

Laila recuou contra a grade quando eles passaram. Não pretendia acabar na Ponte dos Suspiros, mas seu caminho a pé, saindo da Piazza San Marco e passando pelo Palácio Ducal, a levara a ser pega pela chuva, e este era o meio mais rápido de voltar à casa segura. Abaixo dela, as pedras brancas ainda estavam escorregadias pela chuva. A noiva, desatenta em meio à alegria, tropeçou, e teria caído de bruços na pedra se o marido não a tivesse segurado. Quando o buquê de campainhas-de-inverno escorregou de seu aperto, Laila, sem pensar, estendeu a mão e agarrou a fita azul que prendia as flores. Os convidados aplaudiram, e ela corou sem saber por quê.

— Você deixou isso cair — disse, tentando entregá-lo à noiva.

Mas a garota balançou a cabeça em negativa, sorrindo.

— *No, sua buona fortuna per te.*

Laila tinha muito pouco conhecimento de italiano, mas entendia *buona fortuna*. A noiva estava dizendo que era boa sorte para ela. Rindo, ela colocou as mãos de Laila sobre o buquê.

— *E tuo.*

É seu.

As lembranças do buquê perfuraram Laila. Ela viu as campainhas-de--inverno amarradas por uma fita azul que no passado adornara o cobertor da noiva quando criança. Viu a mãe da mulher chorando baixinho sobre as flores, sussurrando orações para as pétalas. Ouviu a noiva rindo enquanto o pegava da irmã dela...

Laila puxou a consciência de volta. Quando olhou para baixo, o anel de granada parecia uma gorda gota de sangue. *Cinco.* Cinco dias era tudo o que lhe restava.

Ela olhou para as campainhas-de-inverno em sua mão.

Laila tentou imaginar um futuro em que fosse uma noiva. Tentou imaginar sua mãe, ainda viva e trançando jasmim em seu cabelo. Imaginou tias que nunca conhecera deslizando pulseiras de ouro em seus punhos. Evocou o cheiro de *hena*, como feno doce de chuva, adornando suas mãos e seus pés, o nome de seu noivo escondido no desenho como um convite secreto para tocar sua pele pela primeira vez. Laila imaginou a cortina *antarpat* que os separava caindo bem devagarinho, o rosto de seu noivo escondido atrás de um *sehra* de pérolas. No devaneio, um par de olhos violeta encontrou os dela, e, na expressão dele, Laila sentiu que era toda a maravilha e toda a cor do mundo.

Quase deixou cair as flores.

— Tolice — disse a si mesma.

Ela nunca seria uma noiva. A cada hora que passava, Laila percebia que o anel de granada seria o único anel que usaria na vida. Ela se agarrava à esperança, mas, a cada dia, sentia que o sentimento desmoronava um pouco mais. A cada minuto, sentia o espaço entre sua consciência e as águas escuras do esquecimento se reduzindo. Às vezes, era como se aquelas águas escuras sussurrassem para ela, provocando-a, dizendo que seria muito mais fácil desistir. Afogar-se.

Em algum lugar, um sino tocou, tirando-a de seus pensamentos. Era quase meia-noite, e os outros estariam se perguntando aonde ela havia ido. Havia trabalho a ser feito. Objetos que precisavam ser lidos, planos que precisavam ser finalizados.

Mas, naquele momento, Laila desejou poder se soltar. Queria deixar entrar a lua e as nuvens, os telhados da catedral e as estrelas escuras, e aí permitir que tudo isso queimasse e arranhasse dentro dela.

Ao redor dela, o céu ficou mais escuro, ganhando uma tonalidade profunda e aveludada. A mãe costumava dizer que a noite que se aproximava era o deus Krishna envolvendo todos em seus braços, pois sua pele era da cor da meia-noite. Laila adorava ouvir histórias sobre Krishna, o deus da preservação renascido como uma criança humana travessa.

Um dia, a mãe humana de Krishna suspeitou que ele havia comido algo que não devia e disse ao menino para abrir a boca. Depois de um tempo, ela o convenceu. Atrás dos dentes de Krishna, na escuridão sem luz de sua garganta, queimavam sóis e luas, estrelas moribundas e planetas cobertos de gelo. A mãe não voltou a pedir a ele que abrisse a boca.

Laila sabia que algumas pessoas podiam carregar tais coisas dentro de si.

Algumas podiam andar com galáxias pendendo do coração, planetas triturando contra suas costelas, mundos inteiros arrastando-se em seu encalço, e nada disso atrapalhava o equilíbrio delas.

A mãe dela costumava dizer que Laila era uma dessas pessoas. Que a filha nasceu para carregar mais do que a si mesma. Que podia suportar, e valorizar, o peso dos outros — suas preocupações, seus erros, suas esperanças de quem poderiam ser.

Todo esse tempo, ela tentara não pensar em Séverin, mas aquele devaneio idiota convocara o rosto dele em seus pensamentos. Agora Laila sabia com certeza que ele era a única pessoa que ela nunca poderia carregar.

Não duvidava de que ele se importasse com os amigos à própria maneira. Nem mesmo duvidava de que tivesse um sentimento profundo por ela, ou que deve tê-lo machucado abandoná-la e fingir matar os outros apenas para mantê-los seguros.

Mas eles sempre desejariam futuros diferentes, e ela não podia mais esconder isso de si mesma.

Laila queria segurança. Um lar. Uma mesa de jantar cheia de comida, sempre posta para amigos e família.

E Séverin? Séverin queria divindade. Agarrar-se a ele seria como tentar lutar contra a lua. A morte de Laila já era uma coisa carente e pegajosa, tão pesada que parecia que ela carregava a noite e todas as estrelas. Uma não existência — aquele vazio que sentiu na Isola di San Michele — já brotava por seu corpo.

Ela não tinha mais espaço sobrando para Séverin.

Não mais.

Ao longe, uma gôndola elegante cortava a água ônix, como se fosse direto para a Ponte dos Suspiros. Laila deu uma última olhada no buquê de campainhas-de-inverno, depois o deixou cair. A fita se rompeu, e os sinos tocaram à meia-noite. As pétalas brancas que se espalharam na lagoa pareciam uma estrela quebrada.

II

SÉVERIN

No passado, Séverin imaginara que os deuses não tinham fraquezas, mas agora sabia que estava errado.

Até os deuses tinham um ponto secreto e fraco. Para feri-los, não se deve desejá-los. É preciso virar o rosto e rir de suas riquezas. A rejeição era uma lâmina mortal que sempre encontraria espaço.

De onde estava parado na gôndola, a superfície austera do relógio da torre próxima, anunciando ser meia-noite e meia, confirmava o que ele já sabia: eles não viriam.

No início, Séverin disse a si mesmo que algo dera errado. Mas era impossível — havia deixado o mnemo-inseto ao lado de Laila. Não tinha como ter passado despercebido. Então ele se perguntou se algum mal havia acontecido aos amigos, se, de alguma forma, a Ordem os encontrara... mas certamente Ruslan teria se gabado de tal descoberta. Por quase vinte minutos, Séverin ficou de pé na gôndola e olhou para a Ponte dos Suspiros. Continuou imaginando os amigos em cada risada perdida ou som distante de passos. Quando se aproximara do ponto de encontro, ele até se convencera de que havia visto uma figura magra se esgueirando nas sombras.

Eles não o queriam.

Escolheram *não* vir.

No fundo, ele sabia que tinha que voltar.

Se ficasse fora por mais tempo, Ruslan o puniria.

Séverin sentiu como se não pudesse respirar. Afundou-se na almofada da gôndola, uma tensão desconhecida apertando seu peito enquanto as palavras de Eva lhe voltavam à mente.

E como sabe que virão atrás de você, monsieur? *Você pode não ter matado eles, mas até mesmo eu pude ver que a maneira como os tratou foi um tipo de morte.*

Séverin sentiu um enjoo. Agarrou a borda da gôndola, a náusea tomando conta de seu corpo. Fora ele quem havia feito isso consigo mesmo. O rapaz se inclinou sobre o barco, prestes a vomitar, e foi então que viu as pétalas brancas boiando por ali.

Pela primeira vez em anos, ouviu a voz de sua mãe. Ele bloqueara o som esfumaçado por tanto tempo, mas agora o encontrara. Séverin se lembrou de uma das últimas vezes que a viu: chamara por ela depois de um pesadelo, e o pai havia permitido que Kahina dormisse ao lado dele, embora reclamasse que Séverin se tornaria um frangote por conta de tal mimo.

— Ouça, *habibi*, pois vou te contar a história do rei rico e da flor mais bonita do mundo — dissera Kahina, afastando o cabelo dele da testa.

— E a flor era bonita mesmo? — perguntara Séverin, pois parecia muito importante, já que a flor era digna de um rei.

Kahina sorriu.

— As pétalas da flor eram brancas como leite, e sua fragrância, como algo roubado do paraíso. O rei perguntou à flor se poderia levá-la para seu reino, e ela concordou, mas apenas se o rei prometesse cuidar dela.

Séverin franzira o cenho ao ouvir aquilo. Nenhuma das flores na propriedade de seu pai jamais falara com ele. Talvez não o imaginassem como um rei. No dia seguinte, ele teria que vestir suas melhores roupas e informá-las do contrário.

— A flor pediu sol, e o rei declarou que tinha algo melhor do que a luz do sol... ele ofereceu à flor moedas de ouro banhadas em leite e mel. A flor gritou, pois as moedas de ouro eram duras e machucavam suas pétalas.

A flor então pediu água, e o rei declarou que tinha algo melhor que água, e aí derramou sobre a flor todos os vinhos mais raros vindos de todos os cantos de seu reino — contara Kahina. — A flor gritou, pois o vinho era azedo e suas raízes murcharam ao toque da bebida. Pouco a pouco, ela começou a morrer. O rei ficou furioso e exigiu uma explicação. "Eu lhe dei todas as melhores coisas do mundo", disse ele. "Você *deve* florescer!". Mas a flor declarou: "Não era disso que eu precisava", e então, em desafio ao rei, ela morreu.

Séverin não gostou da história. Aquele rei tolo não conseguia ver que tudo o que a flor queria era água e sol?

— Por que ele não ouviu a flor? — perguntara Séverin.

Kahina ficara quieta. Suas mãos pararam na testa dele.

— Às vezes, aqueles que têm muito poder acham que sabem o que é melhor... e se esquecem de ouvir. Mas você não será assim, não é, *habibi*?

Séverin fez que não com a cabeça.

— Bom — dissera a mãe. Ela levantou as mãos dele e beijara os nós de seus dedos um por um. — Porque você é muito mais poderoso do que qualquer rei.

Agora, Séverin observava as pétalas brancas que passavam flutuando por ele.

Olha o que você fez. Você os machucou. Não ouviu. E agora está sozinho.

Ele era um tolo. Todos os seus poderes, toda a sua riqueza... não significavam nada.

Séverin se sentou na gôndola, e algo se cristalizou em seus pensamentos.

Laila, Enrique, Hipnos e Zofia não precisavam dele para chegar a Poveglia, mas precisariam dele para tocar a lira. Se os alcançasse a tempo, então talvez pudesse se desculpar. Ele poderia implorar por outra chance...

Todo esse tempo, ele fora muito cuidadoso em lidar com os caprichos de Ruslan. Mas não havia mais nada que o patriarca da Casa Caída lhe pudesse tirar. Ele havia perdido tudo o que importava, e, dessa forma, enfim estava tão poderoso quanto podia ser. Somente não tendo nada a perder é que ele por fim poderia forçar a mão do patriarca. Não esperariam dez dias para chegar a Poveglia. Partiriam imediatamente.

Séverin abriu as portas da Casa d'Oro e passou por uma dúzia de membros da Casa Caída. No momento em que entrou, as mnemo-abelhas zumbiram alto.

— Onde está minha lira? — perguntou ele, baixinho.

Um guarda saiu do quarto de Séverin segurando a caixa de gelo e vidro. Nas sombras do corredor, viu o cabelo ruivo de Eva, que devia estar esperando por ele, aguardando a confirmação de que os outros estavam vivos. Mas ele não tinha provas, o que significava que ela não lhe era mais útil. Séverin pressionou o polegar no espinho e tirou a lira da caixa.

— Me tragam seu mestre — disse ele aos guardas. — *Agora.*

— *Monsieur* Montagnet-Alarie... — começou a falar Eva, movendo-se em sua direção.

Ele caminhou até ela. Os olhos verdes da moça se arregalaram de pânico, e ela tentou correr, mas Séverin era muito rápido e a agarrou pela cintura, puxando-a de encontro ao peito. Eva se debateu, arranhando-o, mas ele não se importou. Só queria uma coisa. No instante seguinte, removeu a faca adornada que Eva mantinha em volta da cintura. Ela se afastou dele com um salto, sem fôlego.

— *Onde está Ruslan?* — gritou Séverin.

Eva se encolheu contra a parede.

— O que você tá fazendo? — Ela baixou a voz até se tornar quase um sussurro. — O que aconteceu com eles? Você me prometeu...

— Saia da minha frente — rosnou. — Isso não tem mais nada a ver com você.

Eva empalideceu. A fúria invadiu seu rosto e, com a mão, ela alcançou o pingente em volta do pescoço antes de fugir pelo corredor.

Os membros da Casa Caída deram um passo na direção de Séverin. Estavam a menos de três metros dele agora. Como um só, eles sacaram pares de facas de dentro de suas mangas pretas. Séverin riu. Sentia-se maravilhosamente embriagado com esse novo poder.

Ele levou a faca adornada para a garganta, dando um sorriso preguiçoso para todos ali.

— Ruslan já me entediou. Não quero mais encontrar a divindade com ele.

Ele observou as palavras afundarem na atmosfera.

— Na verdade, eu preferiria estar morto — acrescentou Séverin, pressionando a faca com mais força contra a pele. — Que ele fique à vontade pra usar meus membros depois. Eu não estou nem aí...

Alguém começou a bater palmas. Séverin ergueu os olhos e viu Ruslan saindo da parede de brocado vermelho que não passava de um portal Tezcat disfarçado. Um largo sorriso se espalhou por seu rosto.

— Eu *sabia*! — disse Ruslan. — Eu sabia que você não seria tão sem graça!

Séverin virou a cabeça na direção do patriarca. O movimento fez a lâmina pinicar sua pele.

— Ah não, não, não — implorou Ruslan. — Pare com isso, meu amigo, você já deixou clara sua opinião.

— E que opinião é essa? — perguntou Séverin, gélido.

— Que eu tenho sido um péssimo anfitrião — disse Ruslan. — Me perdoe... Queria ver quem você era caso eu começasse retirar esse seu verniz de placidez. Eu queria ver o quanto seus dentes poderiam ser afiados. E, ah... você não decepcionou.

Séverin não moveu a mão.

— Venha, meu amigo — chamou Ruslan, aproximando-se dele. — É hora de se preparar para uma celebração de *Carnevale*.

— Não tenho a menor vontade de ir pra uma festa.

— A celebração é realizada num lugar que contém o mapa para o templo sob Poveglia — informou Ruslan, falando rapidamente.

Devagar, Séverin baixou a faca. Sentiu o sangue escorrer quente pela garganta. Em sua outra mão, a lira parecia zumbir.

Ruslan sorriu, e sua mão dourada capturou a luz.

— Precisamos celebrar, por uma última noite, o que significa ser mortal. Será uma pequena lembrancinha que podemos levar conosco quando nos tornarmos deuses.

PARTE II

12

SÉVERIN

Quando tocava a lira, Séverin ouvia coisas impossíveis. Ouvia a alma se mexendo sonolenta sob seus ossos. Ouvia estrelas rangendo sobre sua cabeça. Mas não conseguia ouvi-*la*, a voz da mulher que ele não tivera permissão para chamar de "mãe". A voz *dela* por si só significava que nem toda esperança estava perdida.

Ele olhou para as mãos. Pareciam cruas e irritadas pelas horas passando os dedos pelo instrumento, tomando o cuidado de pressionar com força suficiente para ouvir o pulso tênue do universo em seu crânio, mas não tão forte a ponto de que sangrassem.

— Onde você está? — perguntou ele. — Fale comigo.

Por dois dias seguidos, desde que tinha retornado da Ponte dos Suspiros, ele implorara à lira por um sinal. Ruslan enfim começara os preparativos para Poveglia: explosivos e óculos de proteção, fragmentos de pesquisa e planos para buscar uma máscara feita com Forja mental. Séverin devia ter ficado satisfeito com o progresso, mas, em vez disso, seus pensamentos continuavam voltando à Ponte dos Suspiros vazia.

Eles o haviam abandonado. Aos olhos deles, Séverin tinha caído demais no conceito.

E ele não os culpava.

Enrique, Hipnos, Zofia... Laila. Ele estava destruído. Nas novas rachaduras de si mesmo, Séverin achava que conseguia ouvir a lira sussurrando. Às vezes, a voz era sombria e sensual. Outras vezes, era uma voz de cautela. Ele se sentia dividido e despedaçado, e se perguntava se era assim que Tristan se sentira todos aqueles anos. Como se estivesse apenas contendo a maré de algo muito pior que sempre rondava dentro dele. Talvez Séverin fosse igual. Talvez houvesse alguma coisa incorrigível e *errada* nele que afugentava todas as pessoas que ele amava, não importava o que fizesse.

Os amigos lhe haviam oferecido graça e bondade, e ele retribuíra com crueldade e sabotagem. Séverin dizia a si mesmo que o que estava perseguindo justificaria qualquer dor, mas aquilo não passava de uma mentira. Ele correra atrás dos planos sem jamais deixar os amigos entrarem, e, no final, teria o poder que buscava. Mas a que custo?

Séverin pensou no mito do rei Midas, cujo desejo por ouro lhe dera um toque divino. Sua comida virava ouro. Sua bebida. Em determinado momento foi a filha. No fim, quando ele havia lavado a maldição em um riacho e brotado orelhas de um burro, seu reflexo revelou o que ele realmente era: um asno inequívoco.

Séverin sabia como o velho rei devia ter se sentido. Todo aquele poder e ainda assim... acabara sozinho.

Do lado de fora da porta do quarto, ouviu-se o barulho de botas e vozes abafadas. Embora não houvesse janelas em seu quarto, ele sabia que já era tarde. Em breve, Eva iria buscá-lo.

Ele não conseguia se mover. Por um momento, brincou com a ideia de esmagar a lira contra a parede, mas suas mãos pararam. O instrumento era mesmo um presente dos deuses... ou uma maldição de Midas, condenada a destruí-lo?

— Eu tô implorando — sussurrou ele para o instrumento. — Me dá um sinal. Me mostra que esse poder é real. Me mostra que estou no caminho certo... fala comigo.

Pela centésima vez naquele dia, Séverin passou o polegar pela corda brilhante. E fez uma careta.

Uma última vez, disse a si mesmo.

Do fundo do crânio, veio o fraco pulsar de aviso do universo. *Pare agora*, disse. *Pare.* Séverin pressionou mais forte. No Palácio Adormecido, ele simplesmente cortara a mão e manchara as cordas com sangue. Aquela mera vibração das cordas havia sido suficiente para sentir o sopro divino fluindo pelo corpo dele.

Agora... Agora era outra coisa.

Ele sentiu a corda cortando a carne. Seu crânio latejava. A música da lira se erguia dentro dele, faminta por libertação. Não era uma música deste mundo. Era o gemido de estrelas cadentes e o anseio sonoro das raízes das árvores, a exalação do mar antes de se erguer para engolir uma vila inteira...

Séverin.

Seu polegar parou na lira. A música frenética ficou silenciosa. Era como se ele tivesse alcançado o limiar de algo, porque, até que enfim, ouviu a voz pela qual tanto ansiava.

Ouvira a voz da mãe pela primeira vez depois de confrontar Ruslan e agarrar a lira em meio à noite. Ela lhe dissera algo, algo que evocou luz em seus pensamentos, que lhe deu esperança. Já estava começando a pensar que tinha sido coisa da imaginação.

Habibi... escute... me escute.

A voz de Kahina era como mil velas ganhando vida na escuridão, e Séverin sentiu cada auréola luminosa como se fosse um passo que o levava para fora do caos.

— Estou escutando, *ummi* — disse ele, tremendo. — Eu te ouço.

O tempo se contraiu ao redor dele. Por um momento, mais uma vez era um menino, encolhido na cama pequena. Ele se lembrava de Kahina fechando as mãos gordinhas dele em punhos e beijando-as duas vezes.

— Em suas mãos estão os portões da divindade — sussurrou ela. — Não deixe ninguém passar.

Uma batida forte à porta o pegou desprevenido. Séverin abriu os olhos de supetão. Ele respirava rápido. Suas mãos tremiam, e suor escorria pelas costas.

— Já tá quase pronto, *monsieur* Montagnet-Alarie? — perguntou Eva, brusca.

Pronto?

O mundo aos poucos foi voltando ao foco. Séverin pestanejou, olhando ao redor: quarto vermelho, cama vermelha. Os dois últimos dias voltaram à sua mente: a Ponte dos Suspiros vazia, a faca em sua garganta, os planos de Ruslan para aquela noite.

— E aí? — perguntou Eva novamente.

— Sim — disse Séverin, engolindo em seco. — Eu... tô quase pronto.

Ele ouvia Eva esperando à porta, mas então ela se virou e saiu. Lentamente, Séverin tirou o polegar da corda, tomando cuidado para que não tremesse. Seu polegar parecia roxo. Ele levou a lira divina à testa como se fosse a mão fria de um sacerdote.

— Obrigado — disse, com fervor. — *Obrigado.*

Este era o sinal pelo qual implorara. Era a prova que precisava de que não era uma piada cósmica. Havia uma razão para tudo isso, e a voz de sua mãe só servia de prova:

Em suas mãos estão os portões da divindade...

Ele falhara miseravelmente com os amigos, mas nem tudo estava perdido, pois trilhava um caminho maior. Ele podia ter sido um asno inequívoco no modo como perseguiu seus sonhos, mas não teria o mesmo fim que o rei Midas. Suas riquezas deviam ser compartilhadas.

Séverin fechou os olhos e imaginou o momento em que veria Enrique, Hipnos, Zofia e Laila de novo. Uma dor aguda atravessou-lhe o peito. Eles estavam, com razão, furiosos com o dono do L'Éden. Mas Séverin provaria ser digno deles. Corrigiria as coisas. Nunca mais os deixaria no escuro.

E sem dúvida, assim que eles vissem o poder da lira... assim que vissem que ele sempre tivera a intenção de compartilhar seu dom... eles o perdoariam. Por um instante, imaginou os olhos cinzentos de Tristan brilhando mais uma vez. Viu Tante FeeFee, a matriarca da Casa Kore, repousando a mão quente em sua bochecha. Diria a ela que havia encontrado uma maneira de tornar seu amor mais belo. Ela ficaria orgulhosa dele, pensou.

Séverin sorriu ao se levantar.

A voz da mãe se movia através dele como um amanhecer desabrochando. Era esse tipo de luz que refazia o mundo, e Séverin sentiu o calor em sua pele como uma promessa.

— Você parece muito mudado, *monsieur* Montagnet-Alarie — comentou Ruslan.

— Como assim? — perguntou Séverin, endireitando o paletó de brocado roxo e prata enquanto saía de seus aposentos.

Logo de cara foi recebido por dois membros da Casa Caída. Séverin ouviu o familiar rangido da dobradiça da caixa de vidro e gelo, ainda aberta desde a última vez que havia retirado a lira. Um segundo se passou. Se pretendia se livrar do patriarca e sair com a lira, a caixa Forjada em sangue era um problema. Eva poderia ter sido a solução, mas, ao olhar de relance para a garota de olhos de pedra ao lado de Ruslan, não sentiu muita confiança.

— Você parece... recém-revigorado — afirmou Ruslan, inclinando a cabeça para o lado. — Fosse lá o que estivesse fazendo sozinho em seus aposentos? Tramando, talvez, a aquisição de amanhã, do mapa para Poveglia?

Eva se aproximou e colocou a mão no braço de Séverin. Pode ter parecido um gesto de confiança ou intimidade, mas ela usava um novo anel de ônix no dedo. E, quando tocou sua pele, Séverin sentiu uma presença desconhecida contra seus batimentos que não era diferente da mesa de interrogatório na sala de jantar de Ruslan.

Era um teste para ver se ele diria a verdade.

Séverin arqueou uma sobrancelha, depois devolveu a lira à caixa.

— Se quer saber, eu estava ocupado acariciando meu instrumento.

A presença em sua pele aquietou.

Eva e Ruslan trocaram um olhar cheio de significados. Ruslan jogou a cabeça para trás e riu.

— Ah, como eu gosto de você! — disse, estendendo a mão e bagunçando o cabelo. — Agora, você será rápida, não é, Eva?

Eva acenou com a cabeça, tirando a mão do braço de Séverin. Naquela noite, ela usava um vestido pêssego com uma gola alta no pescoço. A faca adornada de joias desaparecera de sua cintura.

Ruslan estalou os dedos.

Um membro da Casa Caída deu um passo à frente com um pedaço de tecido preto pendurado na mão. Séverin franziu o cenho.

— O que é isso?

— Para você, meu amigo — respondeu Ruslan. — Para manter o lugar para onde vai uma surpresa maravilhosa!

Séverin congelou. Ruslan sabia de algo e não confiava nele. O que havia descoberto?

— Muito bem — disse Séverin, tomando cuidado para manter a voz neutra.

O tecido preto se acomodou sobre seus olhos. Era Forjado, claro, e, no momento em que piscou, Séverin ficou na completa escuridão. Seus sentidos se aguçaram. Mesmo de lá, ele sentia o cheiro da podridão nas lagoas.

— Você escolherá duas máscaras do salão *mascherari* — explicou Ruslan. — Uma vez que as possuir, você saberá onde encontrar a festa de *Carnevale* da Casa Janus.

Casa Janus. Até então, Ruslan compartilhara apenas detalhes vagos de seus planos. Séverin sabia que a localização da festa de *Carnevale* guardava o mapa secreto para o templo de Poveglia, mas a informação sobre a Casa Janus lhe era nova. Séverin sabia pouco sobre a pequena facção italiana, mas lembrava que eram especializados em tesouros de cartografia e se consideravam guardiões de suas aquisições, as quais permaneciam intocadas.

— Duas máscaras? — perguntou Séverin. — Você não vai com a gente?

— Sou oficialmente uma *persona non grata* em tais eventos — disse Ruslan, fungando com desdém. — A Ordem pensa que estou em algum lugar da Dinamarca e, atualmente, está me caçando lá. Não posso arriscar mostrar meu rosto, não depois das supostas discrepâncias.

Séverin sentiu o coração bater mais rápido.

— Discrepâncias?

— A contagem de corpos depois que saímos do Palácio Adormecido não foi o que deveria ser — contou Ruslan. — De acordo com meus contatos, a Ordem não consegue localizar os restos mortais do patriarca da Casa Nyx. No entanto, encontraram a matriarca da Casa Kore no fundo do lago.

Uma onda de sofrimento percorreu Séverin. Ele se lembrava do olhar feroz e azul de Delphine Desrosiers, da maneira como tinha cerrado a mandíbula quando disse que se sacrificaria.

— Uma pena — disse Séverin, forçando a emoção para longe da voz.

— Tampouco conseguem encontrar os corpos do *monsieur* Mercado-Lopez, da *mademoiselle* Boguska ou da *mademoiselle* Laila.

O momento de silêncio se estendeu. Mesmo no escuro, Séverin sentia Eva ficando tensa ao lado dele.

— Laila os amava muito — justificou ele, com calma. — Ela mesma pode ter enterrado eles, ou então está velando seus corpos enquanto espera pela morte. Ela é... patética nesse nível.

— Talvez — disse Ruslan, a voz baixa.

Séverin reprimiu um estremecimento quando a mão fria e dourada de Ruslan deslizou por suas bochechas.

— Mas e se estiverem vivos? E se tentarem privá-lo de tudo o que você tanto merece? Não podemos permitir que isso aconteça.

— Seria um espetáculo e tanto, levando em consideração que você me viu matá-los.

— O mundo está cheio de maravilhas, algumas encantadoras, outras terríveis, *monsieur* — rebateu Ruslan. Seus lábios estavam próximos da orelha de Séverin. — Estou apenas mantendo minha perspectiva aberta.

— Ele vai te matar se tentar uma traição, você sabe — disse Eva.

Séverin virou a cabeça ao som da voz. Apesar da gôndola balançando embaixo dele, a venda não se movera. Até onde sabia, qualquer um poderia estar gravando... documentando seus movimentos, anotando a inflexão de sua voz.

— Por que eu trairia ele?

Eva ficou em silêncio por um momento, então sua voz baixou até se tornar um sussurro:

— Ele disse que havia discrepâncias... e ainda assim a prova de vida que você me prometeu nunca se manifestou. Como é que posso confiar em você?

Séverin ficou quieto. Como *eu* posso confiar em *você*?, perguntou-se ele.

Cerca de vinte minutos se passaram antes que a gôndola Forjada parasse. Séverin ouviu o farfalhar de seda quando Eva saiu. Ele mal distinguia para qual dos *sestieri* do bairro ela os levara, mas ouvia o chiado de gatos em um beco e, ao longe, a nota triste de um violino solitário.

O tecido preto caiu de seus olhos, revelando uma rua mal iluminada à beira da água. Parecia abandonada. Nada se movia, exceto por uma máscara de *colombina* feita de porcelana não pintada. Em uma pessoa, a meia-máscara teria deixado o rosto apenas parcialmente oculto. Mas a máscara não era para pessoas. Estava pendurada em um gancho de ferro solitário na parede, abaixo do qual havia uma janela suja iluminada apenas por um toquinho de vela. A luz da vela brilhava através dos orifícios dos olhos da máscara, e, na parede de gesso oposta, o formato de um rosto sorridente cintilava dentro e fora da luz não muito acima das ruas de paralelepípedos. Lá, logo abaixo das sombras descombinadas... o contorno tênue de uma porta os convidava para o salão *mascherari*.

Lá dentro, estendia-se uma câmara do tamanho de um generoso salão de baile. Dezenas de frequentadores usando máscaras esculpidas em formatos de tigres sorridentes ou expressões humanas de alegria rígida e terror dançavam pelo ambiente. Em meio à multidão flutuavam bandejas Forjadas transportando *amaro* em taças de cristal ao lado de tigelas de gelo, perfumando o ambiente com anis amargo e murta. Ao redor de Séverin, a voz de um cantor de ópera invisível mal podia ser ouvida sobre a seda farfalhante e o riso abafado dos frequentadores nas laterais. Na soleira do salão, uma pessoa usando uma máscara que não era nada além de uma grande forma oval negra e um sorriso pintado e dentado curvou-se profundamente para Séverin e Eva na entrada.

— Aqui, removemos o rosto que mostramos ao mundo e nos submetemos a algo maior — anunciou o indivíduo. — Bem-vindos, amigos... que possam encontrar o que procuram. Que ao deixarem nosso santuário sejam capazes de enfrentar o mundo sob novos olhos.

Era um santuário estranho, pensou Séverin enquanto estudava o cômodo. Muito acima dele, dezenas de vigas de metal giravam lentamente no ar. Drapejada sobre as vigas havia uma constelação de fios de seda, da qual pendiam centenas de rostos esculpidos. Alguns estavam inacabados, nada mais do que uma boca voluptuosa pintada em gesso. Alguns eram realistas — o gesso Forjado capaz de sorrisos e cílios longos piscando para revelar cavidades para olhos.

As máscaras tradicionais de Veneza apareciam entre os rostos: a *bauta*, com o queixo proeminente, as cavidades dos olhos adornadas com diagonais douradas. A meia-máscara *colombina*, com pérolas esmagadas incrustadas nas bordas. Nas varandas recuadas da câmara, os *mascheraris* trabalhavam sem parar. No rosto, usavam camuflagens que pareciam espelhos líquidos aderidos às feições, de modo que qualquer um que tentasse adivinhar sua identidade só veria a si mesmo refletido.

Algo na parede do fundo chamou a atenção de Séverin. À primeira vista, não parecia nada mais que uma cortina pesada, cor de esmeralda, que descia do teto ao chão. Mas um segundo olhar revelou pelo menos uma dúzia de mãos saindo pelas dobras do tecido.

Alguns frequentadores ignoravam as mãos enquanto passavam. Outros deixavam moedas, cartas e fitas. Um integrante da festa usando uma máscara felina tocou de leve uma mão estendida. Um convite, aparentemente, que, um momento depois, foi aceito, pois a pessoa de máscara felina foi puxada, aos risos, para trás das cortinas.

Séverin ainda olhava para aquela cena quando Eva tocou seu braço.

— Espere aqui. Vou pegar as máscaras eu mesma.

Séverin protestou, mas Eva ergueu a mão.

— Ruslan pode ter enviado nós dois, mas a Ordem está procurando por você. Vai ver até tenham um espião disfarçado como um dos artesãos *mascherari*. Você está... você está mais seguro aqui.

Eva tinha razão, embora fosse estranho que ela o protegesse quando havia dito que não confiava nele. Talvez ela fosse como Séverin... torcendo para ter depositado sua fé na pessoa certa.

— Obrigado — disse Séverin.

— Te encontro daqui a pouco — respondeu Eva. — Não deve demorar mais do que meia hora.

Com isso, ela desapareceu na multidão. Séverin a observou se afastar. Os fragmentos de um plano se infiltravam pelo fundo de sua mente, mas não havia nada para prendê-lo a eles. E ainda havia o problema da lira. Ruslan não viria com eles, o que significava que esperava que a lira ficasse ao seu lado. Talvez Séverin pudesse trocar o instrumento por um objeto de peso idêntico, mas como poderia fazer isso sem a ajuda de Eva?

— Deseja experimentar um destino diferente, *signore*? — interrompeu uma voz ao lado dele.

Séverin se virou e deu de cara com um homem baixo, de pele pálida, falando com ele por trás de uma grande máscara esculpida à semelhança de um sapo com olhos salientes e vidrados.

— Ali o *signore* pode ser quem quiser — continuou o homem, gesticulando para a parede do fundo e a cortina de mãos desmembradas. — Basta tirar um rosto do ar em si... ou talvez queira abrir as mãos para o destino e ver o que o amor e a fortuna lhe reservam...

Séverin estava prestes a dispensar o homem de uma vez por todas quando uma figura esguia chamou sua atenção. Uma mulher. Ela estava longe demais para que pudesse ver seus traços, mas havia algo na maneira como ela se movia. Andava como ele imaginava que uma deusa tocada pelas estrelas pisaria pelo céu noturno, consciente de que o roçar de seu tornozelo ou o inclinar de seu quadril poderia desviar o destino de um homem.

— *Signore*? — perguntou novamente o homem baixo.

— Sim — disse Séverin, distraído. — Deixa eu abrir minhas mãos para o destino.

Enquanto o homem o conduzia até as cortinas de samite, ele sentiu um zumbido baixo nos ouvidos. A mulher desaparecera do outro lado, guiada por algum portal Tezcat escondido na parede espelhada. Séverin sentiu a perda da presença dela como uma dor física. Diante dele, patronos mascarados passavam voando pela cortina cheia de mãos. Ele observou uma pessoa parar diante de uma mão aberta e dar um beijo no centro da palma antes de se afastar. A mão se fechou em torno do beijo, depois se retraiu por completo.

Séverin caminhou pela fila de mãos estendidas. Pelo menos uma dúzia ou mais se estendia diante dele, mas apenas uma o chamou como uma sereia.

Próximo ao fim da fila, ele parou diante do punho bronzeado de uma mulher. Sua respiração parou quando viu o dedo indicador. Lá, uma cicatriz pálida familiar chamou sua atenção. Conhecia aquela marca. Ele estava lá quando aconteceu, bem ao lado dela nas cozinhas do L'Éden, furioso porque uma panela ousara queimar a mão dela.

Não suporto te ver machucada.

Sem pensar, Séverin agarrou o punho da mulher e sentiu a pulsação dela, frenética como a dele. E talvez tenha sido isso — aquela mínima sugestão de que talvez ela sentisse tanta apreensão quanto ele — que o possuiu para fazer o que fez em seguida. Séverin ergueu a mão dela até os lábios e pressionou a boca no lugar onde os batimentos dela flutuavam como um pássaro preso.

Um mecanismo interno dentro das tábuas do chão o puxou através das cortinas de Tezcat até que ele se encontrou em um quartinho forrado de seda. Velas Forjadas e flutuantes derramavam poças de luz dourada.

Laila se encontrava diante dele, os olhos arregalados de choque.

Apenas alguns dias antes, ele havia memorizado a poesia dos traços dela. Encontrá-la tão inesperadamente o atingiu como um raio engarrafado solto atrás de suas costelas. Sabia que ela estava em pleno direito de deixá-lo esperando sob aquela Ponte dos Suspiros. Sabia que deveria cair de joelhos e começar a implorar no instante em que a visse, mas, por um segundo, não conseguiu se controlar. A alegria o transfixou.

Séverin sorriu.

Foi exatamente nesse momento que Laila deu um tapa no rosto dele.

13

LAILA

Não era a primeira vez naquela noite que Laila deixava um homem de coração partido.

Uma hora antes, Hipnos havia feito um belo drama antes de ela sair da casa segura da matriarca.

— Eu disse que sinto muito — falou Laila, com a mão na maçaneta da porta. — Você sabe que, se as circunstâncias fossem outras, eu não ia ver o menor problema de você ir no meu lugar.

Hipnos deitava-se de bruços no chão da casa segura da matriarca. Havia dois minutos que se recusava a se mover... e contando. Enrique suspirou e cruzou os braços. Zofia mastigava um palito de fósforo, olhando para Hipnos com curiosidade.

— Então, foi o peso de sua tristeza que te deixou no chão? — perguntou ela.

— O peso da *injustiça* — gemeu Hipnos, largado no tapete. — Tô *esperando* pra ir ao salão *mascherari* há quase cinco anos, e agora, tudo por causa da Ordem que está à espreita, não posso. Todos estão tentando me machucar, e eu não sei por quê.

— Pois é, uma completa paranoia injustificada da parte da Ordem... — rebateu Enrique. — Não há nada de alarmante em ir a um Conclave de

Inverno, depois se encontrar paralisado por várias horas, com uma casa exilada ressuscitada e governada por um psicopata que vai dar uma olhada em você, saber que o restante de nós está vivo e provavelmente matar todos nós...

— *Ah, é mesmo, eu entendo* — resmungou Hipnos, rolando de costas. — Mas não consigo me mover pela pura injustiça de tudo isso.

Usando o pé, Zofia deu um cutucão no braço dele, que se moveu alguns centímetros.

— Olha!

— Estou curado — disse Hipnos, seco.

Laila reprimiu uma risada.

— E *eu* preciso ir andando.

Em sua mão, uma meia-máscara de prata capturou a luz que se apagava. A primeira vez que a colocou, sentiu a força da Forja mental como se alguém tivesse perfurado seus pensamentos. Não era apenas a localização do salão, mas uma instrução: "Mostre a máscara de prata aos artesãos, e cada máscara que eles fizeram funcionará como um ingresso".

Hipnos soltou uma bufada alta. Laila ofereceu a mão, e, depois de mais um suspiro aflito, o patriarca agarrou o punho dela e se levantou.

— Por favor, escolhe uma máscara pra mim que destaque meus melhores atributos — pediu ele.

— Quais atributos? — perguntou Zofia. — Seu rosto vai estar coberto.

Hipnos deu um sorriso astuto.

— Ah, *ma chère*, estou lisonjeado, mas pode-se argumentar que meu melhor atributo é na verdade...

— Por favor, não escolha nada amarelo — solicitou Enrique em voz alta, interrompendo Hipnos. — Me deixa com cara de doente.

Hipnos parecia ofendido. Laila arqueou uma das sobrancelhas, depois olhou para Zofia.

— Algum pedido estético?

— A estética não importa — disse Zofia.

Atrás dela, Enrique e Hipnos pareceram profundamente insultados.

— O que importa mesmo é a utilidade — explicou Zofia. — Precisamos de algo que possa esconder ferramentas.

— Que tipo de ferramentas? — perguntou Enrique, desconfiado.
— Ferramentas úteis.
— Fênix...
— Humm?
— Você não tá mesmo pensando em esconder um grande explosivo perto do nosso rosto, não é? — indagou Enrique.
— Não — garantiu Zofia.
— Que bom...
— É um explosivo bem pequenininho. Não chega nem a seis centímetros.
— *Nem pensar* — disseram Hipnos e Enrique ao mesmo tempo.
Laila tomou isso como um sinal para sair.

Quase uma hora depois, ela enfim tomou uma decisão.

Ao redor, o salão *mascherari* vibrava de vida, e Laila sentiu uma pontada aguda pelo *Palais des Rêves*. Sentia saudade do cheiro da cera na pista de dança, de como os grãos de poeira eram capturados por um feixe de luz do lustre, do estalo nítido de um fio de pérolas quebrando sob seu salto. Semanas antes, ela prometera ao gerente de palco que a L'Énigme voltaria "a tempo do novo ano". Claramente ela não havia voltado. Laila se perguntou o que eles achavam que tinha acontecido com ela. Será que pensariam que estava morta? Ou que só havia desaparecido? As outras dançarinas sempre brincaram que ela estava destinada a fugir com um príncipe russo em suas viagens.

Esperava que elas acreditassem que esse era seu destino.

— *Signora?* — chamou o artesão Forjado.

Laila se virou para ficar de frente para a mesa de trabalho do *mascherari*, situada bem à direita do que parecia ser um grande salão de baile, dividido em seções por cortinas. Este lado da câmara carregava um ar distintamente estranho. Estava silencioso e quieto graças a um véu Forjado que bloqueava o som.

— As quatro máscaras que você pediu — anunciou o artesão Forjado.

Laila achou difícil olhar para o homem. Ele usava uma máscara que parecia um espelho derretido e que aderia a cada traço — até mesmo a seus olhos — e o tornava estranhamente reflexivo.

— *Grazi* — disse ela, inclinando-se sobre a mesa.

No fim, escolhera a mesma máscara para todos os quatro.

— *Il medico della peste* — disse o artesão, um tom de inquietude tingindo a voz.

A máscara do médico da peste.

Cada uma das quatro máscaras cobria toda a face. Os olhos redondos e próximos estavam cobertos por um vidro cintilante e, em vez de um buraco para o nariz e a boca, a máscara se apertava e se alongava em um bico curvo. Todas as quatro eram pintadas com um tom de branco casca de ovo e revestidas com partituras musicais.

— *È perfetto* — elogiou Laila, graciosa.

E era, à sua maneira, perfeita. Zofia havia pedido uma máscara que pudesse esconder ferramentas, e esta era grande o suficiente para isso. E a máscara continha um eco do destino final do grupo: a Ilha da Peste.

O artesão Forjado sorriu. Até os dentes dele eram prateados. Em quatro movimentos habilidosos, ele dobrou as máscaras até que ficassem finas como lenços e pudessem caber dentro da retícula no punho dela sem dificuldade.

Laila estava prestes a sair quando sentiu.

O vazio.

Atingiu-a como uma chuva repentina. Em um momento, as narinas ardiam com a fumaça do cigarro, os ouvidos soavam com o ronronar rouco da risada de uma mulher, e a ponta dos dedos deslizava sobre as pérolas mal talhadas de sua bolsa de contas.

No momento seguinte, Laila se sentiu como uma sombra gananciosa. As texturas desapareceram. Os sons colapsaram. As cores ficaram mais suaves.

Não, implorou. *Não agora... ainda não.*

O vazio não tinha tomado conta dela desde a visita à Isola di San Michele. Até aquele momento, ela quase tinha se convencido de que fora um pesadelo. Laila olhou para baixo.

Quatro.

Quatro dias de vida restantes.

Laila tentou puxar o ar para os pulmões. Não conseguia sentir as costelas se expandindo ou o ar perfumado irritando seu nariz. Deve ter conseguido, senão a essa altura já teria desmaiado... mas talvez não fosse assim que funcionava com ela.

A ideia a deixou enjoada.

Ergueu os olhos e fitou os rostos esculpidos giratórios. Por um momento, lembrou-se de sua aldeia em Puducherry, na Índia. Será que era isso o que o *jaadugar* havia feito para os pais dela? Teria ele simplesmente passado a mão enrugada por um teto de fitas antes de encontrar o rosto que ela usaria pelos dezenove anos seguintes?

— *Signora*, pela sua cara você parece querer recomeçar.

Laila se virou, como se em câmera lenta, para a mulher que falava com ela. Era alta e de pele escura, os olhos dourados mal visíveis atrás de uma máscara *moretto* toda de veludo. A mulher apontou para uma seção do cômodo em que Laila mal havia prestado atenção quando entrara. Mãos se estendiam pelas cortinas, e os presentes passavam deixando cair qualquer coisa, de moedas a doces, nas palmas abertas.

— Deixe o destino guiá-la — incentivou a mulher. — Leve um pouco de doçura para o mundo e comece de novo...

— Eu... — Laila tentou falar, mas a língua parecia grossa.

— Venha, venha — disse a mulher. — É um costume amado por aqueles que visitam nosso santuário. Pois só aqui você pode se desfazer do rosto que coloca para o mundo. Só aqui pode tentar o amor de uma nova forma ou convocar um novo destino por completo.

Um novo destino.

Devagar, ela seguiu a mulher. O entorpecimento não havia diminuído. Na verdade, havia intensificado. O mundo assumira um brilho borrado. Seu pulso estava fraco, lento.

— Aqui dentro, *signora* — disse a mulher, calorosa. — Apenas peça o que deseja e veja o que a sorte lhe proporciona.

Com isso, a mulher fechou as cortinas. Laila ficou parada, o mundo oscilando ao redor. Diante dela, a seda parecia o véu para um mundo diferente. Laila enfiou a mão pelo tecido. Não sentiu o peso ou a aspereza da seda crua em seu punho. Aquele vazio a envolveu. Laila se sentiu desamarrada do mundo, não mais do que um tênue fio de consciência à beira de ser dobrado de volta àquela escuridão.

Laila pigarreou e sussurrou:

— Desejo vida.

Ela esperou alguns momentos. Estava prestes a retirar a mão quando sentiu o leve toque em seu punho. Então congelou.

Do outro lado, alguém levantou a mão dela. Vagamente, ela sentiu o peso áspero das cortinas e notou o fantasma da fumaça de charuto agarrada a elas. O estranho levou os lábios ao punho dela, e Laila sentiu o calor do beijo como uma flor desabrochando. As cores do cômodo ficaram mais nítidas. O ruído de fundo que ela havia ignorado antes invadiu para quebrar o silêncio. Se sua alma tinha se sentido frágil antes, agora parecia se amarrar de volta aos seus ossos.

Ao redor, o mundo falava sua eloquência em perfumes e luz de lustre, a sonolência de veludo das cortinas, os caroços nodosos de madeira espetando seus chinelos. Laila se sentiu intoxicada por tudo aquilo. E, no entanto, só havia uma pessoa que a fazia sentir a vivacidade do mundo assim, e, como se convocada pelo pensamento, a sala puxou o estranho para dentro...

Por um momento, Laila perdeu a noção de onde estava. O pequeno cômodo forrado de seda cheio de velas Forjadas derreteu quando ela o viu. Sempre considerara Séverin um aviso... o lobo na cama. A maçã na mão de uma bruxa.

Mas ele era muito mais perigoso do que algo saído das páginas de um conto de fadas.

Era alguém que acreditava neles.

Alguém que pensava que a magia e a maravilha haviam aberto uma exceção para ele.

Séverin olhou para o punho dela, depois para o rosto, e então... sorriu. Era um sorriso de deleite, como se soubesse que foi ele quem a fez se sentir viva novamente... como se isso significasse que tinha direito a ela.

Ela o odiou por isso. Naquele segundo, a mão dela se moveu por conta própria.

Séverin estremeceu com o tapa, levando a mão à marca avermelhada em sua bochecha.

— Sem dúvida, eu mereci isso — disse ele, olhando para ela.

Pela primeira vez no que pareceram ser anos, Laila o estudou. Os últimos dias o mudaram. Havia uma nova nitidez em seus traços. Ele parecia uma espada bem construída, a linha entre perigo e beleza muito borrada para distinguir. Havia algo febril em seus traços bonitos que parecia queimar o ar ao redor deles. O cabelo preto — agora um pouco grande demais — caía sobre a testa, chamando a atenção para aqueles olhos estranhos que eram exatamente da cor do sono.

— Laila... — disse ele, cujos olhos pareciam arregalados. Frenéticos.

— Eu sei que cometi erros. Sei que falei coisas imperdoáveis, e o luto não foi desculpa. Eu sei que vou me arrepender desses momentos pelo resto da vida, mas posso corrigir as coisas com todos vocês. Juro. Eles estão aqui? — Ele olhou ao redor do cômodo, um sorriso esperançoso no rosto. — Eles estão bem? Posso vê-los?

Laila conseguiu balançar a cabeça em negativa.

— Por favor, Laila, eu posso cuidar de tudo...

Finalmente as palavras saíram de sua boca:

— Mas você não cuidou — acusou ela, fria.

Séverin estancou.

— Sei que minhas ações no lago Baikal pareceram inimaginavelmente cruéis...

— Na verdade, não pareceram — ralhou Laila. Sua garganta doía. As palavras que ela ansiara dizer por tanto tempo se apressaram a sair: — Gostaria de poder dizer que fiquei surpresa, mas não foi o caso. Você já tinha mudado tanto. Tudo... toda pessoa... era descartável para você. — Ela avançou para cima dele, as mãos trêmulas. — Esse tempo todo, você achou que poderia sair impune com a devastação, contanto que justificasse algum cálculo irracional nessa sua cabeça. E agora vem pedir desculpas por parecer "inimaginavelmente cruel"? — Laila riu. — O que fez estava tão alinhado com quem você é que, quando recuperei a consciência, não queria te ver nem pintado de ouro. Eu *esmaguei* aquele mnemo-inseto porque sabia que não havia nada que pudesse me mostrar que eu quisesse ver. Nada que você pudesse deixar para mim que me fizesse querer ir atrás.

O sorriso de Séverin enfim sumiu.

— Você o quebrou?

Ela assentiu e observou as sobrancelhas dele se contraírem para cima. Pode ter parecido surpresa, mas Laila conhecia aquele olhar. Não era surpresa, mas sim cautela.

— O que posso fazer, Laila? — perguntou ele, por fim. — Você pode me odiar até o dia da sua morte... mas me deixa fazer esse dia ser escolha sua. Me deixa usar a lira pra te ajudar... pra ajudar todos nós.

Laila sentiu-se presa ao lugar. Séverin deu um passo para perto dela. Aproximou a boca de seu ouvido e disse:

— Nomeia qualquer penitência, e eu pagarei de joelhos.

Perto como estava, ela captou o cheiro de menta e fumaça que o envolvia. Antes, costumava imaginar que, por onde passava, Séverin abria um novo caminho e o cheiro de fumaça o seguia. Mas estava mais sábia agora, e sua mente reconhecia o que seu corpo não conseguia. Ela se lembrou do cheiro de menta e fumaça das fogueiras funerárias queimando ao longo das margens do rio de sua infância. Até a fragrância que o envolvia era fatal.

— E como você planeja fazer isso? — perguntou. — Se transformando em algum tipo de deus?

Os olhos dele brilharam.

— Se for preciso — garantiu Séverin.

Mas havia uma qualidade enjaulada na voz dele e, quando Laila olhou novamente para seus olhos, encontrou as palavras para o que não conseguira decifrar antes:

Ele *queria* a divindade.

Mais do que isso, acreditava que conseguiria. Dava para ver em seus olhos. Aquele gelo em seu olhar havia derretido e se transformado em algo brilhante e zeloso.

— Você perdeu o juízo, Séverin.

— Eu vi e senti algo que você não entenderia — justificou ele, feroz. — E sei que há poder no fim disso. O suficiente para prolongar sua vida.

Para consertar as coisas que arruinei. Talvez até para trazer de volta o que foi perdido. Mas nunca mais vou deixar você no escuro. Eu quero que nós entremos na luz *juntos*.

Laila olhou para ele.

— Como você pode acreditar em uma coisa dessas?

Sob a luz das velas, os olhos de Séverin pareciam ganhar um brilho sobrenatural.

— Laila, tem que haver uma razão para tudo isso... uma razão pela qual tenho essa habilidade, por que minha vida cruzou com a sua, e até para como acabamos aqui. Como você explica isso? Como explica que eu estava do outro lado daquela cortina? Como eu teria te reconhecido em qualquer lugar, mesmo a partir de algo tão pequeno quanto sua mão...

— *Pare* — ordenou ela, erguendo a voz.

Séverin congelou. Qualquer luz que brilhava em seus olhos recuou e, quando ele falou, havia uma qualidade mecânica e curta em sua voz:

— Você sabe tão bem quanto eu que nossas melhores chances de chegar a Poveglia dependem de nós como grupo. Presumo que você estará no *Carnevale* amanhã. Vamos nos encontrar lá, achar o mapa e partir para Poveglia juntos. Então... então poderei mostrar que não sou um tolo... que estou falando a verdade.

Laila estreitou o olhar.

— E Ruslan?

Um músculo na mandíbula dele se contraiu, como se ele mastigasse algo invisível. Laila teve a estranha vontade de pressionar uma lata de cravo em suas mãos.

— Ao amanhecer de amanhã, enviarei uma mensagem para a *piazza* com um plano — disse ele.

Laila assentiu com a cabeça. Estava familiarizada com a famosa *piazza* de Veneza.

— E amanhã?

— Estarei lá à meia-noite.

— Como vai nos encontrar?

Um sorriso triste tocou os lábios dele.

— Eu te encontraria em qualquer lugar.

As palavras atravessaram Laila. Ele podia ser tão atencioso quando queria. Sem ser convidada, veio a lembrança da vez em que ela queimara a mão em uma panela quente, e Séverin ficara tão apavorado com a dor dela que Laila levou quase vinte minutos para convencê-lo de que não precisava de um médico. Laila se afastou, mas ele a agarrou pelo punho.

— Você sabe que não podemos sair assim — disse Séverin, a voz baixa em seu ouvido. — Estamos aqui... neste lugar para encontros amorosos ou maquinações do destino, como quiser chamar, por quase meia hora. Se sairmos como entramos, certamente isso vai despertar suspeitas.

— Como sou descuidada.

Laila pressionou a palma da mão com força contra os lábios. Então, com bastante brusquidão, passou a mão pela boca de Séverin. O batom borrou as bordas de seus lábios e queixo. Ela puxou a abertura da camisa dele e saboreou o som dos botões caindo espalhados no chão. O anel havia se voltado para a palma dela e, quando ela arrastou a mão pelo peito dele, sentiu-o estremecer com a borda da joia raspando em sua pele e deixando uma marca vermelha.

Por último, ela puxou o cabelo dele. Havia uma familiaridade cruel em seus gestos. Fazia apenas alguns dias desde aquela noite no palácio de gelo, quando o coração dos dois bateu em sincronia e tudo pareceu inundado de esperança. Mas, quando ela afastou a mão, viu os dias reduzidos que lhe restavam. Aquela plenitude contra suas costelas doía e dizia: *Não mais. Não aguento mais.*

— É assim que você me quer, Laila? — perguntou Séverin. Não havia brincadeira em sua voz, mas uma esperança ferida. — Machucado pela sua mão?

— Não — respondeu ela, alcançando as cortinas. — Não quero você em nenhum sentido.

14

ENRIQUE

Ao amanhecer, Enrique examinou a própria aparência no grande espelho da biblioteca. Vestia um terno preto. Uma gravata branca. Tinha trocado o curativo por um que fosse escuro como fuligem e quase — *quase* — se camuflasse ao cabelo. A crosta da ferida latejou um pouco quando ele colocou um chapéu preto sobre a cabeça e ajustou a aba sobre o ferimento protuberante. Ele se olhou no espelho. A aba do chapéu estava tão baixa que não se podia mais ver seu olho esquerdo.

Parecia o vilão incompetente de uma pantomima.

— Argh — exclamou Enrique, puxando o chapéu para baixo.

Desde que Laila voltara para casa na noite anterior com a notícia de que Séverin se juntaria a eles no *Carnevale* e enviaria uma mensagem ao amanhecer para a Piazza San Marco, Enrique não parava de pensar no que deveria vestir. Embora tivessem se passado apenas alguns dias, ele não era o mesmo Enrique que Séverin parecia ter deixado para morrer. Queria que o dono do L'Éden visse isso à primeira vista. Queria que ele fosse atingido por sua pátina de... virilidade? Não. *Independência*. Uma independência que o envolvesse como uma aura. Pombos voando atrás dele em um redemoinho de penas.

Talvez isso fosse ser um pouco demais.

Além disso, nenhuma quantidade de Forja mental conseguiria controlar os pombos de Veneza.

Enrique não conseguiu dormir nada naquela noite. Lustrou os sapatos. Lavou o cabelo e penteou-o com cera com todo o cuidado. Tirou cada grão de poeira do terno. Ele queria gravar as palavras *Eu não preciso de você* em cada linha costurada de seu paletó e sua calça.

De início, Enrique relutara em ficar com a tarefa de se encontrar com ele sozinho no dia seguinte.

— Por que eu preciso ver ele? — perguntara. — Ele vai nos encontrar no *Carnevale*, de qualquer maneira.

Laila hesitara. Ela desviara o olhar para a orelha ferida dele, rapidamente voltando para seu rosto.

— É Ruslan — explicara ela. — Não podemos ir para Poveglia com a Casa Caída na nossa cola. Precisamos cuidar disso, e Séverin disse que iria elaborar um plano. Mas e aí, quem vai para a *piazza* amanhã?

— Eu! — Hipnos se voluntariara, levantando a mão.

— E arriscar que uma Esfinge veja o patriarca da Casa Nyx? — perguntara Laila.

Hipnos baixara a mão lentamente.

— ... Deixa pra lá.

— Tenho trabalho — justificara Zofia, olhando para as máscaras Forjadas dobradas que Laila havia trazido.

— Eu já lidei com ele ontem à noite depois de pegar as máscaras — argumentara Laila, com rigidez, remexendo o anel na mão.

Enrique sentira um arrepio percorrer a espinha ao pensar nas quatro máscaras de aparência cruel feitas com Forja mental. Quando Laila voltara com elas, ele ficara curioso. Cada máscara parecia um crânio monstruoso. Quando ele colocou uma sobre o rosto, não estava preparado para a força de seu poder. Era como se a consciência tivesse sido arrancada de Enrique, reluzindo imagens de caminhos através de becos e à beira-mar, tão familiares para ele quanto uma lembrança... e, ainda assim, não se tratava de uma recordação de algo que ele já tivesse feito. As visões de Forja mental terminaram diante de uma parede de mosaico em um beco, o que ele supôs ser a entrada para o *Carnevale* do dia seguinte.

— E ainda tenho coisas que preciso ler na casa segura — dissera Laila. — Quero ter certeza de que não estamos deixando nada passar batido.

Com isso, só sobrara Enrique.

Quando todos concordaram, Enrique olhara para Laila, que ficara para trás enquanto os outros saíam da sala.

— O que foi? — perguntara ela.

— Você não chegou a falar como ele estava quando o viu. Devemos mesmo confiar nele?

Laila erguera o queixo. Uma indiferença imperial se instalara em seus traços.

— Ele estava... pesaroso — dissera ela. — E eu *acredito* que quer nos ajudar, mas parece possuído pela ideia. Como um homem meio enlouquecido. E ainda assim, por baixo, *havia* vislumbres de...

Laila perdera o fio da meada, balançando a cabeça de um lado para outro.

Enrique sabia o que ela estivera prestes a dizer.

Vislumbres de quem ele já foi.

Mas ambos sabiam que estavam em terrenos perigosos para ter esperança. E, mesmo que Séverin tivesse encontrado seu caminho para voltar a ser quem era, Enrique se recusava a ser a pessoa que um dia fora, o historiador tolo e de olhos arregalados cuja confiança era comprada com facilidade ao simplesmente fazerem algo para agradá-lo. Ele não seria aquele tolo. Tampouco queria parecer assim.

Em poucos minutos, teria que ir para a *piazza*. Enrique estudou sua aparência mais uma vez, virando o queixo para um lado e para outro.

— Sabe — disse uma voz na entrada. — Você talvez seja a única pessoa que conheço que consegue ficar deslumbrante com uma orelha faltando.

Enrique sentiu uma pontada de calor enquanto Hipnos — bonito e impecavelmente vestido como sempre — entrava no cômodo. Nos últimos dias, eles haviam se observado com cautela. Mesmo nas noites em que Hipnos tentava animar o grupo com alguma música, Enrique não deixava um sorriso chegar perto de seus lábios.

— Um: não brinque comigo — avisou Enrique. — Dois... desde quando você acorda antes do sol?

Hipnos não respondeu. Em vez disso, caminhou sem pressa na direção do historiador. Quanto mais perto chegava, mais Enrique se sentia como se estivesse cutucando uma contusão. Isso doía? E agora? Uma parte dele estremeceu com a proximidade do outro rapaz, mas já não era um ferimento dilacerado.

A verdade era que Hipnos sempre fora honesto com ele. Era Enrique quem não havia sido honesto consigo mesmo. O que tornou tudo ainda mais confuso quando Hipnos estendeu a mão para acariciar seu rosto, os dedos circulando a borda externa de seus curativos.

Enrique ficou imóvel.

— ... O que você tá fazendo?

— Não sei ainda — respondeu Hipnos, pensativo. — Acho que se chama "confortar", embora tal esforço emocional pareça exaustivo. Se precisar de uma distração, saiba que gosto de distraí-lo.

Uma faísca de *algo* havia muito tempo morto se agitou sem força no coração de Enrique, que afastou a mão de Hipnos. Não era isso o que queria dele.

— Eu sei que me comportei mal — disse Hipnos.

Ao redor deles, a casa estava silenciosa. As velas cintilavam nos candelabros. Parecia que o tempo não podia tocá-los aqui, e talvez fosse isso o que levou Enrique a dizer a verdade:

— E eu sei que vi o que queria ver.

Hipnos o encarou. Seus olhos cor de gelo pareciam inesperadamente quentes.

— Quando disse que poderia aprender a te amar... eu quis dizer que... que alguém como eu precisa de tempo.

Enrique o fitou. Quando Hipnos dissera aquelas palavras alguns dias antes, não foi assim que as interpretara. As palavras o atingiram como uma rejeição, como se ele fosse alguém difícil de amar. Agora, um calor confuso se espalhou por seu peito.

— Eu...

Hipnos balançou a cabeça.

— Eu sei que agora não é a hora, *mon cher*. Apenas queria que você entendesse o que eu quis dizer... — O outro rapaz estendeu a mão, passando o dorso da mão com suavidade na bandagem de Enrique. — Eu não tô aqui pra machucar você. Não tô aqui pra dizer como seria um futuro como o nosso. Eu só queria que você soubesse que, no mínimo, posso ser seu amigo. Posso guardar seus segredos, se me deixar.

Um suspiro escapou de Enrique, que não se afastou quando Hipnos o acariciou no rosto. Uma dor que não percebeu que carregava se aliviou.

— Obrigado — disse ele.

— Isso significa que, pelo menos, somos amigos? — perguntou Hipnos, esperançoso.

Pelo menos. A mente do historiador teria que desatar aquilo... mais tarde. Talvez dias mais tarde.

Enrique suspirou.

— Acho que sim.

— Excelente — disse Hipnos. — Agora. Como seu amigo, é meu dever dizer que essas suas roupas são abomináveis e, como eu já esperava por isso, tenho outras já passadas a vapor, prensadas e prontas para você vestir.

Dez minutos e alguns xingamentos depois, Enrique — em um conjunto completamente diferente de roupas — esperava na Piazza San Marco.

Normalmente, a *piazza* ficava lotada de gente, mas fazia frio, e o nascer do sol era pouco mais que um fio de ouro nas lagoas. E assim, por vinte minutos, ele não compartilhou a vista com mais ninguém além dos pombos. Depois de um tempo, os pombos perceberam que o rapaz não tinha comida e o abandonaram com um *pruu* e um bater de asas, fugindo para os beirais dourados da Basílica de São Marcos que coroavam a praça pública.

Por um longo tempo, Enrique não pôde fazer nada além de olhar para a *piazza*. Cedo assim, a praça estava viva de magia. A pálida basílica parecia esculpida em luar antigo e neve velha. Seus arcos de meia-lua apresentavam cenas da chegada dos ossos de São Marcos a Veneza. Acima das preciosas colunas de mármore pórfiro, os quatro cavalos de bronze roubados do saque de Constantinopla do século XIII pareciam prontos para explodir da fachada da igreja e decolar. Enrique já estivera na *piazza* antes, mas nunca a vivenciara assim... como se a história o tivesse prendido em um lugar.

De um lado da basílica ficava o Palácio Ducal — com suas centenas de colunas e arcos como renda congelada — e, do outro, a torre sineira cor de ferrugem. Ao redor, a praça parecia sussurrar em mil línguas e tradições. Lamparinas islâmicas abobadadas e arcos *alfiz* norte-africanos incrustados de joias ficavam lado a lado com a grandiosa basílica. Dentro dela, a brilhante folhagem bizantina tentava alguém a imaginar que a igreja havia cortado quadrados de luz do sol e fixado as peças uma a uma para formar as barrigas brilhantes das cúpulas. Aqui, o tempo suavizara as linhas da história e as transmutara em um conto coletivo da humanidade.

Naquele segundo, Enrique sentiu como se os edifícios o observassem.

— *Tabi tabi po* — sussurrou.

Por favor, me dê licença.

Esperava que as palavras de sua *lola* funcionassem, que os espíritos nos edifícios o considerassem não um invasor, mas um humilde visitante. Ou talvez um peregrino. Alguém procurando um lugar no mundo.

A orelha dele latejava no ar frio, e Enrique a tocou com delicadeza.

— Vocês poderiam me dar um sinal? — pediu ele aos edifícios silenciosos. — Por favor?

Enrique fechou os olhos. Sentiu o vento no rosto. O sol forte de fevereiro desdobrando a névoa...

Algo puxou o casaco dele. E Enrique abriu os olhos de pronto. Por um segundo, quase imaginou um *enkanto* o encarando... seus longos dedos segurando um prêmio. *Aceitamos a troca*, diria, olhando para a orelha perdida.

Mas não era um *enkanto* que o olhava, e sim uma criança. Um menino de não mais de oito anos, usando calça suja. Seu cabelo rebelde estava escondido sob o boné.

— *Per te* — disse a criança, deixando cair uma maçã vermelha em sua mão.

Enrique franziu o cenho, tentando devolver a fruta para a criança.

— *No, grazie...*

O menino recuou, fazendo cara feia.

— *L'uomo ha detto che questo è per te.*

Sem olhar para trás, o menino fugiu da praça, deixando Enrique com a maçã. O italiano de Enrique era bem decente, mas levou um momento para entender as palavras:

O homem disse que isso é pra você.

Todo esse tempo ele estivera à espera de Séverin, que não aparecera. Por um lado, teria sido muito difícil. E, ainda assim, Enrique se sentiu um pouco tolo olhando para suas roupas cuidadosamente escolhidas e os sapatos polidos... em algum nível, toda sua armadura havia sido em vão. E, no entanto, quando olhou para os edifícios, sentiu-se estranhamente observado. Como se tivesse chamado a atenção de algo maior do que ele, e talvez sua elegância não fosse um desperdício.

Enrique virou a maçã na palma da mão. Na casca, notou a menor das fendas. Pressionou os polegares ao redor da rachadura e a fruta se abriu, revelando um bilhete dobrado:

Porto #7

O fogo da Fênix deve durar até a meia-noite.

Estejam lá em três horas.

15

ZOFIA

Nas primeiras horas da manhã, Zofia segurava duas metades de um coração partido, cada fatia feita de vidro e do tamanho de seu menor dedo.

As peças vieram do cervo de cristal do Palácio Adormecido. Ela sabia que não estava vivo, mas havia se afeiçoado à intrincada máquina cuja arte da Forja era diferente de tudo o que ela já havia encontrado, graças à Casa Caída. As criaturas de gelo podiam se comunicar — no sentido mais básico da palavra — umas com as outras. Eram capazes de detectar luz e persegui-la; de sentir peso e suportá-lo; e, dependendo da manipulação de suas configurações... de notar um intruso e atacá-lo.

Antes de saírem do Palácio Adormecido, ela havia retirado esse coração do cervo e o levara consigo, pensando que poderia estudá-lo um pouco mais. Agora, com um pouco de Forja metalúrgica adicional própria, ela havia criado um par de explosivos conectados capazes de se comunicarem um com o outro. Quando um detonasse, o outro também explodiria.

Zofia não tinha certeza se aquilo seria útil, mas pelo menos serviria para algum fator desconhecido. Olhando ao redor do laboratório, se perguntou se havia feito o suficiente. Ela Forjara dispositivos explosivos minúsculos, ferramentas capazes de abafar o som, comprimentos de corda e lâminas retráteis. E isso sem contar as ferramentas agora escondidas nas longas vestes para o *Carnevale* desta noite.

Um fator desconhecido de cada vez, disse Zofia para si mesma.

Faltavam três dias para o número no anel de granada de Laila zerar. Três dias para encontrar a luz que levaria Laila para fora da escuridão. Três dias até Zofia enfrentar o conteúdo desconhecido da carta de Hela. Mesmo agora, sentia as bordas suavizadas do envelope da irmã contra a pele. Duas vezes naquele dia, pegara a carta e a alisara na mesa de trabalho. Mas não conseguiu abri-la, não até que houvesse menos incógnitas à sua frente. Era exatamente como Hela lhe havia dito todos aqueles anos antes:

Eu esperava que a luz me mostrasse os caminhos diante de mim... e, aí, não estaria tão perdida.

Todos os dias, Zofia sentia como se estivesse trabalhando em direção a mais luz.

Estava prestes a colocar as duas metades do coração do cervo em uma caixa à prova de fogo quando Enrique irrompeu pelas portas do laboratório. A respiração dele estava acelerada. Um rubor forte tocava suas bochechas, e o cabelo dele parecia desarrumado.

— Largue o que está fazendo! — gritou ele.

Zofia franziu a testa.

— Acha uma boa ideia? Isso aqui é uma bomba.

Enrique arregalou os olhos e dispensou com um gesto de mão o que tinha falado.

— Deixa pra lá, *não* larga esse treco, não.

Na outra sala, um pouco antes Hipnos cantava alto e tocava piano, mas agora a música parara abruptamente.

— Não é cedo demais pra brincar com explosivos? — perguntou.

Zofia avaliou a mesa de trabalho.

— Não para mim.

— Como Séverin estava? — perguntou Hipnos, aparecendo à porta.

— Ele não estava lá — informou Enrique, segurando uma maçã. — Mas um garoto me deu isso.

Zofia se lembrou de, anos antes, Enrique reclamando das maçãs no L'Éden.

— Achei que você não gostasse de maçãs.

— Eu não gosto, mas...

— Você não gosta de maçãs? — perguntou Hipnos. — Mas *tarte tatin* é um presente dos deuses!

— *Tarte tatin* é diferente...

— Mas é feita de maçãs...

— Chega de maçãs! — cortou Enrique, acenando com a mão. — É uma mensagem do Séverin.

Tomando cuidado, Zofia colocou as metades dos explosivos na caixa e se levantou.

— *Porto número sete... o fogo da Fênix deve durar até a meia-noite* — leu Hipnos em voz alta. — O que isso significa?

— O porto número sete deve ser onde guardam as gôndolas da Casa Caída. Séverin precisava de um plano pra gente se livrar do Ruslan, então deve ser isso. — Enrique olhou para Zofia e sorriu. — A referência ao fogo da Fênix é uma clara referência ao dom dela.

— Dom? — indagou Hipnos, olhando para Zofia. — Eu não tinha conhecimento de nenhum dom além da habilidade de fazer declarações mórbidas com a ternura excepcional de uma porta. Ah, e o cabelo belíssimo.

O patriarca sorria, então Zofia sabia que era uma piada e correspondeu o gesto. Um pequeno sorriso tocou os lábios de Enrique, e seu olhar voou para ela. Era como ele uma vez olhara para Séverin ao final bem-sucedido de uma aquisição. Era... orgulho, percebeu Zofia.

Enrique estava orgulhoso dela.

O pensamento fez seu rosto ficar estranhamente quente.

— Ruslan pode ser um demônio, mas explodir sua gôndola parece... horrível — comentou Hipnos.

Enrique fez cara feia, tocando a orelha.

— Se as posições fossem invertidas, duvido que ele sentiria a mesma hesitação.

Zofia concordou com Enrique.

— E o resto das instruções? — perguntou Hipnos, antes de recitar: — *O fogo deve durar até a meia-noite.* O que significa?

— Ele já usou esse código antes — disse Zofia. Hipnos franziu o cenho, o que significava que não sabia o que ela queria dizer, então explicou: — Séverin usou isso como código para uma explosão que não deve ser detonada até um horário marcado.

Enrique suspirou, puxando o cabelo.

— Então a gente precisa chegar perto o suficiente da gôndola da Casa Caída para colocar um explosivo nela e depois descobrir uma maneira de detoná-la à distância?

— O que pode explodir algo à distância? — perguntou Hipnos, franzindo a testa.

Zofia olhou para a mesa de trabalho e para o par de explosivos ligados.

— Um coração partido — disse Zofia.

Uma hora depois, Zofia, Enrique e Hipnos observavam as gôndolas cruzando o Grande Canal escondidos nas sombras de um arco na Ponte Rialto. Zofia não havia saído da casa segura desde que chegaram e, de repente, percebeu que estava em Veneza. Ficava tão longe de Paris e da Polônia, tão longe de todas as coisas que sempre lhe foram tão familiares e, ainda assim, mesmo aqui, o sol nascia e o céu parecia azul. Quando eram crianças, Hela dizia que, em segredo, o amanhecer era um ovo quebrado cuja gema escorria devagar pelo céu. Hela dizia que, se fossem altos o suficiente, poderiam colher a luz do sol pegajosa em suas palmas, lambê-la e se transformar em anjos.

Não parecia particularmente atraente para Zofia.

Ela não gostava do cheiro de ovos crus. Nem da viscosidade das gemas. O que de fato gostava era da voz da irmã sussurrando histórias para ela no escuro. E foi esse pensamento que aqueceu Zofia, apesar do ar de fevereiro que transformava cada uma de suas exalações em renda.

Ao lado dela, Enrique baixou os binóculos.

— Temos um problema.

— Só um? — perguntou Hipnos.

Enrique lhe lançou um olhar furioso.

— Tá vendo aquilo? — Apontou para as estacas de madeira às quais as gôndolas estavam amarradas. — Têm mnemo-insetos nelas. Se tentarmos acessar a gôndola pela rua, eles vão saber, e nós seremos descobertos.

— Então é bom que eu esteja aqui — disse Hipnos.

— De alguma forma, não imagino que a Casa Caída perceber que você está vivo e aqui seja bom para qualquer coisa — comentou Enrique. — Além disso, Laila vai ficar furiosa quando descobrir que você saiu da casa segura.

Laila saíra logo depois de Enrique para explorar os arredores da Casa Janus. Ela estava certa de que encontraria algo que lhes daria uma dica a respeito de onde encontrar o mapa do templo de Poveglia.

— Eu tô tomando todas as precauções — argumentou Hipnos. — Até mesmo tô usando esse disfarce pavoroso.

Zofia não achava que ele estivesse disfarçado. A questão era que só era a primeira vez que ele usava roupas normais. Dito isso, o anel de Babel dele, uma lua crescente que se estendia por três dedos, estava escondido sob um par de luvas grossas.

— Se não pudermos chegar à gôndola pela rua, então iremos pela água — sugeriu Hipnos.

— Como? — perguntou Enrique. — Se entrarmos numa gôndola, eles vão nos reconhecer no mesmo segundo.

Hipnos apontou para o canal. Mesmo cedo, o rio tinha um tráfego animado. Zofia observou três barcos carregados de frutas invernais passarem pelas lentas gôndolas Forjadas, que estavam pesadamente decoradas e anunciavam peças de teatro e restaurantes. Próximo à curva, um barco diferente entrou em foco. Era mais largo e menor que uma gôndola, e acomodava apenas três pessoas. Suas asas de madeira se arrastavam pela superfície da lagoa. A proa do barco curvava-se como um cisne inclinando a cabeça. Dentro da embarcação, estavam sentados um homem e uma mulher de mãos dadas. Eles se entreolhavam e sorriam. Uma terceira pessoa sentava-se à frente, bombeando as pernas para fazer o barco avançar. Eles contornaram os barcos a uma distância de menos de trinta centímetros.

— Sua solução é um barco que parece um pássaro? — perguntou Enrique, que não parecia impressionado.

— *Non*, observe, *mon cher* — pediu Hipnos. — Está destinado a acontecer em breve.

— Acontecer o quê? — perguntou Enrique.

— *Shiuu.*

No barco-cisne, o homem e a mulher se inclinaram para a frente e suas bocas se tocaram. O rosto de Zofia se aqueceu ao ver aquilo, e ela teria desviado o olhar se, de repente, o barco não tivesse se transformado durante o beijo. As asas brancas de cisne se dobraram, engolindo-os por completo e os tirando de vista.

Zofia começou a contar os segundos... catorze, trinta e sete, setenta e dois, cento e vinte. Abruptamente, as asas se baixaram e o casal voltou a aparecer. O rosto deles estava vermelho e o cabelo parecia mais desarrumado do que antes. Eles trocaram um sorrisinho entre si.

— Se você se mantiver do outro lado dos mnemo-insetos de vigia, dá pra chegar perto da gôndola — explicou Hipnos. — E também é terrivelmente barato nessa hora do dia. Pode confiar, utilizei muitos Barcos do Amor nas minhas viagens a Veneza.

O rosto de Enrique ficou vermelho.

— Eu... hum...

— Não é uma má ideia — opinou Zofia.

— Viu só? — disse Hipnos. — Sou mais do que um rostinho bonito.

— Claro que é — concordou Zofia.

Hipnos levou as mãos ao coração.

— Ah, *ma chère*, tão gentil...

— Você tem ombros e pés, e um pescoço... embora eu não saiba dizer se essas coisas seriam consideradas bonitas.

Hipnos fez uma cara feia.

— Mas quem vai ser o casal? — perguntou Enrique. — E quem vai pedalar o barco?

Zofia olhou para os dois. Os vira se beijarem mais de uma vez, e eles pareciam gostar, então não entendia a hesitação de Enrique.

— Ah — exclamou Enrique, ficando ainda mais vermelho. — Nós não somos...

O historiador parou de falar, gesticulando entre Hipnos e ele mesmo.

— No momento somos apenas amigos — elucidou Hipnos, sem olhar para Enrique.

— Vocês não sabem dizer por quanto tempo vão ser apenas amigos? — perguntou Zofia.

— Ah, nós *sempre* seremos amigos, mas se haverá algo mais, quem é que sabe dizer? — disse Hipnos, com ar despreocupado. — Então vai ter de ser você e um de nós, Zofia. Qual será? Eu voto em mim. — Ele fez uma reverência. — Primeiro, minha beleza é de dar inveja. Segundo, sem sombra de dúvida sou mais bonito que nosso historiador...

Enrique franziu o cenho.

— O que isso tem a ver com...

— E *terceiro* — continuou Hipnos, falando alto para interromper Enrique. — Sou um beijoqueiro maravilhoso.

Ele deu uma piscadela, o que fez Zofia rir, porque indicava que ele estava sendo amigável e brincalhão, mas, ao mesmo tempo, a menção de Hipnos a um beijo evocou uma estranha lacuna em seu plano que ela não havia considerado.

No passado, com as aquisições de Séverin, a atuação às vezes era necessária. Isso não incomodava Zofia, que gostava de receber regras sobre como se comportar e o que dizer ou fazer. Saber todas as regras com antecedência lhe aliviava a mente. Mas ela nunca atuara no espectro romântico. Nunca tinha sido beijada. Antes de Zofia partir para Paris, Hela zombava da cara dela por esse motivo.

— Vai até Paris e ainda não beijou nenhum menino! Você não quer beijar alguém, Zosia?

Na verdade, houve muito poucos meninos que Zofia *desejou* beijar. Ela sabia como era o *desejo*... um pulsar baixo na barriga, o coração batendo acelerado... em geral, a ideia de colocar a boca na de outra pessoa lhe parecia estranha e um pouco desagradável, mas a ideia de tocar a boca com certas pessoas a fazia se sentir presa de alguma forma. Como se estivesse correndo para um lugar e fosse parada contra sua própria vontade, e aí tudo o que ela desejava era chegar lá. Isso aconteceu pela primeira vez com um jovem professor muito gentil e de cabelo castanho-claro, mas Zofia não conseguia se fazer conversar com ele. Agora, tinha aquelas mesmas sensações em relação a Enrique, mas eram mais intensas. Perto dele, ela sentia um calor e algumas pontadas inquietantes, picos em seus batimentos que a deixavam agradavelmente tonta quando ele a olhava por muito tempo. Zofia gostava de estar perto dele. E, quando o historiador ia embora, às vezes ela se sentia triste. Aquilo era atração, mas qual era a extensão da coisa? O que acontecia depois? E se essas sensações se intensificassem a ponto de fazê-la desmaiar? E se ela quisesse mais do que um beijo? E aí, como ficaria?

— Deveria ser eu — disse Enrique.

Ele falou baixinho, mas havia uma força naquelas palavras que fez Zofia se sentir desequilibrada, mas não de um jeito desagradável.

Enrique pigarreou.

— Quer dizer, posso ajudar se houver algo que precise ser decifrado... além disso, o Hipnos não deve ser visto. Assim, ele não vai chamar a atenção para si. E pode manter a cabeça baixa e pedalar o barco.

Hipnos gemeu.

— Odeio quando você combate a alegria com a razão.

Enrique o ignorou.

— Se nos movermos rápido, não é pra gente ter problemas.

Havia um problema.

No porto número sete balançavam não um, mas dois barcos. Em questão de minutos, os dois estariam ao alcance de Zofia. Ela franziu o nariz enquanto se aproximavam. Hipnos pedalava rápido, espirrando água nas asas de madeira do cisne.

As gôndolas pareciam quase idênticas: laca preta, uma cauda de escorpião ornamental *risso* e almofadas de veludo roxo idênticas. Na parte de trás do primeiro barco, Zofia esperava ver e reconhecer o símbolo da Casa Caída:

um hexagrama, ou estrela de seis pontas de prata. O que ela não esperava era que o segundo barco carregasse o mesmo símbolo, só que em ouro.

— Em qual deles colocamos o dispositivo? — perguntou Hipnos. — Posso desacelerar, mas a gente não tem como ficar enrolando na frente do barco, porque vai chamar muita atenção.

— Eu... hum — disse Enrique, puxando o cabelo. — Tem que haver uma diferença nos símbolos. Ou a cor, talvez, mas o quê?

— *Você* é o historiador aqui! — acusou Hipnos, desacelerando a pedalada. — Como é que eu deveria saber?

Zofia se inclinou para a frente, preparando o dispositivo. No bolso da jaqueta, ela sentiu a carta de Hela se movendo junto com ela. A proximidade da água de esgoto a fez remexer o nariz.

— É um símbolo antigo, mas mais recentemente parece estar ligado à identidade judaica — disse Enrique.

— Nós chamamos de *Magen David* — comentou Zofia.

A Estrela de Davi, embora a irmã dela lhe dissesse que não era uma estrela de verdade, mas também um símbolo no escudo de um antigo rei.

Ao lado, Enrique mexeu no cabelo, murmurando para si mesmo.

— O que o símbolo está dizendo? — perguntou ele, balançando-se para frente e para trás enquanto recitava a história do símbolo, meio murmurando para si. — Cercado, o hexagrama representa o Selo de Salomão, que tem raízes judaicas e islâmicas. Os hindus o chamavam de *shatkona*, mas se trata de uma representação dos lados masculino e feminino do divino, e não está conectado de forma alguma ao que sabemos da Casa Caída. Talvez se conhecêssemos seu nome verdadeiro, teríamos uma pista, mas tudo o que sabemos é que eles gostam de ouro, mas isso poderia ser uma armadilha e...

— Ah, deuses. — Suspirou Hipnos.

Zofia ergueu os olhos e ouviu Enrique prender a respiração. Ruslan apareceu em uma ponte a não mais de quinze metros de distância, de costas para eles e para a lagoa. Um par de guardas encapuzados se postava de cada lado dele. Um brilho de ouro cintilou sob a manga de seu casaco, e Zofia sentiu um arrepio ao se lembrar daquela mão dourada agarrando seu braço.

— Temos que ir! — sibilou Hipnos, pedalando para frente.

— Não antes de descobrirmos qual é a gôndola! — ralhou Enrique.

O barco-cisne girou em um círculo, por pouco não colidindo com uma gôndola diferente.

Zofia esticou a mão para se equilibrar e acabou encostando na parte externa da gôndola da Casa Caída decorada com a estrela de prata. No momento em que a tocou, ouviu um sussurro de metal no fundo do barco... *ouro. Posso me dobrar à sua vontade.*

— Pare! — exclamou ela.

— Zofia, o que você tá fazendo? — perguntou Enrique.

Ela se inclinou para a frente e apoiou ambas as mãos nas diferentes gôndolas. Ali, forçou os sentidos e sentiu o tremor do metal através da pele. Soube em questão de segundos. A gôndola com a estrela de prata era, na verdade, feita de ouro que havia sido Forjado para distribuir o peso de maneira diferente, enquanto a da direita com a estrela dourada era de madeira sólida.

— É essa daqui — afirmou ela, apontando para a de prata.

— Ele pode se virar a qualquer momento — alertou Hipnos. — Temos que ir *agora*.

Zofia mexeu no dispositivo, inclinando-se mais para fora da gôndola. As pontas de seu casaco tocaram a água da lagoa, e ela se forçou a não vomitar. Zofia forçou sua vontade na invenção: *Você quer estar aqui; você quer fazer parte deste objeto.* Ela repetiu isso mentalmente várias vezes, até que...

O dispositivo de detonação se misturou perfeitamente ao barco.

— Agora sai daí! — ordenou Hipnos. — A gente tá chamando atenção!

Zofia tentou se mover para trás... mas sua mão estava presa.

Ela se moveu novamente, mas era como se o metal quisesse puxá-la para dentro de si. *Eu não, você não me quer*, disse ela ao metal, que a soltou um pouco. Ela, no entanto, não era forte o suficiente para se afastar.

— Começa a pedalar — pediu ela, rangendo os dentes enquanto puxava o braço direito com a mão esquerda.

Bem aos poucos, o metal a soltou, e Zofia gemeu quando arranhou a pele da palma de sua mão.

— Eu tô aqui, Fênix — disse Enrique, que envolveu os braços em volta da cintura dela e a puxou com força.

Zofia caiu para trás, trombando em Enrique, e o movimento fez o barco balançar, quase levando-os a bater em outra gôndola...

— *Attento!* — gritou o *gondolier*.

Zofia sentou-se, a mão ardendo. O canal estava mais abarrotado. O *gondolier* tinha começado a gritar com eles, o que fez os outros barcos diminuírem a velocidade para assistir. Zofia olhou para a ponte. Viu, como se o tempo tivesse desacelerado, a compreensão formigando através da linha dos ombros de Ruslan, que começou a se virar.

Zofia se virou para Enrique.

— Me beija.

Os olhos dele se arregalaram.

— Agora? Devo...

Zofia agarrou o rosto de Enrique e o trouxe para si. Imediatamente, as asas do cisne tremeram ao redor deles, escondendo-os da vista. Veneza desapareceu ao redor deles. A gritaria sumiu. Tudo o que ela sentia era o puxão repentino do barco pela água enquanto Hipnos os afastava da atenção de Ruslan. Estava tão envolvida no beijo como forma de distração que quase se esqueceu de que era um beijo...

Até que ela lembrou.

Estava escuro e quente dentro das asas fechadas do cisne. Os lábios de Enrique eram ásperos e secos pelo vento. Zofia interrompeu o beijo. Tudo havia sido bastante anticlimático, embora ela não tivesse certeza do que esperava.

— Não foi ruim — concedeu ela.

Enrique fez uma pausa, e ela sentiu o rosto ficando vermelho, algo dentro de si rapidamente se encolhendo de vergonha.

— Mas poderia ser muito melhor — contrapôs ele.

— Como?

Ela queria saber. No instante seguinte, sentiu as mãos quentes dele deslizando pelas bochechas. Os olhos de Zofia estavam bem abertos no escuro, embora isso não a ajudasse a ver com mais clareza, mas, para o que aconteceria em seguida, parecia importante que seus olhos permanecessem abertos. Ela sentiu o espaço se deslocar à sua frente, a mais suave brisa de ar quente contra seus lábios, e então...

Zofia foi beijada.

Zofia entendia o conceito de calor. Sabia que era o resultado da colisão de átomos e moléculas, cujo movimento gerava energia. Calor — não como uma chama, mas como uma onda lenta e crescente — subiu de seus dedos dos pés até o coração. E sim, havia energia nisso... em ser beijada e em *beijar*. Ela era participante das partículas invisíveis girando em uma coreografia invisível. Como uma dança dentro de seus ossos. Ela se inclinou para a frente, ansiosa pelo calor inesperado de Enrique, enquanto a mente registrava novas sensações: o arranhão da bochecha não barbeada dele, seus dentes no lábio inferior dela, o calor úmido quando a boca de Enrique abriu a dela. Não era desagradável. Era o completo oposto, na verdade. Enrique a segurou perto de si, perto a ponto de que ela pudesse sentir seu coração batendo ao encontro do dele. E foi então que ela percebeu... ou, melhor, notou a *ausência*.

A carta de Hela havia sumido.

16

SÉVERIN

Na noite do *Carnevale*, Séverin acariciou a flor da esporinha venenosa, cuja cor violeta era semelhante a de um ferimento, e esperou. Quase três anos antes, Laila preparara um banquete de flores como sobremesa especial para alguns convidados importantes que se hospedavam no L'Éden. Era final da primavera, e a cidade de Paris parecia uma noiva irritada no dia do casamento: mal-humorada e suada por uma percepção de falta de atenção, enquanto as flores que desabrochavam brilhavam como joias nos membros da cidade.

Tristan limpara um espaço nos jardins, e um artista de Forja especializado em têxteis construíra uma tenda de seda que manteria o ar fresco e, mais tarde, se moveria em torno dos convidados como se fosse movida por uma brisa suave. Em uma mesa de banquete desprovida de qualquer prataria, Laila quase terminava de organizar pilhas de dálias douradas, rosas vermelhas, hortênsias azul-claras e grinaldas de madressilva. Elas pareciam assustadoramente realistas. Na borda de uma prímula, uma única gota de orvalho parecia pronta para deslizar pela pétala.

E ainda assim, mesmo de onde estava, na cabeceira da mesa do banquete, Séverin sentia o cheiro de marzipã e baunilha, cacau e cítricos sob as flores artisticamente esculpidas. Uma delas não parecia pertencer ali. Era uma longa esporinha azul, e cada pétala era violeta listrada de azul como o céu ao entardecer.

— Você colocou uma flor venenosa no arranjo? — perguntou Séverin, apontando para ela. — Duvido que nossos convidados sejam corajosos para experimentar.

— E se eu dissesse pra eles que é a mais doce de todas essas flores... que sob aquelas pétalas mortais há um denso creme de amêndoa e, no meio, um toque de ameixa temperada com especiarias? — disse Laila, os olhos brilhando com malícia. — Certamente um sabor desses é digno de correr um risco de morte, não acha? A menos que você não seja tão corajoso quanto imaginei.

— Bem, agora você está apelando pra minha vaidade *e* minha curiosidade — respondeu Séverin. — O que significa, é claro, que não posso deixar de me sentir tentado.

— Então está funcionando, certo? — disse Laila, sorrindo.

— É claro que tá funcionando — falou Séverin.

Ele estendeu a mão, arrancou um pedaço da folha de açúcar da esporinha e comeu. O sabor de baunilha e cardamomo se espalhou pela língua dele. Séverin ofereceu um pedaço a Laila, que imediatamente o colocou na boca. Ela arqueou as sobrancelhas com o sabor, sem dúvida satisfeita com o trabalho.

— O que você acha? — perguntou ela, fitando-o.

Ela estava tão perto que ele teve que olhar para baixo. Isso foi antes de a ter tocado, de a ter beijado nos lábios ou na cicatriz ao longo da espinha. Laila era uma maravilha para ele, um cristal iluminado pelo sol que podia descascar a luz para revelar suas veias secretas e multicoloridas.

— Acho justo dizer que você tem feitiçaria nos lábios, nas mãos, e que há tanta eloquência num toque de açúcar deles quanto em qualquer uma de suas sobremesas.

A ideia era que as palavras soassem sofisticadas... distantes, até. Afinal, não eram palavras dele, mas um verso roubado de *Henrique V*, de Shakespeare. Mas, quando as pronunciou, as palavras saíram como um feitiço. Talvez fossem as luzes suaves da tenda ou as pétalas de açúcar pintadas. Fosse o que fosse, suas palavras elegantemente intencionadas saíram sinceras e, embora fossem obviamente versos emprestados, sua língua não sabia a diferença. Pareciam verdadeiros.

— Belas palavras — disse Laila, com as bochechas coradas. — Mas palavras sem ação dificilmente podem ser convincentes.

— O que você propõe que eu faça para ser convincente?

— Certamente você pode pensar em algo — disse Laila, sorrindo.

Ele ficou tão surpreso com o que havia dito e com o fato de ela não ter rido da cara dele, que foi só na manhã seguinte que lhe ocorreu que ela *realmente* podia ter gostado da atenção de Séverin. Ele devia ter beijado a mão dela. Devia ter dito a ela que seu sorriso era uma armadilha da qual nunca desejaria escapar.

Eu devia, eu devia, eu devia...

Não havia veneno mais potente do que a sombra lançada por essas palavras, e elas o assombravam com renovada ferocidade desde que ele havia deixado o bar *mascherari*.

Séverin ainda pensava nisso quando ouviu passos vindo por trás dele no jardim venenoso. O rapaz não se virou. Suas mãos estavam atrás das costas, segurando um par de alicates de jardim.

— Você encontrou algo? — perguntou Eva, tocando nas costas dele. O gesto era suave, mas sua voz era áspera.

— Na minha mão — disse ele.

Havia encontrado os alicates naquela manhã, quando procurava por um objeto de peso comparável à lira divina. Se iria mesmo enganar Ruslan, ele precisaria disso.

Eva pegou os alicates, e ele ouviu o farfalhar da seda enquanto a outra os guardava nas mangas. Ela inclinou o corpo como se o estivesse abraçando, toda carinhosa, e passou os braços na cintura dele. Em seu ouvido, sibilou:

— Se eu sequer desconfiar de que está tentando me enganar, eu vou te matar. Eu *literalmente* poderia fazer seu sangue ferver.

— Se eu pensasse que pudesse ser diferente, não teria confiado em você de jeito maneira — rebateu Séverin, com suavidade.

Eva ficou quieta. Ele a ouviu respirando fundo. Na noite anterior, ela o confrontara depois que saíram do bar *mascherari*.

— Eu vi ela — dissera Eva, furiosa. — A reconheci quando ela saiu do salão. Você achou mesmo que podia escondê-la de mim?

— Não... — Séverin começara a dizer.

— Toda aquela bobagem sobre se encontrar na Ponte dos Suspiros — resmungara Eva. — Foi um truque? No fim das contas, você decidiu não me ajudar? Porque eu sei o que vi, e vou até o Ruslan e...

— Me poupe das ameaças e me diga o que quer — dissera Séverin, com aspereza. — Eu não tinha a menor intenção de te deixar no escuro, mas duvido que você acredite em mim mesmo que eu lhe diga a verdade. Tudo o que importa é que nós dois precisamos nos livrar do Ruslan, e agora tenho certeza de que podemos chegar a um acordo.

E assim fizeram.

Séverin se virou bem devagar, ignorando os mnemo-besouros na parede. Para todos os efeitos, ele estava admirando as flores e ela havia se aproximado. Ele se inclinou em direção a Eva, que envolveu o pescoço dele com os braços.

Se fossem amantes, era natural que se abraçassem, que ela encostasse a cabeça na curva do seu pescoço dele e desse um beijo abaixo da orelha. Eva se ergueu na ponta dos pés, os lábios perto da orelha de Séverin, e com a mão colocou algo em seu bolso. Ele sentia a aspereza das tiras de couro.

— Ele sabe que tem algo errado.

O pulso de Séverin acelerou ao ajustar no braço o bracelete de couro que Eva lhe contrabandeara. Sob as mangas de seu traje, a joia seria indetectável em suas vestes.

Em breve.

Iria vê-los em breve. O conhecimento desse fato se movia dentro dele, desesperado como uma oração. Como eles estavam? Será que Enrique sentiu dor depois de perder a orelha? Hipnos o abraçaria como um velho amigo? Zofia estava bem?

Laila o olharia como fizera no passado?

Tratava-se de um ciclo egoísta de perguntas, tudo centrado em seus próprios desejos. Era mais forte do que ele. A esperança era um exercício de ilusão. Séverin só podia esperar por tais coisas se secretamente acreditasse que era merecedor delas, e, embora soubesse que os havia decepcionado além da crença, ainda segurava um instrumento do divino. E, com a lira em mãos, ele podia acreditar em qualquer coisa.

— *Monsieur* Montagnet-Alarie. Está pronto?

Eva estava à porta, segurando a caixa Forjada de gelo e sangue. Ao lado dela vinha um membro mascarado da Casa Caída. Séverin se moveu em direção a eles, vislumbrando o próprio reflexo nas paredes vermelhas brilhantes enquanto passava. Para o traje dele, Eva havia escolhido uma máscara de *medico della peste* laqueada de vermelho, que agora pendia da parte de trás de suas vestes carmesim. Daqui, parecia que brotavam cristas com chifres ao longo das costas dele, como uma quimera ainda não formada.

Séverin sustentou o olhar de Eva enquanto pressionava o polegar na fechadura espinhosa da caixa. Sangue brotou em sua pele. A caixa se abriu.

— Como você me recebe com tamanha frieza, meu amor — disse ele, forçando um sorriso no rosto. — Eu te desagradei?

— Achei seu comportamento bastante frio mais cedo — retrucou Eva, virando a cabeça.

— Estava distraído — justificou ele, estendendo a mão. — Você me perdoa?

Eva sorriu, depois suspirou. Ela segurou a caixa de gelo com o braço esquerdo, depois estendeu a mão para ele. Mas, ao fazer isso, tropeçou. Séverin a pegou, deslizando a mão até o punho dela, os dedos encontrando o alicate de jardim preso no braço dela sob as pesadas dobras verdes de suas vestes. Ele o pegou e Eva se endireitou, a caixa caindo no chão a uma certa distância.

— A caixa! — exclamou ela.

Ao lado de Eva, a mnemo-abelha na boca do membro da Casa Caída se agitou. Observando. Séverin sabia o que ela via. Uma caixa vazia e uma garota que caiu.

— Permita-me — disse Séverin.

Ele deu um passo para trás, inclinando-se sobre a caixa. À vista do mnemo-inseto, tirou a lira das dobras de suas mangas largas, tomando cuidado para garantir que fosse vista desaparecendo atrás da tampa da caixa. Ele fingiu se preocupar com o instrumento enquanto, em silêncio, o trocava pelo alicate de jardim. Alguns momentos depois, fechou a tampa. Pegou a caixa com uma mão, segurando-a com ar protetor.

— Isso realmente é necessário? — perguntou ele a Eva. — Talvez a gente possa perguntar ao patriarca Ruslan se ele pelo menos levaria isso na gôndola? Se tivermos todos os nossos suprimentos prontos, poderíamos partir para Poveglia imediatamente após o *Carnevale*.

Eva franziu a testa.

— Não tenho certeza...

Mas então Ruslan apareceu nas sombras atrás de Eva.

— Acho essa uma ideia *maravilhosa*.

Séverin quase conseguiu esconder o tremor repentino que percorreu seu corpo quando Ruslan apareceu. Ele segurou a caixa com mais força. A lira divina estava pressionada contra a pele dele, mantida firme pelas tiras do bracelete Forjado que imediatamente envolveram o instrumento.

— Você acha? — perguntou Séverin.

— Ora, claro! Por que eu iria atrasar a divindade? Já sei a primeira coisa que vou fazer. — Ruslan esfregou a cabeça careca — Vou me dar cachos perfeitamente fluidos. — Ele fechou os olhos e sorriu, como se estivesse imaginando. — Mas duvido que todos nós possamos partir ao mesmo tempo. Chamaria muita atenção. Talvez seja melhor se nós três partirmos para Poveglia, assim que deixarmos a Casa Janus, e eu mando buscar o resto da minha Casa depois.

— Um excelente plano — disse Séverin.

E seria mesmo. Havia algo estranho nos membros da Casa Caída. Seus braços e suas pernas se moviam com uma rigidez desumana. Quando Séverin fitava seus olhos por baixo das máscaras, eles pareciam nublados e cinzentos. Não piscavam. Mesmo sem Ruslan, eles pareciam incapazes de qualquer ação. Eva lhe havia dito que, sem Ruslan, eles poderiam muito bem ser impotentes.

— Posso? — perguntou Ruslan, estendendo as mãos para a caixa.

O ritmo cardíaco de Séverin acelerou. Posso o quê? Abrir? Segurar?

Séverin estendeu a caixa. Quando Ruslan a pegou, os alicates de jardim deslizaram e bateram na parte interna da caixa. Séverin parou, perguntando-se se Ruslan notaria. Mas o patriarca simplesmente lhe deu as costas.

— Venham — disse ele. — Nossa gôndola nos espera.

Enquanto Eva os conduzia até o local de desembarque para o *Carnevale* da Casa Janus, Séverin percebeu que o patriarca não tirava os olhos dele e, portanto, correspondeu o olhar.

— Você nos contou muito pouco sobre onde encontrar o mapa para o templo de Poveglia — comentou Séverin, com tédio fingido. — Presumo que seja algo Forjado pela mente, como o frasco que me mostrou durante o jantar algum tempo atrás.

Ruslan ignorou a pergunta. Em vez disso, olhou para a Faca de Midas, girando-a nas mãos.

— Nunca te contei o verdadeiro nome da minha Casa, não é?

Diante deles, a luz das lamparinas de *palazzos* elaborados se espalhava pela lagoa. A julgar pelos gestos de Eva, eles atracariam a qualquer momento. Séverin se obrigou a ser paciente.

— Não — respondeu ele. — Não tive o prazer de receber essa informação.

— Humm — murmurou Ruslan, que bateu a ponta da Faca de Midas nos dentes. — É um nome provocativo. Meu pai disse pra gente que nós tínhamos os maiores tesouros de todas as Casas... e ainda assim tais objetos preciosos eram meras lascas de unhas da *verdadeira* fonte.

Ele sabia que Ruslan se referia à Torre de Babel, a construção bíblica que quase tocara o ventre do céu. A teoria ocidental sustentava que foi a dispersão de tal edifício — provocada por uma confusão de línguas que interrompeu sua construção — que trouxe a Forja para o mundo. Onde as peças caíram, a Forja floresceu.

Mas essa era apenas uma visão, como Enrique diria. E era uma visão dominante simplesmente porque pertencia àqueles que haviam dominado.

Ruslan virou a faca na mão.

— Eu pensei que poderia mudar a mim mesmo, sabe... pensei que poderia me encaixar no mundo, ou fazer o mundo se encaixar em mim. — Ele começou a rir. — Agora eu sou a alquimia ambulante! Sou a transmutação da carne em ouro! Estou... tão *faminto*. Verdade, divindade... essas coisas vão me saciar, e eu nunca mais terei fome. Isso é tudo o que eu quero, meu amigo. Um fim para o vazio.

Séverin ficou imóvel. Em um dia normal, Ruslan faria uma pergunta, tentaria brincar. Mas não havia nada no rosto do outro homem além de uma esperança nua. Uma piedade indesejada o percorreu. A ambição havia feito Ruslan brincar com um objeto que lhe dava poder, mas esse poder veio com a loucura. De certa forma, não era culpa de Ruslan. Tampouco era responsabilidade de Séverin.

— E logo mais teremos isso — Séverin se forçou a dizer.

— Promete? — perguntou Ruslan, que olhava para o colo, passando o polegar pela lâmina dourada. Então ele sussurrou: — Eu faria qualquer coisa.

Séverin sentiu como se estivesse olhando para um espelho corrompido. Conhecia aquela pose, aquele foco, aquela repetição interminável de tocar um objeto que lhe trouxera tanto esperança quanto tristeza. A voz da mãe dele ecoou em sua mente:

Em suas mãos estão os portões da divindade...

Ele era diferente. Não estava perseguindo algo, já havia sido escolhido. Sua esperança era apenas não realizada, em vez de impossível.

Ele não era Ruslan.

Séverin levou a mão ao capuz, puxando a máscara sobre o rosto enquanto a gôndola parava em um arco silencioso conectado a um prédio cinza e monótono.

— Se quer tanto a divindade, então por que não me dá mais do que uma dica sobre o mapa que vai levar a gente ao templo? — perguntou Séverin.

Ruslan fez um bico.

— Porque quero que você seja *digno* disso, meu amigo. E quero ser digno disso por escolher você como minha codivindade, entende?

Séverin apertou a mandíbula.

— Você percebe que, ao me testar, pode estar negando a si mesmo?

Ruslan baixou a cabeça.

— Nesse caso, me considerarei julgado pelo universo como indigno de tal presente. — Então ergueu os olhos e riu. — Tudo na vida requer fé, *monsieur* Montagnet-Alarie. Eu tenho fé em você! Além disso, você já teve um vislumbre do mapa, meu amigo, como tão inteligentemente adivinhou. — Ele apontou para um membro da Casa Caída que trouxe uma pequena caixa, não maior que um estojo de joias. — Guarde isso aqui para preservar seu conhecimento.

Eva se aproximou de Séverin, e a máscara de *colombina* de prata e safira reluziu na luz.

— Ah, e, *monsieur* Montagnet-Alarie — disse Ruslan, se inclinando para a frente. — Cuidado com os dragões.

Através do arco, eles entraram em uma pequena plataforma. Dali, uma escada mal iluminada espiralava para a escuridão. Séverin tinha dado alguns passos quando percebeu que Eva não se movera.

— Você não vem?

— E ser morta diante de todo mundo? — perguntou Eva. — Não, obrigada. Vou esperar por você aqui. Mas... você vai dizer pra eles que eu... eu...

— Eu vou — confirmou Séverin.

Eva engoliu em seco, depois acenou com a cabeça.

— Vai.

A longa escada levava a um pátio do tamanho aproximado de uma sala de jantar. Nas paredes de pedra, a luz aquosa ondulava e cintilava. Acima, um teto de vidro Forjado revelava que ele estava debaixo d'água. As sombras na água pareciam plumas de tinta. Naquele momento, a longa e escura parte de baixo de uma gôndola deslizou pelo teto e desapareceu de vista.

Encaixadas nos nichos da parede havia estátuas de anjos com as mãos unidas, a cabeça inclinada em oração. Três estátuas de animais, todas com três metros de altura, adornavam o centro do cômodo. As costas delas estavam esticadas e ocas, formando uma espécie de banco dentro de cada uma. Uma era um grande lobo, com a mandíbula aberta, a língua pendendo para fora, a pelagem esculpida eriçada. Outra era um leão alado no meio de um rugido. Séverin o reconheceu como o emblema de Veneza, o símbolo de São Marcos, padroeiro da cidade. O terceiro era uma criatura que Séverin só reconhecia das palestras de Enrique no passado: um lamassu.

Uma divindade protetora assíria com cabeça de homem, corpo de leão e asas de pássaro dobradas ao redor da caixa torácica.

Séverin estudou o ambiente, e um arrepio de consciência já conhecido percorreu seu corpo. Esta costumava ser sua parte favorita das aquisições, a maneira silenciosa pela qual uma sala revelava seus segredos. Não havia porta óbvia, e assim as estátuas deviam funcionar tanto como saída quanto como entrada.

Ele se virou, como se fosse falar com alguém ao lado dele.

Mas Enrique, Zofia, Hipnos, Tristan e Laila não estavam lá.

Não havia ninguém para alimentá-lo com história, para convocar mais clareza acerca do lugar, para brincar a respeito do cheiro, para conjurar flora estranha ou desvendar os segredos de um objeto.

Só havia ele. Mas iria encontrá-los. Consertaria as coisas.

Séverin olhou para cima. Lá, cintilando como se suspenso na água, apareceu uma escrita brilhante:

PARA ENTRAR EM QUALQUER DESCONHECIDO,
CAMINHAMOS A ESTRADA DAQUELES QUE CHEGARAM AQUI PRIMEIRO.

Ele sorriu ao compreender.

A arrogância poderia levar alguém a escolher o leão alado. Afinal, era a marca de Veneza. Mas de onde vinham atributos como asas? O presente era um palimpsesto, construído sobre as camadas do que havia sido sagrado ou profano no passado. O leão tinha a intenção de proteger... mas antes do leão havia uma versão mais antiga, um símbolo mais antigo de proteção.

Este era o teste de humildade da Casa Janus.

Afinal de contas, eles se consideravam os guardiões dos tesouros cartográficos e, talvez, saber seu lugar no mundo fosse, em si, um tesouro.

Séverin caminhou até o lamassu, apoiando a mão na pedra áspera do corpo. Quase haviam adquirido uma peça dessas do reino da Prússia. Enrique dissera que, antigamente, os lamassus teriam mais de quatro metros de altura, parte de um par que ladeava cada lado da entrada de lápis-lazúli de um palácio.

— O rei era considerado semidivino e, como tal, seria guardado como a localização do próprio céu — dissera Enrique.

Séverin se acomodou no banco embutido nas costas do lamassu. No mesmo instante, as asas se levantaram do corpo da estátua. Ela se ergueu instável. Pequenas pedras se soltaram, caindo no chão. Onde a parede havia sido sólida, agora afinou-se até ficar translúcida. Mais além, Séverin distinguia o brilho distante de lustres, a cor borrada de trajes ricos. O lamassu avançou, preparando-se para levá-lo através da parede.

Sentiu o coração bater mais rápido. A cada passo do lamassu, a lira se esfregava em sua pele. Seu zumbido constante e estranho percorreu o corpo dele, como se tivesse se entrelaçado com a batida cardíaca de Séverin. Ele imaginou Laila, Hipnos, Enrique e Zofia de pé diante dele, e a esperança brilhou em seu peito.

Atrás dele, pouco a pouco a escrita na parede foi desaparecendo. Séverin manteve o olhar fixo à frente, seus sentidos alertas. Mesmo assim, sentiu-se um pouco presunçoso.

Era natural que caminhasse pela estrada dos ancestrais.

Ele pensou na voz de sua mãe, no poder em suas veias.

Séverin estava destinado àquilo.

17

ENRIQUE

Sozinho na biblioteca, Enrique soltou o ar na palma da mão e cheirou. Não estava ruim.

Talvez houvesse um cheiro do café que ele tomara mais cedo, mas nada tão repulsivo que explicasse por que Zofia se afastara em choque, segurando o coração, como se ele a tivesse ferido mortalmente com um beijo. Quando ela recuou, uma onda de nervosismo o assolou.

— Desculpa — dissera, em pânico. — Eu... eu entendi errado?

— Não — respondera ela, respirando rápido.

— Você tá chateada?

— Tô.

Mas Zofia não diria mais do que isso. No momento em que voltaram para a casa segura, ela fugiu para o laboratório para terminar as invenções necessárias antes que partissem para o *Carnevale* em uma hora. Laila ainda não havia voltado. Na sala de música, Hipnos tocava piano e cantava uma música de amor, puxando os pensamentos de Enrique de volta para aquele beijo.

Ele achara que havia sido bastante suave da parte dele, toda aquela história de "poderia ser muito melhor". Além disso, ele falara sério. Assim que os lábios de Zofia tocaram os dele, foi como responder a um desejo que não fora capaz de articular. Ele queria aquilo. Queria *ela*.

Quando a beijou novamente, um fino raio de luz atravessou as asas de cisne do barco. Ele vislumbrara o brilho azul reluzente dos olhos dela, os traços quase dignos de uma fada de seu queixo e o dourado de sua cabeça como uma vela acesa. Por mais duras que fossem as palavras dela, os lábios de Zofia eram macios como neve, e o beijo tapou os pensamentos de Enrique. Havia algum tempo, Zofia despertara algo nele. Os dois se entendiam de uma forma que ele nunca havia experienciado, que o fazia se sentir seguro e ouvido. Mas talvez tivesse sempre sido uma emoção unilateral.

Não seria a primeira vez.

— Sonhando acordado?

Hipnos se encostou na moldura da porta.

— Você anda bem distraído desde que voltamos — comentou Hipnos. Um certo conhecimento brilhou em seus olhos.

O rosto de Enrique ficou vermelho.

— Bem, sim, quer dizer, tem o fato de a gente ter zero pistas sobre o que nos espera no *Carnevale*, e ainda estou reunindo minhas anotações sobre Poveglia e...

— E você beijou Zofia.

— Por favor, vai embora.

— Mas que bobagem — cantarolou Hipnos em voz alta. Então pigarreou e continuou falando: — Não se preocupa, não tô com inveja. Tenho um coração grande e generoso e um...

— Hipnos.

— Eu ia dizer "senso de humor grande e generoso".

— Mentira.

Hipnos abriu um sorriso de orelha a orelha, depois bateu palmas.

— E aí? Como foi?

Enrique o encarou.

— Ah, vamos lá, *mon cher* — incentivou Hipnos. — Amigos contam segredos para amigos!

— Somos amigos há menos de um dia.

— Ah, por favor — disse Hipnos, antes de se virar e exclamar com alegria: — Pequena Fênix! Você se junta a nós mais uma vez!

Enrique ficou mais ereto quando Zofia entrou no cômodo. Estava nervoso por fazer contato visual com ela, mas era impossível vê-la por causa da pilha de roupas e máscaras que carregava nos braços. Ela lentamente as colocou sobre a mesa de madeira da biblioteca antes de se virar para os dois. Olhou para Enrique com indiferença. Era como se nada tivesse acontecido entre eles, e o historiador não tinha certeza se isso o deixava grato ou arrasado.

— Cadê a Laila? — perguntou ela.

— Aqui.

Laila entrou usando um vestido branco. A cor, pensou ele, parecia fúnebre nela. Embora ela não fosse menos gentil, uma distância havia se espreitado em seu olhar desde a noite anterior. Muitas vezes, Laila levava os dedos ao punho, como se verificando a pulsação.

— Devemos encontrar Séverin à meia-noite — lembrou ela.

Enrique contraiu a mandíbula.

— Como ele vai nos encontrar?

Laila parecia prestes a dizer mais alguma coisa, mas então pensou melhor.

— Tenho certeza de que não vai ser um problema pra ele.

— Mas para onde vamos quando chegarmos lá? — perguntou Hipnos. — *Imagino* que, se alguém está dando uma festa, o cenário será magnífico, possivelmente labiríntico...

— Deixa essa parte comigo — disse Laila, mexendo os dedos. — Os criados sempre veem alguma coisa. É fácil esbarrar nas mangas deles ou tocar no que estão segurando e olhar para o resto da sala. Zofia, o que você trouxe pra gente?

Zofia tocou as roupas na mesa.

— Seis explosivos, uma placa de silenciamento, um dispositivo de detecção esférico, cinco dispositivos de filtragem de fumaça e defletores de luz de fumaça.

Hipnos se surpreendeu.

— Isso... vai de cabo a rabo.

— Sem mencionar o que tá costurado aqui — disse Laila, batendo no espartilho de seu vestido.

— Três adagas, quatro metros de corda de aço e lentes de fósforo caso nossa fonte de luz falhe — recitou Zofia.

Agora Hipnos parecia um pouco nervoso.

— Parece uma porrada de objetos perigosos só para encontrar um mapa...

Zofia encolheu os ombros, mastigando um fósforo. Hipnos olhou para Laila, mas ela estava distante novamente, remexendo no anel. O coração de Enrique se partiu um pouco. O número de dias restantes pesava sobre ela. E por que seria diferente? Como alguém poderia respirar enquanto passava por aquele pesadelo? No entanto, eles estavam muito perto de encontrar uma resposta. Tão perto de algo que poderia mudar a vida deles.

Enrique estendeu a mão, segurando a dela, e sorriu.

— Temos esperança, um plano só pela misericórdia e muitos explosivos. Já nos demos bem com menos. Vamos lá.

As máscaras feitas com Forja mental diziam a eles onde era o *Carnevale*, mas não como entrar.

Meia hora antes da meia-noite, Enrique, Hipnos, Zofia e Laila encontravam-se diante de uma parede de mosaico preto e branco na entrada de um beco escondido, vazio e entulhado de lixo. Diante deles, os mosaicos se estendiam por cerca de sete metros de altura e três metros de largura. Apesar da disposição dos azulejos, nenhuma associação vinha à mente. Na parede nua ao lado, havia um pequeno quadrado cheio de luzes Forjadas coloridas — vermelhas, azuis, amarelas e laranja —, e nenhuma era maior que uma moeda. No centro havia uma depressão circular em branco. As luzes coloridas caberiam facilmente ali dentro, como uma chave, mas por que tal coisa era necessária?

Enrique empurrou a máscara para cima. O ar frio beijou seu rosto. Uma brisa passageira atingiu o curativo, o que o fez reprimir um gemido.

— Por que isso aqui tem cara de que vai ser outro enigma? — perguntou Hipnos. — Já odiei.

Um por um, eles empurraram as máscaras sobre a cabeça. Enrique tocou as luzes Forjadas, franzindo a testa enquanto elas se moviam sob seus dedos. Ele já havia visto esse tipo de decoração antes, no L'Éden. Dependendo do arranjo em uma arandela de parede, as luzes coloridas podiam mudar a tonalidade de uma sala inteira.

— Achei algo — disse Laila.

Ele se virou e viu Laila caminhando em direção a um sapato solitário no final do beco. Quando o tocou, ela se assustou e olhou para o mosaico.

— Não devia ser assim.

— O que você quer dizer? — perguntou Enrique.

Laila franziu a testa.

— *Parece* que estamos no mesmo lugar, mas o que vi mostrou que essa parede não deveria ser de azulejos pretos e brancos. Deveria ser colorida... como uma pintura real de alguma coisa, mas não consegui ver muito bem, os detalhes estavam confusos.

Zofia enfiou a mão no decote de suas vestes e puxou o colar. Um dos pingentes brilhou.

— É uma entrada de Tezcat — afirmou ela, antes de colocar a mão contra os azulejos. — Mas tá trancada, de alguma forma. Como se precisasse de uma chave ou uma senha.

Ao toque dela, palavras giraram pelos azulejos do mosaico.

Hipnos gemeu.

— *De novo?*

CARO CONVIDADO,

QUE NOSSAS ALEGRIAS SEJAM VERDEJANTES.

Ah, pensou Enrique, olhando para as luzes brilhantes. Era um quebra-cabeça de cores.

Ele esperou que alguém falasse primeiro, mas os outros estavam quietos. Quando olhou para os demais, percebeu que olhavam para *ele*.

Era um olhar de confiança e expectativa, uma expressão cujo peso Enrique nunca sentira em sua totalidade.

— O que a gente faz? — perguntou Hipnos.

Enrique sentiu como se sua caixa torácica estivesse se expandindo enquanto gesticulava para o quadrado de luzes.

— É simples, na verdade... a dica até tá na frase. "Verdejante" vem do latim *"viridis"*, que significa... verde. Então devemos fazer verde na parede de cores.

— Não há luz verde — constatou Zofia.

— Certo... a gente precisa criar.

Enrique alcançou a luz azul, que se descolou facilmente pela parede. Ele a deslizou até a depressão do quadrado, enchendo metade de sua profundidade. Então alcançou o azulejo amarelo, colocando-o em cima. A luz verde irradiou para fora, primeiro suave e depois aumentando em intensidade. A tonalidade verde se expandiu para fora, espalhando-se pelos azulejos pretos e brancos como tinta derramada. Enquanto a parede absorvia luz e cor, uma imagem tomou forma. Um tom azul se espalhou da metade inferior da parede, estreitando-se em um riacho de vidro. Os ciprestes de um verde salpicado saltaram para cima de cada lado. No centro, um ponto de luz cresceu e cresceu, e a parede de azulejos brilhou com translucidez até derreter por completo, revelando um grande corredor.

Enrique arregalou os olhos enquanto admirava a entrada para a festa de *Carnevale* da Casa Janus. As festividades estavam espalhadas ao longo de três níveis. De onde estavam, o desenho do andar principal era como um sol com raios irradiando. Ou, Enrique percebeu ao inclinar a cabeça... uma rosa dos ventos, o que parecia apropriado, dados os tesouros cartográficos da Casa Janus.

No centro do ambiente girava uma plataforma circular dourada, do tamanho do grande salão de baile do L'Éden, com dançarinos rindo e rodopiando, às vezes se equilibrando bem no limite da borda, a centímetros da piscina que a cercava. Outros espirravam água, vestidos finos agarrados à pele molhada. Acima dos foliões, músicos mascarados tocavam em um candelabro de cristal e vitral que girava.

Se o centro era o sol, então cada um dos raios levava a uma entrada diferente. À esquerda deles, um grupo de mulheres usando máscaras de veludo *moretto* e vestidos vermelho-sangue parecia passar por um portal escuro montado nas costas de um enorme cavalo alado feito de pedra. À direita de Enrique, uma mulher de pele clara usando uma máscara de *colombina* que parecia ser de ouro sólido caminhava através de uma parede de rosas.

— É toda uma rede de portas Tezcat — disse Zofia.

Pela primeira vez naquela noite, ela parecia levemente interessada. Hipnos bateu palmas.

— Vêm, vamos! Bebidinhas nos esperam!

Laila tossiu levemente.

— Permita-me corrigir isso. Nossa missão... e bebidinhas... nos esperam?

Laila revirou os olhos.

A alguns passos da entrada do mosaico, uma barca Forjada balançava em um riacho de tinta. Sobre a água, arqueavam-se duas fileiras idênticas de ciprestes envasados, como uma extensão do mural de mosaico.

Enrique puxou a máscara de volta ao rosto, sentindo o peso pressionar suas têmporas, seu couro cabeludo, a sensibilidade de seu ferimento. Através dos buracos dos olhos, o mundo parecia focado, a festa de *Carnevale* menos como um Outro Mundo fantástico e mais como um segredo meio revelado. Isso acendeu uma fome familiar dentro dele. O simples desejo de *saber...*

Enrique não sentia aquela pontada de curiosidade havia meses. Nos últimos tempos, toda a pesquisa dele tinha um subtexto de pânico e urgência. E continuava tendo, mas agora havia uma nova faceta nisso... ele estava aprendendo não apenas pelo bem dos outros, mas também pelo seu próprio. Aos poucos, Enrique sentiu como se as peças de si estivessem voltando a uma ordem que ele reconhecia. E, quando os amigos se moviam ao redor dele, o historiador era menos como uma peça levada pela correnteza e mais como uma âncora, certo e seguro. Em volta dele, o mundo parecia revelar cada vez mais de si mesmo e, a cada revelação, Enrique sentia que descobriria seu lugar dentro dele.

Por baixo da máscara, ele sorriu.

Laila levou não mais do que dez minutos para determinar onde a Casa Janus guardava os tesouros. Enquanto se moviam pela festa, Laila roçava os dedos em bandejas carregadas por serviçais, toalhas penduradas em braços, a lamparina ocasional pendurada em um pilar.

— Por aqui — disse ela.

Laila os conduziu através da multidão de foliões e desceu um dos muitos corredores que irradiavam da plataforma principal até chegarem a um vestíbulo pequeno e vazio. Na extremidade oposta, uma tapeçaria de seda se estendia por uma parede.

Enrique estudou a tapeçaria. Bordada nela havia outra rosa dos ventos, cujos pontos em forma de diamante refletiam os territórios que ficavam ao norte, sul, leste e oeste deles. Ao norte, geleiras costuradas umas nas outras com fios de prata. Ao sul, areias douradas e filamentosas. A leste, montanhas de nós verdes e, a oeste, águas azuis tecidas.

— Pelos objetos que li, tenho a impressão de que a entrada para o tesouro está conectada à tapeçaria — comentou Laila.

— Então vamos lá... — disse Hipnos.

Ele deu um passo na direção da entrada, mas Laila o agarrou pelo braço.

— Zofia? — chamou Laila.

Zofia remexeu nas mangas e rolou uma luz de detecção esférica pelo chão de pedra. Ao longo de todas as laterais do corredor, luzes vermelhas do tamanho de moedas surgiram ao lado das tochas acesas. O estômago de Enrique afundou.

— O que é isso? — perguntou Zofia.

— Mnemo-dispositivos de detecção de forma — explicou Hipnos, irritado. — Na Casa Nyx a gente usa uns iguaizinhos. Eles disparam alarmes se detectarem uma forma em movimento ao fundo. Normalmente, pra passar, é preciso ter um dispositivo defletor que perturbe os sensores da máquina.

— Então como vamos passar? — perguntou Enrique.

— Simples. — Zofia bateu na ponta do bico da máscara. — Nós removemos a detecção de todas as formas.

Com um movimento hábil, Zofia beliscou a extremidade longa e curvada do bico. Nuvens de vapor se desenrolaram das narinas na máscara branca como osso, obscurecendo o azul dos olhos dela. Em suas longas vestes azul-marinho, com o rosto e o cabelo escondidos, Zofia fazia Enrique se lembrar de um psicopompo de um mito... uma figura encarregada de transportar almas para longe dos reinos mortais.

Laila copiou o movimento, e Hipnos fez o mesmo. Enrique alcançou a máscara, sentindo a leve ranhura de uma depressão em seu design. Um segundo depois, o vapor jorrou para fora.

Zofia devia ter adicionado uma barreira dentro da máscara, porque ele não sentia o cheiro nem o vapor, embora visse que saía em rajadas e momentaneamente obscurecia sua visão. Quando clareou, Enrique viu a névoa Forjada subindo pelo corredor, cobrindo-o com uma névoa espessa e impenetrável.

— Contei dez passos até a parede — disse Zofia. — Vamos.

Enrique caminhou pelo vazio, o coração batendo forte nas costelas. Perguntou-se que imagem eles passariam naquele segundo para qualquer um que talvez os visse... como enviados do inferno, anjos amaldiçoados com peste saindo de suas narinas.

Ele estendeu a mão, sentindo a textura áspera da tapeçaria sob a palma. O corredor parecia exalar como um longo suspiro. O vazio da neblina deu lugar a um corredor diferente quando atravessaram a tapeçaria Forjada.

Enrique pensou que seriam recebidos pelo silêncio, mas uma figura os esperava a não mais de dois metros de onde emergiram.

Uma figura vestida de vermelho, com a cabeça baixa, uma máscara laqueada da cor de uma garganta cortada.

Aos poucos, a figura ergueu a cabeça. Mãos enluvadas deslizaram para cima, empurrando o capuz para trás, e Enrique prendeu a respiração.

Uma enxurrada de emoções o percorreu. Alegria, depois raiva... o desejo bizarro de rir foi perfurado pelo súbito latejar de seu ferimento.

O cabelo estava despenteado por conta da máscara, mas Séverin se postava alto e imponente nas vestes vermelhas. Ele arqueou uma sobrancelha, a boca curvando-se em um sorriso.

— Eu disse que encontraria vocês.

18

LAILA

No momento em que viu Séverin, Laila sentiu o chão derreter sob os pés, e seu estômago despencou em uma súbita ausência de peso. Não era desejo nem mesmo surpresa. Era um momento em que o presente se afinava e os ossos do passado transpareciam.

Laila viu o passado.

Viu Séverin pegar a lata de cravos e uma caixa extra de fósforos para Zofia. Viu o sorriso dele se curvar enquanto ouvia a mais recente descoberta histórica de Enrique. Viu os olhos dele se erguerem para os dela antes de Séverin dar uma piscadela, como se estivessem compartilhando um segredo.

O presente era uma fera diferente.

Nenhum deles havia tirado a máscara. O sorriso de Séverin desapareceu. Por um breve momento, parecia um peregrino: gasto e penitente. Em um espelho atrás dele, no corredor, Laila viu o que ele deveria ver diante de si: figuras vestidas de manto com máscaras cruéis, juízes de outro mundo enviados para pesar seus pecados.

Hipnos foi o primeiro a jogar a máscara para cima da cabeça.

— Você nos encontrou! — disse Hipnos, sorrindo. — Eu sabia que iria!

Séverin retribuiu o sorriso com um carinho genuíno... e alívio.

Contra a vontade, Laila se lembrou de como o vazio tomara conta dela na noite anterior no salão *mascherari*... como a textura ficara escorregadia, o som diminuíra, as cores sangraram até tudo ficar branco... até que ele a tocou. Ela se lembrou de como ele estava lindo no cômodo escuro. Como estava ferido.

Eu te encontraria em qualquer lugar.

— Ah, vamos lá, não podemos ficar nessas monstruosidades sufocantes — disse Hipnos, gesticulando para o próprio rosto.

Enrique resmungou enquanto removia a máscara. Séverin olhou para ele, ansioso, mas o historiador não fez contato visual. Em seguida foi a vez de Zofia. Sua expressão chocou Laila.

Quando retornara da viagem de gôndola, Zofia contara a Laila que havia perdido a carta de Hela. Laila sabia que, para alguém como a engenheira, o pânico do desconhecido era muito pior do que qualquer notícia que estivesse dentro do envelope. Ela tentara confortar a amiga, prometendo que poderiam enviar uma mensagem assim que tudo aquilo acabasse, que certamente a família dela devia ter entrado em contato com o L'Éden, e, assim que fosse seguro, eles falariam com a equipe parisiense. Mas Zofia permaneceu de cara fechada, aterrorizada e calada. Até agora.

Quando Séverin apareceu, algo mudou em Zofia. Seus ombros caíram. A tensão em torno de sua boca relaxou. Laila percebeu mais uma vez que, não importava o que ele tivesse feito com o grupo, uma parte deles confiava que Séverin poderia consertar qualquer coisa.

Sua mandíbula se apertou. Isso não poderia ser dito a respeito dela.

Laila sentia o olhar de Séverin em seu rosto. Os lábios dele se contraíram... como se ele se compadecesse. Será que achava que ela escondia o rosto porque suas emoções eram tão vívidas que não podiam ser controladas? Será que ele achava que estava sendo misericordioso ao permitir a privacidade da máscara dela?

Séverin deu um passo à frente, olhando-os com esperança. *Com cautela.*

— Eu... sei que o que eu fiz foi...

— Irrelevante neste momento? — cortou Laila. Ela jogou a máscara para trás, os olhos brilhando. — Você nos encontrou. Que bom. Por enquanto, prefiro concentrar nossa atenção no mapa para Poveglia. Reuni o máximo de informações que pude. O que você tem pra gente, Séverin?

— Além de remorso em seu coração? — sugeriu Hipnos. — Uma boa quantidade de culpa, talvez, para que todos possamos *seguir em frente?*

— Tecnicamente, ele não é capaz de sentir remorso no coração — pontuou Zofia.

— Concordo — disse Enrique.

— Ele tem sangue, ventrículos...

Enrique suspirou. Hipnos balançou a cabeça e parecia prestes a falar quando uma risada baixa entremeou tudo.

Séverin. Rindo. Laila havia esquecido o som daquilo, profundo e contagiante.

— Senti muito a falta de todos vocês — disse ele. — Na verdade, eu...

— Quanto mais do meu tempo vocês desejam desperdiçar? — perguntou Laila, com frieza, enfrentando-os. Ela levantou a mão, o número *três* bem claro em seu anel de granada. — Eu esperava mais dos meus amigos.

Hipnos recuou como se tivesse sido esbofeteado. Enrique arregalou os olhos de dor e Zofia fitou o chão. Laila não queria olhar para Séverin, mas quando ele falou, sua voz era urgente:

— Isso vai mudar, Laila. Eu juro.

Ele puxou a manga de suas vestes, revelando a lira divina presa ao braço. Laila encarou o instrumento. Não havia esquecido como se sentiu quando ele tocou uma única corda com os dedos ensanguentados. Como se sua alma ameaçasse se desfazer e escorregar pela frágil gaiola de seus ossos. Um arrepio percorreu sua espinha.

Séverin puxou a manga para baixo, uma expressão determinada no rosto.

— Acredito que o mapa para Poveglia vai ser um objeto feito com Forja mental — elucidou Séverin. — Um frasco, talvez. Não um mapa tradicional. Ruslan me deu uma dica antes de eu vir pra cá.

— E qual foi? — perguntou Enrique, cruzando os braços.

O sorriso de Séverin foi forçado.

— Cuidado com os dragões.

Do outro lado da tapeçaria de Tezcat, Laila descobriu que haviam emergido nas galerias superiores cercadas por grades da sede da Casa Janus, que davam vista para a folia lá embaixo. Ao longo das paredes curvas, havia dezenas de mapas antigos, cada um esticado, preso e emoldurado por arabescos brilhantes de latão dourado. Acima, um teto de vidro abobadado deixava entrar a luz da lua e, quando Laila olhou por cima da borda dos corrimãos, o caracol de escadas revelava os foliões como um mar de ouro ondulante bem abaixo deles. Ela passou os dedos pelas molduras, pelas paredes, pelas juntas das pinturas... mas os objetos estavam silenciosos.

No início, Séverin caminhou à frente do grupo, e foi como se um feitiço do passado caísse sobre os pés deles. Era natural seguir Séverin. Fácil, até. Muito fácil. Laila ficou para trás, sentindo-se um pouco rancorosa. Enrique, por outro lado, sacudiu-se e passou na frente dele com passos firmes.

No final do corredor, Séverin parou em frente ao último mapa, uma tela de seda circular com a impressão de uma tabuleta de argila de cerca de um metro de diâmetro. Laila não reconheceu a escrita. Parecia uma coleção de ângulos agudos.

— E aí, Enrique? — perguntou ela.

Séverin, que abrira a boca, fechou-a rapidamente. Enrique parecia bastante convencido enquanto se virava para encará-los. Era imaginação dela ou Séverin deu um passo para o lado, como se quisesse evitar roubar o momento de outra pessoa?

— Esse é *Imago Mundi* — contou Enrique. — Também conhecido como o Mapa Babilônico do Mundo. É uma réplica da tabuleta de argila original, é claro... o original data do início do período Aquemênida. Os babilônios sem dúvida tinham deidades semelhantes a dragões, como Tiamat, uma deusa primordial do mar, então isso *poderia* ser parte da dica...

Séverin estudou a moldura, recuando.

— Acho que não.

Laila imaginou o ambiente ficando um pouco mais frio.

— Como é? — perguntou Enrique.

— Duvido que a Casa Janus ia querer que a entrada para o tesouro fosse baseada em algo que não seja original. Seria... insultante. Quanto ao vínculo com o dragão, imagino que não seria tão tênue.

— Então você acha que precisamos procurar um dragão *de verdade*? — perguntou Enrique.

— Talvez não tão literal, mas algo mais enraizado na palavra, talvez.

Havia certa lógica nisso. Mais uma vez, o passado interferiu. Laila se lembrou da alegria com que Séverin costumava analisar as salas de tesouro, como se entendesse, em algum nível fundamental, como coisas preciosas gostavam de se esconder. Uma vez, isso a fez se sentir especial... como ele, sozinho, a tinha encontrado todos aqueles anos antes, desenterrado suas habilidades, mantendo-a em segurança. Como se a valorizasse. Laila afastou da mente o pensamento.

— Tudo bem — disse Enrique, seco. — Podemos tentar.

Nos dez minutos seguintes, o grupo se dividiu para vasculhar mais uma vez os mapas e as estátuas dos corredores.

— Imaginei que isso fosse ser muito mais emocionante — comentou Hipnos, entediado. — Considerando os dragões.

— E isso aqui? — chamou Zofia.

Os quatro se viraram para ela, que estava parada perto do final do corredor diante de um pequeno mapa que mal tinha quinze centímetros de comprimento. Zofia havia tirado um dos pingentes de seu estranho colar, segurando-o como uma luz e apontando para algo escrito ao lado.

Quando se aproximaram, a princípio Laila não viu nada, exceto o papel amarelado e a tinta sépia delineando e sombreando extensões de montanhas, ondas e encostas, planícies planas. Muito antigamente, o mapa havia sido Forjado e, embora o tempo tivesse enfraquecido o vínculo da Forja, um fiapo de vontade soprou pela página. Um vento invisível agitou os talos de trigo. A representação das ondas rolou com suavidade e desapareceu na moldura. Enrique se inclinou para a frente, seguindo o dedo de Zofia até uma extensão do papel em branco interrompida apenas pelo aparecimento de uma barbatana dorsal entrando e saindo da água. E, ao lado, em uma fonte inclinada tão pequena que Laila teria deixado passar completamente, uma frase em latim:

Dracones.

Dragões.

Laila encarou a palavra, a esperança latejando dolorosa em seu peito.

— É uma referência que significa território desconhecido — disse Enrique, empolgado. — Cartógrafos antigos acreditavam que a terra que não podiam ver necessariamente deveria ser povoada por bestas antigas, monstros etc., embora a frase latina mais comum usada pelos cartógrafos fosse *"terra ignota"*, vista pela primeira vez na *Geographia*, de Ptolomeu, no ano 150. Essa frase em particular não foi vista, exceto no globo Hunt-Lenox do século XVI.

Território desconhecido. Laila sorriu. Gostava dessa ideia. Que, nos vastos lugares onde o mundo se tornava desconhecido, poderia haver algo tão belo e notável quanto dragões à espreita.

Pelo canto do olho, Laila viu Séverin sorrindo para Enrique. O historiador não olhou para ele, mas sua mandíbula se contraiu enquanto ele dizia:

— Zofia, acredito que você saiba o que fazer...

Zofia não esperou ele terminar antes de arrancar outro pingente, enfiando-o atrás da moldura.

— Isso vai destruir o mapa? — perguntou Enrique, alarmado.

Ela tirou um pequeno quadrado de metal das mangas. Laila reconheceu o objeto como um silenciador Forjado, projetado para absorver o som. Zofia tirou sete deles e os alinhou ao longo da parede. Eram objetos surpreendentemente eficazes, considerando seu tamanho — poderosos a ponto de disfarçar tanto as cozinhas barulhentas do L'Éden quanto uma apresentação orquestral no grande salão, de modo que os hóspedes que se retiravam para dormir cedo, no mesmo andar, não ouviram nada.

— Se afastem — pediu Zofia.

Todos obedeceram, exceto Enrique.

— Poderíamos tentar *não* destruir...

Hipnos o puxou para trás no último instante. Um clarão de calor e um forte barulho de explosão sacudiram a parede. Segundos depois, o mapa emoldurado, agora fumegante, estava pendurado em duas dobradiças, revelando uma passagem iluminada a velas.

— ... coisas — terminou Enrique, baixinho.

Laila afastou a fumaça com a mão.

— Verifica se tem mnemo-dispositivos — recomendou Séverin.

Zofia pegou um artefato esférico escondido nas dobras de sua saia azul, depois rolou-o pelo corredor.

— Está limpo — garantiu ela.

Séverin acenou com a cabeça, depois bateu os calcanhares um no outro. Duas lâminas finas surgiram. Ele as extraiu, oferecendo uma para Hipnos e mantendo a outra consigo. Bateu o braço na parede, e as granadas e os rubis entrelaçados em seu terno acenderam. Antes de entrar na passagem, ele sorriu para o grupo.

Pela segunda vez na última hora, Laila se sentiu balançada com o que viu.

Tudo aquilo — a calma de Séverin, o fogo de Zofia, a aula de Enrique — parecia muito familiar. Parte dela queria se acomodar naquele ritmo fácil, mas, por baixo dessa tentação, estava a verdade. Ela não podia se dar ao luxo de ser atraída por sorrisos fáceis. Virou o anel em direção à palma da mão, o número *três* piscando na joia e dentro de seu coração.

Ela não tinha tempo.

A passagem se estendia por pelo menos noventa metros à frente deles. As paredes de pedra preta brilhavam úmidas. Nos nichos recuados iluminados por velas, Laila viu belos trabalhos em vidro de Murano Forjados à semelhança de delicadas *ciocche* — buquês de flores de vidro que exalam o aroma de néroli — ou *ovi odoriferi*, ovos de avestruz quebrados cheios de água de rosas. Fragrâncias inundavam o corredor. Perfumes de pimenta-do-reino e âmbar-gris, violetas e fumaça de madeira pinicavam o interior de seu nariz.

— Tem cheiros demais — reclamou Zofia.

— Quem tasca perfume num tesouro? — gemeu Enrique.

Séverin parou de andar.

— Tampem o nariz. Agora.

— Vamos ficar bem... — começou a falar Hipnos.

— É uma armadilha — disse Séverin. — Se estão confundindo seu olfato, é porque ele deve ser uma chave.

Zofia alcançou a bainha das vestes, erguendo-a. Enrique olhou ao redor da sala, alarmado e ficando vermelho.

— Um, se despir é mesmo necessário...

— É, sim — disse Zofia, seca.

Em segundos, Zofia havia rasgado tiras da anágua debaixo de suas vestes. Ela jogou um pedaço para Laila, que o pegou com uma mão só. O material era de seda perfurada e, pelo zumbido monótono, Laila soube que era Forjado.

— Um filtro — explicou Zofia, jogando o último pedaço para Enrique, que, até alguns momentos antes, olhava para o chão como se fosse a coisa mais fascinante do mundo. — A intenção era usar em caso de fumaça, mas também vai funcionar pra cheiros.

Laila amarrou a seda ao redor do nariz e da boca, e os outros a imitaram. Enrique, ela percebeu, hesitou um pouco, com o rosto vermelho-vivo.

— Ah, *mon cher*, você tem que ser tão inocente? — provocou Hipnos, pegando o pedaço de pano e amarrando-o no rosto de Enrique.

Qualquer som de protesto foi rapidamente abafado.

A seis metros deles, a sala do tesouro emitia um brilho fraco. Laila sentiu os batimentos acelerando. Seu corpo parecia quase febril. Estavam tão perto. Tinham a lira. Tinham a localização do templo onde ela poderia ser tocada.

Tudo o que faltava era o mapa para chegar lá.

A alguma distância, chegaram ao topo de uma escada de vidro curta que descia para uma câmara bastante espaçosa, do tamanho do grande saguão do L'Éden. O piso de mármore havia sido Forjado com fios fosforescentes, lançando um brilho quente por todo o ambiente. A cerca de dezoito metros acima deles, um teto de vidro abobadado se estendia, derramando a luz da lua sobre os tesouros abaixo.

Só que não se pareciam nem um pouco com tesouros.

Havia doze pedestais pretos que batiam na altura do peito, seis de cada lado do cômodo. Na base de cada pedestal havia uma pequena esfera de metal, não maior que a palma da mão de Laila. Em cima de cada um deles havia um sofisticado frasco de perfume feito de vidro. Cada frasco parecia canelado, o vidro moldado em forma de violetas desabrochando ou rosas em botão fechado, o brilho quente lançado do chão emaranhado no cristal brilhante.

— Onde estão os mapas? — perguntou Hipnos.

— Aqueles *são* os mapas — disse Séverin. — Uma rara substância feita com Forja mental que vai inserir dentro da cabeça de alguém o conhecimento de um lugar.

Ao longo da parede do fundo se estendia um grande painel quadrado, do tamanho aproximado de duas grandes mesas de jantar e cheio de grossas bobinas de vidro soprado. O pigmento dentro deles girava com tons vibrantes — verde-menta e laranja-pêssego, rosa-escuro e vermelho-granada, um tumulto de cores. Ondulava até que as cores oscilassem como um aviso hipnótico.

Laila tocou o tecido cobrindo o nariz e a boca. Através do filtro de seda Forjada, sentiu o cheiro de outra coisa. Algo queimado e fétido.

— Ninguém quer seus tesouros expostos — ponderou Séverin. — Temos que usar todos os nossos sentidos. Enrique, tem algo digno de nota aqui? Algum padrão de significado histórico?

Enrique se assustou com o som de seu nome. Olhou para o cômodo e depois para Séverin, que o encarava com esperança. Enrique pigarreou.

— Os frascos parecem vidro de Murano, e o perfume era uma ferramenta poderosa para os antigos, o que fortalece a conclusão de que esses podem ser mapas para templos.

Séverin sorriu.

— Eu sabia que você veria alguma coisa.

Enrique o ignorou. Hipnos se remexeu, puxando a gola da túnica.

— Alguém mais acha que aqui tá muito quente?

Agora que ele mencionou, a sala estava *mesmo* quente, a ponto de ser desconfortável, mas talvez isso fosse devido a seu isolamento. Laila empurrou o cabelo úmido e encaracolado para longe da testa enquanto Séverin examinava a sala com cautela.

— Algo na sala prefere essa temperatura — observou ele.

— Do jeito que você fala, parece que a sala tá viva — rebateu Hipnos, desconfortável.

— E vai ver está — rebateu Séverin. Ele olhou para a escada, depois para o painel de espirais de vidro antes de seguir para o primeiro lance. — Vou descer.

— Muito bem — disse Laila, indo atrás.

Séverin bloqueou seu caminho.

— Ainda não sabemos com o que estamos lidando, me deixa...

— Me deixa o quê? — Quis saber Laila. — Se sacrificar? *De novo*? Se você morrer, toda essa coisa acaba, porque a gente não tem como usar a lira. Então, ou fica pra trás e nos observa ir, ou sofre com o fato de que vamos com você.

Atrás dela, Enrique, Zofia e Hipnos pareciam um pouco chocados. Hipnos levantou a mão.

— Eu... não preciso ir? — perguntou ele.

Laila o olhou com raiva.

Séverin suspirou, depois recuou.

— Você tem razão. Estou às suas ordens.

— Até parece — murmurou Laila, descendo a escada.

No momento em que pisou no degrau superior, ela enfiou as mãos dentro das mangas, tocando o espartilho em torno de sua cintura que Zofia havia equipado com criações Forjadas. Laila tirou uma das luzes portáteis, acendendo-a no frasco de perfume no primeiro pedestal. Algo brilhou lá dentro.

— Fiquem de olho na parede de trás — alertou Séverin.

Zofia fez que sim com a cabeça, posicionando-se na parte da frente do cômodo.

Dentro do primeiro frasco de perfume havia uma chavezinha dourada. Aqui, o cheiro de carne podre era ainda mais forte.

— Sem dúvida nenhuma, tá guardando uma chave — disse ela, cobrindo o nariz.

— Posso? — pediu Séverin.

Laila lhe jogou uma luz portátil. Ele a iluminou sobre os frascos.

— Todos têm chaves — disse ele.

— Como sabemos o que elas abrem? — perguntou Enrique. — Pode ser *qualquer* uma.

— Só há uma maneira de descobrir para onde os mapas levam — disse Séverin, olhando para os frascos. — Vamos nos dividir. Destampem os frascos o mínimo possível... os mapas Forjados são intensos e muito poderosos, então estejam preparados.

— Estamos procurando sinais do templo sob Poveglia... pensem em terra escarpada, cavernas, esse tipo de cenário — acrescentou Enrique.

Laila se preparou enquanto pegava o vidro frio e liso do frasco. Olhou para a parede de trás, iluminada por um vidro em espiral. Parecia inalterada.

Laila destampou o frasco bem devagar. Uma pequena nuvem de perfume Forjado pela mente flutuou no ar. No momento em que a inspirou, foi como se sua consciência tivesse sido puxada para outro lugar. Quando pestanejou, viu uma falésia arruinada no fundo de uma selva, onde caixões pendiam dos galhos das árvores e um poço de ossos brilhava com ouro. Ela voltou a piscar e a visão desapareceu.

Laila recolocou a rolha, as mãos trêmulas, enquanto se virava para os outros.

— Uma selva em algum lugar — anunciou ela. — Não é Poveglia.

— Argh, aqui é um poço de ossos — disse Hipnos, tampando um frasco.

Enrique pousou um frasco diferente, balançando a cabeça.

— Este leva a um castelo.

— Uma porta de vidro numa tundra — informou Zofia, movendo-se para um pedestal diferente.

Laila removeu mais duas rolhas, a visão nublada por imagens de templos nevados com picos curvos e becos secretos escondidos à vista de cidades movimentadas. Mas nada que via tinha qualquer semelhança com a Ilha da Peste de Veneza, o que a fez se perguntar se ela estava mesmo ali...

Ou se...

— Achei.

Ao se virar, viu Séverin segurando uma rolha de perfume. Por um momento, as pupilas dele pareciam dilatadas de medo. Ele balançou a cabeça, sua expressão voltando ao normal, mas Laila percebeu que ele vira algo perturbador.

— Tem certeza? — perguntou Enrique.

Séverin desviou o olhar deles, conseguindo dar um aceno de cabeça rígido.

— Agora é só pegar o frasco e vazar? — perguntou Hipnos.

Laila estudou o cômodo. Não havia mudado. Ainda era sufocante de tão quente. As luzes no chão não haviam mudado e, mesmo quando eles abriram e verificaram todos os frascos de perfume Forjado pela mente, nem sequer o vidro em espiral na parede de trás se moveu. Acima, a fria lua de inverno olhava para baixo através do vidro do céu abobadado.

Séverin olhou para o pódio.

— Não sabemos o que vai acontecer quando eu remover o frasco, então a gente precisa estar preparado para o pior — disse ele. — Zofia. O que temos?

— Catorze explosivos, seis lâminas de curto alcance, corda de aço e tecido de abafamento Forjado — listou Zofia, antes de apontar para suas vestes. — E *estes* são à prova de fogo.

— Maravilha. Itens mortais que, tenho certeza, não serão necessários... certo? — disse Hipnos, olhando para os amigos. — *Certo?*

Séverin pegou o frasco de perfume do pódio, guardando-o na caixa que Ruslan lhe havia dado. Todos permaneceram quietos e imóveis.

— Viram só? — disse Hipnos. — Nada.

Laila sentiu uma mudança no cômodo. Havia um leve brilho no ar, o calor se intensificou, tornando o cômodo claustrofóbico. Um som de gotejamento lhe chamou atenção. Ela se virou a tempo de ver a entrada da escada de vidro se fundindo com a parede, deixando-os sem saída. Na parede de trás, as espirais onduladas de vidro se entrelaçaram, e Laila sentiu o coração bater forte na garganta.

Nunca tinham sido espirais.

Eram escamas.

19

ZOFIA

Zofia não tinha tempo para temer.

Sua mente avaliou a cena, dividindo-a em partes. O vidro líquido escorria do painel, caindo no chão e ganhando forma. Em questão de segundos, o vidro se fundiu em um longo focinho, garras afiadas, uma cauda grossa e um corpo que assomava quase quinze metros de altura. A criatura de vidro virou a cabeça para encará-los.

— Lembram quando pedi um dragão? — comentou Hipnos. — Retiro o que disse.

Zofia notou o leque quente das asas translúcidas, a faixa escarlate em sua barriga, os dentes claros do tamanho de sua mão e a cauda torcida com pigmento azul, ricocheteando. Ela sentiu o cheiro e o gosto do metal fundido no ar, acobreado como sangue. Ouviu o estrondo da enorme cauda da criatura batendo no chão, como o som de um lustre quebrando.

— Cuidado! — gritou Laila.

Ela agarrou Zofia pelo braço, puxando-a para o chão justo quando a cauda do dragão de vidro chicoteou, batendo contra a parede. Normalmente, a força deveria ter estilhaçado os frascos, mas eles estavam perfeitamente intactos. Na base de cada pedestal, Zofia notou uma esfera metálica de brilho fraco. Reconheceu as estruturas no mesmo instante: Pontos Gaia. Leves, mas projetados para absorver choques. Era isso o que devia segurar os frascos no lugar.

Bem nesse momento, o dragão rugiu, o som saindo como o fole de uma fornalha. Zofia se forçou a continuar calma. No fundo, percebia que estavam em apuros, mas sabia que não teria utilidade para os amigos se não conseguisse pensar.

Ela disparou o olhar para os pés cheios de garras da criatura. Pareciam derreter no mármore, permitindo-lhe um movimento lento, mas trabalhoso pelo chão. Não era feitos para a velocidade, mas — Zofia olhou para a porta fundida e a claraboia a trinta metros acima deles — o monstro não precisava trabalhar rápido.

Derretendo lentamente, a coisa deslizou para a frente, sua cauda chicoteando, suas mandíbulas estalando.

— Eu não faço a menor ideia de como derrotar um dragão! — disse Hipnos.

— Não é um dragão — corrigiu Zofia. — É vidro.

O dragão de vidro deslizou um passo mais perto. Sua cauda girou, mas Zofia percebeu que nunca se arqueava para cima. O mecanismo de Forja da criatura tomava o cuidado de não perturbar a claraboia. O calor sufocante da sala pressionava suas vestes. Séverin havia chamado o calor de intencional... uma *preferência*. Uma ideia surgiu em seus pensamentos.

— A gente precisa deixar o dragão estressado — disse ela.

Hipnos franziu a testa.

— Não tenho certeza se agora é a hora de contar a ele sobre meus problemas existenciais...

— O vidro experimenta choque térmico quando a temperatura muda rapidamente entre duas superfícies — explicou Zofia.

— Vidro quente não gosta de ar frio — falou Séverin. — A gente tem que introduzir algum frio aqui.

— Mas a porta tá derretida! — disse Enrique.

Zofia olhou para cima.

— A claraboia não está.

— Não dá pra alcançar aquilo! — exclamou Hipnos.

— Dá, sim — rebateu Laila, rasgando suas vestes e alcançando o aço Forjado que Zofia havia escondido no corpete. — Vai ser preciso muita massa pra quebrar a claraboia — continuou, procurando algo na sala para prender à corda.

Não havia nada ao redor deles além de delicados frascos de perfume.

O dragão se aproximou, calor derretido emanando de seu corpo. O vidro líquido circundava quatro pedestais, dois de cada lado.

— Precisamos nos mover! — disse Enrique, levantando-se.

Séverin ficou onde estava, apontando para cima.

— Aqui é o melhor lugar pra acessar a claraboia...

— Séverin... — chamou Laila, com um tom de voz cheio de advertência.

— Ganha tempo pra mim — pediu Séverin.

— Tirem suas vestes — ordenou Zofia, rasgando o tecido pesado.

— Normalmente eu adoraria essa sugestão — comentou Hipnos. — Mas...

Zofia estendeu a mão, agarrando as mangas dele e as rasgando.

— As vestes são Forjadas pra inibir o calor. Podemos usá-la como uma barreira contra o vidro quente.

Hipnos tirou as vestes, jogando-as para Zofia. O vidro líquido se acumulava nas bordas do manto. Não duraria mais do que três minutos, mas já era melhor que nada.

— Precisamos de algo pra jogar contra a claraboia! — disse Séverin, procurando ao redor.

Zofia apontou para as esferas de metal na base dos pedestais. Séverin seguiu a linha de seu dedo e sorriu.

— Pontos Gaia — disse ele. — Fênix, isso é brilhante! Elas devem ter absorvido choques suficientes até agora...

O dragão de vidro rugiu e bateu as asas, as ondas de calor atingindo as bochechas de Zofia.

— O que estão esperando? — gritou Enrique.

Séverin pegou um dos Pontos Gaia do chão, estremecendo de leve enquanto amarrava a esfera à corda. Então laçou toda a engenhoca ao redor da cabeça e atirou o frasco para cima, que se estilhaçou contra a claraboia.

O vidro rachou, mas não quebrou.

— De novo! — gritou Enrique, jogando outro Ponto Gaia para ele.

Séverin balançou a corda. A janela rachou um pouco mais, mas ainda não quebrou.

— O manto... — disse Hipnos, apontando para o tecido retardante de chamas amontoado, que tinha sido as vestes de Enrique.

O vidro líquido se infiltrou, endurecendo-se sobre o manto dourado de maneira perturbadora, como insetos presos em âmbar. O dragão de vidro se aproximou do grupo. No brilho lustroso de sua barriga, Zofia podia ver seu reflexo esticado e distorcido. O calor os cercou. Suor escorria pelas costas dela, e suas roupas grudavam na pele. Ela odiava a sensação.

Pense, Zosia. Pense.

Ela mexeu nos pingentes do colar. Um deles era um explosivo, mas bastaria para quebrar o vidro? Laila se engasgou com o ar, levando a mão à boca, e a decisão de Zofia se cristalizou no mesmo instante.

Ela arrancou o pingente, lançando-o em direção a Séverin...

— Tente isso! — gritou.

Ele pegou o pingente com uma mão só. Ao mesmo tempo, Zofia sentiu uma rajada de ar concentrado...

De rabo de olho, viu uma enorme asa de vidro, com detalhes em verde e dourado, avançar em direção à cabeça dela. Em um instante, Zofia registrou o ocorrido. No outro, se viu jogada ao chão, o crânio batendo no mármore. Ao piscar, viu Enrique deitado sobre ela, a asa de vidro do dragão passando a centímetros da cabeça dele.

— Eu, hum... — começou a falar Enrique, rolando para longe dela.

— Cubram a cabeça! — gritou Séverin.

Um enorme som de estilhaçamento ecoou bem acima deles. O dragão guinchou.

Zofia protegeu a cabeça enquanto pedaços de vidro caíam sobre eles. O dragão de vidro uivou. A temperatura na sala caiu, o calor diminuiu...

O pânico que ela combatera por tanto tempo agora tomou conta. Havia calor em seu rosto, um vazio em seu coração deixado para trás pela perda da carta de Hela, e uma preocupação por Laila, Enrique, Séverin e Hipnos.

Conte, disse a si mesma. *13, 26, 39, 52, 65, 78, 91...*

Os segundos se fundiram. O peso que apertava seu peito desapareceu devagar, até que ela pudesse se concentrar mais uma vez nos arredores. Zofia baixou os braços e levantou a cabeça. Estava silencioso. O vidro líquido parara a um metro de distância deles e começara a endurecer. Zofia ergueu os olhos e viu o enorme dragão de vidro congelado bem acima deles: as asas esticadas e brilhantes, as mandíbulas abertas e as garras estendidas.

Séverin caiu de costas no mármore, descansando a cabeça em um dos pódios. Esticou as pernas, alisou o cabelo e lançou um sorriso.

— Bom trabalho, Fênix.

Em Paris, Séverin costumava dizer isso com frequência. As palavras pareciam reconfortantes. Quanto mais ela o olhava, mais reconhecia seu sorriso. Certa vez, Laila dissera que era o sorriso de "lobo saciado" dele.

Não o havia visto desde a morte de Tristan, mas se lembrava. Era o sorriso aberto antes de uma aquisição cair em suas mãos; o sorriso aberto quando o plano era executado de acordo com os padrões; e era tão familiar para Zofia quanto os alambiques de vidro e os dispositivos de medição que outrora ficavam alinhados nas prateleiras de seu laboratório no L'Éden.

Nos últimos tempos, ela não se permitira pensar no que havia deixado para trás no L'Éden, porque parecia estatisticamente improvável que voltasse a ver tudo aquilo. Mas, se o sorriso de Séverin podia voltar, talvez outras coisas também pudessem.

— Eu sei — disse ela.

Séverin riu.

Depois de uma hora e duas rotas tortuosas pelas passagens escondidas da sede da Casa Janus, por fim chegaram do lado de fora. O ar frio queimava nos pulmões de Zofia enquanto ela, Hipnos, Enrique, Laila e Séverin serpenteavam pelos corredores de teto baixo que costuravam as ruas de Veneza. Os ouvidos de Zofia ainda zuniam por conta da explosão, e ela havia começado a contar as lamparinas escondidas nas beiradas das ruas. Dizia a si mesma que cada luz que deixava para trás era um passo para fora da escuridão.

O desconhecido a aterrorizava. Assentava-se dentro dela como uma coceira que arranhava seus pensamentos. Foi apenas o lembrete de que Laila dependia dela que forçou a distância entre Zofia e seu pânico, mas ela não parou de pensar em Hela, e todos os sons e caos da aquisição do *Carnevale* apenas serviram para lembrá-la de que havia muito que não sabia. Estava tão concentrada em contar as luzes que quase perdeu a conversa que acontecia ao redor, até que Séverin disse seu nome.

— O quê? — perguntou em voz alta, enquanto eles paravam diante de um arco curvo.

Ao longe, via a água preta e brilhante sob a Ponte Rialto. As barracas do mercado estavam fechadas agora, e nada além de um gato ocasional cruzava o caminho do grupo.

— O explosivo — disse Séverin. — Imagino que não houve nenhum problema pra colocá-lo na gôndola do Ruslan.

Problema? Não, pensou Zofia, a mente voltando momentaneamente ao beijo que havia compartilhado com Enrique. Aquele aspecto havia sido agradável... feliz, até, de uma maneira que lembrava Zofia da lareira durante o inverno na sala de estar de seus pais, a sensação de total segurança. Mas então se lembrou da carta perdida de Hela, e seu rosto desmoronou.

— Não houve problema algum em anexar o dispositivo de detonação — afirmou Zofia. Ela levou a mão à manga, onde a outra metade do par de bombas interligadas estava presa a seu antebraço, e o puxou para fora. Ao luar, parecia esculpido em gelo. — Quando isso for acionado, a outra metade explodirá.

— Bom — disse Séverin. Ele se remexeu um pouco, inquieto, sem olhar para eles. — Antes de partirmos, a gente precisa lidar com Ruslan, e não dá pra correr o risco de ele sair da gôndola em segurança. Ele não confia em mim.

Laila estreitou os olhos e ergueu os ombros. Zofia reconheceu aquela postura. Era como se Laila se preparasse para algo.

— O que isso quer dizer? — perguntou Enrique.

— Quer dizer... que teremos ajuda — respondeu Séverin.

— De *quem*? — perguntou Enrique.

— Você pode sair agora — disse Séverin em voz baixa.

Uma figura entrou em sua linha de visão, e Zofia reconheceu a pessoa imediatamente: cabelo longo e vermelho, um anel em forma de garra no mindinho. Eva Yefremovna.

Sempre que Zofia vira a artista de Forja de sangue antes, Eva não havia sido expressiva. Em geral, sua boca estava em uma linha reta, o que sugeria raiva. E ela não fora gentil com Laila, mas houve uma razão para tal falta de gentileza. Zofia se lembrou de Laila, no Palácio Adormecido, implorando para que ela os ajudasse, prometendo a Eva que não precisava mais seguir os comandos de Ruslan, que eles seriam capazes de proteger a ela e ao pai, cuja vida Ruslan ameaçava. O olhar de Eva se voltou para Séverin. Os olhos estavam arregalados, o que levou Zofia a concluir que estava preocupada.

— Eu... eu tô aqui pra ajudar — disse Eva.

— Eu já vi como é essa sua ajuda — rebateu Enrique, levando a mão até a orelha.

— Podemos realmente confiar nela? — perguntou Hipnos.

Eva abriu a boca para falar, mas foi Laila quem respondeu:

— Sim.

— Depois do que ela fez? — indagou Enrique.

— Você não pode encurralar um animal selvagem e repreendê-lo por te morder — defendeu Laila. A voz era uniforme e inabalável. Zofia não sabia dizer se a amiga estava com raiva. — Eu sei o que li nos objetos da Eva.

Eva ficou de olhos arregalados e abriu os lábios de leve. Isso significava que ela estava chocada com a resposta de Laila. Zofia não compartilhava do choque. Laila era a pessoa mais gentil que conhecia.

— Tudo o que eu quero é um novo começo — garantiu Eva. — Eu quero... quero ser livre. — Eva ergueu o queixo, fitando cada um deles nos olhos. — Posso garantir que Ruslan fique temporariamente paralisado e não tenha como sair do barco.

— E, em troca — continuou Séverin, passando o olhar por todos eles —, prometi a Eva moradia no L'Éden, proteção futura tanto para ela quanto para o pai no que se refere à Ordem de Babel...

— Tá, né... — resmungou Hipnos.

— E potencial emprego — completou Séverin.

Laila ficou um pouco rígida. Zofia percebeu que era para Laila que ele olhava por último. Tratava-se de um padrão familiar. No L'Éden, quando Séverin fazia planos, sempre olhava para Laila. Vê-lo voltar a repetir o gesto fez Zofia pensar em todos os padrões antigos deles. Era como física, o estudo de mecanismos de trabalho e a interação da luz. Laila era um fulcro, o ponto em torno do qual todas as coisas em seu grupo pareciam girar. Séverin era massa, o peso que mudava a direção do grupo. Enrique lhes conferia profundidade. Zofia torcia para que oferecesse luz. Ela não tinha certeza do que Hipnos contribuía para o grupo, mas não conseguia imaginá-lo sem ele. Talvez isso fizesse dele a perspectiva.

— Então está decidido — concluiu Séverin.

Zofia ergueu os olhos. Não tinha ouvido nada.

— Precisamos agir rápido — alertou Eva, olhando para a lagoa. — Ele está vindo.

Zofia e Enrique se agacharam juntos em uma das duas gôndolas que Eva havia alugado e posicionado cuidadosamente na lagoa. Hipnos esperava por eles na costa, para ganhar tempo antes que alguém chegasse para investigar a inevitável explosão. O barco balançava devagar na água. Um pequeno dispositivo telescópico que já havia feito parte do corpete de Laila agora saía do topo da gôndola. Através dele, Zofia via a gôndola de Ruslan a cerca de seis metros de distância. Séverin estava em um pedalinho, pouco a pouco abrindo caminho em direção ao patriarca da Casa Caída. Uma vez que Eva desse o sinal, ela detonaria os explosivos.

— E agora esperamos — disse Enrique.

O detonador de cristal estava no fundo do barco, na frente de Zofia. Ao sinal de Eva, ela o acionaria, a gôndola explodiria e eles estariam livres para navegar até Poveglia pela manhã. Talvez a essa hora no dia seguinte... Laila estaria a salvo. Pensar naquilo aqueceu Zofia.

— Zofia... sinto muito por, hum, mais cedo — disse Enrique.

Assustando-se, Zofia foi arrancada do devaneio. Ela se virou para olhar para ele e franziu a testa. Do que Enrique estava falando?

— Acho que não fui um bom amigo pra você.

Isso não parecia verdade para Zofia, mas, antes que ela pudesse dizer qualquer coisa, Enrique foi mais rápido:

— Bons amigos deixam de lado o ego e fazem perguntas um a respeito do outro — prosseguiu ele. — E eu não perguntei como você ficou depois do nosso beijo porque achei que tinha te incomodado. Agora acho que foi outra coisa. Mas, se foi o beijo, sinto muito por isso também.

— Eu não me arrependo de termos nos beijado — afirmou Zofia.

— Não?

— Foi incomparável...

Enrique sorriu de orelha a orelha.

— Nunca beijei ninguém, então não tenho nada com o que comparar.

Agora ele parecia confuso.

Depois de um momento, Zofia acrescentou:

— Eu gostei.

Era a verdade, mas fez Zofia sentir certa dor. Ela sabia que ele a beijara para que as asas de cisne se fechassem e os escondessem de Ruslan. Já ela o teria beijado sem o motivo da camuflagem. Ela *queria* beijá-lo. Se não estivessem esperando o sinal de Séverin... se houvesse menos incógnitas no mundo... teria gostado de beijá-lo de novo.

A expressão de Enrique mudou.

— Zofia, eu...

Pelo canto do olho, Zofia viu o sinal de Eva, o que significava que sua gôndola alugada estava alinhada com a de Ruslan. Através de seu ponto de vista, Zofia via que Ruslan estava paralisado, os braços presos no meio do movimento, a mandíbula caída. Seus olhos, arregalados e furiosos.

Agora.

Zofia bateu a palma da mão no detonador, e então um clarão explodiu ao redor deles.

20

LAILA

Cinco minutos antes da explosão, Laila prendeu a respiração e espalmou as mãos no fundo da gôndola.

Sentia as lembranças do barco roçando levemente em seus pensamentos. Queria contar a ela sobre a criança que tentara mergulhar a mão na água suja, para o horror dos pais. Queria contar sobre o cheiro do início da primavera, as violetas enfeitando as pontes para afastar o cheiro de esgoto.

Laila afastou de si os segredos do barco e manteve o olhar fixo no chão escuro. A água carregava o som de conversa e, em cada batida de silêncio, ela sentia como se o destino estivesse sendo tecido diante dela.

— Como foi sua última festa humana, *monsieur* Montagnet-Alarie?

Ruslan.

Laila podia ouvir o sorriso na voz dele. Quente e generosa, suave e curiosa. Era a mesma voz que usara antes de levantar a mão dourada e bater nela com tanta força que seus dentes doeram. Um arrepio percorreu a espinha dela.

— Excepcional. Agora tenho tudo de que preciso.

Desta vez, a voz de Séverin.

Passou um tempo. Laila ouvia a batida suave da gôndola próxima atingindo o píer de madeira. Lá dentro, Enrique e Zofia esperavam pelo sinal de Eva.

— *Tudo?* — repetiu Ruslan.

— Quase tudo.

Outro momento de silêncio. Os batimentos de Laila eram feitos de fogo.

— Me dá a caixa da lira.

Era isso.

O sinal.

Laila ouviu o farfalhar de capas pesadas, e então...

Bum.

Laila não conseguia ver, mas ouvia o plano sendo colocado em prática. A mão de Ruslan virou, a garra de metal cortou seu punho e a arte da Forja de sangue de Eva tomou conta. Todos os dias, o patriarca da Casa Caída tomava um tônico para evitar ser manipulado.

Hoje, a dose havia sido adulterada.

— Séverin, o que você está... — A voz de Ruslan ficou aguda, apavorada.

— A apoteose se aproxima, mas temo que o céu esteja lotado... e dizem que só há espaço para um deus.

A gôndola parou. Ruslan foi silenciado em asfixia.

— Aliás, a Eva espera que você apodreça e que até a água da lagoa ache sua alma tão suja que a expulse direto para o inferno. Ah, e sabe o que mais? O *verdadeiro monsieur* Montagnet-Alarie manda lembranças.

Ao lado dela, Laila ouviu uma risadinha.

— Um floreio excelente. *Bon chance*, Eva.

Laila se virou para a direita. Lá, o verdadeiro Séverin estava esticado ao lado dela, os olhos quase pretos ao luar.

Para a artimanha de Eva, dera a ela uma gota de seu sangue para Forjar, para que ela pudesse usar o rosto dele e falar com sua voz. A garota também usava o traje dele, com proteção explosiva adicional das vestes Forjadas de Zofia, o que o deixou vestindo uma camisa fina de cor marfim que se esticava sobre os ombros e se abria na garganta. O frio não parecia lhe ser um incômodo.

O tempo todo que esperaram juntos, Laila fez o possível para não olhar para ele.

Não tenho tempo para lidar com isso, disse a si mesma.

Mas naquele segundo, quando olhou para ele, sentiu um puxão indesejável de familiaridade.

E então o mundo explodiu.

A força da explosão de Zofia jogou a gôndola de Laila para trás, colidindo no píer. Algo bateu na lateral, e a madeira se estilhaçou como ossos se rachando. O mundo parecia muito brilhante, muito barulhento. Seus ouvidos zumbiam.

— Laila!

Laila sentiu o corpo sendo recolhido, jogado para baixo. Que sensação estranha de *déjà vu*. Eles já tinham feito isso antes no *Palais des Rêves*. Lembrava-se da nota queimada na voz de Séverin, seu corpo lançado sobre o dela. Os braços de Séverin em volta dela. A respiração dele saía às lufadas.

— Você tá machucada? — perguntou ele.

Laila ouviu a explosão seguinte antes de vê-la. O barco alugado em que estava escondida foi arremessado para trás. Um pedaço de madeira dentado voou para fora, atingindo Séverin no estômago. Por um momento, ele pareceu atordoado e, depois, despencou para a frente.

Na calçada pavimentada que margeava a lagoa, Laila ouviu passos ruidosos.

— Temos que ir! — gritou Hipnos.

A mente de Laila gritava. Rostos piscavam em seus pensamentos: o sorriso escancarado de Ruslan, os olhos tristes de Eva. Mas tudo se contraiu em uma única imagem diante dela: Séverin. Ele estava deitado de bruços na gôndola, uma poça de sangue se formando ao redor do corpo. Laila mal conseguia respirar. Seus dedos tremiam enquanto ela estendia os braços na direção dele.

Não...

Não, não, não.

— Laila! — chamou Hipnos, desta vez com mais insistência.

Laila tocou Séverin, afastando o cabelo de sua testa, como se ele estivesse apenas dormindo. Ele a protegera... como sempre prometera fazer e, como sempre, mesmo a proteção dele era capaz de causar uma dor dilacerante.

— Se você morrer, *Majnun*, eu não vou poder ficar brava contigo, e minha raiva é o mínimo que pode fazer por mim. Me deixa ficar com ela — clamou Laila, a voz falhando. — Tá me ouvindo? Você tem que viver.

Laila estava convencida de que os olhos dele se abririam ao ouvir o antigo nome que lhe dera. Ela o encarou, querendo que ele se movesse.

Mas ele não se moveu.

PARTE III

21

SÉVERIN

O primeiro pai de Séverin foi Preguiça.
De todos os pecados que o alimentaram, o vestiram, o repreenderam e o bajularam, era a marca oleosa deixada por Lucien Montagnet-Alarie que mais desejava apagar de sua existência. Lucien era preguiçoso à maneira de uma cobra venenosa tomando sol em uma rocha, com sangue frio e pele ainda mais fria. A letalidade era apenas como ele recompensava as interrupções em sua agenda de festas e descanso, comida maravilhosa e mulheres ainda mais maravilhosas.

Lucien não deu ao filho mais do que o esperado: o nome da família, o ângulo agudo de sua mandíbula e a palidez de sua pele. O último foi um "presente" inesperado, pois permitiu que Séverin passasse pela sociedade francesa como se fosse um deles.

Quando criança, Séverin era fascinado pelo pai, que parecia tão poderoso que o mundo antecipava seus caprichos e os fornecia sem ele nunca pedir. Na época, Séverin era jovem demais para perceber a diferença entre poder e seu primo de boca apertada: o privilégio. Ele ficava ainda mais encantado com o símbolo da Casa Vanth, o qual o pai usava na lapela do paletó: a serpente dourada engolindo a própria cauda.

— O que isso significa? — perguntara Séverin um dia.

Lucien cuidava da correspondência no escritório principal e se surpreendeu quando Séverin falou. Olhou para o filho como um prato que não se lembrava de ter pedido em um restaurante, uma mistura de curiosidade e cautela singelas sobre o que poderia ser esperado dele em seguida.

— A cobra — especificara Séverin.

— Ah — exclamara Lucien, olhando para o símbolo. Dera uma batidinha nele com o dedo. — Infinito, acho. Ou, talvez, aprisionamento da humanidade. Nunca podemos escapar de nós mesmos, meu filho. Somos nosso próprio fim e começo, à mercê de um passado que não deixa de se repetir. — Ele parara para acariciar o nariz de uma estátua de elefante recém-adquirida pela Casa Vanth. — É por isso que devemos pegar o que podemos antes que o mundo faça o que quiser com a gente.

Lucien sorrira. Ele parecia jovem. E, no entanto, alguns de seus dentes estavam pretos e, sob o queixo, acumulava-se pele flácida. Aquilo deixou Séverin desconfortável.

— Não gosto disso — dissera Séverin, olhando para o ouroboros.

Lá fora, podia ouvir os passos de alguém vindo para levá-lo embora.

— Nada é novo, criança — dissera Lucien. — Tudo se repete. Quanto mais cedo souber disso, mais feliz você será.

Séverin não gostou do resumo do pai. Parecia fraco e impotente. Certamente, essas eram palavras de derrota. Certamente, se ele cometesse um erro do qual se arrependesse e aprendesse... então a história não se repetiria.

E, no entanto, fora o que acontecera.

No momento em que a explosão destruiu a gôndola de Ruslan... no momento em que um pedaço de madeira estilhaçou o barco onde ele e Laila estavam agachados esperando... foi como memória muscular. Ir até ela. Formar um escudo em volta do corpo dela.

Protegê-la acima de tudo.

Naqueles segundos antes de perder a consciência, Séverin sentiu uma linha desenhada entre aquele momento e o do *Palais des Rêves*, o momento em que ele se lançara sobre Laila e deixara a garganta de Tristan à mercê de um chapéu com aba de lâmina.

Aquele momento tinha sido o chão sobre o qual a vida dele dera uma reviravolta brusca, para bem longe de onde ele imaginara. Aquele momento fatiara, com bastante precisão, todas as coisas que ele pensara querer, raspara os sonhos que ele uma vez tivera e deixara espaço para algo além da imaginação.

Talvez o pai dele estivesse certo de alguma maneira.

A história se repetira, mas tratava-se de uma questão de perspectiva. O ouroboros era apenas uma serpente mordendo a própria cauda. Mantido a certa distância, tornava-se uma lente através da qual focar o mundo além.

E era assim que o mundo parecia quando Séverin recuperou a consciência: sob um novo foco.

De forma vaga, sentiu um sofá de cetim duro embaixo dele e um travesseiro apoiado sob a cabeça. Conforme os olhos se ajustavam à luz, viu que alguém havia deixado um copo d'água para ele. Um cheiro musgoso preenchia o ambiente, uma proximidade com o Grande Canal que se infiltrava pelas tábuas do chão de fosse lá onde ele estivesse. Uma dor surda o atingiu nas costelas. Ele empurrou o casaco para trás e então parou, o peso frio do pânico atingindo seu corpo.

A lira divina.

Tinha desaparecido.

Séverin tateou o peito mais uma vez, depois se levantou de repente, passando a mão pela superfície do sofá em meio a um frenesi...

— Tá em outro cômodo — disse uma voz familiar. — Guardada por Hipnos e Zofia. Eles também estão com o mapa de Poveglia. Estávamos só apenas esperando você acordar.

Ele ouviu o acender de um fósforo e, então, o cômodo se iluminou devagarinho à medida que dezenas de lamparinas Forjadas interligadas se acenderam. Séverin prendeu a respiração quando Laila apareceu. Se isso fosse uma fantasia, ele queria permanecer completamente imóvel, para manter este fantasma dela no lugar.

— Você estava sangrando mais cedo — informou Laila, hesitante.

Séverin olhou para o próprio torso, percebendo agora que não estava vestindo nada além do casaco formal e calça, e que estava envolto em linho desde o peito nu até o umbigo. Laila desviou o olhar.

— Dado o que aconteceu da última vez que seu sangue tocou o instrumento, a gente achou que era melhor manter ele longe de você — explicou ela.

O canto racional da mente dele concordou, mas a outra metade — a parte animal que só reconhecia o perigo na escuridão — congelou. Qualquer coisa poderia ter acontecido com ele após o ataque à gôndola de Ruslan. Mas estava seguro. Os amigos estavam furiosos com ele, mas o levaram de volta ao esconderijo, limparam seus ferimentos, fizeram curativo, deixaram-no no escuro para descansar e o guardaram enquanto dormia.

— O que foi? — perguntou Laila.

Séverin gemeu enquanto se levantava e lançou um sorriso fraco.

— Não me sinto assim há muito tempo.

— É difícil acreditar nisso — ralhou Laila, com rigidez. — De quantas armadilhas quase mortais você já escapou? A essa altura já era pra estar acostumado com a sensação.

— Não é isso o que tô sentindo.

— Então o que é?

Ela não havia se movido do lugar perto da porta e, embora doesse notar que Laila estava preparada para fugir a qualquer momento, ele sabia que merecia. Respirando fundo, tocou o curativo na lateral do corpo.

— A sensação de estar sendo cuidado — esclareceu Séverin.

— Ninguém nunca cuidou de você? — perguntou Laila, debochada. — Está dizendo que todas as vezes que tentei te puxar do fundo do poço, ou Hipnos tentou estar ao seu lado, ou Enrique e Zofia...

— Isso é diferente — disse Séverin.

À medida que o cômodo se iluminava, ele reconheceu a cor furiosa nas bochechas e o endurecimento na boca de Laila. Séverin sentiu algo se desfazer dentro de si, uma porta se abrindo, uma que ele mantivera fechada por muito tempo. As coisas que não queria dizer saíram dele:

— Todas aquelas coisas que você fez por mim, que eu rejeitei com tanta ingratidão, me envergonham. E, sim, aqueles foram atos de compaixão. Mas isso é diferente. Eu estava sangrando no escuro, e você me trouxe pra um lugar seguro. Quando eu não conseguia pensar ou agir por mim mesmo — ele encarou os olhos escuros como os de um cisne dela —, você me protegeu.

A fúria diminuiu do olhar dela, mas a rigidez da boca permaneceu.

— Eu não vim aqui pra brigar — disse ela. — Temos nos revezado pra verificar seus curativos. Pensei que você estaria inconsciente. Se preferir outra pessoa...

— E por que eu iria preferir o toque de outra pessoa ao seu?

Laila arregalou os olhos. Cor inundou as bochechas dela, e o pânico de Séverin diminuiu. Algo mais se infiltrou.

Ela havia trocado a fantasia do *Carnevale* por um roupão azul bordado com uma centena de lantejoulas na bainha, de modo que parecia uma mulher das águas, feita da lua tocando o mar. Um tanto tardio, ele percebeu que a encarava.

Laila franziu a testa, desceu o olhar para o vestido e suspirou.

— Confiamos em Hipnos pra comprar roupas e comida. Falei pra comprar algo "sutil".

— Você está linda — disse Séverin.

— Não começa — cortou Laila, cansada.

Ela se sentou ao lado dele, e o leve cheiro de açúcar e água de rosas flutuou pelos sentidos de Séverin. Ele levantou os braços. Laila não o olhou enquanto agia com eficiência fria, fazendo um trabalho rápido com os curativos e colocando um conjunto limpo. Cada toque dos dedos dela parecia fogo dentro de Séverin, e talvez fosse isso o que despertou algum canto de sua memória. Ele se lembrou da pressão súbita e esmagadora contra o crânio... o cheiro forte da água da lagoa subindo pelos lados da gôndola, umedecendo a perna da calça. O mundo se dissolvendo em preto até que ele ouviu a voz dela.

Se você morrer, Majnun, *eu não vou poder ficar brava contigo e, se eu não puder nem ao menos ficar com raiva de você, eu vou desmoronar.*

Ela o chamara de *Majnun*.

Talvez tivessem se passado apenas dias desde que ela havia pronunciado aquele nome, mas Séverin sentiu a ausência dentro de si como anos envelhecidos e cobertos de musgo.

— Eu te ouvi — disse ele.

— Como assim?

— Eu te ouvi me chamar de *Majnun*.

Laila deixou as mãos imóveis. Ele sentiu o leve tremor dos dedos dela em sua pele. Tolice ou não, não podia perder a chance de ser franco com ela.

— Eu sou seu, Laila... e você pode lutar contra isso ou esconder o quanto quiser, mas acho que parte de você também pertence a mim.

Ela olhou para ele, e havia tanta tristeza em seus olhos que Séverin quase se sentiu envergonhado por falar.

— Talvez — admitiu ela.

Aquelas palavras fizeram o coração de Séverin dar um solavanco.

— Mas essa pequena parte é tudo o que posso salvar — disse Laila. — Tenho tão pouco de mim mesma sobrando. Não posso dar mais nada a você.

Ele pegou as mãos dela.

— Laila, fui um tolo. Não sei por que demorei tanto pra perceber ou dizer isso, mas eu amo...

— Não. Por favor, não — interrompeu ela, afastando as mãos dele. — Não coloque esse fardo em mim, Séverin. Eu não aguento.

Um peso terrível se alojou no peito dele.

— Seria mesmo desse jeito? — perguntou ele. — Um fardo?

— Seria! — afirmou Laila, com ferocidade. — O que sinto por você é um fardo. *Sempre* foi um fardo. Eu me aproximo, você recua; você se aproxima, eu recuo. Não tenho tempo pra brincar disso com você! A gente pode ter chegado até aqui, mas e quanto a tudo o mais? A Ilha da Peste, a lira e *todo o restante*. Você ainda está convencido de que, de alguma forma, vai conseguir esses poderes divinos, mas e se não funcionar? Você quer mesmo que eu divida minha atenção entre manter a mim mesma e meus amigos vivos e amá-lo com base em qualquer capricho que guie você naquele dia? Porque eu não consigo.

— Laila...

Mas ela não havia terminado.

— Um dia você já me ofereceu coisas impossíveis, Séverin. Um vestido feito de luar, sapatos de cristal...

— E eu faria essas coisas acontecerem! — defendeu Séverin. — Laila, você não entende o poder que senti quando toquei naquele instrumento. Qualquer coisa que me pedir, eu poderia te dar...

Laila cruzou os braços, tremendo.

— Você pode me dar segurança, Séverin? Pode me dar tempo? Pode fazer valer minha confiança? — Ela parou, respirando fundo. — Você é capaz de um amor convencional?

Ele se sentiu esbofeteado.

— O que você quer dizer com isso?

— Quero dizer que, quando vou dormir, sonho com alguém que sabe qual lado da cama eu prefiro, que se senta à minha frente em silêncio e parece feliz com isso. Alguém que bate boca comigo a respeito de quais louças ficam em quais armários — disse Laila, baixinho. — Alguém cujo amor se pareça com um lar... não alguma busca intransponível saída de um mito. Alguém cujo amor seja seguro... Você entende isso?

Ele entendia. Porque era assim que ela o fazia se sentir.

Seguro.

Ele queria fazê-la se sentir segura.

— Eu posso ser essa pessoa.

Laila riu, mas foi um som oco. Séverin sentiu um abismo se abrindo dentro de si. Ele olhou para a parte interna dos punhos, na qual as veias se destacavam, cheias do único sangue ao qual a lira divina respondia. Apesar de todo o seu poder, ele era impotente para deter a tristeza dela.

Séverin a observou, os olhos fixos no anel de granada na mão dela, onde o número *três* o encarava com ar acusatório. A vergonha o atingiu. Ela tinha somente dois dias, e ele a forçava a gastar até mesmo um minuto justificando por que não estaria com ele? O que havia de errado com ele?

— Reúna o pessoal — pediu ele, forçando-se a levantar sobre os cotovelos. — Não vou mais desperdiçar seu tempo dizendo como me sinto.

Laila desviou o olhar.

— Séverin...

— Sou seu *Majnun*, não sou? Minhas esperanças podem fazer de mim um tolo, mas é algo que não posso evitar. — Ele segurou o queixo de Laila, virando o rosto dela para si. Os olhos dela estavam arregalados, ao mesmo tempo cheios de esperança e cautela. — Minha esperança é esta... que eu possa te mostrar que consigo ser a pessoa que você merece.

◆

Em questão de vinte minutos, Enrique, Hipnos, Zofia e Laila se reuniram na biblioteca. Séverin sentiu uma pontada de familiaridade nos documentos de pesquisa de Enrique — pinturas, mapas, estátuas —, que se espalhavam pela longa mesa. Quase podia ver o historiador curvado sobre eles, virando com toda a delicadeza as páginas frágeis de um antigo pergaminho. Na ponta da mesa estava a caixinha dourada contendo o mapa de Poveglia. Ao lado, a lira. No momento em que a viu, uma pressão dentro de seu peito se desfez.

Séverin lançou um olhar para a equipe. Por dias a fio ansiara por isso, e agora lá estavam. E, ainda assim, a imagem parecia distorcida de seus desejos. Ninguém sorria. Ninguém se reclinava nas cadeiras, equilibrando doces no colo e fazendo piadas.

O rosto de Enrique era pétreo. Ele parecia dividido entre querer gritar e desejar permanecer em silêncio. Zofia parecia cautelosa. Laila se recusava a olhar para qualquer coisa além do anel em seu dedo, e Hipnos continuava sorrindo para ele, e depois sorrindo de volta para os outros — sem sucesso.

— A gôndola do Ruslan explodiu — informou Zofia de repente.

Séverin se sentiu um pouco atordoado. Foi o que eles tinham planejado, não? E, no entanto, do nada, surgiu a última recordação que tinha de Ruslan... do patriarca o encarando com os olhos selvagens de esperança.

— Sim — disse Séverin.

— Ele não sobreviveu — informou Zofia.

— Não — concordou Séverin, devagar. — Ele, não... mas Eva...

— Eva pulou fora — contou Laila, ainda sem olhar para ele. — Ela pegou um terço dos fundos do Hipnos...

— Fundos de *emergência*, devo acrescentar — resmungou Hipnos.

— E ela disse que, quando chegasse a hora, entraria em contato com você.

Séverin fez que sim, e eles ficaram em silêncio por um minuto.

— Ele não era um bom homem — disse Zofia, baixinho.

A parte não dita de sua frase pairou no ar: *E, ainda assim...*

E, ainda assim, eles o mataram.

O que deixou Séverin com uma sensação fria na consciência. Mas não culpa. Não se arrependia do que havia feito para mantê-los seguros, mas lamentava o homem que Ruslan poderia ter sido se o poder não o tivesse corrompido.

— Fizemos o que precisava ser feito — afirmou Séverin. — Vamos carregar o peso disso pra sempre, mas não tínhamos escolha. A gente *tem* que chegar ao templo sob Poveglia, e agora é possível. Mas... antes de fazermos mais planos, devo a todos vocês um pedido de desculpas.

— E uma orelha — retrucou Enrique, tocando o curativo. — O que te deu o direito de fazer o que fez? Nós confiamos em você, aí você jogou tudo na nossa cara. Me manipulou. Poderia ter matado Laila. Chantageou Zofia pra ficar com você quando a irmã dela estava doente...

Séverin franziu a testa.

— Achei que Hela estivesse curada?

— Eu não sei — confessou Zofia, com o rosto sombrio. — Perdi a carta.

Séverin fez uma cara confusa. Não tinha ideia do que ela estava falando.

— Embora tenham se passado dias, você poderia muito bem ter perdido anos — retrucou Enrique.

Séverin ficou imóvel. Se forçou a encarar cada um deles nos olhos.

— Eu não tinha o direito de agir como agi — desabafou ele. — Achei que estava protegendo vocês, mas fiz da maneira errada. Me desculpem. Quando perdi Tristan...

— Você não foi o único que perdeu ele — rebateu Enrique, com frieza.

Laila arqueou uma das sobrancelhas.

— Nós *todos* perdemos ele.

— E todos nós lamentamos de maneiras diferentes — disse Hipnos, virando-se para Enrique e fixando-o com o olhar. — Não é, *mon cher*?

— Posso me redimir — falou Séverin em voz baixa. — Nestes últimos meses, eu não era eu mesmo. Vi algo e perdi de vista tudo o mais... mas encontrei clareza e...

— Você ainda quer ser um deus? — perguntou Enrique.

A pergunta distorceu a atmosfera da biblioteca. Séverin quase esperava que gavinhas de gelo se desenrolassem pelo chão de parquete de madeira. Como poderia responder a isso de modo que provasse que não tinha perdido a cabeça, mas sim encontrado um sonho digno de ser alcançado? Seus dedos tremeram de vontade de pegar a lira, para sentir o ronronar de seu poder contra a pele.

Enrique levantou as mãos, virando-se para os outros.

— *Viram* só? Ele não é mais o mesmo! Quem...

— Me deixa ser claro... Eu não espero que, no fim de tudo isso, mortais insignificantes ergam um templo pra gente — disse Séverin.

Hipnos suspirou.

— Bem, agora minha motivação foi para as cucuias.

— Eu acredito no poder da lira — continuou Séverin. — Vocês não entendem o que foi tocar o instrumento. Viram o que ele podia fazer no seu pior... imaginem o que pode fazer no seu melhor. Chamem de destino ou de qualquer coisa que quiserem, mas eu *acredito* nisso. Acredito que a gente pode aproveitar o que ele tem a oferecer. Acredito que dá para salvar Laila. Acredito que fui feito para isso... Por que mais eu seria capaz de tocar um instrumento que ninguém mais consegue?

Hipnos desviou o olhar, como se estivesse envergonhado por ele. Laila estava de lábios cerrados, os olhos desfocados, como se tentasse ao máximo não olhar para ele. Zofia franziu as sobrancelhas, incrédula. A fúria de Enrique havia derretido em algo muito pior.

Pena.

— Você se lembra da história de Ícaro? — perguntou Enrique.

Séverin conhecia bem o mito. Ícaro e o pai, Dédalo, o famoso inventor, escaparam do cativeiro em um par de asas de cera. Dédalo avisou o menino para não voar muito perto do sol, mas Ícaro não atendeu ao aviso. O sol derreteu as penas, e Ícaro despencou para a morte.

— Eu me lembro — disse Séverin.

— Então talvez fosse bom você se lembrar da tragédia de voar muito alto.

— Ícaro é a tragédia? — perguntou Séverin. — Ou é Dédalo? Alguém que tinha o poder de fazer coisas impossíveis e ainda assim não conseguiu proteger as pessoas que mais amava?

Enrique ficou em silêncio.

— Se você pode tentar, por que não fazer? — perguntou Séverin. — Se pudesse se dar o poder de mudar o curso da história, não o faria?

Enrique virou o rosto, mas Séverin captou um brilho em seus olhos.

— Se você pudesse salvar aqueles que ama, não o faria?

Nesse momento, ele olhou para Laila e Zofia, ambas retribuindo o olhar com firmeza. Ele se virou para Hipnos.

— E se você...

Hipnos se animou.

— *Oui?*

— Pra ser sincero, não faço ideia do que você quer, meu amigo.

Hipnos sorriu e bateu palmas, olhando em volta para todos.

— Eu já tenho o que quero. Mas não diria não a um templo, haréns etc.

— Tudo o que estou pedindo é uma última chance de descobrir o que podemos fazer — clamou Séverin.

Por um instante, ele imaginou que estavam de volta ao L'Éden, de pé sob a cúpula de vidro, onde o céu parecia mais uma tigela de estrelas que fora virada sobre a cabeça deles. Pensou no início de cada aquisição — na poltrona confortável que Enrique preferia, a espreguiçadeira de veludo verde em que Laila relaxava, o banco alto de Zofia com um prato de biscoitos de açúcar equilibrado no colo, Tristan sentado entre eles com Golias escondido no casaco. E Séverin de pé diante de todos.

— Se acham que o que estamos fazendo é impossível, então vamos reescrever o significado de possibilidade... *juntos.*

Ele ergueu os olhos a tempo de ver Enrique balançando a cabeça de um lado para outro, com as mãos cerradas ao lado do corpo, enquanto saía do aposento, furioso.

— Enrique... — chamou Laila, indo atrás dele.

— Desculpe, *mon cher* — disse Hipnos, com pesar, antes de correr atrás de Enrique e Laila.

Só Zofia ficou. Sua engenheira o encarou com cautela, girando um fósforo apagado na mão.

— Fênix? — chamou ele, com suavidade.

— Não gosto do que você fez.

Algo dentro de Séverin se encolheu.

Os olhos azuis ardentes de Zofia se ergueram para ele.

— Mas entendo por que o fez.

— Tenho seu perdão?

Zofia pensou um pouco.

— Você tem... mais tempo.

— Aceitarei o que você me der — disse ele, e sorriu.

22

ENRIQUE

Enrique seguiu pelo corredor, sentindo as orelhas — ou melhor, sua única orelha e o que restava da outra — arderem.

— Enrique! — chamou Hipnos atrás dele.

Enrique se virou com brusquidão, rosnando.

— Não tenho direito a um único momento sozinho?

Hipnos ficou chocado e voltou para o peito a mão estendida. Ao lado, Laila colocou uma mão em seu ombro, um gesto parental que dizia "deixe-o ir", o que só deixou Enrique mais furioso enquanto saía pisando duro.

No começo, fora tão *bom* sair da sala — como se estivesse fazendo algo produtivo, como se realmente pudesse se desvencilhar de todo o caos que o cercava. Mas foi um alívio falso que desapareceu quase imediatamente, transformando-se em vergonha fria e pegajosa.

Caramba, o que ele estava fazendo?

Não podia simplesmente ir embora, nem queria fazer isso. Cada hora perdida colocava a vida de Laila em perigo. Ainda assim, se quisesse funcionar, precisava de um momento para si.

Enrique bateu a porta da sala de música ao passar. Raramente vinha aqui. Era, mais ou menos, o domínio de Hipnos. Era ali que o patriarca da Casa

Nyx liberava seu belo gogó cantante, e talvez algo da beleza disso estivesse preso às paredes porque Enrique, enfim, podia respirar com mais facilidade. E agora o quê?, pensou. Sem ser convidado, a voz de sua mãe o chamou.

— De uma forma ou de outra, você terá que enfrentar a *tsinela* — diria ela.

Enrique estremeceu. Uma *tsinela* não era nada mais que um chinelo, mas, nas mãos de uma mãe filipina, ganhava uma aura de horror inevitável.

Cirila Mercado-Lopez parecia uma boneca. Baixinha e esguia, com olhos pretos de pássaros e cabelo fino e escuro preso em um coque arrumado, a mãe de Enrique mal parecia o tipo de mulher que poderia fazer os três filhos, todos mais altos do que ela, saírem em corridas mortais tentando sair de casa.

Mas a raiva dela era lendária. Poderia ser porque um deles — em geral, Enrique ou Francisco — encontrara as sobremesas mais cedo e ganhara uma vantagem antes do jantar. Ou uma baderna no bairro havia levado até eles — em geral, Enrique ou Juan. Ou um dos irmãos — quase sempre Enrique — tentara faltar à igreja sob o pretexto de doença, apenas para ser encontrado nadando no oceano. Às vezes, eles saíam impunes. Em outras, a casa ficava silenciosa e então... *plaft*. No instante em que os irmãos ouviam o som das *tsinelas* de madeira da mãe deslizando de seus pés e caindo no chão, os três se preparavam para sair em disparada.

— *Buwisit!* Vão em frente e corram! — Sua mãe ria. Ela pegava o chinelo e dava uma leve batida no corrimão da escada. — A *tsinela* estará aqui quando voltarem.

Enrique quase sentia falta das punições da mãe. Preferiria muito mais enfrentar uma *tsinela* de madeira a Séverin.

Parte dele se sentia furiosa por Séverin querer desviar o rumo dos planos deles, pedindo perdão, e a outra parte se sentia aliviada por ele querer isso em primeiro lugar. No segundo em que Séverin voltou para eles no *Carnevale*, Enrique se sentiu deslocado. Cada interação artificial o lembrava de como costumavam ser. Mas aí se lembrou dos meses de silêncio frio. Lembrou-se, mais uma vez, daquela sensação de leveza que experimentara no Palácio Adormecido.

Séverin conhecera seus sonhos e os usara contra ele. Séverin o deixara imaginar que era indesejado, que seu trabalho acadêmico era desnecessário.

Por tudo o que havia prometido para elevá-lo, ele o mantivera pequeno. Intencionalmente maleável.

Isso mais uma vez deixou Enrique enjoado.

E ainda assim... ele soube que Séverin andava *diferente*. Aquele brilho de desespero ainda estava ligado a ele. Enrique sabia que não era perfeito, pois também teve momentos de indelicadeza deliberada.

Uma vez, um velho branco que trabalhava como curador veio visitar as galerias do L'Éden e ver as obras que Enrique havia adquirido para o hotel. No passado, o homem fora um crítico de museus bastante severo, mas, quando Enrique e Séverin o encontraram, ele era uma coisa enco-lhida, com roupas penduradas no corpo, os óculos tortos. Errava as datas históricas, pronunciava mal o nome dos reis. Enrique havia se deleitado em corrigi-lo o mais pomposamente possível até que o velho homem fosse reduzido a gaguejos e lágrimas. Mais tarde, Laila o repreendera. O curador tinha uma condição neurológica que prejudicara a memória dele. Havia ido ao L'Éden não para escrever um artigo de crítica, mas para tentar se familiarizar com as atividades que outrora amava na companhia de outro historiador renomado.

Envergonhado, Enrique se esgueirara para o escritório de Séverin.

— Fui intoleravelmente cruel.

Séverin, que estava no meio da revisão de alguns documentos, mal levantara a cabeça.

— O que você quer que eu faça?

— Você tem uma *tsinela*?

— O quê?

— Deixa pra lá — dissera Enrique. — Eu fui mesquinho, insensível e horrível...

— E não foi você mesmo — completara Séverin. — Então você teve um momento sombrio. Acontece. Sabe o que faz uma estrela parecer tão brilhante?

— Isso parece mais uma pergunta para Zofia.

— A escuridão ao redor dela — respondera Séverin, fechando o livro diante de si e dando sua atenção total a Enrique. — O crescimento e o remorso são como estrelas: a escuridão ao redor os torna vívidos o suficiente para serem notados. Convide o velho curador mais uma vez e peça desculpas. Diga a si mesmo que na próxima você vai fazer melhor.

Enrique franzira a testa.

— Sei que não formulou essa sabedoria sozinho.

— E você está certo, roubei de Laila. Agora, por favor, saia do meu escritório.

Na sala de música, Enrique quase riu.

Ele ficou lá, pensando na escuridão entre as estrelas. Não tinha dúvidas de que Séverin havia lutado contra a escuridão. Quem era Enrique para negar a alguém a chance de luz? E será que também negaria essa luz a si mesmo?

Só porque a ameaça da Casa Caída tinha desaparecido, não significava que ainda não havia muito do mundo que exigia mudanças. Mesmo de dentro da casa segura da matriarca, ele vira isso.

No dia anterior, enquanto pesquisava na biblioteca, ele havia tropeçado em um volume fino e pálido escondido entre os pertences da matriarca: *O homem branco e o homem de cor*. Enrique conhecia bem o título. Fora escrito há quase vinte anos pelo médico italiano Cesare Lombroso. Seus colegas de universidade tiveram altas discussões a respeito dos méritos da obra, mas até então Enrique nunca se dera ao trabalho de abri-la. Curioso, abriu em uma página marcada.

"Somente nós, brancos, alcançamos a mais perfeita simetria nas formas do corpo..."

Algo frio subira por suas costelas. As palavras o prenderam no lugar. Enrique largara o livro quando Lombroso colocou a culpa das tendências criminosas na "negritude" residual das comunidades brancas.

Agora, as palavras de Séverin passaram por sua cabeça.

Se pudesse mudar o curso da história e elevar aqueles que foram oprimidos durante o caminho... não o faria?

Esse sempre fora o sonho de Enrique.

Queria ser como os heróis que tinha, iluminar um caminho para a revolução, conquistar um espaço para si em um mundo onde as pessoas diziam que não era bem-vindo. Ansiava por fazer coisas grandiosas: brandir uma espada (embora, de preferência, uma que não fosse pesada) e roubar o coração de alguém, proferir frases de efeito mortais e sacolejar uma capa às costas. Mais do que tudo... Enrique queria *acreditar* em algo melhor. E queria acreditar que poderia ser parte da realização dessa visão. Que poderia estar na linha de frente, em vez de nas sombras.

Naquele instante, ele tomou uma decisão.

Ele não iria apenas desejar... iria *colocar em prática*. Mesmo que significasse se abrir para a dor mais uma vez.

Do outro lado da porta, alguém bateu levemente.

— Enrique?

Zofia.

Quando ele abriu a porta, deu de cara com Hipnos e Zofia. Claro, ele havia falado e visto os dois mais cedo, mas só agora tinha caído a ficha de que olhava para as duas pessoas que mais gostara de beijar em toda a sua existência. E nunca havia percebido até agora como seus olhos eram semelhantes e diferentes. Dois tons de azul: um como o coração de uma chama de vela, o outro a tonalidade do inverno.

— Já está... pronto? — perguntou Zofia.

A pergunta direta tirou a fantasia dele, que suspirou e fez que sim com a cabeça.

— Estou pronto.

— Graças a todos os panteões — exclamou Hipnos. — Esse tanto de responsabilidade me envelhece.

❖

Quando entraram no salão, Séverin praticamente pulou da cadeira. As velhas mágoas de Enrique voltaram a atacá-lo, mas ele não pôde ignorar a dolorosa esperança nos olhos do outro rapaz.

— O crescimento e o remorso são como estrelas... a escuridão ao redor os torna vívidos o suficiente para serem notados — relembrou Enrique, antes de arquear uma sobrancelha. — Ou seja, espero uma maldita constelação de você no futuro, Séverin.

Séverin arregalou os olhos. Um sorriso frágil ergueu o canto de sua boca e, embora parecesse um passo incerto no escuro para Enrique, era, acima de tudo, um passo à frente.

— E você terá — prometeu Séverin, baixinho.

— Aonde Laila foi? — perguntou Hipnos.

— Ela disse que precisava pegar algo e que poderíamos ficar à vontade pra começar a examinar o mapa sem ela — disse Zofia.

Enrique olhou para a longa mesa de madeira cheia da pesquisa que fizera. O mundo se reduzia em torno da lira e da caixinha de filigrana de ouro ao lado dela, que continha o mapa elaborado com Forja mental. Enrique não culpou Laila por não querer estar ali. Não entrava na cabeça dele olhar tão atentamente para sua última chance.

Do outro lado do cômodo, Séverin encontrou o olhar dele e arqueou uma das sobrancelhas.

Ah, pensou Enrique, virando-se para encarar o cômodo. No passado, Hipnos e Zofia só olhavam para Séverin. Mas, agora, seus olhares estavam divididos entre ambos. Enrique sentiu como se uma luz oculta brilhasse mais intensamente sobre ele.

— A matriarca da Casa Kore deixou vários documentos contendo rumores sobre o que podemos encontrar. Compilei minha própria pesquisa, mas acho que é mais útil comparar ela com o que podemos tirar do mapa — sugeriu Enrique. Quando Séverin assentiu com a cabeça, Enrique gesticulou para a caixa. — Vamos lá?

Quando Séverin estendeu a mão para destampar o perfume Forjado pela mente, um arrepio percorreu a espinha de Enrique. Os outros poderiam rir de seu medo, mas a Ilha da Peste o incomodava. Ele não conseguia deixar de imaginar a suave cinza dos restos humanos cobrindo o chão. Parecia um lugar improvável para um templo capaz de acessar tal poder divino... mas o que sabia sobre as preferências dos deuses?

— As sensações podem ser avassaladoras — explicou Séverin. — Não esqueça... o que veem é real, mas não está diante de vocês no momento presente. Nada dentro disso pode machucá-los.

— Por enquanto — murmurou Hipnos.

Séverin girou a tampa do frasco de perfume, e o ar sibilou com a abertura repentina. Enrique cravou os dedos no cetim desgastado da poltrona, preparando-se enquanto fitas grossas de fumaça subiam, espalhando-se pelo teto. Então, lentamente, se dissolveram... desintegrando-se em algo como chuva. No instante em que as gotas tocaram a pele dele, lâminas cinzentas de consciência envolveram seus sentidos.

Ao longe, ouviu Séverin gritar:

— Recolocando a rolha *agora*...

Mas o som da água corrente e do canto dos pássaros se sobrepôs à voz de Séverin até que parecesse uma reviravolta estranha do vento. Enrique piscou. Já não sentia mais o cetim arranhado da poltrona sob os braços, ou o caderno em seu colo ou o metal liso da caneta em sua mão, mesmo que um canto de sua mente sussurrasse que ainda estava sentado no salão do *palazzo*. Ele estava de pé em uma calçada malcuidada, espinhos e urtigas saindo de um emaranhado de grama selvagem. No horizonte, projetava-se a estrutura pontiaguda dos telhados. Os aldeões moviam-se na luz da manhã, suas roupas pouco mais que peles de animais e tecidos rudimentares.

As visões de Forja mental ao redor dele se aceleraram, conduzindo sua consciência pelos canais antes mesmo de serem canais, passando por templos construídos às pressas e descendo por uma passagem até parar diante do busto de uma mulher. Os lábios dela estavam comprimidos; os olhos vazios, abertos de fúria. Enrique só conseguia discernir as penas esculpidas brotando das maçãs do rosto do busto, quando, de repente, a mandíbula da mulher se soltou. O pedestal sobre o qual o busto ficava cambaleou. Para baixo, para baixo, para baixo, ele caiu pelo menos trinta metros ou mais em um túnel subterrâneo. Ali, o cheiro de água parada e estagnada atingiu o nariz de Enrique. Sua visão se ajustou à escuridão de uma vasta caverna. Estalactites claras pontuavam o teto enraizado, tão afiadas e numerosas quanto dentes. Havia água salobra até os tornozelos, se estendendo por quase meio quilômetro à frente.

Sua consciência foi puxada para baixo, para algo a seus pés, e o horror ao poucos subiu pela garganta dele.

Um rastro de luz se acendeu na água, como se algo acordasse lentamente. Um zumbido ecoou pela caverna, sacudindo gotas d'água das estalactites, de modo que a caverna parecia algo que começara a salivar de fome. Agora, ele via com através da água iluminada: a curva em forma de cúpula de um crânio, uma tíbia roída, uma ponte fina feita de mandíbulas enganchadas. E, aos pés dele, um braço esquelético estava estendido...

Os restos mortais de uma mulher.

Enrique percorreu os detalhes com os olhos. O sudário agarrava-se ao peito afundado dela. Os fios de cabelo loiro no crânio, do qual protuberâncias ósseas se curvavam para trás da testa. Alguém havia dourado os ossos, de modo que brilhavam mesmo no escuro. Na mandíbula rachada dela, um sinal gravado em uma fina placa de mármore:

Με συγχωρείτε.

Perdoe-me.

Enrique voltou a si ao som de vidro se estilhaçando. Piscou, olhando em volta. Não estava mais na poltrona, mas agachado no chão, caderno e caneta espalhados ao redor dele. O som do vidro se espatifando veio de Hipnos, que derrubara a taça de vinho. Ao lado dele, Zofia respirava com dificuldade, as mãos agarrando a cadeira e deixando os nós dos dedos brancos. Séverin parecia um pouco enjoado, mas havia um brilho inconfundível de curiosidade em seus olhos. Ele olhou para os outros três.

— O que vocês viram? Vamos começar pela entrada.

— As pessoas... não eram desta época — disse Zofia.

Séverin concordou com a cabeça.

— Faz sentido, o templo seria muito mais antigo que Poveglia. Em que ano você diria que é, Enrique?

Enrique invejava a calma dele. Quando tentou falar pela primeira vez, a voz parecia presa na garganta. Tentou novamente:

— Século VI, acredito... as pessoas eram, é bem provável, refugiadas de Pádua durante as primeiras invasões bárbaras — conseguiu dizer. — A estátua da mulher... pode ser mais antiga.

— Mulher? — questionou Hipnos. — Ela era quase toda de penas!

— Representações de deidades antigas muitas vezes se estendem entre os mundos selvagem e mortal — explicou Enrique.

— Você notou os lábios dela? — comentou Séverin. — Estavam tão comprimidos, como alguém que tentava não falar.

Enrique reviu a imagem na mente. Agora, seus pensamentos haviam se ajustado ao peso do que vira e lhe permitiam alguma distância da vivacidade de tudo aquilo.

— Ou cantar... — disse ele lentamente.

Enrique apertou a ponte do nariz, a iconografia se encaixando, embora não entendesse que relação isso teria com o que viram nas cavernas.

— Talvez a estátua representasse uma sereia — opinou ele. — O poeta romano Virgílio faz algumas menções a elas sendo adoradas em partes do império.

Séverin tamborilou os dedos na mesa.

— Mas por que o canto de uma sereia? O que tem a ver?

Enrique franziu a testa.

— Não sei... o canto delas é considerado mortal. Baseado na mitologia, a única pessoa que conseguiu ouvir o canto delas sem se afogar foi Odisseu, e só porque estava amarrado ao mastro do navio enquanto sua tripulação tampou os ouvidos com cera de abelha.

Séverin ficou em silêncio por um momento, inclinando o mapa líquido para a frente e para trás, os restos de fumaça reabastecidos e girando dentro do vidro.

— O canto de uma sereia é algo que atrai a gente... algo bonito que promete acabar apenas em morte — elucidou ele, devagar. — O que isso tem a ver com o templo sob Poveglia? Será que é necessário música ou algum tipo de harmonia pra abrir a entrada?

Enrique o observou. Apesar de toda a percepção de Séverin, o rapaz parecia esquecer a única explicação que estava bem na cara dele.

Que o busto da cabeça de uma sereia não podia ser nada além de um aviso.

— E se o templo em si for o canto da sereia? — supôs Enrique. — Nesse caso, seria a última coisa bonita que veríamos antes da morte.

Hipnos e Zofia caíram em silêncio. Enrique pensou que Séverin ficaria irritado com aquele raciocínio, mas, em vez disso, o outro sorriu.

— Talvez seja uma questão de perspectiva — disse ele. — Acho que me lembro de você me mostrar uma peça de arte eslava que também retratava um ser com cabeça de mulher e corpo de pássaro. Não muito diferente da sereia mortífera.

— Uma gamayun — disse Enrique.

Ele se lembrava da peça. Era do tamanho de seu polegar e totalmente feita de ouro. Foi Forjada para falar com a voz da mãe morta do artesão. Uma coisa curiosa e assustadora. Ele se recusara a adquiri-la para a coleção do L'Éden. Parecia errado manter refém nos corredores uma voz morta.

— O que é uma gamayun? — perguntou Hipnos.

— Um pássaro da profecia... dizem que guarda o caminho para o paraíso — explicou Enrique. — Presume-se que ela conheça todos os segredos da criação.

— Sereia, gamayun... morte ou paraíso — disse Séverin. — Talvez o que nos espera em Poveglia possa ter traços de ambos, dependendo do que fizermos.

— Talvez — admitiu Enrique.

Ele se sentiu um pouco tolo pela conclusão dramática, mas não estava de todo convencido de que estava errado...

Aquela caverna não parecia ser um lugar que conhecia o paraíso.

— E o que pensamos do esqueleto na entrada da caverna? — perguntou Séverin.

Séverin começou a andar de um lado para outro na sala. Enrique observou o rapaz levar a mão para a frente do casaco, o lugar em que costumava pegar a lata de cravo para ajudá-lo a pensar. Séverin franziu a testa quando a mão saiu vazia.

— A tradução do grego é "Perdoe-me" — disse Enrique.

— Então... eles devem ter feito algo errado? — indagou Hipnos.

Enrique se lembrou da gruta de gelo dentro do Palácio Adormecido, da mensagem gravada na rocha e deixada para eles encontrarem. Mas, antes que pudesse falar alguma coisa, Zofia disse:

— *O ato de tocar o instrumento de Deus invocará o desvanecimento.*

— Acham que o pedido de desculpas é por tocar o instrumento? — perguntou Hipnos.

— Faz sentido. — Zofia deu de ombros.

— Ou poderia ser outra coisa — sugeriu Séverin. — Um ritual, talvez. Um sacrifício feito antes de um ato ser perpetrado.

— Qual é a diferença? — perguntou Hipnos. — Continua tendo alguém morto, um lago escuro com sabe Deus o quê dentro dele, e uma caverna muito assustadora que está tirando qualquer apetite que tenho por divindade.

— A diferença sugere o que vamos encontrar — disse Séverin. — Se for um ato ritualístico, sugere que o que tá dentro daquela caverna é um verdadeiro lugar de adoração, um lugar onde tocar a lira divina *funcionaria*. Se for um pedido de desculpas, então...

— Então, vai ver, tocar o instrumento seria um erro colossal — completou Enrique. — É a maneira de eles nos avisarem.

— Quem são *eles*? — Quis saber Zofia.

— São seja lá quem veio antes — respondeu Enrique. — O tecido no esqueleto está decomposto demais para dar uma data. Pode até ser uma das Musas Perdidas que já protegeram a lira divina.

— Mais alguma observação? — perguntou Séverin.

— Uma folha de metal fininha foi aplicada aos ossos do esqueleto — relembrou Zofia.

— Uma escolha decorativa interessante, mas ainda não é indicativa do propósito do esqueleto — dispensou Séverin.

— Tinha chifres — disse Enrique, lembrando-se das protuberâncias da testa.

Séverin parou.

— Chifres?

Ele levantou a mão e tocou a testa. Enrique se lembrou daquele momento estranho nas catacumbas, mais de um ano antes... o icor dourado que pingou na boca de Séverin antes de lhe dar asas que brotaram das costas e um par de chifres que se curvaram das têmporas antes de desaparecerem pouco depois.

— Chifres de touro, acho — disse Enrique, lembrando-se. — O que me sugere Grécia Antiga... ou civilização minoica.

— Como um animal, sacrificado... — comentou Séverin. Seu rosto se iluminou. — Como um bode expiatório.

— Bode expiatório? — perguntou Hipnos.

— Um animal ritualmente carregado com os pecados de uma comunidade e, em seguida, expulso. As pessoas faziam isso pra evitar catástrofes. Sacrificavam um animal para evitar uma peste ou uma tempestade avassaladora — explicou Enrique. — É uma prática antiga mencionada em Levítico, mas eles usavam bodes, não pessoas, daí a origem da palavra "bode expiatório".

— Ela não era um animal — rebateu Zofia, quase com raiva.

— Claro que não era! — concordou Enrique sem perder tempo. — Mas o processo era semelhante. Algumas comunidades usavam pessoas. Na Grécia Antiga, o ritual de expiação de uma pessoa exilada da comunidade era chamado de *pharmakos*.

Hipnos pegou uma nova taça de vinho.

— Então você acha que essa mulher pode ter sido exilada de um lugar e sobrecarregada com os pecados da comunidade?

— Acho que isso depende do que mais encontrarmos dentro daquela caverna — opinou Séverin.

Enquanto mais uma vez Séverin tentava pensar no mapa feito com Forja mental, Enrique se viu pensando em poder. Não sabia se acreditava totalmente no otimismo de Séverin de que a lira lhes concederia poder divino, mas de uma coisa tinha certeza. Quando Enrique fechou os olhos e pensou na ilusão de Forja mental, não foram os ossos dourados ou os lábios de pedra da sereia que vieram à tona de seus pensamentos... mas o fedor.

A caverna exalava o hálito fedorento de algo antigo e faminto. Era como estar diante de uma criatura que abria a boca para que se pudesse vislumbrar os membros quebrados ainda presos entre seus dentes amarelos.

23

LAILA

Laila levou a lâmina até a palma da mão e a pressionou. Fez uma careta, mas apenas por questão de hábito... e não por dor. Naqueles segundos, não sentiu nada. Nem mesmo a pressão da faca.

O vazio que a consumira no momento em que ela e Hipnos foram atrás de Enrique chegou rápido e ofuscante. Mal conseguiu dizer a Zofia para começar sem ela antes de se trancar na cozinha. Sozinha, tentou respirar, mas não sentia o ar entrando nos pulmões. O mundo ao redor ficou embotado e escurecido.

Da última vez que isso aconteceu, o toque de Séverin reavivara seus sentidos, mas Laila se recusou a ir até ele. Perder mais controle sobre si mesma também seria uma espécie de morte. *Sinta alguma coisa*, pediu ela ao corpo, olhando para o corte. *Qualquer coisa*.

Um segundo, depois dois... depois cinco. Algo espesso e escuro escorria do ferimento. Por anos, Laila evitou dar muita atenção para o que havia dentro dela. Durante toda a vida, as palavras de seu pai a perseguiram.

Você é uma garota feita de terra de túmulo.

Agora, Laila não sentia repulsa. Se havia algo nela, era orgulho. Pelo que sabia, não era para estar viva.

— E, no entanto — disse Laila, feroz —, aqui estou.

Outro segundo se passou antes que ela enfim sentisse: uma dor insípida. Laila agarrou a dor com avidez.

Quando era mais nova, imaginara diversos milagres. Como subir em uma árvore e encontrar uma manga feita de ouro puro. Ou um príncipe que pudesse encontrá-la lavando roupas no rio e ficasse tão impressionado ao vê-la que a levaria para um palácio de selenite e jaspe. Mas, a essa altura, Laila era velha a ponto de reconhecer a dor como o milagre que era. A dor era uma linha incômoda e irritadiça que separava os vivos dos mortos.

Dias antes, Laila se ajoelhara em um chão de gelo... sua dor era tão grande que mal conseguia respirar. Imaginou que nunca mais veria Hipnos acenar com outra taça de vinho, Enrique abrir um livro, Zofia acender um fósforo ou Séverin *sorrir*. Para cada pedaço perdido — segundos e batimentos cardíacos e texturas —, cada esperança recuperada era uma tocha que ganhava vida e afastava a escuridão.

Esse vazio podia ser a sombra da morte, mas ainda não era o fim.

Talvez o universo estivesse encantado com o otimismo tolo dela, porque logo lhe revelou ainda mais maravilhas. No fundo da despensa, Laila encontrou um pote de biscoitos de açúcar que, se não tivessem sido assados recentemente, no mínimo tinham sido assados havia um tempo razoável. Não demorou muito para encontrar açúcar refinado, o qual transformou em uma cobertura de cor clara para glacear os biscoitos do jeitinho de que Zofia gostava. Havia cacau amargo nos armários, o qual transformou em chocolate quente para Enrique e Hipnos, e, quando procurou por canela para adicionar à mistura, Laila fechou os dedos em torno de bordas de metal lisas e pegou uma lata de cravo.

Quando viu aquilo, riu.

— Muito bem — disse em voz alta.

Enquanto se dirigia ao salão, Laila equilibrou nas mãos a bandeja cheia de comes e bebes. Já fizera caminhadas semelhantes dezenas de vezes no passado, mas esta tinha um ar ritualístico. Como se estivesse fazendo uma oferenda a algo maior do que si mesma, e tudo o que podia fazer era esperar que fosse suficiente. A porta estava ligeiramente aberta e, quando a abriu, sentiu uma estranha distorção no ar.

— Laila, espera! — gritou alguém. — Nós abrimos o mapa novamente... Mas era tarde demais.

A porta tinha sido aberta. No instante em que ela entrou, uma gota d'água caiu em seu punho. Parecia chuva, mas era mais fria e *viva* com uma consciência Forjada que penetrou a pele dela, entrando em sua corrente sanguínea e enchendo a cabeça de Laila de visões. Quando ergueu os olhos, a sala havia desaparecido, substituído por algo que ela nunca tinha visto.

Ela estava em pé, com os tornozelos mergulhados em um lago escuro. Acima dela, estalactites cintilantes pontuavam o teto abobadado de uma caverna, cercada por pedaços brilhantes de obsidiana e azeviche, de modo que parecia que alguém tinha batido com um martelo no céu noturno e colocado os fragmentos em uma caverna.

Laila sentiu a consciência ser puxada adiante, deslizando sobre o lago. Só então percebeu que o lago estava repleto de ossos humanos. A água se estendia por muitas centenas de metros à frente, terminando diante de uma enorme parede semitransparente de âmbar esculpido. A parede parecia iluminada por fogueiras distantes, as sombras lambendo a superfície e borrando os detalhes do que havia por trás. Ali, enorme e impossível, estava a silhueta inconfundível de gigantes flanqueando uma estrutura baixa e irregular.

Laila estendeu os braços, como se pudesse alcançar a parede de âmbar... — Os biscoitos, não!

Ela pestanejou e a sala voltou à vista. Enrique se encontrava de pé na frente dela, apoiando a bandeja de guloseimas com uma das mãos. Um pouco de chocolate quente havia derramado pelas laterais de uma das canecas, e o rico aroma de cacau a trouxe de volta aos sentidos.

— O que foi aquilo? — perguntou Laila.

Os olhos escuros de Séverin encontraram os dela imediatamente.

— Esperança.

Enrique sorveu o resto do chocolate quente, compilando, num frenesi, as anotações que havia feito a respeito de tudo o que tinham testemunhado com o mapa feito de Forja mental. Ao lado, Zofia comia alegremente um biscoito.

— Possível estátua de sereia, lago cheio de ossos, esqueleto brilhante...

Hipnos levantou a caneca.

— Não podemos esquecer o esqueleto brilhante.

— Estruturas *gigantescas*! — disse Enrique, animado. — Do tipo que, não acredito que tô dizendo isso, mas poderia... quer dizer... poderia ser a Torre de Babel? Tenho certeza de que não é aquela mesma que o mundo ocidental credita ser a origem da Forja. Pelo que sabemos, pode haver múltiplas fontes, mas a torre...

— Não era uma torre — contradisse Zofia, franzindo a testa. — Era muito larga.

— O que só prova meu argumento, na verdade — resmungou Enrique, deixando a caneca de lado.

Ele caminhou até a mesa de pesquisa, revirando algumas coisas antes de parar para tirar uma ilustração desbotada e amarela. Tratava-se de uma estrutura de tijolos retangular, baixa e irregular, com degraus esculpidos ao redor de todos os ângulos. Parecia do tamanho de uma praça, e seu topo plano lembrou Laila de uma plataforma imensa.

— Esta é uma ilustração do Zigurate de Ur, escavado pela primeira vez há cerca de trinta anos na antiga cidade suméria de Uruk — discorreu Enrique. — A Torre de Babel provavelmente não era uma construção estreita, como talvez imaginemos na arquitetura ocidental, mas sim uma antiga pirâmide em degraus como os templos da Babilônia e da Suméria. — Enrique bateu com a ponta do dedo no topo da ilustração.

Séverin estudou a imagem.

— Se fôssemos a um templo desses, a lira seria tocada... onde, exatamente?

— É bem provável que no santuário mais interno, no topo do templo — esclareceu Enrique, mostrando no papel. — Acreditava-se que apenas sacerdotes e reis tinham permissão para entrar nessa área, já que era considerada o ponto de encontro entre o céu e a terra. Todo tipo de ritual sagrado pode ter acontecido lá, incluindo o *hieros gamos*.

— O que é isso? — perguntou Hipnos.

Laila percebeu que as bochechas de Enrique ficaram rosadas.

— Ah... um casamento sagrado — disse Enrique. — Às vezes, um rei e uma sacerdotisa eleita assumiam a forma de um deus e uma deusa e renovavam a primavera em toda a terra... tendo relações.

Hipnos franziu a testa.

— Num chão de pedra?

Enrique ficou ainda mais rosado.

— Não, acredito que havia uma cama sagrada e tudo o mais.

— Eu me pergunto como eles subiam todos aqueles degraus — comentou Hipnos.

— E quanto a essas figuras gigantescas... ao lado da estrutura? — perguntou Laila.

Enrique pareceu aliviado com a mudança de assunto.

—Ah! Era disso que eu ia falar em seguida! Encontrei essas coisas aqui outro dia e fiquei me perguntando por que a matriarca as teria. — Ele foi até uma das prateleiras, pegando uma figura de bronze em uma pequena plataforma. — Eram populares na Grécia antiga. Muitos eram movidos a água para desfiles, mas não desse tipo.

Quando a tocou, a figura de bronze emitiu um alto rangido enquanto seus membros articulados se moviam para cima e para baixo.

— É um autômato — disse Zofia.

— Exatamente! — confirmou Enrique.

— A Roullet & Decamps faz dezenas de autômatos — desdenhou Hipnos. — Não é exatamente raro.

— Mas *é* antigo — retrucou Enrique. — Hefesto, deus da ferraria, fez Talos, um autômato gigante de bronze projetado para proteger a ilha de Creta. O rei Ajatasatru da Índia oriental supostamente tinha... — Ele parou para consultar as anotações. — *Boo-tah va*... Laila, me dá uma mãozinha.

Enrique suspirou, mostrando a página para Laila, que leu em voz alta:

— *Bhuta vahana yanta*... "máquinas de movimento espiritual" — traduziu ela. — Dizem que guardam as relíquias de Buda.

Enrique fez que sim com a cabeça.

— Pra mim, toda a iconografia está de acordo com o que esperaríamos de, bem...

— De alguém que guarda o poder de Deus — completou Laila.

Um silêncio caiu sobre o cômodo. Laila sentiu uma estranha antecipação formigante percorrendo o corpo.

— E quanto à parede? — perguntou Zofia.

Laila viu a parede de âmbar semitransparente em sua mente e ansiou por tocá-la.

— Quanto a *isso* eu não tenho a mínima ideia — disse Enrique, afundando na cadeira.

— Não apareceu na nossa primeira experiência com o mapa — comentou Séverin, devagar. — Será que funciona como um Tezcat gigante?

— Talvez o nome do templo nos desse uma dica de como chegar a ele — sugeriu Hipnos.

— Boa ideia — disse Séverin. — Mas, que eu saiba, este templo não tem nome.

— Por quê? — perguntou Enrique.

— Vai ver é muito poderoso — sugeriu Séverin. — Ter um nome é perigoso. Pode colocar algo no mapa, prendê-lo a um país, a uma religião. Talvez o templo tenha permanecido anônimo para que ninguém pudesse ser culpado por saber de um lugar onde a lira pudesse ser tocada e os Fragmentos de Babel pudessem ser conectados.

— Pode ser... — disse Enrique, mas parecia inseguro.

— Preciso pensar mais no assunto. — Séverin franziu as sobrancelhas e moveu a mão para a frente do paletó. Um gesto antigo, que Laila quase havia esquecido desde a morte de Tristan.

— Aqui — disse ela, pegando a lata de cravos na bandeja. — Talvez ajude.

Ela a jogou no ar e Séverin a pegou com uma mão. Ele encarou a lata com incredulidade. Laila sentiu o rosto ficar quente.

— É pra te ajudar a pensar — explicou ela.

— Obrigado.

— De nada.

Ela ouvia o tom mecânico na própria voz, e notou que todos — exceto Zofia, que estava ocupada com seu terceiro biscoito — se sentiram desconfortáveis. Que se danem, pensou ela. Dissera a verdade a Séverin. Sim, ele tinha um cantinho do coração de Laila. Mas não tinha qualquer direito sobre o pouco tempo dela, e, se aqueles acabassem sendo seus últimos dias, então ela os passaria da maneira como qualquer um deveria passar a vida: dando a si mesma o que merecia.

— O que aconteceu com sua mão? — perguntou Séverin, a voz assumindo um ar sombrio.

Laila olhou para a bandagem. A essa altura, uma mancha preta de sangue havia manchado o envoltório. Doía um pouco, mas não chegava nem perto do tanto que deveria.

— Nada. — Ela olhou para Séverin e soube no mesmo instante que ele não estava convencido. — Quando podemos partir pra Poveglia?

— Só precisamos de mais alguns suprimentos de um mercado noturno e podemos partir em algumas horas — disse Enrique.

— Transporte?

— Já foi providenciado — respondeu Hipnos.

Séverin acenou com a cabeça, sem tirar os olhos de Laila.

— Então partimos antes do amanhecer.

24

SÉVERIN

Nas primeiras horas da madrugada, o *La Rialto Mercato* parecia um lugar que só deveria ser visitado por habitantes do Outro Mundo. Enquanto caminhava, Séverin imaginava criaturas feéricas de olhos brilhantes com dedos finos vendendo um colar de sonhos pelo preço de um beijo, ou sacudindo potes cheios de escamas arrancadas de um peixe capaz de fazer profecias. Ao redor deles, o ar que antecedia o amanhecer trazia um sussurro de geada sobre as ameixas imperiais e os figos escuros. Pilhas de groselhas nas bancas de frutas brilhavam como rubis cortados. Máscaras venezianas em miniatura tilintavam juntas, e mulheres com as costas curvadas e mãos marcadas por veias azuis dobravam rendas delicadas ao lado de chaves de latão esculpidas. Os artistas do vidro tinham acabado de começar a expor suas mercadorias e, maravilhado, Séverin observava como os ornamentos de vidro de Murano soprados em formato de cisnes coloridos voavam de uma banca para outra, enquanto delicados buquês de flores de cristal murchavam e floresciam a cada hora.

Séverin, Hipnos e Enrique caminharam até a *pescheria*, onde Hipnos fizera arranjos para um pescador local levá-los a Poveglia. No *palazzo* da matriarca, Laila e Zofia terminavam os últimos preparativos. Enquanto isso, Séverin se pegou virando-se na direção de Enrique, esperando que o historiador falasse com ar poético a respeito da arquitetura gótica e da catedral bizantina, ou que entrasse em detalhes extraordinários acerca de uma estátua coberta de algas até ser arrastado à força do local. Mas, toda vez que Séverin criava coragem para falar com ele, Enrique virava a cabeça, e a visão daquele ferimento enfaixado o atingia como um golpe físico.

Séverin deixara que aquilo acontecesse com o amigo.

Pior ainda, deixara Enrique acreditar que era indesejado... quando o historiador era tudo, menos isso.

Enquanto continuava tentando descobrir o que dizer e como dizer, Enrique reduziu o passo para caminhar ao lado dele. Parecia tenso... hesitante.

— É lindo aqui, não é? — perguntou ele, de repente. — Lembra algo que você encomendaria para o L'Éden.

Do outro lado de Séverin, Hipnos resmungou, puxando as peles de arminho para deixá-las mais apertadas ao redor do pescoço.

— É *frio*, isso sim.

— Talvez algo para uma decoração de primavera — viu-se dizendo. — Poderia ser uma instalação interessante no saguão. Um Bazar Mágico Noturno, talvez.

Enrique arqueou as sobrancelhas. Um sorriso cauteloso tocou a boca do historiador e ele acenou com a cabeça.

— Talvez.

Antes, as esperanças de Séverin eram grandes e vagas... mas esta era pequena. Era uma esperança que cabia dentro de um quarto. A esperança de que, ao fim de todo esse inverno, haveria uma primavera e algo belo para tornar a ocasião memorável.

Sorrindo para si mesmo, ele enfiou a mão no bolso do peito, passando-a pela lira divina costurada em seu casaco pelas linhas de aço Forjado de Zofia, e pegou a lata de cravos. Colocou um deles na boca, e o sabor forte e ardente inundou seus sentidos imediatamente.

Enrique franziu o nariz.

— Odeio esse cheiro.

— Laila não se importa — disse Hipnos, com um sorriso sabichão para Séverin.

No passado, Séverin teria ignorado e ficado em silêncio... mas não fora ele quem prometera transparência em todas as coisas? E questões como essa não deveriam ser discutidas entre amigos? Ele virou o cravo, deixando o amargor inundar sua língua, antes de dizer:

— Laila se importa com muitas outras coisas. Incluindo, mas não se limitando a, o desrespeito desenfreado pelos sentimentos dela, a infidelidade aos nossos amigos e... na opinião dela, não na minha... uma busca egocêntrica e zelosa para corrigir meus erros e proteger as pessoas que amo. Duvido que ela tenha espaço pra se importar com meu hábito de mascar cravos.

Enrique fez uma careta, e Hipnos suspirou e balançou a cabeça de um lado para outro.

— E você se desculpou...? — perguntou Hipnos.

— Obviamente.

— E a lembrou do, hum... — Hipnos balançou o dedo anelar.

— Talvez você ache curioso, mas lembrar à mulher que amo que ela carrega uma sentença de morte não entrou em minha agenda romântica — disse Séverin, gélido.

Enrique deu um pescotapa em Hipnos.

— Ai! — reclamou Hipnos. — Foi só um pensamento! Situações que beiram a fatalidade me deixam, ah, *comment dire*, muito amoroso, *non*? Faminto de vida! Ainda mais quando você sabe que sua situação logo vai ser remediada.

— Duvido que ela se sentiria da mesma forma — opinou Séverin.

Hipnos franziu a testa e estalou os dedos com ar de triunfo.

— Já sei! Você deveria tentar aparecer pelado no quarto dela. Eu chamo isso de *La Méthode de L'Homme Nu*.

Séverin e Enrique pararam de andar e olharam para ele.

— *O método do homem nu*? — perguntou Enrique. — Tá falando sério?

— Eu preferiria ficar nu a falar sério. — Hipnos cruzou os braços. — Pode confiar, funciona. Se a senhorita ou o cavalheiro não estiverem interessados, eles vão sair do quarto.

— E provavelmente vão queimar a roupa de cama só por precaução — murmurou Enrique.

— E, se consentirem, bem, então você tornou o processo de intimidade muito mais fácil. Vocês deveriam tentar.

— *Nem pensar* — disseram Séverin e Enrique ao mesmo tempo.

Hipnos bufou.

— Aproveitem essa total falta de inspiração de vocês, então.

Naquela altura, o belo mercado havia mudado. Os cheiros de assados e o perfume de frutas cortadas azedaram à medida que se aproximaram da *pescheria*. Abrigada sob arcos góticos salpicados de líquen às margens do Grande Canal, a peixaria era um marco malcheiroso da cidade e, para o bem ou para o mal, o ponto de encontro para transporte. Mesmo a certa distância, Séverin via as pilhas de enguias de água doce, esquálidas e contorcidas. Artistas da Forja da água caminhavam entre as bancas de peixes, levitando blocos de gelo para manter o pescado fresco.

— Ali está ele — disse Hipnos, apontando com o queixo para um homem grisalho encostado em uma das pilastras. O pescador acenou ao reconhecê-lo. — Vou concluir o pagamento e, então, partiremos — avisou Hipnos, caminhando em direção à peixaria.

Séverin não se lembrava da última vez que ficara sozinho com Enrique. Antes, eles tinham uma camaradagem natural... mas, agora, cada frase parecia um passo pesado sobre gelo fino. Enrique não olhou para ele. Voltava a atenção para o trecho de quiosques antes que a rua virasse bancas de peixe.

— Ela gosta de flores — comentou Enrique, baixinho. — Que tal começar com isso?

Séverin seguiu o olhar do historiador até uma banquinha operada por uma velha que já estava cochilando, embora o mercado tivesse acabado de abrir. Sobre a mesa, estava espalhado um punhado de obras de arte delicadas feitas em vidro: crisântemos com pétalas de quartzo leitoso, rosas esculpidas em finas fatias de cornalina. Séverin pousou o olhar em um lírio de vidro, sua arte tão vívida que cada pétala parecia cortada de uma chama.

Enrique o cutucou.

— Vai lá.

Séverin hesitou.

— Não acha que é uma causa perdida?

— Se eu acreditasse em causas perdidas, você estaria no fundo da lagoa — afirmou Enrique, empertigado.

— Justo. E você? Não quer comprar flores pra ela?

— Pra quem? Ah... — Enrique desviou o olhar. — Tá tão na cara assim?

— Só quando você fica encarando ela *sem piscar*.

— Acho que ela ficaria mais interessada nas proporções matemáticas das pétalas do que na flor em si. Tenho que encontrar algo que pra ela seja como uma flor. — Enrique franziu a testa. — Temo que tenha que ser algo inflamável.

— Eu também temeria.

— Você não tá ajudando.

◆

Algumas horas depois, Séverin fez uma descoberta desconfortável: a lira divina tinha um pulso. Era como se o instrumento estivesse ganhando vida pouco a pouco, quanto mais perto eles chegavam de Poveglia. Séverin podia senti-lo contra sua própria pulsação, um persistente *tum, tum, tum*.

Se a esperança tivesse um som, seria esse.

Os amigos dele sentiam frio e pareciam miseráveis no barco sujo. No leme, o pescador nem se dignava a lhes lançar um olhar e tinha sido inflexível quanto à responsabilidade dele para com o grupo.

— Chegarei lá o mais rápido que puder e não vou esperar por vocês. Como vão voltar é problema de vocês. Que Deus os ajude.

À medida que o vento uivava ao redor deles, Séverin imaginou a voz de sua mãe os acompanhando pelo caminho.

Em suas mãos estão os portões da divindade. Não deixe ninguém passar.

O *propósito* dele era tocar a lira.

O *propósito* dele era salvar Laila.

O *propósito* dele era proteger os amigos.

Séverin arriscou um olhar para Laila.

Ela conseguia parecer majestosa mesmo naquele barco imundo. Suas costas estavam eretas, a pele do casaco eriçada em volta do pescoço enquanto ela girava o anel de granada. Havia prendido o cabelo em uma trança, mas fios de seda pretos se soltavam e emolduravam o rosto dela. Seus lábios cheios estavam comprimidos, e ele percebeu que o rico marrom da pele de Laila havia perdido o brilho da noite anterior.

Quando olhou para ela, todo aquele poder que sentira se desequilibrou dentro dele. Falhara mil vezes com ela, mas, desta vez, iria conseguir.

À frente deles, as ilhas de Lido e Poveglia ficaram mais nítidas, maiores. A névoa prateada obscureceu a água, engolindo as silhuetas de catedrais e docas, de modo que parecia uma residência de fantasmas.

— Não entendo por que esse lugar tem que ficar numa ilha da *peste* — resmungou Hipnos.

Enrique, que pegara um cobertor de aparência bem velha, agora os olhava por debaixo dele.

— Vocês sabiam...

Hipnos gemeu.

— E lá vamos nós.

Debaixo de uma lona de borracha impermeável, Zofia esticou a cabeça com ar de curiosidade para ouvir Enrique.

— A palavra "quarentena" vem do italiano *"quaranta giorni"*, ou seja, "quarenta dias", que era o número de dias que um navio precisava ficar longe de Veneza em caso de suspeita de abrigar a peste. Ilhas como Poveglia tiveram uma das primeiras *lazaret*, ou seja, uma colônia de quarentena. Não é fascinante?

Mesmo na escuridão úmida e fria, Enrique sorriu para todos, ansioso.

Séverin se sentou um pouco mais ereto. Enrique duvidara de seu apoio. Desta vez ele se esforçaria mais.

— Fascinante! — disse ele em voz alta, batendo palmas.

Todos o olharam.

Tarde demais, Séverin suspeitou que faltou certa sutileza à sua reação.

Ele olhou para Enrique. Pela primeira vez, o historiador parecia segurar não uma repreensão... mas uma risada.

— Foi muito... esclarecedor? — tentou Laila.

— Por que o número quarenta? — perguntou Zofia.

— Isso eu não sei dizer — confessou Enrique.

Zofia franziu a testa, desaparecendo sob a lona mais uma vez.

— Quanto mais tempo passo neste barco maldito, mais eu sinto que vou pegar a peste — resmungou Hipnos.

Em determinado momento, o barco parou, atracando ao lado de uma curiosa estátua de anjo com as asas curvadas e dobradas em volta da cabeça. Assim que o pescador lançou a âncora, a estátua retraiu as asas e ergueu um braço de pedra que apontava de volta para Veneza. A mensagem era clara:

Saiam.

À primeira vista, Séverin não achou Poveglia um lugar para fantasmas. O chão era de terra, e não de cinzas macias. O crocitar fofoqueiro dos corvos era um som incômodo saindo das grutas escavadas em paredões, e, acima da linha das árvores, o velho campanário mantinha um olhar vigilante sobre a ilha.

Mas isso foi apenas à primeira vista.

Quanto mais Séverin olhava para a ilha, mais sentia: um entorpecimento gasto. O tipo de vácuo frio que preenche o corpo quando já foi esvaziado de todas as suas lágrimas, orações e súplicas.

Os pelos de sua nuca se arrepiaram.

Ele examinou a ilha, ouvindo com atenção.

Na bolsa de viagem, sentia as tochas e os suprimentos que haviam reunido, junto da ponta irregular da caixa dourada que continha o frasco do mapa de Forja mental de Poveglia. O conteúdo do frasco já era, distribuído entre os cinco, e já começava a puxar a consciência deles por um caminho coberto de ervas daninhas, até onde o esqueleto de andaimes de uma antiga estação de quarentena chamava atenção. E, no entanto, ninguém se moveu.

Todos se voltaram para Laila, um entendimento silencioso passando por eles. Apesar do tanto que se gabara acerca do que sonhava para todo o grupo, quando Séverin tentava imaginar o que aconteceria quando enfim tocasse a lira divina no santuário do templo, não era seu próprio rosto que via transfixado pela luz celestial.

Era o dela.

O sorriso de Laila, aliviado do peso da morte... seu riso se tornando imprudente, sabendo que seria apenas o primeiro de uma cadeia infinita de alegrias. Séverin queria tanto ver aquilo acontecer que teria saído em disparada pelo caminho naquele mesmo instante, mas não partiria na frente dela.

Esta era também a jornada dela.

Embora soubesse que o poder cantava em suas veias, Séverin também sabia que era apenas por causa dela que os outros ao menos tinham considerado dar a ele outra chance... e, portanto, esperou. Ao lado dele, Enrique inclinou a cabeça, como se orasse. Zofia ficou de pé com as mãos juntas, e até mesmo o sorriso em geral irreverente de Hipnos havia sido suavizado em uma expressão pensativa.

Séverin observou Laila olhar para o céu. Ela ergueu a palma das mãos e fechou os olhos. Devagar, inclinou-se e tocou o chão, depois tocou a testa.

Séverin a vira praticar o *bharatnatyam* no L'Éden algumas vezes. Laila achava melhor praticar nas primeiras horas da manhã e costumava usar as suítes extras que ficavam ao lado do escritório dele. Às vezes, ele parava de trabalhar apenas para ouvir o tilintar das tornozeleiras dela. Sempre que a via antes de começar, notava que ela passava os dedos pelo chão e pressionava as mãos juntas em oração.

Uma vez, Séverin se encostara no batente da porta, observando-a.

— Por que você faz isso? — Ele imitara os movimentos dela por cima, e Laila arqueara uma das sobrancelhas.

— Isso é *Namaskaram* — explicara ela. — Fazemos isso como uma oferta de oração e para pedir permissão à deusa da terra para dançar sobre ela.

Ele franzira a testa.

— É apenas dança. É lindo, mas com certeza não é nada tão perigoso que uma deusa precise dar permissão.

Séverin nunca esqueceria como ela sorrira para ele. Serena e de alguma forma aterrorizante também. Lembrava-se de como a luz do sol através do vitral iluminava sua silhueta e tornava sua beleza inumana.

— Você sabe como o mundo acaba? — perguntara ela, com suavidade.

— Em fogo e enxofre, imagino?

— Não — respondera ela, sorrindo. — Acaba numa beleza danada. Nosso Senhor da Destruição também é chamado de Nataraja, o Senhor da Dança. Nos movimentos dele, o universo se dissolverá e começará do zero. Então, sim, a gente deve pedir permissão para coisas belas, pois elas têm corações ocultos de perigos.

Lentamente, Laila caminhara na direção dele. As tornozeleiras tilintaram baixinho. Seu cabelo, longo e solto, enrolava-se em torno da cintura.

— Não consegue sentir o perigo, Séverin?

Ele sentira.

Mas não era a destruição do mundo que temera quando Laila lhe dera as costas com brusquidão e começara a praticar.

Observando-a agora, Séverin se perguntava sobre seus movimentos. Estaria ela pedindo permissão à terra para a beleza... ou perdão pela destruição? Ele não sabia como perguntar.

Quando Laila terminou, ele se virou para os outros.

— A gente sabe que a paisagem mudou bastante, então nós precisamos prestar atenção especial a quaisquer ruínas — orientou ele. — Pode ser que precisemos explorar mais sombras do que luz.

Zofia levantou a mão.

— Eu posso iluminar o caminho.

— Eu vou com ela — disse Enrique.

— Ela tá com todos os explosivos, não é? — perguntou Hipnos. — Eu também vou com ela.

Séverin revirou os olhos.

— Então eu protejo a retaguarda. O busto da sereia não deve estar a mais de meio quilômetro de distância, segundo nosso mapa.

Ele pensou que Laila caminharia na frente, mas não foi o que fez. Permaneceu alguns passos diante dele, fora de alcance. De vez em quando, ela parava e olhava em volta para a vegetação opaca. Só podia estar se sentindo inquieta. Preocupada. Ele queria confortá-la, mas e se tudo o que dissesse soasse como uma exigência indesejada do tempo dela? Laila pensaria que ele era insensível, ou, pior, que não tinha mudado nada e era um egoísta.

Ao se mover, ele sentiu as bordas do lírio de fogo de vidro Forjado no bolso da frente. Nunca devia ter comprado isso. Afinal, como daria a ela? *Toma, aceita essa coisa extremamente frágil e, por favor, não pense que se trata de uma metáfora do nosso relacionamento.*

Ele deveria espatifá-lo no chão.

Revirava essa ideia na cabeça quando Laila falou de repente:

— Queria que fosse primavera.

Séverin levantou a cabeça rapidamente. Com cuidado, deu alguns passos mais rápidos até ficar ao lado dela.

— Por quê?

— Por causa das flores silvestres — disse Laila, rindo um pouco. — Eu devia ter dado mais atenção pra elas na primavera passada.

Ela queria flores. Era estranho que, entre todas as coisas que ele não podia dar a ela, aquilo no mínimo era possível. Tomando seu tempo, ele enfiou a mão no casaco e tirou o lírio.

Ofereceu a flor para ela.

Laila parou no meio do caminho, alternando o olhar entre ele e a flor de vidro em sua mão.

— Eu comprei ela mais cedo. No mercado. Pensei... bem, na verdade eu esperava... que você fosse gostar.

Laila arqueou a sobrancelha. Pegou o lírio num gesto hesitante. Girou-o entre os dedos. A luz do sol fluiu através do cristal, pintando o chão de escarlate e laranja.

— Você gosta? — perguntou ele, antes de acrescentar rapidamente: — Não tem problema algum se você não gostar, é claro. Eu só pensei que seria... legal. Acho. E uma alternativa muito melhor do que...

Ele se interrompeu antes de mencionar o *Método do Homem Nu* de Hipnos. Um olhar de incredulidade cruzou o rosto de Laila.

— Séverin. Você tá... nervoso?

— Eu... — Ele fez uma pausa, recompondo-se. — Qual resposta te faria mais feliz?

Laila não respondeu. Mas por um momento pareceu — ou talvez ele se iludisse — como se estivesse à beira de um ataque de risos. Com um sorrisinho, ela guardou a flor na manga e continuou andando.

◆━━━━◆━━━━◆

O mapa de Forja mental os levou aos arredores de uma antiga estação de quarentena. A alguma distância estavam as ruínas de uma igreja. Atrás dela, uma torre sineira solitária feita de tijolos da cor de sangue velho se erguia contra as nuvens de inverno. O ar tinha gosto de sal e ferrugem.

No chão, Séverin não viu nada além de pilhas de tijolos, trapos pisoteados e o que restou de pás jogadas às pressas, as quais tinham um ar sombrio. Ele não queria pensar em quantas almas estavam enterradas sob o chão em que pisava.

— Onde está a estátua da sereia? — perguntou Enrique, virando-se para olhar ao redor. — Ela... ela deveria estar aqui.

Laila apertou o xale.

— O que era esse lugar?

Séverin olhou para baixo. Estavam parados nos escombros de um antigo cômodo. Ou, talvez, de um pátio, a julgar pela ruína desbotada de uma fonte. Havia camas de metal finas em vários estágios de ruína. Ao longo do semicírculo quebrado da parede, hera preta subia pela pedra, lentamente sufocando os pilares que outrora poderiam ter adornado o perímetro.

— Acho que era um quarto de convalescença... — comentou Séverin, chutando um pedaço de vidro quebrado. Era incomumente grande, mais como um painel que teria pertencido a um teto de vidro do que a uma janela. — Seja lá quem escondeu a entrada na Antiguidade não teria usado algo que pudesse ser removido com facilidade... então o que aconteceu quando foi encontrada novamente, quando as pessoas começaram a construir estações aqui? Encontraram o busto da estátua e tentaram escondê-lo? Ou celebrá-lo?

Séverin seguiu em direção à parede. Quanto mais falava, mais imaginava o cômodo como fora um dia. A luz do sol da manhã entrando pelo vidro, a fonte borbulhante e a respiração ofegante de um paciente lutando para ver a luz.

Ele esticou a mão e afundou os dedos na parede coberta de hera. Manteve os olhos no chão. Lembrou-se de um detalhe na estátua... algo sobre a forma da base do pilar.

— Talvez o construtor tenha achado estranho não conseguir mover a estátua — sugeriu Séverin. — Talvez ele até tenha tentado cobri-la com gesso ou tinta, que agora está desgastada.

Enquanto caminhava, ele afastou a terra com os sapatos até que uma forma estranha chamou sua atenção: um par de garras.

Ao mesmo tempo, seus dedos tocaram algo frio e áspero.

— Zofia? — chamou ele, baixinho.

A engenheira apareceu ao lado dele. Ela arrancou um pequeno pingente de seu colar e o segurou contra as folhas.

Tentáculos de fumaça se enrolaram no ar enquanto a hera fumegou e caiu no chão. Quando as folhas enegrecidas se dissiparam, um rosto queimado apareceu entre elas.

A sereia.

Séverin sentiu Hipnos, Laila e Enrique se aproximando. O historiador prendeu a respiração.

— Você encontrou — disse ele em voz baixa. — Mas como abrimos?

Séverin franziu a testa, olhando para a estátua.

— Na imagem, a boca da sereia se abriu... acionando a entrada.

Ele estendeu a mão, traçando as penas esculpidas com requinte que brotavam ao longo das maçãs do rosto da sereia e se fundiam ao cabelo. A boca havia sido feita no formato de uma linha franzida e irritada. Os olhos estavam fechados.

Séverin fez uma pausa e tocou de leve as pálpebras da estátua.

— Uma sereia canta para atrair os marinheiros... mas pra isso... elas precisam te ver na água — explicou ele.

— E o que tem? — perguntou Enrique.

— Os olhos desta estátua estão fechados... o que significa que ela não pode ver a gente — explicou Séverin. — Por enquanto.

Ele pressionou os dedos nas pálpebras da estátua. A pedra cedeu, um mecanismo perdido rangendo alto enquanto as pálpebras rochosas se retraíam.

— O que é isso? — perguntou Hipnos, cambaleando para trás.

Abaixo deles, o chão tremeu. Séverin esticou os braços para se equilibrar. Laila se desequilibrou, e ele a segurou pela cintura, puxando-a contra si, bem quando pedras de quartzo leitoso rolaram para dentro das cavidades dos olhos da sereia.

— Fiquem todos juntos... — Séverin começou a dizer, mas suas palavras foram abafadas quando a mandíbula da sereia se desengatou com um som que parecia o de um trovão.

A terra ao redor deles se contorceu e cedeu, e Séverin mal teve tempo de alcançar a mão de Enrique antes que uma escuridão úmida os engolisse por inteiro.

25

ZOFIA

Zofia não conseguia compreender o espaço ao redor de uma só vez. Em vez disso, captou lampejos de consciência:

A descida, tão longa que ela contara até dezessete, e o *baque*. No final, ela não caiu, mas tropeçou, como se tivesse errado o último degrau de uma escada. Algo frio tocou o dedo do pé dela. Seus sapatos faziam um som úmido. Uma pedra afiada havia feito um buraco no couro. Sob as botas, Zofia distinguia vagamente o solo molhado e siltoso, do tipo que pertencia às margens de um lago.

Os ouvidos zumbiam. Ela piscou e piscou, mas não via nada além de um círculo de luz, cuja circunferência mal ultrapassava três metros. Sua fonte vinha de centenas de metros acima, o que Zofia reconheceu como a abertura pela qual haviam caído. Percorrer tanto espaço e senti-lo como nada mais do que um tropeço indicava que haviam caído através de vários Tezcats para chegar aqui.

Mas o que era *aqui*?

Zofia ouvia os amigos chamando e se movimentando ao redor, mas os ignorou. *Uma coisa de cada vez*, disse para si mesma. Ela precisava analisar a situação, sentido por sentido... começando pela visão.

Havia uma escuridão opressiva ao redor deles. Zofia sentiu os pelos da nuca se arrepiarem. Ouviu a voz de sua mãe, bem baixinho.

Seja uma luz, Zosia.

Com mãos trêmulas, arrancou um de seus pingentes e pegou um fósforo. Mesmo antes de poder ver o que estava à frente, ela não gostou do cheiro que tinha. A caverna era terrosa e doce, mas mofada. Como lagoas de verão cheias de água de um verde doentio e moscas zumbindo. Uma nota levemente acobreada pairava por baixo de tudo. Lembrou-a de sangue. Um frio úmido se instalou em suas roupas.

Zofia acendeu o fósforo, erguendo-o até o pingente. A luz brilhou ao redor, e com ela veio uma nova calma. Sua respiração desacelerou. Séverin apareceu ao lado dela. Ele sorriu.

— Se importa em compartilhar a luz, Fênix?

Ela assentiu com a cabeça, segurando o pingente. Um por um, Séverin acendeu as tochas deles e as entregou a Enrique, Hipnos e Laila.

— Fiquem parados — pediu Séverin, levantando a tocha. — Precisamos comparar o que está diante de nós com o mapa de Forja mental. Além da pesquisa que fizemos, não sabemos nada sobre como a caverna vai reagir à nossa presença, então fiquem atentos e próximos uns dos outros.

Estalagmites enormes — Zofia contou quinze — se projetavam nas bordas da caverna, e dezenas de cogumelos floresciam nas fendas. A não mais de três metros de distância, um lago escuro se estendia por pelo menos meio quilômetro de comprimento. Estava silencioso, exceto pelo ocasional pingar de gotas d'água que escorriam do teto da caverna e caíam no lago. A água lambia uma parede de rocha preta brilhante no extremo oposto. Ela se lembrou do mapa de Forja mental, que mostrava que havia algo atrás da parede... uma luz âmbar brilhante e autômatos do tamanho de edifícios.

— Precisamos nos aproximar do lago — disse Enrique. — Eu pensei que o esqueleto dourado estaria aqui, mas não vejo nenhum...

Cada um deles deu um passo adiante. À frente, Séverin ergueu a tocha. A luz percorreu o terreno irregular antes de atingir um pedaço de mármore manchado que saía do silte a cerca de dois metros de distância. Zofia o reconheceu como a placa de mármore fino como papel que no passado estivera nas mandíbulas do esqueleto.

Mas não havia nem sinal do esqueleto.

— Isso não pode estar certo — comentou Enrique.

Ele deu um passo à frente quando Séverin o segurou pela mão.

— Cuidado.

Devagar, Enrique se agachou, tirou um par de luvas do bolso e puxou a placa antes de voltar caminhando até eles.

— Ainda diz "Perdoe-me" — disse ele, inclinando a cabeça e examinando o mármore. E então se virou. — Mas como o esqueleto pode ter desaparecido? Não há sinais de queda de pedras que tenham perturbado o lugar em que ficava. E o lago deve ter permanecido oculto até agora.

— Algo pode tê-lo levado mais fundo no lago — opinou Séverin, olhando para a água.

— Como assim? Algo como uma... criatura? — perguntou Hipnos.

Ao lado dele, Laila parecia desconfortável, passando os olhos pela caverna.

— Não dá pra ter certeza, mas nós podemos tentar fazer alguns experimentos daqui, sem mexer em mais nada. Pode ser que partes da câmara exijam ativação antes de se revelarem para nós — disse Séverin. — A melhor coisa que podemos fazer é descarregar nossos pertences, avaliar nossos arredores e, talvez, testar o lago para ver se tem reações?

Zofia concordou com a cabeça junto de Laila, Hipnos e Enrique. Séverin largou a bolsa de viagem e começou a vasculhar o conteúdo.

— Protejam os arredores e verifiquem se há algum sinal de atividade de gravação. Não podemos nos apressar nessa fase, então se movam com toda a lentidão que precisarem — recomendou Séverin. — Hipnos e Enrique, examinem a beira do lago. Laila, veja se não consegue encontrar algo não Forjado que possa nos dizer mais sobre o que esperar. Zofia, use seus dispositivos náuticos e meça as profundidades do lago. E, Enrique...

— Séverin parou, olhando para cima. — Enrique, o que você tá fazendo?

Enrique estava enfiando algo no ouvido não ferido.

— Me dando alguma proteção adicional para o caso de ter alguma sereia.

Zofia franziu a testa.

— Sereias não são reais.

— Mas elas poderiam ser uma representação simbólica de algo — argumentou Enrique. — Explosões sônicas ou dispositivos de Forja ensurdecedores, ou sei lá o quê.

— Como que mexer na cera do ouvido ajuda nisso? — perguntou Hipnos.

— CERA DE ABELHA FOI O QUE FUNCIONOU PARA ODISSEU QUANDO ELE ENFRENTOU AS SEREIAS — disse Enrique, muito mais alto do que o necessário.

Laila fez uma careta.

— Nós ouvimos.

— O QUÊ?

— Nós ouvimos... — repetiu Laila, então balançou a cabeça de um lado para outro. — Deixa pra lá!

— O QUÊ?

Séverin fez um gesto para ele tirar a cera de abelha, o que Enrique fez antes de olhar com ar de curiosidade para os demais.

— Eu trouxe o suficiente para todos? — perguntou ele.

— Como vai ouvir a gente se tem esse treco no ouvido?

— Só acenem com as mãos e eu vou ver. Consigo ouvir um pouco através das minhas bandagens, mas não muito — disse Enrique, empurrando a cera de volta para dentro.

— Não diga nada se você concorda que sou o homem mais bonito que existe — falou Hipnos, baixinho.

Enrique, que se ocupava com suas anotações, não disse nada.

— Viva! — exclamou Hipnos.

Zofia estava prestes a dizer que aquela não era uma vitória real quando Laila chamou:

— Vem ver! — Ela apontou para uma das pedras escuras que separavam a água da beira do lago. — Quase não percebi. Sem sombra de dúvida é Forjado.

Zofia a seguiu. Perto da beira da água, havia uma grande pedra cinza com uma saliência cônica oca. Zofia a tocou de leve. Já havia sido bronze, mas agora estava manchada de verde e cinza. O metal sussurrava a vontade que havia muito tempo fora Forjada em sua estrutura:

Ouça, repita e ressoe.

— É... é como um amplificador de som — constatou Zofia, confusa.

Por que o dispositivo precisaria amplificar o som se a caverna estava silenciosa?

— Vamos medir o lago e nos juntar aos outros — disse Laila. — Acho que Séverin vai querer ver isso.

Zofia largou as bolsas no chão, tirando os dispositivos de medição e um pedaço de corda de aço, o qual fora Forjado para manter o tempo todo uma resistência à tração calibrada. Ela precisaria colocar o dispositivo dentro da água sem que o perdesse. Enquanto montava os instrumentos, ela contou as coisas ao seu redor para manter o equilíbrio — sete pedras, quatro quadradas, três aproximadamente arredondadas; quatro estalactites diretamente acima dela; três prateleiras de pedra saindo da parede da caverna à direita; zero prateleiras de pedra saindo da parede da caverna à esquerda; três fósforos usados largados ao lado de sua bota.

Zofia voltou aos instrumentos de leitura, franzindo a testa enquanto traduzia as medidas. O lago era profundo, mas parecia haver uma obstrução no meio. Zofia estava prestes a chamar os outros quando passou a tocha por algo pálido se movendo nas águas rasas do lago: um crânio, tombado de lado.

Zofia gritou, recuando rapidamente.

— Zofia! — chamou Laila, correndo para o lado dela. — Você tá bem?

Zofia encarou a água, arrepios percorrendo sua pele.

Esqueletos não costumavam assustá-la. Para ela, eram como máquinas desprovidas de uso, sua *anima* havia voado para fora e se movido para outra coisa na equação invisível e no equilíbrio do mundo.

Mas a maneira como aquele esqueleto parecia ter surgido das profundezas a assustara. Havia algo em como ele virou e se inclinou para um lado... a cabeça de Hela havia virado de maneira idêntica em uma das noites em que a febre dela estava mais alta. Debaixo do cabelo loiro e dos olhos cinzentos de sua irmã havia um crânio. Talvez *já* fosse apenas um crânio.

Até aquele momento Zofia fora capaz de afastar o desconhecido de sua mente, mas ver aquele crânio trouxe seu medo para perto de seus pensamentos. Ela se sentiu paralisada por todas as coisas que não sabia, por todas as coisas que ameaçavam desfazer sua calma. Hela estava em segurança? Laila viveria? O que aconteceria com eles?

— Zofia... — chamou Laila. — Qual o problema?

A engenheira apontou para o crânio sem dizer uma palavra.

— Ah — exclamou Laila. — Não tenha medo... não é nada. A gente sabia que tinha mortos aqui embaixo, lembra? Eles não podem nos machucar... e... e tenho certeza de que tampouco estão sofrendo. Afinal de contas, estão mortos.

Zofia olhou para Laila. A amiga parecia diferente. Zofia observou seus traços: pele mais pálida, olhos fundos. Laila sorriu, o que deveria significar que estava bem, mas Zofia reconhecia aquele sorriso. Era forçado e esticado, o que significava que era um sorriso dado para o benefício de Zofia.

Hela dera o mesmo sorriso muitas vezes.

O olhar de Zofia seguiu até a mão de Laila em seu braço. Sangue escorria pelo braço dela, de um corte logo abaixo do cotovelo.

— Você tá sangrando — apontou Zofia.

— O quê?

Laila fitou o braço, as sobrancelhas franzidas e os olhos arregalados. Era um olhar de horror, percebeu Zofia. Laila tocou o corte, e seus dedos saíram pretos como óleo de máquina, e não do tom vermelho-escuro de sangue.

Sangue tinha cheiro de moedas velhas e sal. O de Laila, não. O sangue dela cheirava a metal e açúcar, e lembrou Zofia das casas mortuárias em Glowno.

— Eu nem percebi — disse Laila. Ela encarou Zofia, os olhos enormes em seu rosto. — Eu... nem senti.

Zofia sabia que não era algo comum, e sabia que os momentos incomuns de Laila faziam com que a amiga se sentisse triste e muito destoante das outras pessoas. Ela não queria que Laila ficasse triste, não quando estavam tão perto de uma solução.

— Não estou sentindo muita coisa ultimamente — comentou Laila, baixinho.

Zofia se ergueu. No momento não tinha tempo para as próprias preocupações.

— Nós vamos mudar isso — reconfortou Zofia. — É por isso que estamos aqui.

Laila fez que sim com a cabeça, limpando o sangue do braço.

— Isso... — Zofia apontou para o corte no braço de Laila — ... é um sintoma de falha mecânica. Só isso. Todos nós somos máquinas, e você não é diferente. Temos partes que quebram e precisam de conserto, e elas desempenham funções diferentes e têm utilidades diferentes. A gente vai encontrar essa parte quebrada e dar um jeito nela.

Um sorriso lento curvou os lábios de Laila.

— Então tenho sorte de você ser minha engenheira.

— Sorte é...

— Zofia — disse Laila, inclinando-se para a frente. — Fico feliz por ter você como minha amiga.

Um calor percorreu Zofia, que ficou quieta até lembrar que, quando alguém diz algo gentil, se espera que o gesto seja retribuído, mesmo que ela considerasse a informação repetitiva ou óbvia. Um som agudo de assobio interrompeu seu raciocínio.

Zofia e Laila se viraram e viram Séverin acenando com a tocha a cerca de quinze metros de distância. Elas se levantaram e foram até ele. Séverin estava em pé acima de onde Enrique havia puxado da terra a placa de mármore escrito *Perdoe-me*.

Quando chegaram, ele iluminou o chão úmido.

— Tão vendo isso?

Hipnos arqueou a sobrancelha.

— Terra misturada com... terra?

— Marcas de arranhado — explicou Séverin.

Quanto mais Zofia olhava para o chão, mais via — a terra mexida, formando trilhas limpas, a estreita distância entre as trincheiras finas fazia aquilo parecer...

— ISSO PARECE MARCAS DE GARRAS — disse Enrique, gritando.

— Nós te ouvimos — resmungou Séverin, franzindo a testa. — Tira a cera de abelha!

— É O QUÊ?

— Você tá dizendo que aquele tal esqueleto simplesmente se levantou e arrastou as garras até a água? — perguntou Hipnos.

— Algo pode ter arrastado ele de dentro do lago — supôs Séverin, mas não parecia convencido. — Qual é a profundidade da água, Zofia?

— Eu medi pelo menos vinte e cinco metros de profundidade. Também notei sinais de uma obstrução que se estende pelo meio do lago, talvez uma ponte improvisada?

— MARCAS DE GARRAS! — berrou Enrique de novo. — É um *esqueleto*. Não devia se mover!

— Talvez haja algo que Laila possa ler nas pedras? — sugeriu Hipnos. — Laila?

Zofia se virou, esperando ver a amiga atrás de si, mas Laila ainda estava à beira da água, com uma mão na pedra com os amplificadores de som.

— Eu vou buscar ela — avisou Zofia. — Nós também encontramos algo. Amplificadores de som, acho.

— Amplificadores? — indagou Séverin.

— ELA DISSE AMPLIFICADORES? — perguntou Enrique, berrando.

Zofia fez uma careta. Enrique estava muito perto. Ela apontou para as saliências cônicas na pedra, bateu na orelha e depois gesticulou amplamente com as mãos. Séverin olhou para os amplificadores, depois de volta para o lago escuro. Seus olhos se estreitaram.

— Se possível, traga um pra cá — pediu. — Corta com cuidado. Se tem amplificadores escondidos ao redor do lago, então talvez haja um gatilho que ainda não conhecemos, algum tipo de mecanismo que é a chave para acessar a parede mais afastada.

Zofia concordou com a cabeça e depois se dirigiu para Laila. Suas botas espirraram nas poças d'água que pontilhavam a beira do lago. Enquanto caminhava, um tentáculo de frio tocou o dedo de seu pé. Um arrepio subiu pela perna dela. Por um momento, imaginou que um dedo gelado acariciava o interior de seu crânio.

Zofia parou, olhando para baixo. O buraco em sua bota era maior do que ela pensava, e uma fina camada de lama escorregava sob seus dedos dos pés. Não gostou da textura dessa sensação. Na bolsa, ela embalara seda chardonnet extra. Talvez pudesse embrulhar o sapato e impedir que molhasse suas meias ou...

— *Zosia...*

Os pelos na nuca de Zofia se eriçaram. Alguém chamava por ela. E a voz não pertencia a Laila.

Quando tirou os olhos de suas botas, viu algo que não devia ser possível e, ainda assim, todos os seus sentidos confirmaram ser verdade. Uma figura saiu do lago, e Zofia reconheceu a irmã no mesmo instante.

Hela estava diante dela, estendendo a mão pálida. Usava o mesmo vestido fino de quando estava na cama adoentada. Água pingava de suas mangas. Os olhos cinzentos pareciam inchados de sono, e o cabelo parecia úmido de suor, grudando no pescoço.

— Eu pedi sua ajuda, mas você não veio. Você não me ama? Não recebeu minha carta?

A culpa asfixiou a garganta de Zofia como uma mão fria.

— Eu acabei perdendo — ela se viu dizendo.

— Como você pôde fazer isso? — soluçou Hela.

Não. Errado. Isso está errado, sussurrou algo na mente de Zofia. Ela se forçou a olhar para cima, preparada para contar as estalactites no teto da caverna. Em vez disso, viu a tinta branca da casa de seu tio em Glowno, a fratura deixada no canto perto da janela pela forte chuva daquele verão. Zofia se virou, esperando ver os amigos e a margem do lago, mas eles haviam desaparecido, e tudo o que via era a parede com retratos emoldurados e fotos da família de seu tio.

— Zosia? — chamou Hela. — Eu te perdoo se me der um abraço.

Zofia se virou.

Errado. Errado. Errado.

Olhou para os pés, parte de sua mente esperando ver a água escura lambendo suas botas. Mas só viu o tapete desgastado que outrora levava à cama de Hela e, quando olhou para cima, viu a irmã tossir baixinho no lenço, a mão pálida estendida.

Tinha que ir até ela.

Zofia deu um passo à frente, depois recuou por causa de um frio repentino.

Teria deixado uma das janelas abertas no quarto de Hela? A irmã não gostava do frio. A janela, no entanto, estava bem fechada e, ainda assim, por algum motivo, Zofia imaginou que podia ouvir a voz de Laila sendo carregada por um vento invisível, a voz rouca como se estivesse gritando e, no entanto, Zofia apenas a sentiu como um sussurro:

— *Tem alguma coisa na água.*

PARTE IV

26

ENRIQUE

Num momento, Enrique se agachava no chão, rastreando as marcas de arranhado. Como era possível? Mesmo que mudanças naturais no ecossistema tivessem deslocado o esqueleto, não era para ter deixado marcas como essas. Ao se inclinar para estudá-las, um fino jato d'água molhou sua jaqueta, atingindo seu pescoço.

Enrique estremeceu, irritado. Séverin precisava se mover com mais cuidado na parte rasa do lago. Ele se virou mais uma vez para o chão quando viu algo estranho... pedaços de cascalho quicando no silte. Uma vibração baixa percorreu a sola de seus sapatos. Era como se a terra estivesse se agitando.

Séverin agarrou os ombros dele, puxando-o de pé. A cera de abelha Forjada bloqueava o som no ouvido esquerdo de Enrique, enquanto o direito estava tão fortemente enfaixado que até mesmo um grito era registrado como um som abafado e baixo.

O grito de Séverin não era diferente.

Enrique se esforçou para ouvir através da bandagem, mas as palavras nem entravam por um ouvido nem saíam por outro. Ele ergueu a tocha, para melhor ler os lábios de Séverin.

Um erro.

Mais além de Séverin, a água preta do lago se remexia e fervia. Estalactites tremiam no teto como dentes soltos, caindo na superfície. No momento em que atingiam a água, anéis de luz floresciam na água escura.

Um segundo depois, o lago se rasgou ao meio, erguendo-se em lençóis de água que se estendiam em direção ao teto. Um brilho verde sobrenatural pulsava nas profundezas enquanto mãos esqueléticas rompiam as camadas de água e crânios sorridentes empurravam a cabeça através das ondas, olhos cegos mirando para a costa. Retalhos de seda e fios de joias quebrados circundavam os ossos de seus punhos e pescoços partidos enquanto caminhavam desconjuntados em direção a eles.

Ao redor de si, Enrique sentiu a vibração da música da mesma forma que se pode perceber a luz com os olhos fechados. Ele tinha razão. A sereia fora um aviso.

Séverin o chutou, os olhos enlouquecidos e as mãos fechadas sobre os ouvidos. Seus lábios se moviam tão rápido que Enrique só conseguiu captar algumas palavras:

ARMADILHA... NÃO ESCUTE... AMPLIFICADORES.

Um clarão de movimento chamou a atenção de Enrique. Zofia estava na água, tentando agarrar algo no ar. A trinta metros de distância, os esqueletos se curvavam em direção a ela.

Laila puxava a mão de Zofia, a boca aberta em um grito silencioso.

— Zofia! — chamou Enrique.

Mas ela não virou a cabeça. Estava tremendo, soluçando, com a mão estendida. Laila continuou puxando-a, mas Zofia não se moveu.

O canto da sereia é a última coisa bonita que você vê antes da morte.

Tarde demais, Enrique percebeu o que estava acontecendo. Fazia sentido que Laila, em grande parte Forjada, não fosse afetada por uma manipulação de Forja mental que percorria a caverna. Mas Hipnos? Séverin? Zofia? Todos estavam em risco.

Imagens de Zofia sendo puxada para baixo das ondas escuras passaram pela cabeça de Enrique. Uma náusea apertou seu estômago. Ele quase correu para ela naquele momento, antes de Séverin empurrá-lo para fora do caminho. O rapaz acenou com a cabeça na direção de alguma coisa atrás de Enrique, suas palavras ininteligíveis, exceto por uma:

AMPLIFICADORES.

— Por que eu faria isso? — perguntou Enrique. — E se isso apenas amplificar a música deles e deixar a ilusão mais poderosa?

Mas, se Séverin o ouviu, não respondeu. Em vez disso, correu atrás de Zofia e Laila. Enrique se virou para ver Hipnos cambaleando em sua direção, com um brilho selvagem nos olhos. Ele espalmava as mãos sobre os ouvidos.

Ouvidos.

Era isso! Se conseguisse mais cera de abelha, a música de Forja mental não afetaria nenhum deles. Enrique procurou pela bolsa pendurada em seu quadril. Ele a abriu com mãos trêmulas enquanto tirava a caixa clara. Certamente haveria o suficiente para todos eles. Tinha acabado de contar um quinto pedaço quando um tremor violento sacudiu o chão.

Enrique cambaleou para trás, o que fez as peças de cera caírem de suas mãos e afundarem na água. Raios cintilaram pela caverna. No espaço estreito onde a água do lago se abriu ao meio, uma estrutura brilhante emergiu do silte. Era uma ponte feita de ossos entrelaçados. Estendia-se de uma extremidade do lago à outra, e, no momento em que se libertou da terra, a parede de rocha preta do outro lado da caverna brilhou com intensidade. Um clarão âmbar atravessou a superfície, tornando-a translúcida. Por uma fração de segundo, Enrique vislumbrou o templo que estava do outro lado: enorme e irregular, flanqueado por guardiões autômatos silenciosos.

O simples vislumbre da cena o deixou sem ar. Estava tentadoramente perto, e agora talvez eles jamais conseguissem alcançá-lo.

Os esqueletos se aproximaram. Agora estavam a menos de quinze metros de Laila, Séverin e Zofia. Um pânico frio subiu pela espinha de Enrique enquanto observava a expressão de Séverin de repente ficar vazia.

Em um momento, ele estava ajudando Laila a arrastar Zofia de volta para a costa.

No seguinte, suas mãos caíram ao lado do corpo. Seus olhos se arregalaram, e ele sorriu.

Imagens piscaram diante de Enrique, como se a arte de Forja mental estivesse apenas vazando de suas bandagens. Era como se, por cima daqueles esqueletos, houvesse uma sobreposição fantasmagórica de pessoas.

A seis metros de Séverin, um Tristan fantasmagórico abriu os braços. Ao lado da ilusão de Tristan, havia uma garota que parecia alguns anos mais velha que Zofia. Usava um camisolão claro e estendia a mão. Laila gritou, puxando os braços dos dois. Água salobra espirrou em suas roupas enquanto ela cravava os calcanhares nas margens rasas.

Enrique ficou paralisado. Não conseguia tirar os olhos de Tristan — seu sorriso tímido e seu cabelo loiro despenteado. Tudo o que faltava era a tarântula no ombro dele. Uma esperança selvagem tomou conta de Enrique. E se não fosse uma ilusão? E se fosse uma recompensa por chegarem tão longe, e Tristan realmente tivesse voltado?

Mas aí a luz mudou. Debaixo das ilusões de pele fina moviam-se ossos manchados e, embora não pudesse ouvi-lo, Enrique imaginou suas mandíbulas quebradiças batendo alto. Ele cambaleou para trás, o coração acelerado.

Hipnos deu um passo à frente dele, movendo a boca e tapando os ouvidos com as mãos:

— O QUE A GENTE FAZ?

Enrique revirou a cachola. A cera havia desaparecido. Pelo que sabia, bloquear o som das sereias era a única maneira de evitar seu chamado. Enrique olhou ao redor da caverna antes de pousar o olhar sobre o pedregulho.

Os amplificadores de som.

Eles não serviam para amplificar o som da tentação... mas para afogá-lo completamente.

— CANTE! — ordenou Enrique.

Hipnos pareceu confuso. Enrique correu em direção aos pedregulhos. Agarrou uma das saliências cônicas. Anos antes, devia ter sido levemente presa, mas o tempo e a umidade praticamente soldaram o latão à pedra. Estava preso. Enrique puxou mais forte. Pedacinhos de metal ficaram em sua mão.

À frente, os esqueletos se aproximavam cada vez mais. Atrás deles, dezenas de outros esqueletos emergiam na água com a mandíbula aberta e o pescoço distendido. Um ritmo frenético percorria a água. Enrique sentia o pulsar faminto subindo por sua pele. Ele fechou os olhos e se concentrou nas saliências. Com uma última explosão de força, arrancou da pedra.

Ele arremessou para Hipnos, gritando:

— *Cante!*

Hipnos olhou para ele com ar de pânico e abriu a boca. Enrique não ouvia nada, mas sentiu a mais leve mudança no ar, como se uma brisa suave tivesse atravessado a neblina. O ritmo frenético, que até então percorria o chão, diminuiu. Os esqueletos cambalearam para trás.

Enrique agarrou o braço de Hipnos, arrastando-o para a frente enquanto marchavam em direção a Séverin, Zofia e Laila. O barulho deve ter ficado mais alto, porque agora as ilusões de Tristan e da outra garota rosnavam. Suas narinas se inflaram. Um olhar vazio e desumano surgiu nos olhos deles, tornando-os completamente pretos. A ilusão de Tristan estendeu a mão, mas Séverin recuou, sacudindo a cabeça. O esqueleto desmoronou no chão, e a ilusão desapareceu.

Enrique apontou para a ponte.

— Vão! — gritou para Séverin. — CORRAM!

Laila olhou para Zofia.

— Eu cuido dela! — disse Enrique.

Laila concordou com a cabeça. Ela e Séverin correram, água espirrando em suas pernas enquanto alcançavam a ponte de ossos. Assim que Laila a tocou, a ponte brilhou mais forte.

— Zofia! — chamou Enrique.

Mas ela não se moveu. Mesmo com a canção de Hipnos, esperançosamente afogando o canto da sereia, era como se Zofia escolhesse a criatura. Ela sacudiu a cabeça. A ilusão da garota ficou mais forte, os ossos do esqueleto mal eram visíveis. Ela olhou para Enrique e sorriu de orelha a orelha.

Seu sorriso passara uma mensagem clara: *Eu ganhei.*

— NÃO! — gritou Enrique. — Zofia, vamos!

Ele estendeu a mão para agarrá-la quando o esqueleto-ilusão deu um golpe com uma garra óssea. Aquilo puxou as bandagens dele, afrouxan-do-as. Pela primeira vez, o som o invadiu. A música de Hipnos parou, e ele respirou fundo.

Naqueles poucos segundos, uma música sobrenatural encheu os sentidos de Enrique. Era diferente de tudo o que já ouvira, como o som de luz adocicada e a risada rouca de devaneios. A música se difundiu nele como açúcar no leite quente, e o historiador poderia ter permanecido naquele momento pela eternidade se Hipnos não o tivesse cutucado bruscamente e, mais uma vez, começado a cantar.

Enrique voltou a si.

Água espirrou em seus tornozelos enquanto Zofia caminhava, de mãos dadas com o esqueleto, para dentro do lago.

— Não! — gritou ele. — Espera!

Pela primeira vez, Zofia parou. Ela olhou por cima do ombro. Enrique avançou para segurar o braço dela e arrastá-la para longe quando o esqueleto estalou os dentes. Enrique ouviu a voz dela em sua cabeça: amarga e astuta.

Jogue limpo, intruso... sua tentação contra a minha... segure-a, e eu mostrarei a ela uma ilusão tão doce que você a verá se afogar diante de seus olhos. O templo ganhará mais uma guardiã.

Enrique sentiu um caroço na garganta.

— Zofia... por favor. Volta com a gente. Olha. A ponte não está longe...

Era verdade. A ponte estava a apenas três metros de distância. Laila e Séverin já estavam no meio do caminho até o outro lado. Assim que estivessem nela, estariam seguros.

— Por que eu deveria ouvir você? — perguntou Zofia.

As ondas subiram mais alto, oscilando, ameaçando quebrar.

— Porque não podemos fazer isso sem você, Zofia! A Laila precisa de você!

Não dê ouvido a ele, Zosia. Sou eu quem precisa de você. Eu sou sua irmã. Ele não é ninguém.

A voz da ilusão mudou para tons adocicados. Enrique percebeu vaga-mente que olhava para uma ilusão de Hela, a irmã mais velha de Zofia.

Este é o garoto que jamais pensaria em te beijar, a menos que tivesse a ver com uma missão. Ele não te quer. E Laila está em segurança e bem! Ela está esperando por nós nos quartos de hóspedes. Você vai ver se seguir...

Enrique tentou tocar a mão dela, mas Zofia a puxou para trás como se tivesse sido picada.

— Ela tá mentindo, Zofia...

— Ela está certa — rebateu Zofia, com um tom de voz monótono. — Somos amigos.

— Sim. Mas... — Para Enrique, era como se estivesse levantando um véu para revelar algum canto secreto de si. — ... Mas eu gosto muito mais de você do que um amigo provavelmente deveria. Eu... *gostei* do nosso beijo. Se as coisas fossem diferentes, eu provavelmente estaria tentando descobrir como te beijar de novo...

Zofia virou a cabeça um pouco.

— É verdade?

Ele mente, irmã! Vem, vem...

— Como você sabe que gosta de mim mais do que como um amigo? — perguntou ela.

Ao redor deles, as ondas se curvavam devagar. Os esqueletos estavam a seis metros de distância. Agora cinco. A voz de Hipnos ficou arranhada e fina. Mesmo com o amplificador, a música logo acabaria.

Enrique queria mostrar a Zofia a estranha equação que reequilibrava um cômodo sempre que ela entrava nele. Queria mostrar a ela a soma de frequência com que seus olhos azul-vela e lábios vermelho-cereja surgiam em seus pensamentos. Mas ela o conhecia bem para saber que ele não processava o mundo assim, e então Enrique só podia lhe dar a resposta verdadeira

— Como sei que gosto de você? — repetiu Enrique, forçando um sorriso no rosto. — Eu não sei. Vem de algum outro lugar dentro de mim. O lugar que acredita em superstições... histórias. É uma sensação parecida com a de... pertencimento.

Zofia se virou de frente para ele. Os olhos dela se ajustaram, se arregalaram. Com um suspiro agudo, ela soltou a mão do esqueleto e cambaleou em direção a Enrique, que agarrou seu corpo trêmulo e soluçante nos braços.

— Calma, Fênix, está tudo bem, eu tô aqui — murmurou em seu cabelo.

VOCÊ NÃO PODE TOMAR O QUE PERTENCE AO TEMPLO. AGORA ELA É NOSSA...

Naquele exato instante, a música de Hipnos parou. O canto da sereia se intensificou em um crescendo, mas foi arruinado pelo som da água ameaçando cair sobre a cabeça deles.

— Agora! — gritou Hipnos.

Ele segurou a mão de Enrique, e os três correram para a ponte. A água se arqueava sobre a cabeça deles, ameaçando afogá-los. Dezenas de mãos esqueléticas pálidas se estenderam, os dedos finos cortando as bandagens de Enrique e agarrando suas mangas. A ponte de ossos parecia maior. Água girava em torno dos tornozelos de Enrique, que escorregou. Por um momento, o mundo pareceu desacelerar. Ele sentia cada segundo passando como se fosse uma agulha deslizando ao longo de sua pele.

Enquanto caía, ele empurrou Hipnos e Zofia para a ponte. A água se fechou em torno de sua cintura. Uma perna esquelética se dobrou em torno do quadril dele, o movimento uma corrupção da intimidade.

Ele piscou sem parar enquanto água borrifava em seu rosto. O brilho esmeralda do lago formava uma auréola ao redor do corpo de Hipnos e Zofia, deixando-os dourados como santos. Se aquela fosse sua última visão, Enrique ficaria feliz...

Zofia jogou algo na água. O fogo atingiu uma das cabeças esqueléticas, e a coisa rugiu. As criaturas feitas de Forja mental recuaram, e o controle que tinham sobre Enrique se afrouxou. A água bateu sobre a cabeça deles, mas, em vez de arrastá-los para o lago, fluiu sobre uma obstrução Forjada escondida. Enrique ergueu os olhos para o tubo de vidro que circundava a ponte de ossos. Água salobra fluía ao redor deles, e o único som vinha do golpe feio dos corpos esqueléticos batendo uns nos outros. No momento em que Enrique subiu na ponte, Zofia e Hipnos o agarraram pelas mãos e, juntos, correram para a luz brilhante que de repente surgiu na outra extremidade da parede.

27

LAILA

L aila não sentia nada.
Nem mesmo medo.
Ela se lembrava de correr pela ponte de ossos, em direção à parede iluminada mais ao fundo... mas agora aquela leveza havia desaparecido. E, com ela, a capacidade de sentir sensações. Não sentia as pedras duras e úmidas que só podiam estar mordendo suas pernas. O vazio se infiltrara nela no instante em que cruzaram a ponte de ossos. Sua visão continuava piscando e ficando escura. Seus pulmões deviam doer. Seu nariz devia estar cheio do cheiro mofado do lago. Séverin se virou e cuspiu água, lutando para respirar.

Momentos depois, Hipnos, Enrique e Zofia caíram na costa ao lado deles. Laila os ouviu tossir e cuspir. Ela podia ouvir Séverin falando em tom baixo e preocupado.

Mas era como se os ouvisse por debaixo d'água.

Ela deveria estar extasiada. Deveria estar chorando por terem conseguido chegar ao outro lado. Mas o vazio que se infiltrou em seu corpo era um devorador sutil. Ele sorvia a alegria dela, beliscava seu pânico e a deixava com nada além de uma casca de si mesma.

Laila disse a si que aquilo era normal. Já se sentira assim antes, e a sensação sempre voltava. Mas outra parte dela sibilou e sussurrou: *Está levando cada vez mais tempo para se sentir humana, não é, bonequinha quebrada?*

Laila se forçou a se concentrar em outra coisa e se voltou para os amigos. Quando se concentrou neles, suas vozes pareciam mais altas. Mais claras. Momentos se passaram, e seus rosto e expressões ganharam clareza. Mas, além deles, a caverna era um borrão de sombras e vazio.

Hipnos rolou para o lado, ofegando. Enrique estava deitado de costas, o peito subindo e descendo. Ao lado dele, Zofia se ergueu, segurando os joelhos contra o peito e tremendo.

— Enrique? — chamou Séverin, sacudindo-o. — Você tá ferido? O que aconteceu? Diz alguma coisa, por favor, eu imploro.

Enrique abriu a boca, sussurrando algo.

— Qual o problema dele? — perguntou Hipnos, sua voz eriçada. — Ele tá bem?

— Eu... — gaguejou Enrique, que levantou a mão e tocou em algo nas têmporas. — Falei... pra... vocês.

E então ele jogou a cera de abelha na testa de Séverin, que parecia impassível.

— Se sente melhor agora?

Enrique lançou um olhar furtivo para Zofia e depois para Hipnos.

— Um pouco.

— Você quer se levantar? Ou o peso da santidade é muito grande?

Enrique sorriu e estendeu a mão, a qual Séverin pegou e ajudou ambos a ficarem de pé.

Mais do que tudo, Laila queria sorrir. Mas seu rosto parecia congelado.

— Laila? — perguntou Zofia, olhando para ela. — Você tá machucada?

Talvez, pensou Laila. Mas não era capaz de sentir, então não sabia dizer. No início, as palavras ficaram presas em sua garganta.

— Eu não estou com dor — disse ela, devagar.

Ouviu a monotonia e a falta de emoção em suas palavras. Séverin virou-se para ela. Antes, Laila teria sentido a força daquele olhar. Agora, não significava nada. Ela se forçou a ficar de pé.

Cada movimento era como o puxão indiferente de um cordão de marionete.

— Laila — chamou Enrique. — Você foi a única que não foi afetada pelo canto de sereia de Forja mental — apontou ele.

Ele fazia parecer que era algo bom.

— Porque ela é uma deusa, claro — disse Hipnos.

— É porque eu sou Forjada — afirmou Laila. — A manipulação da Forja da mente só afeta humanos normais, pelo que parece.

Ela tentou soar leve, mas a voz saiu monótona. O sorriso de Hipnos desapareceu.

— Você é mais do que humana — contradisse Enrique, estendendo a mão e pegando a dela. — E, se não fosse, todos nós seríamos estrangulados até a morte por aqueles esqueletos.

Hipnos estremeceu.

— Pelo menos chegamos ao outro lado do lago.

Zofia franziu a testa.

— Mas nossos suprimentos, não.

— Então o que vamos fazer a respeito... *disso*? — perguntou Hipnos, desprendendo a lanterna Forjada da cintura e iluminando a parede da caverna.

A torre de obsidiana grosseiramente talhada se erguia dezenas de metros acima deles e parecia se estender por, pelo menos, trinta metros em qualquer direção de onde estavam. Blocos de pedra irregulares se juntavam nas costuras onde a parede de obsidiana encontrava as paredes escarpadas da caverna. A parede era, sem sombra de dúvida, um Tezcat de algum tipo, a julgar pelo brilho do colar de Zofia, o que significava que precisava de um gatilho para abrir por completo e chegar ao templo que acreditavam estar escondido atrás da rocha. Teria sido uma tarefa difícil mesmo com as ferramentas... mas agora?

Laila quase ficou grata por não conseguir sentir seu próprio pânico. Quando estava nesse estado, o desespero não chegava até ela.

— O que temos em mãos? — interrompeu Séverin em voz alta.

Os cinco começaram a vasculhar os bolsos e as roupas em busca das invenções escondidas de Zofia. Minutos depois, uma pilha cujo tamanho não era nada insignificante estava à frente deles. Havia três pedaços de corda que podiam ser amarrados, duas lamparinas quebradas, um bastão de dinamite, três facas, quatro caixas de fósforos, a caixa dourada contendo o frasco vazio da Forja da mente que os levara a Poveglia e um leque de renda.

Enrique se virou para Hipnos.

— *Por que* você trouxe um leque?

— Não é muito difícil eu sentir um calorão — disse Hipnos na defensiva.

— É fevereiro — pontuou Enrique.

— Eu continuo quente o ano todo, *mon cher.*

Séverin encarou a pilha e depois a parede de rocha. Caminhou até ela e passou as mãos pelo azeviche brilhante.

— Você consegue dizer se é Forjado?

Um tempo depois, Laila percebeu que a pergunta de Séverin era dirigida a ela.

Os outros se afastaram, abrindo caminho para ela até a parede. Laila abriu a boca, fechou-a. O horror costumava ser uma lenta escalada de frio subindo por sua espinha. A humilhação costumava queimar seu rosto. Agora, não havia nada além do surdo reconhecimento de que suas próprias emoções pareciam submersas e distantes.

— Laila? — perguntou Séverin, dando um passo em sua direção.

Mas Zofia a poupou de precisar responder.

— A parede é Forjada — confirmou ela. — Posso ler e ouvir metal dentro dela.

Laila agradeceu à amiga em silêncio.

— Mas não consigo determinar qual metal atravessa esta parede... é uma combinação de ligas com as quais não estou familiarizada... — disse Zofia, espalmando as mãos sobre a rocha. — E é resistente a fogo.

— Então, mesmo que a gente conseguisse explodi-la, ela não abriria? — perguntou Enrique.

Zofia balançou a cabeça em negativa.

— A parede reagiu a alguma coisa mais cedo. Houve um momento em que ficou translúcida — lembrou Séverin. — O que foi? O que aconteceu?

— Água? — sugeriu Zofia.

— Cantoria? — arriscou Enrique.

— Com sorte não foi uma onda de mortos-vivos? — tentou Hipnos.

— Muitos objetos Forjados vêm com um mecanismo de liberação, algum tipo de dica entre o artista e o público... — disse Séverin, pegando um dos fósforos e a lamparina.

— Essas são as regras estabelecidas pela Ordem de Babel — lembrou Hipnos. — Este lugar... é diferente. Até mesmo aquela música de Forja mental das sereias era diferente de tudo o que já ouvi. Era... viva?

Enrique estremeceu.

— É quase como se este lugar tivesse uma consciência própria.

Séverin bateu os nós dos dedos na parede.

— Talvez a intensidade se deva à proximidade com a fonte de toda a Forja... e, se o lugar tem uma consciência própria, então isso é bom.

— Em que sentido? — Quis saber Hipnos. — Esta caverna poderia muito bem decidir que tá cansada de nos ver hesitar e fazer com que sejamos engolidos pelo lago!

— É bom porque... como qualquer ser vivo, ela possui um desejo de autopreservação — esclareceu Séverin, levantando a tocha na direção das paredes escarpadas da caverna de obsidiana. — Imagino que, se alguma parte dela realmente fosse ameaçada, haveria dicas para libertar o que quer que estivesse dentro ou para acessá-lo para que o conhecimento não se perdesse para sempre.

A parede de rocha se estendia como um espelho cortado. O rosto de Laila se refletia ali mil vezes, e ela prendeu a respiração ao olhar para sua bochecha machucada, o corte no lábio, os olhos fundos e o cabelo lambido.

Boneca quebrada, boneca quebrada, cantava uma parte cruel de sua mente. Laila se lembrava vagamente de todas as noites que passara dançando no *Palais des Rêves*, o rosto maquiado à perfeição, o reflexo brilhando na sala cor de champanhe forrada de espelhos e lustres. Mas, por trás de todos os sorrisos brilhantes e das pérolas, estava a verdadeira *L'Énigme*: machucada e afiadíssima, a morte em sua mão e mistérios em seu sangue. A caverna não mostrava nada que ela não soubesse de si mesma, e Laila se recusava a ser intimidada.

Pela primeira vez na última hora, uma sensação ardeu na ponta de seus dedos. Ela curvou a mão, sentindo a rigidez do frio, que pinicava. Ela sorriu e em seguida estendeu a mão. No momento em que sua pele tocou a pedra, uma consciência desconhecida atingiu sua mão.

Laila a afastou de imediato.

— O que foi isso? — perguntou em voz alta.

Séverin franziu a testa.

— O que foi... o quê?

Laila deslizou o olhar para a parede.

— A parede... ela tem *emoção*. É como Enrique disse. Tem uma consciência em ação aqui.

— Eu odeio esse lugar — choramingou Hipnos.

— Que emoção você tá lendo? — perguntou Séverin.

Hesitante, Laila colocou a mão mais uma vez na pedra. Esperava que aquela onda de consciência desconhecida estivesse irritada... e até que fosse *hostil*. Mas era quente. Complacente.

— Ela... está preocupada — disse ela, virando-se para os outros. — Com a gente.

Hipnos piscou, depois levantou as mãos.

— Estou lisonjeado? Perturbado? Ambas as coisas?

Aos poucos, a luz brilhou na superfície rochosa. Não era em nada parecida com a infusão de translucidez e âmbar que eles vislumbraram enquanto corriam das falsas sereias no lago. Era mais como uma veia de ouro inesperado brilhando a cerca de seis metros do chão.

A luz ziguezagueou pela pedra, iluminando uma sequência de letras.

Δώρο των θεών

— *Dóro ton theón* — traduziu Enrique em voz alta. — O... presente... dos deuses?

— Os deuses nos presentearam com uma parede de pedra? — perguntou Hipnos.

Séverin o ignorou.

— O que os deuses *deram* de presente aos humanos? A terra, talvez?

Enrique se ajoelhou, pegou um pouco do sedimento em suas mãos e o lançou contra a pedra. Nada mudou.

— Fogo? — sugeriu Hipnos. — Foi o que Prometeu deu de presente para os humanos, não foi?

— A parede é resistente a fogo — lembrou Zofia. — Tenho certeza disso.

— Talvez haja outra pista em alguma parte da parede? — perguntou Enrique.

— Podemos nos dividir e procurar — disse Séverin. — Nossas lamparinas não iluminam muito. Se virem algo, gritem. Eu vou ficar aqui e ver se mais alguma coisa aparece ao lado da escrita.

Laila assentiu com a cabeça.

— Eu fico com o lado esquerdo.

Enrique e Zofia partiram para explorar a parede à direita, e Hipnos correu atrás deles, um feixe de luz brilhante saltando na escuridão.

Laila mal se movera seis metros quando uma dor aguda no tornozelo a fez escorregar. Ela estendeu a mão, agarrando-se a uma das pedras irregulares, e gemeu. Uma dor irradiou atrás de suas costelas, e Laila se lembrou vagamente de Séverin a empurrando para fora do caminho de uma mão esquelética que a agarrava enquanto fugiam para a ponte. Na hora não sentira, mas agora sim.

Aos poucos, mais dores foram se espalhando pelos sentidos de Laila, o que a fez ranger os dentes. Ela deu mais alguns passos antes que a dor voltasse a atingir seu tornozelo. Desta vez, quando escorregou, não foram as pedras que a seguraram, mas Séverin.

— O que você não tá me contando? — perguntou Séverin, a voz baixa e sombria.

— Meu Deus! — exclamou Laila, levando um susto e se afastando dos braços dele.

A luz da lamparina captou o sorriso de canto dele.

— Por enquanto, não.

— Muito charmoso e blasfemo, agora me dá licença...

— O que você tá escondendo de mim?

— Não é nada...

Séverin bloqueou o caminho dela.

— Já não jogamos essa partida vezes demais?

Laila mordeu o lábio com força. Força demais. De repente, a sensação de dormência esvaneceu. Mais uma vez, seus olhos conseguiram distinguir as cores em tom de ameixa e escarlate nas pedras escuras da parede da caverna. Sentia o cheiro da água do lago, da terra enjoativa, e saboreava o gosto metálico do próprio sangue na língua. Atravessando tudo isso, a presença de Séverin, que cheirava a fumaça e cravo, estava diante dela, a luz formando uma meia auréola ao redor dele, ansioso e vitorioso como um rei. Não era em nada diferente daquela noite no *mascherari*, quando o toque dele a devolvera a si mesma e seu sorriso havia sido tão convencido. Como se já soubesse que apenas ele poderia ter esse efeito.

— Por que você tem que fazer isso comigo? — perguntou ela.

Séverin virou a cabeça, a vergonha brilhando nos olhos.

— A única coisa que estou fazendo é verificar se você está bem, porque parecia ter se machucado. Só queria te ajudar. Eu... não estou aqui pra encurralar você com meus sentimentos, Laila. Sei que você me acha egoísta, mas me dá pelo menos o benefício da dúvida.

Laila quase riu. Como poderia dizer a ele que não tinha nada a ver com isso?

— Só estou agindo como um amigo faria — disse Séverin.

— Então isso faz de nós amigos?

Séverin arqueou uma das sobrancelhas.

— Acho que já passamos dessa classificação.

Laila olhou para ele e logo desejou não o ter feito. A luz inclinada destacava os ângulos reais do rosto dele e o formato lupino de sua boca. Séverin parecia muito confortável na escuridão e, ainda assim, se perguntava por que ela não o considerava seguro.

— Me diz o que está errado, Laila — pediu ele, baixo. — Me diz para que eu possa dar um jeito.

Laila hesitou por um momento e, então, as palavras que lutara para reprimir explodiram de sua boca:

— Sua presença... seu toque, na verdade, faz mais do que o suficiente. Ele fez uma careta confusa.

— Não entendo.

Laila abriu um sorriso cansado.

— Eu tô morrendo, Séverin. E meu corpo, eu acho, está se preparando. Quando me machuco, a dor leva horas pra me encontrar. Meu sangue não parece mais vermelho. Às vezes não consigo ouvir. Ou ver.

Horror se instalou nos olhos dele. Um músculo em sua mandíbula se contraiu.

— Não esquenta muito a cabeça por minha causa — disse Laila. — Talvez te agrade saber que as sensações de vazio tendem a se dissipar mais rápido quando você... — Sua verborragia vacilou. — Quando você me toca. E, antes que pense que o mérito é todo seu, saiba que, em algum momento, as sensações *voltam*, mas você... acho que você as amplifica, de alguma forma. Não sei como. Pronto. Está satisfeito consigo mesmo e suas habilidades divinas? Você vai se gabar disso pra todo mundo?

— Laila... — A voz de Séverin era leve.

— Vou precisar implorar para que você me faça sentir viva? — perguntou ela, uma risada áspera saindo da garganta.

A risada dela fez a luz da lamparina tremeluzir, depois se apagar. Uma escuridão repentina recaiu sobre eles. Séverin ficou quieto por um momento e, então, a voz dele a encontrou nas sombras. Ele havia se aproximado.

— Não tem por que implorar por algo que eu daria sem pensar duas vez. É isso o que você quer de mim, Laila?

Laila podia não ter ouvido a canção da sereia na caverna, mas o sangue dela respondia a um chamado diferente. O ritmo da lembrança a preencheu — a boca de Séverin em sua pele, seu nome nos lábios dele.

O mundo lhe dizia que ela era mil coisas: uma garota esculpida de terra de túmulo, uma donzela da neve flertando com o degelo da primavera, um fantasma exótico para os homens fixarem seus desejos, apenas para impedi-la de ter uma condição social superior.

Mas, com Séverin, ela sempre era Laila.

O chão molhado fez um ruído úmido. Séverin tinha dado um passo na direção dela, colocando um fim à distância que os separava. Mesmo no escuro, ela percebia que Séverin estava completamente imóvel.

Pela primeira vez, era ele quem estava esperando, e Laila saboreou esse momento por apenas um suspiro antes de estender a mão e o tocar no rosto. Séverin gemeu, qualquer imobilidade que conquistara desapareceu no segundo em que ela o tocou. A lamparina caiu no chão, e ele esmagou Laila contra si em um beijo.

Laila muitas vezes pensava no que significava se perder num beijo. A sensação tão inebriante e sufocante de que o mundo além do gesto deixaria de existir. Mas, neste beijo, Laila não estava perdida, mas encontrada. Seus sentidos ficaram afiados como diamantes, seu corpo parecia uma coluna de chama devorando avidamente cada cheiro, textura e gosto que conseguia encontrar enquanto ele a empurrava contra a parede.

— Vocês estão bem? — gritou Enrique. — O que foi esse barulho?

Laila se afastou. Houve uma pausa, um suspiro suave, e então...

— Estamos bem — respondeu Séverin, sem fôlego. — Eu deixei a lamparina cair.

Laila ouviu um som de *riscado* familiar quando o fósforo se iluminou e Séverin reacendeu o pavio. A luz brilhou entre os dois e, com ela, o conhecimento muito claro de que Laila cometera um erro egoísta.

Ela olhou para Séverin, pronta para se desculpar, mas a expressão dele a deteve. Os olhos violeta de Séverin poderiam ter a cor exata do sono, mas seu olhar estava inquieto e vivo, febril de desejo. Por ela. Era demais. Todas as marcas que ele deixara no coração dela a tornaram muito sensível para suportar aquele olhar, então disse a primeira coisa que lhe veio à mente:

— Obrigada.

Séverin fechou os olhos e, Laila soube que dissera a coisa errada.

— Por favor, não me agradeça por algo que eu já queria dar.

— Eu... eu não tenho mais nada pra oferecer.

— Você já disse isso. — Ele deu as costas para ela, a mão na parede, a cabeça baixa, como se quisesse descansar a testa na pedra. — Eu no mínimo te fiz sentir viva, Laila?

Laila fez que sim com a cabeça, então percebeu que ele não a enxergava.

— Fez.

Mas ele também a fez sentir outras coisas, e a sensação no coração de Laila era como ar soprado em uma ferida recém-aberta. A única coisa que a curaria era o tempo, um produto de que quase já não dispunha.

— Então, por isso estou feliz — disse ele.

Ele respirou fundo, suspirando. No momento em que Séverin se afastou da pedra, uma luz âmbar acendeu acima. A luz súbita era como uma janela revelada de repente pela abertura de cortinas.

Laila arfou, surpresa, e Séverin levantou a cabeça a tempo de ver o clarão de radiância repentina. Floresceu exatamente onde a mão dele tocava a parede, expandindo-se até o tamanho de um grande prato de jantar.

Um segundo depois, a mão de Séverin derreteu na pedra. Uma luz brilhante como joia iluminou seu punho submerso apenas pelo tempo de Laila vislumbrar um canto do que havia dentro...

Paredes esculpidas, centenas de degraus de pedra sumindo de vista, mãos de bronze maciças. Um chão que parecia o céu abobadado do paraíso, e um teto rico e verde como o Éden.

Mas, assim que vislumbrou aquilo, a imagem desapareceu.

A transparência veio e se foi.

Não muito longe, Laila ouviu os outros chamarem e voltarem correndo enquanto a luz âmbar diminuía, já começando a desaparecer. Séverin tirou a mão a tempo de a parede de obsidiana áspera se fechar, rápida como um piscar de olhos.

Enrique, Hipnos e Zofia chegaram, sem fôlego, ao lado deles.

— Como você fez isso? — perguntou Enrique.

Séverin encontrou os olhos de Laila na penumbra.

— Não faço a mínima ideia.

28

SÉVERIN

Séverin tocou a parede de obsidiana, passando as mãos sobre os feixes salientes de rocha brilhante.

Para onde fora a luz?

A radiância tinha sido repentina. Quase violenta. Contra a pele dele, Séverin sentiu o pulso da lira ficar frenético, as cordas queimarem. Um momento depois, tudo havia se desmoronado de volta à escuridão. Mesmo o batimento cardíaco da lira desacelerou.

Quando ele piscou, viu a impressão fantasmagórica da luz. Era como o beijo de Laila tudo de novo. Em um momento, ela estava em seus braços, ardendo como uma estrela, e aí, com a mesma rapidez, estava fora de seu abraço. O choque de um estado para outro foi o que o forçou a se voltar para a parede de pedra.

Estava impotente. Estava perdendo Laila — não o amor dela, não a atração que sentia por ele —, mas *ela*. Se Laila precisasse beijá-lo até o coração dele se partir para se sentir viva, ele ofereceria na mesma hora. Se ela precisasse de sua esperança como combustível para sentir calor, ele se veria em chamas.

Mas ele não podia curá-la.

Ele não conseguia abrir a maldita parede.

E então...

Luz.

Em um momento ali e, no outro, já tinha sumido, deixando-o não com desespero, mas raiva. O céu não ousaria excluí-lo, não agora. Séverin teria aquilo pelo que tanto lutara... de uma forma ou de outra, ele afundaria os dentes naquela luz âmbar e agarraria o poder através de sua garganta macia e peluda até possuí-lo.

— Eu não entendo — disse Enrique. — A escrita na parede era clara: *dóro ton theón*, "o presente dos deuses". Foi aqui que a translucidez apareceu, não foi?

Séverin confirmou com a cabeça.

— Sua lamparina encostou ali? — perguntou Zofia, batendo na pedra com seu fósforo.

— Não — disse Séverin.

— Mas isso significaria que não é fogo, embora tudo aponte pra esse elemento e Zofia já tenha dito que é à prova de fogo! — reclamou Enrique. — Já tentamos terra. Será que teve a ver com as ondas? Não que eu ache que deveríamos *chegar perto* daquele lago...

Séverin o ignorou. Antes que alguém pudesse detê-lo, deu alguns passos em direção ao lago, pegou água na palma da mão e a lançou contra a parede.

A água escorregou pela pedra.

— Você não fez isso! — gaguejou Enrique. — Por quê?

Séverin secou as mãos no paletó.

— Agora sabemos que não é água.

— Nem luz, nem água — resmungou Enrique. — O que mais teria sido um presente dos deuses? Livre-arbítrio?

Hipnos pigarreou.

— Eu *ordeno* que você se abra!

A parede de pedra permaneceu indiferente.

Séverin inclinou a cabeça para um lado, pensando em aquisições anteriores. *Não siga as pistas, siga o lugar.* A história desse lugar em específico era, por si só, um tesouro. Séverin imaginou que era o criador deste lugar, o mestre de uma caverna brilhante cheia de terrores saídos dos mitos.

— Eu poderia tentar os explosivos — sugeriu Zofia, com ar pensativo.

Enrique cruzou os braços.

— Eu sei que fogo é seu elemento, mas...

Ao ouvir as palavras de Enrique, algo cutucou os pensamentos de Séverin.

— O que você acabou de dizer?

Enrique arqueou uma sobrancelha.

— Eu estava dizendo a Zofia que explosivos dificilmente são a resposta.

— O que você disse *exatamente*?

— ... Eu sei que fogo é seu elemento?

— Isso — disse Séverin lentamente. — Temos o elemento errado.

— Como assim? — perguntou Laila. — Fogo e terra não funcionam. A água não teve efeito, e o ar está ao nosso redor.

Séverin deu um passo em direção à parede. Seus sapatos escorregaram e fizeram um ruído encharcado. A terra não era como a do outro lado do lago. E não era simplesmente por causa da umidade.

— O que é isso? — perguntou ele, levantando a perna e examinando a sola do sapato.

Zofia se ajoelhou, tocou o chão e estudando os elementos que o compunham.

— Argila.

— *Argila*? — ecoou Enrique. — A outra margem era feita de argila?

Zofia negou com a cabeça.

Um sorriso lento curvou os lábios de Séverin.

— Agora eu entendi.

Ele pegou um punhado de argila e a apertou, a lamparina esquecida a seus pés e lançando uma iluminação sobrenatural em suas mãos.

— Qual foi o presente de Deus para o homem depois que fomos moldados de algo tão básico quanto a argila?

— Vida? — disse Hipnos.

— Não — corrigiu Laila, sorrindo. — *Respiração*. Esse é o nome da Forja na Índia... o *chota sans*.

Séverin reconheceu aquela frase: *a respiração curta*.

O resto do mundo tinha cem nomes e explicações para a arte que o mundo ocidental chamava de "Forja". Mas essa arte funcionava da mesma forma, não importava o nome que carregasse.

Séverin colocou a mão na parede de pedra.

Antes, ele havia se afastado de Laila, suspirando — expirando — e odiando o quanto era impotente. Agora, quando exalou, estava cheio de esperança. Fazia frio na caverna, e sua respiração se ergueu diante de si, mantendo a forma no ar por um instante antes de se desfazer na pedra...

A luz floresceu.

A luz não era maior que a extensão de sua mão, mas ainda era uma janela... uma abertura através da qual um canto do templo era revelado. Através do brilhante painel de âmbar, Séverin vislumbrou degraus irregulares. A voz da mãe dele soou clara como um sino em sua cabeça:

Em suas mãos estão os portões da divindade.

Uma sensação de leveza e tontura o invadiu. A pulsação da lira divina, como um batimento cardíaco sobre o dele, parou... depois se sincronizou. Como se fossem um só. Mesmo quando a luz se apagou, Séverin sentiu como se ela tivesse se movido dentro dele enquanto ele se virava para os outros.

Enrique parecia impressionado. Zofia estava de olhos arregalados. Laila mordeu o lábio, o peito subindo e descendo como se não conseguisse inspirar ar suficiente naquele momento. Mesmo Hipnos, sereno e sorrindo como sempre, sacudiu a cabeça, tentando dissipar o que havia visto.

—Antes de fazermos isso... quero me desculpar antecipadamente por todo o alho que comi na Itália — disse Hipnos.

— Não é necessário soprar — explicou Zofia. — É necessário um golpe de ar. Foi por isso que mais cedo o quebrar das ondas nos revelou sua translucidez.

— Como vamos fazer algo assim? — perguntou Laila, procurando algo na costa.

Hipnos pegou o leque no bolso e o abriu.

— Não. Tem. De. Quê.

Séverin sorriu, mas Enrique perguntou:

—Vai mesmo funcionar?

— Acho que só tem um jeito de descobrir — disse Séverin. Ele incentivou Hipnos com um assentir de cabeça. — Vamos?

Hipnos girou o leque entre os dedos, depois o abriu com destreza. Quando ele se virou para a parede, Séverin percebeu que o sorriso em seu rosto murchou. A garganta dele subiu e desceu. Uma expressão rara roubou o rosto do patriarca... uma de nervosismo verdadeiro. Hipnos olhou para Laila, que sorriu. Séverin estendeu a mão, agarrando seu ombro por um momento.

Hipnos rolou os ombros para trás e começou a abanar. Poeira voou da pedra dentada. Veias de luz serpentearam para cima das raízes da parede de pedra. À medida que a luz foi ficando mais brilhante, Séverin se perguntou o que a caverna diria se pudesse falar. Laila dissera que o lugar havia uma consciência desconhecida e sentimentos fluindo pela pedra. O que aquilo faria com eles?

Um arco alto em forma de lágrima se formou na rocha. Suas bordas brilhavam.

Ninguém falou enquanto o grupo cruzava o limiar.

Embora fosse o lugar que poderia ter inspirado uma baderna de línguas e o início dos idiomas, as palavras não foram suficientes quando Séverin contemplou o que estava diante deles.

Do outro lado do limiar havia uma ilha envolvida em névoa. Não pertencia a nenhum país. Talvez nem pertencesse a este mundo.

Névoa prateada envolvia os limites do templo, dando a impressão de que estava fundido ao luar. Uma imagem derretida do céu noturno adornava um amplo piso de vidro que se formava perto da borda de suas botas. A arte era tão vívida que o estômago de Séverin revirou, imaginando que poderia cair através da escuridão entre as estrelas.

A trinta metros de distância, apareceram os primeiros degraus do zigurate. Séverin ergueu o queixo... e *continuou* erguendo... e ainda não via onde o zigurate terminava. Imaginava que um templo assim arranharia o céu, mas, em vez disso, parecia desaparecer em um jardim suspenso e exuberante. Como o próprio Éden de cabeça para baixo. A névoa prateada destacava flores da cor de pérolas e vinhas grossas que se estendiam como o aperto firme de um novo amante. A floresta exuberante se curvava para baixo, descansando sobre os ombros de dois autômatos gigantescos que ladeavam o zigurate. Na penumbra, eles pareciam esculpidos em sombras. Seus rosto eram serenos e impenetráveis. Em cima da cabeça, usavam coroas de pedra intrincadamente esculpidas.

Quando respirou fundo, Séverin captou o rastro persistente de incenso no ar. E, quando fechou os olhos, ouviu um vento impossível sussurrando entre os galhos.

Ele não tocou em nada.

Em vez disso, o templo fez questão de tocá-lo.

29
ZOFIA

Zofia não se considerava muito religiosa. Crescera indo à sinagoga e ouvindo sobre os feitos de Deus, mas havia lutado para entender o raciocínio divino por trás das ações. Por que Ele punia? Por que machucava? Por que Ele concretizava? Quais eram as constantes por trás de suas escolhas?

Quando ela perguntava, ninguém conseguia dar uma resposta. Afinal, Deus não era um ser cujas expressões ela era capaz de estudar e contextualizar.

Apenas o pai entendera a frustração dela.

— Gosto de pensar no divino em termos de um fator desconhecido — comentou ele. — Pense no universo como uma equação infinita, Zosia. Talvez as coisas que são adicionadas e subtraídas... novos irmãos ou casas e países perdidos... talvez elas apenas sejam parte do equilíbrio dessa equação... cuja soma não podemos ver.

— Mas então a gente nunca vai entender — resmungou Zofia, franzindo a testa.

— Ah, Zosia — disse seu pai, sorrindo de orelha a orelha. — Quem disse que devíamos entender?

Quando ele sorria daquele jeito, significava que não havia nada com que se preocupar, e Zofia sentira um nó se desfazendo dentro de si.

— Acredito que nós estamos destinados a coisas mais maravilhosas, entende? — dizia seu pai. — Estamos destinados a viver o melhor que pudermos com o que nos foi dado. O tempo é o denominador comum para todos nós, e não é infinito.

Zofia gostara dessa explicação, mesmo que de vez em quando a frustrasse. Ao longo dos anos, ela se agarrou às palavras do pai. Pensou naquela equação grandiosa e desconhecida quando os pais morreram, quando ela foi expulsa da escola, quando Hela ficou doente.

Não era uma crueldade, mas um equilíbrio.

Isso era tudo.

Ela não precisava ver ou entender a equação para confiar que existia.

Mas agora, parada no estranho limiar entre a caverna e o templo, Zofia *sentia* aquela equação.

Nunca gostou da sensação da Forja mental. Era a intrusão de uma imagem e um sentimento desconhecidos. O que ela viu e sentiu naquele segundo era algo completamente diferente.

Era como se o templo estivesse contando sua própria história. No fundo dos olhos, Zofia vislumbrou o que deveria ter sido impossível. Sentiu o conhecimento das centenas de mãos que haviam batido palha e lama, alimentando os fogos de mil olarias. Ela ouviu dezenas de línguas cujos nomes não conhecia e, ainda assim, entendeu o que estava sendo dito:

Mantenha protegido. Mantenha escondido. Não olhe.

No fundo do peito, Zofia se sentiu tomada por uma imensa leveza... como se tivesse espiado além da beira de um penhasco acima de um abismo sem luz.

As sensações desapareceram instantaneamente.

De repente, Zofia abriu os olhos. Estava com a mão na boca. Ela não se lembrava de a ter levado até lá. Os dedos roçaram a curva acima do lábio superior.

— Bem aqui — dissera Hela uma vez no escuro. — Foi aqui que o anjo pressionou o polegar e trancou todos os segredos do mundo, logo antes de nascermos.

Zofia gostara da história, mesmo achando a lógica falha e implausível. Neste instante, ela respirou fundo e se sentiu mais calma do que se sentira havia muito tempo.

Aquela presença de uma equação enorme foi breve, não mais do que um fósforo riscado e rapidamente gasto. Mas o sentimento permaneceu... a sensação de que, por um momento, alguma parte do universo lhe havia sido destrancada.

30

ENRIQUE

Enrique cambaleou para a frente quando o templo soltou sua mente. Olhou para o piso de vidro noturno... o enorme zigurate que desaparecia em um teto recoberto de floresta.

Ainda sentia o cheiro dos tijolos secos ao sol. Seus ouvidos retiniam com o eco de mil orações desaparecidas. E, no final de tudo, ficou impressionado.

Enrique buscara provas de sua pesquisa nos cantos de mapas antigos e rasgados e na pátina verde-azulada em artefatos de bronze antigos... nunca sonhara em vê-la de verdade. Em sua mente, ele podia imaginar aqueles povos antigos colocando as cordas da lira divina. O rótulo que o mundo ocidental lhes dera era tão pequeno. Não eram apenas as Musas Perdidas. Tinham outros títulos de outras nações... eram sacerdotisas de deusas não adoradas... e mesmo que momentos antes Enrique conhecesse aqueles outros nomes, agora eles se dissolviam em obscuridades na língua do historiador.

Era estranho, pensou, com uma risada repentina. Como historiador, ele via o mundo em retrospecto, mas a história nunca estava morta. E sim furiosamente viva, mesmo que perdida, mesmo que existisse apenas como fantasmas assombrando conquistadores ou tecida em histórias de ninar sussurradas para crianças.

Durante toda a vida, Enrique traçara os recantos da verdade naquelas histórias e *acreditara* ferozmente, mas agora ele *sabia*. A diferença era mais do que noite e dia... era como estar diante do primeiro amanhecer e assistir ao mundo entrar em foco.

— Eu... eu não acredito nisso — exclamou ele, tentando falar do que havia testemunhado.

Ao lado dele, Laila tremia em silêncio. O coração de Enrique disparou, pensando que ela estava chorando... mas não. Estava rindo. Ele não a via rir assim havia mais de um ano. Um suspiro alto chamou sua atenção. Hipnos ajoelhou-se no chão com os lábios entreabertos e os olhos arregalados. Mesmo Zofia parecia atordoada.

Por fim, levou o olhar até Séverin, e por um momento foi como se nada nunca tivesse azedado entre eles.

Séverin sorriu, e Enrique reconheceu aquele velho sorriso. Era o olhar de descrença que era ao mesmo tempo maroto e abestalhado que costumava se seguir a uma aquisição bem-sucedida.

E, desta vez, Enrique compartilhou daquele sorriso.

Em silêncio, se viraram para o templo. A maravilha do lugar não havia minguado, mas agora seus olhos se ajustaram à claridade. Pouco a pouco, ele conseguia destrinchar todos os detalhes... *notar* como o lugar se juntava.

Havia algo nos autômatos gigantes que chamou sua atenção. Ele presumira que eram autômatos, mas não se moviam.

Enrique nem percebeu que tinha dado um passo à frente até Séverin levantar o braço, bloqueando seu caminho bem antes que sua bota tocasse o piso de vidro, cuja circunferência era cercada por um anel de um metro de largura do mesmo chão de argila macia do lado de fora.

— Espera — pediu Séverin, manso.

— O que há pra esperar, *mon cher*? — perguntou Hipnos, sorrindo de orelha a orelha. Ele estendeu uma mão, gesticulando para o zigurate. — Sabemos exatamente pra onde ir! Basta subir os degraus e *voilà*! Vida eterna, alegria eterna... Laila eterna.

Laila chacoalhou a cabeça, sorrindo.

— Sim... sim a tudo isso e mais — disse Séverin, olhando para ela. Enrique notou algo doloroso cintilar nos olhos dele. — Mas não podemos arriscar imprudência... ainda não. Precisamos entender os nossos arredores primeiro.

— Minhas ferramentas já eram — informou Zofia. — Não tenho nada além do meu colar de Tezcat, fósforos e isso... — Ela levantou o braço.

Hipnos franziu a testa.

— O uso do braço direito?

— Não — respondeu ela. — É uma manga Forjada que pode funcionar como uma tocha sem ferir o indivíduo. Enrique também tem uma.

— Tenho? — perguntou ele.

Ela assentiu com a cabeça, apontando com o queixo para o pedaço de tecido prateado que ele havia amarrado em volta do braço. Era um remanescente dos trajes de *Carnevale*. Enrique o guardara como um amuleto da sorte.

— Tudo bem, mas não precisamos de fogo — disse Séverin. — O que realmente precisamos são facas e cordas caso algo nos obstrua... Temos isso?

Zofia balançou a cabeça em negativa.

— Tenho isso? — falou Hipnos, acenando com o leque.

— Talvez tenha algo sobrando nas bolsas — sugeriu Laila. — Passem elas pra mim.

Séverin tirou a dele do ombro, entregando-a.

— Perdi a minha — disse Enrique, pensando nas sereias esqueléticas.

— Isso não vai adiantar muito — comentou Zofia, mostrando o colar.

— A minha tá do outro lado da caverna... — lamentou Hipnos.

— Acho que vamos ter que confiar nos nossos poderes de observação — constatou Séverin. — O que você vê? Enrique? O que te chamou atenção?

Enrique apontou para os autômatos gigantes.

— Eu pensei que fossem... reis — disse ele, devagar. — Mas agora não tenho tanta certeza. Acredito que a arte seja do período Pala, do século XI, do sul da Ásia. Notem as expressões serenas, quase tântricas... olhos pesados, boca relaxada... provavelmente influenciadas pelo budismo.

— São guardas? — perguntou Séverin.

— Não acho que sejam... eles não carregam armas — argumentou Enrique. — Se são os autômatos que acho que são, então eles deveriam estar em posse de... como é mesmo, Laila?

— *Bhuta vahana yanta* — disse Laila, franzindo a testa enquanto puxava um pedaço de corda desfiada. A caixa dourada que antes guardara o mapa para Poveglia capturou a luz. — Tecnicamente, significa máquinas de movimento espiritual, mas acredita-se que sejam alimentadas pela Forja.

— Exatamente — disse Enrique. — Mas não vejo nenhuma máquina.

— Poderiam estar em... seja lá o que é aquilo? — perguntou Hipnos, gesticulando para a névoa prateada que envolvia o templo.

— Talvez? — indagou Enrique. Ele não gostou da ideia de algo espreitando na névoa. Observando-os. — Mas a chave é *não* desencadear sua aparição.

— Justo, mas como evitamos que eles apareçam? — Quis saber Hipnos.

Séverin olhou para o chão, franzindo um pouco a testa.

— A sala sempre foi assim nas imagens que o templo mostrou pra gente?

Enrique tentou relembrar todas as imagens que haviam passado por sua cabeça. Lembrava-se da luz do sol formando um halo ao redor do zigurate.

— O chão... — apontou Zofia. — Está... está mudando.

Enrique abriu os olhos de repente. De fato, o chão de vidro diante deles aos poucos foi clareando. As estrelas desapareceram. Um toque de rubor surgiu da base do zigurate. Ele se virou para perguntar a Séverin o que achava que poderia significar, quando um som estranho atravessou o ar.

— O que foi isso? — perguntou Hipnos, dando meia-volta.

Atrás deles, o arco feito pelo leque de Hipnos ainda brilhava intensamente. Algo cintilou ao longe. Luz da água, talvez?

— Séverin — chamou Laila, incisiva.

Enrique olhou para ela. Momentos antes, Laila estava vasculhando o conteúdo das bolsas deles. Mas agora segurava a caixa dourada com tanta força que os nós dos dedos ficaram brancos.

— A caixa é Forjada — disse ela.

Os olhos de Séverin se arregalaram.

— O quê?

— Eu acho que...

Algo retumbou à distância, sacudindo o chão. Enrique perdeu o equilíbrio, seus braços girando. Outro estrondo sacudiu o templo. Do outro lado do arco, estalactites despencaram no lago.

Um gemido agudo varreu o templo, arrepiando os pelos dos braços de Enrique. Pelo vazio que cercava o zigurate, brotaram fumaça e neblina. E, acima deles, o teto de mata exuberante tremeu. Videiras e galhos caíram no chão brilhante. A ferida de Enrique latejou de repente, e ele fez uma careta enquanto levava a mão para cobri-la.

— O que está acontecendo... — Hipnos começou a falar, mas suas palavras foram engolidas quando o arco foi tomado por chamas crepitantes.

Uma explosão jogou Enrique para trás. O mundo girou. O ruído sangrou para o silêncio e depois voltou. A fumaça queimava seus pulmões, e ele lutava para respirar, afastando ar diante de seu rosto com a mão.

Tão rápido quanto veio... a fumaça se dissipou.

E, quando Enrique enfim conseguiu abrir os olhos, viu que encarava a ponta afiada de uma adaga dourada bem entre os olhos. Segurando-a, de pé na boca escancarada do arco...

— Olá, amigos — disse Ruslan, sorrindo.

PARTE V

31

LAILA

Laila nunca tinha sentido o coração bater com tamanha fúria. Momentos antes, ela estivera saboreando exatamente essa sensação. Quando entraram no santuário do templo, Laila sentiu como se todo o corpo dela tivesse sido lavado em mitos e luz melada.

Ela retomara seus sentidos e os encontrara aguçados, polidos como se tivessem passado pelo torno de um ourives, de modo que cada sensação parecia uma joia reluzente. Até mesmo seu sangue se movia com suavidade nas veias. E talvez o templo tivesse mudado algo dentro dela, porque, no momento em que tocou a caixa Forjada, ela *soube*.

Ruslan havia preparado uma armadilha para eles.

Mas não importava como o templo pudesse ter aprimorado as habilidades dela, pois não o fizera com a rapidez necessária. Laila olhou para baixo e viu uma adaga dourada pairando pressionada contra seu coração.

E não estava sozinha.

Enrique, Zofia e Hipnos estavam presos de maneira semelhante. Apenas Séverin continuava intocado.

A não mais de três metros de distância, Ruslan apareceu. Ele estendeu a mão dourada, e Laila percebeu que, de alguma forma, ele *controlava* as adagas. Atrás de Ruslan estavam seis membros da Casa Caída, e havia algo errado com eles. Suas máscaras *volto* pareciam chamuscadas e amassadas. Quando se moviam, seus gestos eram muito rígidos. Moscas zumbiam em torno da cabeça deles.

— Ora, ora — disse Ruslan, suave. — Que maravilha a se contemplar... Acho que devo agradecer a vocês por terem feito todo o trabalho difícil, mas foi *muito* rude da sua parte tentar me matar daquela forma, Séverin! Achei que éramos amigos de verdade.

— Ruslan, eu... — Séverin começou a dizer.

— *Shiu*. Me deixa saborear, primeiro, o limiar da minha divindade. Quero me lembrar desse momento.

Quando a fumaça se dissipou, o rosto de Ruslan entrou em foco, e Laila ficou paralisada.

Agora, metade do rosto dele emitia um brilho sobrenatural e estranho... e dourado. Parte de seu crânio estava esmagada, e a luz cintilava no dente dourado.

— Gostam do meu novo visual? — perguntou Ruslan, sorrindo.

Seus dentes estavam lascados ou faltando. O que restava parecia manchado de vermelho com sangue.

— Preciso admitir que é um pouco chamativo — disse ele, fungando. — Mas foi *difícil* me reconstruir depois que vocês tentaram me explodir.

— Você devia estar morto — grunhiu Enrique.

— Devia mesmo, não é? — concordou Ruslan. — Mas veja... esse é todo o lance da minha herança. A "Casa Caída" é um nome tão feio. O verdadeiro é muito melhor. Somos, e sempre fomos, a Casa Attis.

Ao som do nome, a faca dourada na mão de Ruslan brilhou. Atrás dele, as máscaras *volto* nos membros deslizaram para os lados e revelaram algo afundado. Algo *fedorento*. Longe de estar vivo. O estômago de Laila se revirou.

— Vejam, *nós* tínhamos um gostinho do poder do templo. Não *podíamos* criar vida do zero, mas sempre podíamos revivê-la... de alguma forma. — Ruslan sorriu enquanto gesticulava para os membros mortos da Casa Caída.

Ele arrastou a faca pelo próprio pescoço, rindo enquanto o corte sangrava ouro em vez de vermelho.

— Então vejam só, meus amigos, vocês não podem me matar. De muitas maneiras, eu já estou praticamente morto, e até agora isso não me deteve.

Um arrepio percorreu a espinha de Laila. Ela virou a cabeça para a direita e viu Séverin olhando para ela, as linhas ao redor de sua boca tensas de preocupação. No momento em que olhou para ele, a adaga dourada em seu peito subiu lentamente, com toda a languidez do toque de um amante. Tocou sob o queixo dela, forçando sua cabeça para cima.

— Ora, ora, não fique tão distraído, Séverin! — Ruslan riu.

Laila engoliu em seco. A adaga não se moveu de sua nova posição na garganta dela.

— Ouro e alquimia, transformação e icor — falou Ruslan, gesticulando com um movimento de punho. — O uso desses tesouros sempre tem um preço, sabem. — Ele fez uma pausa, batendo na lateral de seu crânio dourado. — Mas eu estava disposto a pagar qualquer coisa para me salvar. Temo que isso não possa ser dito sobre meus homens, no entanto.

Ruslan estalou os dedos. De uma só vez, os seis membros da Casa Caída levantaram as máscaras *volto*. Um cheiro doce e podre preencheu o ar. Debaixo das máscaras havia uma massa de carne arruinada, bocas puxadas em sorrisos forçados e cobertas por uma fina camada de ouro.

— Não é suficiente pra chamá-los de vivos, mas certamente o suficiente para serem úteis — prosseguiu Ruslan, encolhendo os ombros. — E talvez, quando eu for um deus, eu vá usar minha infinita misericórdia e minha habilidade para restaurá-los à vida plena... quem sabe. Isso é o que você também quer, não é, querida Laila?

A adaga foi empurrada um pouco mais forte contra a garganta dela. Laila forçou os olhos para o chão. Agora, o piso de vidro parecia nuvens cor-de-rosa. Ela imaginou o sol nascendo bem aos poucos, aquecendo suas costas. Laila encontrou o olhar de Ruslan, levantando o queixo. Algo ácido brilhou no peito dela, que acolheu seu próprio medo.

— Você nunca será um deus — cuspiu ela.

Ruslan riu. Virou-se para Enrique.

— Como está sua orelha, historiadorzinho?

— Foi embora — disse Enrique, furioso. — Junto com minhas ilusões.

— E a pequena engenheira muda... — disse Ruslan, virando-se para Zofia. — Olá.

Laila olhou com raiva para a provocação cruel, mas Zofia permaneceu indiferente. Estava de pé com as costas retas, os olhos azuis furiosos e ardentes.

— Vejo que ficou com o cachorrinho abandonado — comentou Ruslan, arqueando uma das sobrancelhas para Hipnos. — Estranho... você devia estar morto. Mas isso vai mudar. Eu iria odiar mentir para a Ordem.

Hipnos franziu a testa.

— Que bom ver todos vocês juntinhos — comemorou Ruslan, batendo palmas. — Vocês viveram juntos... agora podem morrer juntos! Que presente. Agora, Séverin... chega disso. Vou te fazer uma proposta, tá bem? Me leva ao topo do templo, eu matarei vocês simultaneamente e, assim, os pouparei da agonia de verem um ao outro morrer. Em troca, você me leva ao topo daquele templo e toca a lira. *Agora.*

Laila observou Séverin levantar as mãos devagar. Conseguia ver um plano girando num frenesi atrás do olhar dele. Séverin desviou os olhos para a mudança de cor do chão. Mesmo que Laila não pudesse se virar para ver, ainda sentia a presença dos autômatos gigantes ladeando o zigurate.

— Ruslan, certamente nós...

— Ugh — balbuciou Ruslan.

Ele balançou o queixo para a direita e Hipnos gritou, dobrando o corpo. Laila prendeu a respiração. A adaga em sua garganta pressionou um pouco mais contra sua pele, mantendo-a imóvel.

— Hipnos! — exclamou Séverin.

Ele se virou para ajudar, mas Ruslan gritou:

— Não, não, *monsieur* Montagnet-Alarie... você vai ficar exatamente onde está.

Hipnos gemeu, levantando a cabeça. Havia um longo corte em sua bochecha. A adaga dourada agora girava em torno da cabeça dele.

— Se voltar a me desafiar, o próximo corte será na garganta dele — avisou Ruslan. — Agora *ande.*

Laila desejou poder tirar essa adaga de perto dela e enfiá-la direto no patriarca da Casa Caída.

— Não! — gritou Enrique. — Está cheio de armadilhas. Tenho certeza disso!

Ruslan arqueou uma sobrancelha.

— É mesmo?

Laila prendeu a respiração. Era perigoso chamar a atenção de Ruslan, mas, se ele não ouvisse, todo o poder da lira seria em vão.

— Olha para o chão, Ruslan — disse Séverin, sem expressão. — Está mudando agora mesmo para refletir diferentes momentos do dia. Entrar num templo cedo demais é um sinal de desrespeito aos deuses. A gente deveria ir ao meio-dia, no zênite do dia, para marcar a ocasião. E isso pra não mencionar as próprias estátuas...

— Elas saíram diretamente das lendas que pesquisei — argumentou Enrique, engolindo ar. Laila não conseguia tirar os olhos da adaga dourada que agora tocava a orelha restante do historiador. — É uma... uma lenda sobre o rei Ajatasatru. Ele governou até 460 a.C., e dizia-se que possuía *todos* os tipos de invenção militar. Catapultas, carruagens de guerra mecanizadas e...

Ruslan começou a rir.

— Mas que estrategiazinha inteligente! Vocês podem atrasar isso o quanto quiserem, mas não fará diferença...

— É verdade! — afirmou Enrique em voz alta. — Eu... eu sei. Vai acontecer alguma coisa.

De soslaio, Laila via a névoa se revirando. O que estava do outro lado? Ou quem?

— "Alguma coisa" — repetiu Ruslan, entediado. — Que medo. Vem, Séverin...

Laila sentiu o olhar dele passar por ela.

— Se formos agora, seremos mortos — disse Séverin. — E então ninguém vai poder tocar a lira e te transformar num deus. Esse é realmente um risco que você deseja correr?

Ruslan fez uma pausa. Primeiro, suspirou, e então um sorrisinho surgiu em seus lábios. Laila sentiu como se um vento frio tivesse soprado em seu pescoço.

— Muito bem — cedeu Ruslan. — Não posso arriscar você... mas Laila? Bem. É um tanto diferente. Minha querida, quantos dias você tem de vida, afinal?

Laila o encarou.

— Muitos.

— Não tem medo da morte, não é?

— Eu a considero uma amiga querida — respondeu Laila, entredentes. — Praticamente da família.

Ruslan sorriu.

— Então não se importará em dar o primeiro passo.

— Não! — exclamou Séverin.

— Mais uma palavra sua, e mais alguém vai pagar por isso — ameaçou Ruslan, calmo.

Os olhos de Séverin estavam desesperados e enormes em seu rosto. Laila desejou poder dizer a ele que não sentia medo. Não conseguia explicar por que se sentia destemida naquele momento. Talvez fosse o que ela havia vislumbrado quando o templo agarrou sua mente... havia uma vastidão em ação ali, e ela não estava assustada com sua pequenez dentro de tudo aquilo, porque *sentia* que havia um lugar para ela.

— Vai em frente, minha querida — disse Ruslan. — Anda. Ou precisa de incentivo?

O patriarca estalou os dedos, e dois dos guardas se separaram para se juntar a ela. A carne podre deles cheirava mal. Quando um agarrou os braços dela, Laila sentiu os ossos dos dedos do homem pressionando sua pele enquanto ele a girava.

O chão brilhante parecia um amanhecer recém-chegado. Laila hesitou quando sentiu a faca descendo por sua garganta, movendo-se entre seus seios e circundando a linha de sua cintura antes de se instalar na parte inferior de suas costas. Uma nova onda de náusea percorreu seu corpo. Não conseguiu deixar de imaginar que se tratava do toque doentio e dourado de Ruslan em sua pele. Laila queria olhar para os outros, mas um membro morto da Casa Caída bloqueava sua visão.

— *Vai* — ordenou Ruslan.

Laila engoliu em seco, mantendo o olhar em linha reta à frente, fixo no zigurate à distância. Estava a menos de trinta metros de distância. Ela teve que inclinar a cabeça só para ver onde desaparecia no estranho céu verde. Os autômatos permaneceram imóveis e serenos enquanto ela dava um passo no chão. A faca fez pressão nas costas dela, forçando-a a dar outro passo. Ao fazê-lo, Laila notou duas linhas elevadas circundando o zigurate e os autômatos.

Não havia notado antes quando o chão parecia um céu noturno derretido. Talvez fossem muito escuras para serem percebidas, mas agora, com o chão mais claro, ficaram visíveis.

— Tem algo aqui — comentou Laila. — Duas... linhas elevadas... Não sei o que são.

Ruslan bufou, irritado.

— Uma demarcação, talvez...

— Não — disse Enrique, devagar. — O *bhuta vahana*.

— E o que é isso? — perguntou Ruslan.

O tédio gotejava da voz dele, mas Laila sentiu como se o ar ao redor tivesse ficado tenso. Como se o templo estivesse furioso... como se eles estivessem invadindo.

— Máquinas de movimento espiritual — explicou Enrique, as palavras saindo dele aos tropeços. — Achei que se referisse aos próprios autômatos, mas estava errado. Deve ser um dispositivo real...

Um estrondo baixo percorreu o templo. Um trovão retumbou pelo templo e um tremor sacudiu o chão, poderoso o suficiente para que a adaga de Ruslan nas costas de Laila vacilasse, caindo no chão.

— O que é isso? — exigiu Ruslan.

Pelo canto do olho, Laila viu a névoa prateada borbulhando. Uma forma escura se movia atrás da névoa.

— Laila! — gritou Enrique. — Corre! É um sensor!

Laila mal dera dois passos para longe dos outros, mas sentiu a distância como um grande abismo quando duas carruagens gigantescas do tamanho de elefantes irromperam da névoa e aceleraram sobre o chão. Espinhos afiados e brilhantes saíam de suas rodas, girando tão rápido que pareciam borrões pontiagudos. Laila cambaleou para trás, e Séverin a segurou contra si, puxando-a para longe no instante em que a carruagem passou por eles em um rugido ensurdecedor. Quando por fim desapareceu segundos depois, Laila levantou a cabeça, virando-se lentamente...

No chão de vidro, os corpos dos membros da Casa Caída não passavam de pedaços de carne. Zofia vomitou no chão. Até mesmo a adaga apontada para o coração dela vacilou.

— Humm — murmurou Ruslan, pensativo. — Talvez você estivesse certo sobre o lance de "ir ao meio-dia".

Laila podia sentir a subida e a descida acentuadas do peito de Séverin. Ele se moveu para empurrá-la para trás de si, mas Ruslan foi mais rápido. O ar cantou quando a lâmina dourada cortou o ar e encontrou o pescoço dela mais uma vez.

Laila inclinou o queixo, assumindo a expressão arrogante da L'Énigme que já lhe rendera fios de pérolas lançados a seus pés. Já carregava a morte em sua mão, uma adaga em sua garganta não fazia diferença.

— É um milagre você ainda estar viva, minha querida — disse Ruslan.

Laila não disse nada. Ruslan se virou para Enrique, que estava no mesmo lugar de antes, tremendo. Hipnos oscilou, a cabeça virada resolutamente para longe dos corpos mutilados no chão.

— Muito bem, Enrique! — parabenizou Ruslan. — Você pode ter perdido a orelha, mas certamente garantiu que eu lhe desse ouvidos! Bem... por um tempo, pelo menos. O meio-dia não parece muito longe, não é? Acho que posso esperar um pouco mais.

Ao redor deles, o chão continuou a clarear. Agora o sol da manhã estava alto. O céu sobre o vidro estava claro e azul, e, embora o meio-dia prometesse perigo, Laila sentia-se apenas esperançosa.

Quando olhou para baixo, para o anel de granada, o número mostrava zero e, ainda assim, Laila não se apavorou. Não era por causa de uma escuridão iminente, mas sim por uma deliciosa ausência de medo.

Aquele número em seu anel dizia a verdade. Ela não deveria ter mais dias e, no entanto, no espaço de uma hora, havia vislumbrado uma noite estrelada, um amanhecer rubi e agora uma manhã azul. O dia continuou, e ela seguia de pé.

Talvez Laila fosse mesmo apenas areia de túmulo e sangue emprestado, mas... ela vivia.

E ela sentiu, profundamente em seus ossos roubados, que os milagres de sua vida não tinham acabado.

32

ZOFIA

Zofia tentou contar o número de degraus que havia à frente, mas, ao chegar a duzentos e dezessete, uma dor de cabeça latejou atrás de seus olhos e ela foi forçada a parar. Sentia o medo queimando nas bordas de seus pensamentos.

As armas deles já eram. As ferramentas eram inúteis.

As opções tinham se esgotado.

— Por que vocês ficam tão longe de mim, minhas queridas? — cantarolou Ruslan.

O patriarca da Casa Caída estava à base do zigurate, com Séverin e Enrique de cada lado, e adagas apontavam para o coração dos dois. Um pedaço da lira divina saía da frente do casaco de Séverin.

—Venham, venham!— chamou Ruslan, batendo palmas com as mãos reluzentes.

Zofia reconheceu o gesto como um comum usado para cães. Seu lábio se curvou.

— Vai ficar tudo bem, Fênix — sussurrou Laila.

Zofia tentou virar a cabeça para Laila, mas foi impedida pela ponta da adaga na base de seu pescoço.

Mesmo assim, podia sentir Laila ao seu lado. Hipnos estava à esquerda dela. E, atrás, Zofia sabia que os quatro membros mortos da Casa Caída estavam por perto, porque uma mosca zunia ao redor de seu nariz.

Duas vezes, Zofia ouviu o *plaft* úmido de larvas caindo no chão de vidro. Ela conteve uma ânsia de vômito, forçando o olhar para a frente.

— *Agora* — grunhiu Ruslan.

Um membro da Casa Caída a empurrou, e Zofia tropicou para a frente sobre o chão de vidro. Agora, as cores ali haviam clareado, passando do amanhecer ao meio-dia.

Ruslan havia forçado Enrique a dar o primeiro passo sobre o vidro. Nervosa, Zofia observara a névoa prateada e os autômatos gigantes, mas nada se movera.

Era como Séverin dissera: o templo não lhes concederia acesso até o momento certo, e agora esse momento havia chegado.

Quanto mais Zofia se aproximava do zigurate, mais ela via uma aura dourada pairando sobre o templo. Lá no alto, agora o teto recoberto de floresta estava repleto de flores brancas que Zofia não reconhecia. Uma fragrância flutuava para baixo. Embora não houvesse velas, cheirava a especiarias de Havdalá distribuídas no Shabat.

— Olha para as flores, Fênix. São quase como estrelas recém-nascidas, não acha? — perguntou Laila, baixinho.

Zofia não conseguia ler a expressão da amiga, mas estava familiarizada com esse padrão. Hela costumava fazer algo semelhante — tirando-a da confusão de seus pensamentos com uma declaração ilógica que ela seria forçada a refutar. Faziam aquilo, entendeu Zofia, para confortá-la.

Mas a engenheira não queria conforto. Queria um plano não apenas para si mesma, mas para *todos* eles. O que aconteceria com o grupo? Todas essas incógnitas surgiram como sombras em seu caminho. O brilho desconfortável do santuário do templo não fazia diferença.

— Hora de testemunhar minha gloriosa apoteose! — celebrou Ruslan. — Vamos?

Zofia ergueu o olhar, encontrando o de Enrique, cuja boca formava uma linha reta.

— Ah, me *conte* — pediu Ruslan, implorando. — Adoro saber todos os detalhes históricos inúteis das coisas...

A adaga apontada para o coração de Enrique afundou um pouco, e ele arfou.

— Solta a gente.

— É isso? Nenhuma informação? — perguntou Ruslan. O brilho do templo refletia em seu rosto dourado. — Talvez eu devesse soltar sua língua...

— Não! — exclamou Enrique. — Você... você sabia que a palavra "zigurate" vem da língua acadiana? *Zaqaru*, acredito... "construir alto". Quanto ao sacrifício, não tenho certeza se...

Ruslan explodiu em risadas.

— Eu deveria te recompensar só por me divertir! Devo te matar agora para que você não tenha que assistir a todos morrerem? Ah, mas eu queria tanto sacrificar Laila primeiro...

— *Não* — disse Zofia.

A palavra saiu dela tão rápido que levou um momento para Zofia perceber que tinha sido *ela* quem falara.

Ruslan voltou o rosto em sua direção. Zofia sentiu Laila enrijecer ao seu lado. A engenheira esperava que a adaga afundasse um pouco mais fundo em seu pescoço, mas, em vez disso, Ruslan apenas fez um movimento com o punho.

Zofia conhecia aquele gesto. Colegas de classe, professores e pessoas da cidade costumavam fazer isso para ela o tempo todo.

Significava uma coisa: Zofia não era digna de ser notada.

— A muda fala! — Ruslan curvou a boca dourada e se virou bruscamente. — Como se você tivesse algum poder para mudar as coisas.

O calor subiu pelo rosto de Zofia. Ruslan estava errado, e ainda assim... todas as invenções dela estavam do outro lado do lago. Zofia tinha pouco consigo, apenas o colar, três fósforos e sua manga Forjada. Nada disso ajudaria Laila. Nada disso faria diferença.

Ao lado de Ruslan, Enrique estreitara os olhos. Séverin cerrara a mandíbula e, logo atrás dela, Hipnos respirava fundo.

— Venha, *monsieur* Montagnet-Alarie — chamou Ruslan, estalando os dedos. — É hora de me dar o que me é devido.

Ruslan subiu no zigurate brilhante. Zofia observou Séverin respirar fundo. Ele olhou para cima, para os autômatos gigantes, e depois para Hipnos e para ela... antes que pousasse os olhos em Laila. Por fim, ele subiu no templo. Enrique o seguiu.

— Fênix... — sussurrou Laila.

Mas Zofia não ouviu o que ela disse. O guarda a empurrou para a frente.

— Sem enrolação! — gritou Ruslan, subindo os degraus. Ele olhou por cima do ombro, sorrindo e acenando com a faca. — Para cada hesitação, vou tirar um dedo!

Zofia subiu no templo. *Foco*, disse a si mesma. *Um passo de cada vez.*

Era tudo o que podia fazer agora.

De perto, os degraus eram ainda maiores do que imaginara. Eles se estendiam por pelo menos quinze metros de largura de cada lado, e eram necessários quatro bons passos para a frente antes de chegar à borda e subir para o degrau seguinte. Zofia avançou aos poucos, o coração batendo forte em seus ouvidos enquanto ela parava de prestar atenção no mundo a sua volta.

Zofia tinha acabado de contar o vigésimo passo quando o ar ao redor deles ondulou. O brilho quente dos tijolos de barro desapareceu. O frio invadiu o espaço ao redor dela. Um zumbido agudo ecoou em seus ouvidos.

Zofia sacudiu a cabeça, como se fosse capaz de desalojar o som. A adaga em suas costas arranhou sua pele, e ela fez uma careta. Quando olhou para baixo, ficou paralisada.

— O que é isso? — perguntou Ruslan, dando meia-volta.

Um líquido preto formava gotinhas nos degraus de pedra. Zofia olhou para cima, conseguindo virar a cabeça e finalmente ver Laila parada ao lado dela antes que o mundo explodisse em sombras espessas e sufocantes.

Zofia cambaleou para trás, perdendo o equilíbrio. O zumbido frenético havia se transformado em um vento uivante em seus ouvidos. Algo afiado cortou a coxa dela. Zofia pensou vagamente ter ouvido a adaga de Ruslan caindo na pedra. Zofia se agarrou para alcançar um degrau, mas apenas ar e sombras encontraram suas mãos.

Fechou os olhos com força.

Um. Dois. Três.

Abriu-os, mas a escuridão continuava ali.

Quatro. Cinco. Seis.

Zofia virou a cabeça, mas as sombras ficaram espessas e impenetráveis. Ela poderia muito bem estar sozinha. Sombras pretas como tinta giravam ao redor.

A engenheira conteve um soluço, forçando a mente a se concentrar em coisas ordenadas e limpas, como números. Ela percorreu os múltiplos de dezessete enquanto tateou no escuro, estendendo as mãos à frente...

Dezessete, trinta e quatro, cinquenta e um...

Tentou dar um passo à frente, tropeçou e bateu os joelhos em algo duro e áspero. Um soluço ficou preso em sua garganta. As mãos tremiam enquanto ela tateava ao redor, apenas para algo úmido e pegajoso atingir seus dedos. Zofia os apertou contra o peito, encolhendo-se e contando as respirações como seus pais a haviam ensinado a fazer quando ela era jovem e ficava aterrorizada. Mas não estava funcionando.

Ela não conseguia gritar ou soluçar. Não conseguia ver uma saída, e logo a escuridão se tornou mais do que algo que a encarava de fora. Também a sentia dentro de si.

Zofia piscou e sentiu a última carta de Hela escorregando de seus dedos e desaparecendo nas lagoas turvas de Veneza. Ela se lembrou dos colegas de classe trancando-a na sala de aula, dizendo aos gritos que ela não passava de uma judia louca, o medo de que houvesse muitos desconhecidos no mundo e que ela nunca encontraria seu caminho no escuro.

Segundos ou minutos inteiros se passaram antes que Zofia percebesse que esse pensamento não era correto.

No passado, já tinha encontrado seu caminho para fora do desconhecido. Encontrara ideias e soluções quando não havia nenhuma. Salvara os amigos no passado e, apenas uma semana antes, havia se libertado de uma prisão de gelo.

Todas aquelas coisas tinham sido escuras em algum momento, mas ela encontrara seu caminho... sozinha.

Zofia abriu a boca.

— Olá?

Novamente, sua voz foi arrancada, transformada em preto.

A linguagem se dissolveu em tinta, e o gosto na língua de Zofia era como ter lambido a ponta de um fósforo queimado.

Fósforo.

Tremendo, Zofia tateou em busca da caixa de fósforos, guiando-se apenas pelo toque. A ponta de seu dedo roçou na tira áspera de enxofre da caixa. Por conta dos dedos suados, a madeira pareceu úmida. Ela não enxergava e, quando foi acender o fósforo, ele se quebrou em sua mão.

O pânico ganhou vida no peito dela, mas ela o reprimiu e pegou outro fósforo.

Desta vez, agarrou a caixa com uma mão e o acendeu, mas novamente o palito quebrou.

O terceiro fósforo era o último, e a mão de Zofia tremia enquanto ela o levantava. A voz de sua mãe surgiu em seus pensamentos.

Seja uma luz neste mundo, Zosia, porque ele pode ser muito escuro.

Algo dentro dela se estabilizou. Se deixasse a escuridão desconhecida vencer, então ela perderia toda a visão do que poderia mudar...

Zofia prendeu a respiração. Imaginou o calor de seus pais, os sorrisos amorosos de Hela e Laila. Ruslan estava errado. Não era uma idiota muda que não podia mudar nada. Os amigos a chamavam de Fênix por um motivo. Sua mãe lhe havia dito para ser uma luz.

Zofia não os decepcionaria.

Ela riscou o fósforo. A luz era pequena, mas bastava. *Ela* bastava. Zofia levou o fogo para a manga de seda Forjada de seu vestido, que rugiu em chamas. O calor aqueceu sua pele enquanto ela se virava, lançando a luz ao redor.

A cada golpe, ela abria caminho nas sombras. Zofia balançou o braço para a esquerda e para a direita, os pulmões se esforçando para afastar toda a escuridão...

Uma mão surgiu da escuridão, agarrando a dela.

— Fênix!

Enrique.

De início, ele parecia descabelado e com os olhos arregalados, mas então um largo sorriso se abriu em seu rosto. Ele levantou o braço, arrancando o tecido de prata Forjado que antes fizera parte do traje que ela produzira para ele. No momento em que tocou sua tocha, o tecido pegou fogo, e, juntos, Zofia e Enrique cortaram a escuridão.

As chamas de Enrique e Zofia deixavam rastros brilhantes, queimando a escuridão em translucidez. Aos poucos, os gritos se dissiparam em silêncio. Quando os olhos se ajustaram à luz, Zofia viu que havia caído apenas dois degraus abaixo de onde estava antes.

Hipnos estava no degrau atrás dela, encolhido em uma bola. A seis metros de distância, no mesmo degrau, Séverin e Laila se amontoavam contra a pedra.

— Zofia! — chamou Laila, separando-se de Séverin.

Abalado, Séverin se levantou. Ele sorria.

— Obrigado por compartilhar a luz, Fênix.

O nó no peito de Zofia afrouxou. Segundos depois, o ar assobiou mais uma vez com o som de uma lâmina cortando-o. A adaga dourada que havia caído na pedra encontrou seu caminho de volta para a garganta dela. Laila engoliu em seco, mantendo a cabeça erguida, o queixo angulado para cima e longe da ponta afiada.

— Parece que o templo ainda não confia em nós — disse Ruslan.

Zofia olhou para cima e o viu cinco degraus adiante.

— *Monsieur* Montagnet-Alarie, *monsieur* Mercado-Lopez — chamou Ruslan. — Juntem-se a mim, por favor. Quero vocês ao meu lado caso haja mais surpresas.

Quando estalou os dedos, os quatro guardas em estado de apodrecimento se levantaram. Um foi até Hipnos. O outro agarrou o braço de Zofia, puxando-a para o degrau seguinte. Dois cercaram Laila. Quando Zofia deu mais um passo à frente, Ruslan resmungou:

— Pelo visto a mudinha é boa pra alguma coisa, no fim das contas.

Zofia não disse nada. Não desperdiçaria palavras com alguém como Ruslan. Além disso, estava ocupada. Estudava as juntas de pedra dos autômatos gigantes, o padrão de luz nos degraus do zigurate.

Pela primeira vez desde que Ruslan aparecera, Zofia não precisou contar os objetos ao redor para acalmar o pânico em sua mente. O desconhecido não havia desaparecido, mas seu tamanho diminuíra. Ou, talvez, a ótica dela tivesse superado isso. O desconhecido vinha e ia, mas Zofia sempre poderia ser uma luz. Ela havia encontrado seu caminho para fora da escuridão uma vez.

E poderia encontrá-lo de novo.

33

SÉVERIN

Séverin estava começando a perder toda a noção do tempo. Suas pernas doíam, e suor escorria pelas costas. Ele tirara o paletó havia muito tempo, mas não fizera a menor diferença. Não conseguia lembrar da última vez que havia bebido água, e, quando lambia os lábios, sentia o gosto de sangue e pele rachada da boca. Pela sua conta, a essa altura deveriam estar no meio do zigurate, e, ainda assim, quando virou para a esquerda, viu que ainda não tinham ultrapassado o lugar onde as mãos dos autômatos descansavam contra as coxas de pedra.

Errado, sussurrou um canto cansado de sua mente, mas até mesmo aquela voz de cautela parecia fraca e tênue. *Algo está errado.*

Séverin lançou um olhar furtivo para a esquerda, onde Enrique subia penosamente, degrau após degrau. Suor e sangue encharcavam seus curativos. Seu casaco agora estava amarrado na cintura. Ele não levantou a cabeça, mas Séverin podia ver seus lábios se movendo em silêncio.

Como se recitasse orações a cada passo dado.

Séverin desejou poder se virar e olhar para Hipnos, Laila e Zofia... mas a faca dourada apontada para seu peito mantinha o olhar dele fixo nos degraus à frente.

Mais um passo, disse a si mesmo. *Mais um passo e chegaremos ao topo, e aí vou tocar a lira e me tornar um deus.*

Os desejos de Ruslan não faziam diferença.

Ele podia ordenar a Séverin que tocasse a lira, mas o poder não iria para o patriarca. Séverin fechou os olhos, invocando a lembrança da voz de sua mãe.

Em suas mãos estão os portões da divindade... não deixe ninguém passar.

Ele não tinha intenção de desobedecê-la.

O único poder de Ruslan estava em suas ameaças aos outros e, assim que chegassem ao topo, essa ameaça deixaria de existir. Séverin tocaria a lira. Reivindicaria aquela divindade para si e se livraria de Ruslan de uma vez por todas.

Séverin desejou poder dizer aos outros para não se preocuparem, mas teria que esperar.

Uma corda Forjada prendia seus punhos, mas ele ainda sentia as cordas duras da lira divina se esfregando contra sua camisa. Através do tecido, ele sentia a pulsação maçante do instrumento. A cada passo, um zumbido se acumulava na base de seu crânio.

Tudo o que tinha que fazer era continuar se movendo, mas a cada passo o topo do zigurate parecia mais e mais distante. A beleza do santuário agora lhe parecia uma provocação arrancada de um mito grego. Acima, o emaranhado de jardins convidativos. Ao redor dele, o perfume fantasma de flores perdidas pairando no ar. Tudo isso estava fora de seu alcance.

Não, disse a si mesmo. *Isso é seu...*

Esse era o objetivo de tudo, não? Tudo o que ele havia perdido estava a serviço desse único ganho glorioso. Ele fora feito para isso. Era a única explicação que fazia sentido.

Séverin piscou e imaginou os olhos cinzentos e frios de Tristan se enrugando em um sorriso. Sentiu a mão quente de *tante* FeeFee acariciando seu queixo.

Mais um passo, só mais um, disse a si mesmo, levantando a perna para um degrau de pedra brilhante.

As cordas da lira divina pressionaram seu coração, e, pela terceira vez em dez dias, Séverin ouviu a voz da mãe alcançando-o através dos anos.

Quando respirou, sentiu o cheiro forte e brilhante de cascas de laranja que Kahina costumava usar para perfumar o cabelo.

Devo contar uma história, habibi? Devo contar a história das laranjeiras?

Séverin disse a si mesmo que estava alucinando, mas isso só fez o perfume de laranjeiras ficar mais forte.

Começa com um rei em seu leito de morte... você sabe como é, meu amor. A morte deve ter seu lugar à mesa das histórias, e ela sempre é a primeira a se sentar. O rei tinha um filho e, com seu último suspiro, o presenteou com uma chave de ouro que abriria uma porta de ouro no outro lado de um magnífico jardim.

Ele fez com que o filho prometesse não usar a chave, não importasse o quê.

Séverin vacilou sobre as pernas. Sentiu a mão fria da mãe em seu cotovelo, puxando-o para a frente. Kahina costumava atraí-lo com histórias, apresentando-as como guloseimas. Para um banho, ele recebia metade da história. Para escovar os dentes, recebia o final da história. Por um beijo de boa-noite, em troca ela contava fábulas curtas.

Venha, habibi, você não quer saber o que acontece?

Agora, parecia que, em troca de um passo à frente, ela daria uma frase. Ele avançou.

O príncipe foi dominado pela curiosidade. Você sabe tudo sobre curiosidade, não é, meu amor? Mas há algumas coisas que você não deve saber...

Ele deu outro passo.

Ele manteve sua promessa ao pai por mais de um ano antes de, um dia, levar a chave de ouro até a porta de ouro do outro lado do magnífico jardim... e abri-la.

Séverin tropeçou.

Ouviu vagamente Ruslan chamá-lo atrás de si, mas o ignorou.

E lá, ele encontrou uma laranjeira maravilhosa. A fruta brilhava, cintilava com orvalho, e o príncipe sentiu uma fome danada. Ele pegou uma faquinha e abriu a fruta, e, quando a casca se rompeu, uma semente caiu no chão e brotou a mulher mais bonita que ele já havia visto e... venha, meu amor, mais um passo.

— Não consigo — Séverin tentou dizer, mas mesmo assim suas pernas se moveram.

O príncipe implorou à mulher que se casasse com ele, e ela concordou, mas quando ele a carregou pelo limiar dourado da porta dourada, ela caiu morta a seus pés, transformando-se novamente em uma muda, que com o tempo se tornou uma laranjeira comum. Repetidas vezes, o príncipe tentou voltar pelo caminho que veio — ou, talvez, estivesse pensando em outras árvores que pudessem brotar companheiras igualmente belas —, mas, infelizmente, ele deixara a chave do outro lado, e a porta dourada nunca mais se abriu para ele.

Séverin parou de andar.

Sempre jogue fora as chaves douradas de portas douradas, habibi. Tal conhecimento é uma criatura faminta, e ela vai consumi-lo. Ela se alimentará de suas esperanças, sugará seu coração, arrancará pedaços de sua imaginação até você não ser mais nada além de uma pele dura e mastigável de obsessão.

Séverin franziu a testa.

A história não deveria terminar assim, mas, antes que pudesse debater com a alucinação, sentiu uma mão suada fechando em seu braço.

— Chega disso — grunhiu Ruslan.

Séverin se virou.

— Não nos movemos há *horas* — disse Ruslan.

Séverin reuniu o que restava de sua energia, tentando convertê-la em foco... em *palavras*. Quando olhou para Ruslan, viu que os olhos do patriarca estavam rodeados de branco. O lado dourado de seu rosto parecia afundado. O rosto de Ruslan se dividiu em um estranho sorriso.

— Acha que eu não percebi o que você está fazendo?

— Eu não estou fazendo nada além de tentar chegar ao topo...

— Então por que não nos movemos? — gritou Ruslan. — Olha para os autômatos! A essa altura já era para termos passado por eles.

Cansado, Séverin olhou para a esquerda, onde um dos enormes autômatos estava parado em silêncio. Eles haviam subido tanto que já não dava mais para ver seus pés ou o chão Forjado que antes estampara a imagem do céu noturno. Eles estavam na altura do quadril das estátuas. Seus rosto impassíveis os encaravam, seus olhos e suas bocas inexpressivos.

— Eu contei... — comentou Ruslan, com a voz tensa. — Quinhentos passos e não saímos do lugar... não percorremos distância alguma. Você tá fazendo de propósito, não é? Tentando me cansar? Preenchendo minha cabeça com esse absurdo de tocar a lira no topo do zigurate?

Séverin umedeceu os lábios secos, reunindo força para falar.

— Faz sentido — disse ele, devagar. — Imagine que você está numa peregrinação... é isso o que todos os lugares sagrados exigem. Ele quer seu desespero... sua desesperança. Se você sentisse o contrário, não haveria necessidade de se comunicar com nenhum poder superior. Tenho toda a fé de que os degraus nos levarão a algum lugar em breve. Só precisamos continuar...

Ruslan arremessou o braço na direção de Séverin, que ouviu os amigos gritarem no mesmo instante em que o punho de Ruslan atingiu sua mandíbula. Ele cambaleou para trás, a ponta da adaga deslizando levemente em sua garganta e abrindo um corte.

— O que você tá fazendo... — tentou dizer, mas Ruslan bateu com o cotovelo em seu pescoço, derrubando-o no chão.

De soslaio, Séverin viu Hipnos e Enrique se lançarem em sua direção, apenas para os guardas mortos da Casa Caída pularem adiante, derrubando-os no chão de pedra.

Séverin rolou. Quando olhou para cima, um vento passou pelas árvores invertidas. A lira divina bateu contra seu peito. As cordas que prendiam Séverin escorregaram de seu punho, mas, assim que ele pôde mover os dedos, a bota de Ruslan caiu em seu peito, arrancando o ar de seus pulmões.

— Para! — gritou Enrique. — Ele não pode tocar isso sem arriscar a destruição de tudo o que é Forjado! Lembra o que encontramos no Palácio Adormecido? — O historiador arfou, lutando para respirar. — *O ato de tocar o instrumento de Deus invocará o desvanecimento.* Tudo Forjado se desintegrará! Temos que continuar andando...

— Não — interrompeu Ruslan, balançando a cabeça. — Não temos, não.

Tarde demais, Séverin percebeu o que o patriarca faria. Ele curvou o corpo sobre a lira, mas Ruslan estendeu a mão derretida e o agarrou pela garganta. Séverin chutou em resistência. Ele ofegou, respirando fundo, mas o aperto dourado de Ruslan não era humano.

— Achei que pudéssemos fazer isso juntos, Séverin — disse Ruslan —, mas vejo agora que minha bondade falou mais alto. Não preciso do seu toque.

Ele arrancou a faca que ainda pairava sobre sua garganta.

Não, pensou com ferocidade.

Séverin tentou virar a cabeça, exigir que o santuário da lira se levantasse e o defendesse. Mesmo agora, ele sentia o ritmo de algo vasto e celestial correndo em suas veias no instante em que pressionava os dedos nas cordas da lira.

Isso é meu, disse Séverin a si mesmo enquanto Ruslan arrancava a lira de seu paletó. *Eu sou o dono desta maravilha.*

Apenas Séverin sabia como a lira realmente parecia quando era tocada — a luz pegando nos filamentos e revelando um prisma de cores, o pulso das estrelas aninhado nas cordas brilhantes.

Ruslan passou a faca pela mão de Séverin, manchando a mão dourada com sangue.

— Para... — coaxou Séverin.

Ao redor deles, as pedras começaram a tremer e a vibrar.

— Não vai funcionar... — Séverin tentou dizer, mas as palavras ficaram entaladas em sua garganta.

Certamente, não funcionaria.

Certamente, era algo que girava em torno *dele* e de *sua* vontade o que tornava a lira poderosa. Ruslan passou a mão ensanguentada pelas cordas, e Séverin não pôde fazer nada além de assistir enquanto uma daquelas cordas retas e brilhantes se curvava sob a carne manchada e dourada do patriarca.

No início, foi tomado por alívio.

Ruslan não conseguia tocar a lira... nem mesmo com o sangue de Séverin.

Mas a presença do sangue de Séverin nas cordas havia feito *algo*.

Um zumbido baixo encheu seus ouvidos. Saiu em um crescendo, como uma fita de tinta em um copo d'água. O ar cintilou.

Acima, as árvores tremeram e pequenas folhas caíram sobre os degraus dourados. As adagas douradas caíram no chão. Ao lado dele, os soldados mortos da Casa Caída exalaram e desmoronaram.

— Laila! — gritou Zofia.

Não, pensou Séverin. Ele jogou a cabeça para trás, desesperado para vê-la. De relance, avistou Laila desmaiando, a cabeça batendo nas pedras.

— Está funcionando — exclamou Ruslan, com expressão febril. — Eu sabia.

Séverin se livrou da bota de Ruslan, lutando para se levantar, mas o patriarca o agarrou mais uma vez.

Séverin sabia que havia gritado, mas não conseguia ouvi-lo através do som estrondoso do sangue em seus ouvidos. A fragrância de perfume de laranja desapareceu, substituída pelo cheiro de lágrimas. Seu mundo inteiro se reduziu à visão que tinha diante de si.

Laila estava esparramada no chão, se agitando sem força. Sangue escorria do nariz e dos ouvidos, formando uma poça nos degraus de pedra. Hipnos embalava a cabeça dela. Enrique olhou para Séverin com um olhar sombrio.

Não. Isso não é o que me foi prometido.

A lira não havia funcionado como ele imaginava, mas ainda era dele. Ainda era seu poder. Ele viu Zofia cair de joelhos, agarrando o colar com incredulidade.

O pingente de Tezcat dela brilhou.

— Espera — ouviu-se dizer. — Deve ter um portal na escada! Eu posso tocar a lira, posso dar um jeito nisso...

Uma sombra fria caiu sobre ele. Ruslan o soltou com um empurrão, rindo histericamente. O som voltou, e Séverin ouviu o barulho crepitante de pedras sendo deslocadas.

Um grito metálico atravessou o ar quando os autômatos de pedra torceram o pescoço. As esferas metálicas opacas de seus olhos brilharam intensamente. Uma voz em uma língua que ele não falava, mas que, no entanto, *conhecia*, rugiu para eles.

Esta não é a mão a qual respondemos... ladrões. LADRÕES.

Os autômatos levantaram os braços e arrancaram um bosque de árvores com seus punhos rochosos...

Séverin avançou e arrancou a lira de Ruslan, tomando cuidado para não perturbar as cordas. Mesmo assim, a corrente de ar contra o instrumento brilhante enviou um tremor agudo pelo santuário. O estrondo retumbante de galhos antigos colidiu com o metal enquanto choviam terra e detritos do céu.

— Peguem a Laila! — gritou Séverin. — Tem um Tezcat mais à frente! Ele vai levar a gente até o topo do templo, eu sei! Só precisamos continuar!

Hipnos pegou Laila nos braços. Zofia e Enrique cambalearam para a frente. Séverin havia conseguido dar apenas um passo à frente quando as escadas começaram a desmoronar no chão e um grande tremor atingiu o zigurate.

Atrás deles, dava para ouvir os gritos de socorro de Ruslan, mas o olhar de Séverin estava fixo no degrau à frente e no degrau que vinha logo depois deste. As árvores se partiram acima deles.

Enrique o empurrou para a frente no momento em que um galho do tamanho de seu corpo esmagou os degraus. O cheiro de frutas amassadas encheu o ar. Todos estavam fracos demais para subir pelo lado do templo; Séverin foi forçado a rastejar de quatro.

Não é assim que se encontra Deus?, perguntou-se, quase rindo com o pensamento. *Eu não devo andar... mas sim rastejar.*

Do lado direito dele, um dos autômatos esmagou o punho na rocha do zigurate. Pedras desmoronaram a centímetros do rosto de Séverin. O mundo cheirava a sangue e laranjas e, quando ele olhou para as próprias mãos, viu que estavam manchadas de vermelho.

— Séverin! — gritou Zofia.

Ele ergueu a cabeça com os olhos embaçados, vendo Zofia com lágrimas escorrendo pelo rosto. A cabeça de Laila pendia no peito de Hipnos. Ele tentou levantar uma perna, mas seu corpo tremeu.

— Eu... eu não consigo — disse ele.

Séverin usou as últimas reservas de energia, pegando Laila de Hipnos e puxando-a contra si. Mesmo neste instante... mesmo com o mundo se desintegrando ao redor deles... ela ainda cheirava a açúcar e água de rosas. Ele a ergueu sobre o ombro, apoiando uma das mãos nas costas dela.

No fundo de sua cabeça, Séverin ouviu a voz de sua mãe:

Venha, habibi, você não quer saber o fim da história?

Séverin rastejou, forçando uma mão na frente da outra, seu corpo se arrastando pelos degraus ásperos. Enrique gritou, deslizando pela lateral do templo. Com uma mão, Séverin agarrou Enrique pelo punho, puxando-o para cima, mesmo com seu ombro gritando e algo quente e úmido inundando seu peito.

— Te peguei — disse Séverin.

Eu te protejo, pensou ele.

Hipnos apareceu do outro lado, segurando a mão de Enrique. Juntos, arrastaram a ele, e a si mesmos, para a frente.

— O portal — começou Enrique. — Onde está? Essas coisas vão nos matar...

— O brilho tá mais forte; está mais perto — informou Zofia.

Séverin olhou para cima. Lá, a pelo menos vinte passos de distância, o ar acima do degrau mais alto parecia enrugado com luz. Os dois punhos dos autômatos bateram perto de Zofia, que caiu de lado. Agora os autômatos se aproximavam, levantando as outras mãos. Séverin olhou para trás. Sangue cobria os degraus de pedra. Não encontrou Ruslan em lugar algum.

Séverin olhou para cima, para os braços brilhantes dos autômatos, suas cabeça e inclinando em direção a eles. Zofia ergueu o rosto ensanguentado, seus olhos azuis enlouquecidos enquanto ela olhava para Séverin.

— Eles vão destruir o portal.

Séverin congelou. Por um breve momento, imaginou o que aconteceria. Ele entendeu por que as pessoas que haviam construído o templo esconderam seu verdadeiro coração. Se o portal fosse destruído, então a lira nunca seria tocada. Havia apenas uma última opção para parar os autômatos...

E estava em suas mãos.

Ele sabia a verdade disso de uma maneira que não conseguia explicar.

No instante em que tocasse a lira, todas as coisas Forjadas se quebrariam ao redor dele. Os autômatos ficariam em silêncio.

E Laila morreria.

Recostada nele, Laila se mexeu. Ele a abaixou no chão, indiferente às árvores caindo nos degraus de pedra, aos estranhos vapores que cercavam o templo rolando como uma névoa mortal, aos braços dos autômatos que lentamente se abaixavam. Laila olhou para ele, um brilho desafiador reluzindo em seus olhos pretos de cisne. Ela lambeu os lábios pretos de tinta e sorriu.

— Você sabe o que tem que fazer — disse ela.

— Laila, por favor, não me faça fazer isso...

— *Majnun* — chamou ela.

Quantas vezes ele desejara ouvi-la chamá-lo assim mais uma vez? Mas não desse jeito.

Laila alcançou a mão dele. Sua pele estava muito fria. Séverin olhou para baixo. O anel de granada havia desaparecido, perdido nos destroços das rochas. Outro tremor sacudiu os degraus. Laila levou a outra mão até a bochecha dele, e Séverin fechou os olhos.

— Minha história com este mundo ainda não terminou — garantiu Laila.

O que aconteceu em seguia se desenrolou com tanta rapidez que ele não percebeu até ser tarde demais.

Em um momento, a mão de Laila estava na dele. No outro, ela a puxou para a frente, levando sua palma até as cordas da lira divina. Séverin se assustou, a ponta dos dedos tocando aquelas cordas brilhantes...

O mundo ficou em silêncio.

34

LAILA

Laila descobriu que morrer não era tão difícil quanto seria de se imaginar. Lembrou-se da dor da última vez que a mão de Séverin tocou o instrumento... a lenta puxada da morte em sua caixa torácica, como se fosse descascar seus ossos e sacudir sua alma.

Mas, desta vez, não havia dor. Talvez já estivesse além disso.

— Laila, continue com os olhos abertos, por favor. Eu só preciso chegar ao topo e tudo vai mudar...

Laila piscou.

Acima, havia árvores, e, se Laila pudesse ignorar os passos bruscos e dolorosos ou a visão de uma mão de bronze monstruosa, poderia imaginar que estava em um parque, deitada na grama e olhando para o céu.

Quando havia parado de ir a parques?

Ela se lembrou de um piquenique, Golias escondido em uma cesta, Enrique gritando, Tristan insistindo que a tarântula gostava de queijo brie e só queria um pouquinho. Ela se lembrou de risadas.

Ela teria gostado de ter feito outro piquenique.

Laila sentiu que estava sendo arremessada sobre o ombro de alguém. Hipnos, ela percebeu. Hipnos a carregava escada acima.

— Não para de tocar! — gritou Enrique.

— Se eu fizer isso, ela vai morrer — disse Séverin.

— Se você não tocar, ela não vai *viver* — retrucou Zofia.

Laila fechou os olhos. A luz inundava sua visão. Sentia as lembranças subindo, libertando-se dela, de modo que, a cada nota, uma parte dela era arrancada como um penhasco caindo aos poucos no mar.

Aqui, a recordação de amarrar os sinos *gunghroo* em torno dos tornozelos antes que a mãe a ensinasse a dançar. Os sinos cheiravam a sangue e pareciam ouro, e, quando tilintavam no coração dela, Laila ouvia a voz da mãe: *Eu vou te mostrar como dançar a história dos deuses.*

Pressão em seu rosto. Um polegar áspero e acolchoado levantando suas pálpebras.

O rosto sujo de fuligem de Enrique lentamente veio à tona.

— Você precisa manter os olhos abertos! Estamos quase lá!

Laila tentou. Pelo menos, achou que estava tentando. Ela ainda via o contorno de Séverin mancando pelos degraus enquanto segurava a lira em uma mão ensanguentada, a boca torcida em um gesto sombrio e determinado.

Hipnos a girou bem quando punhos de bronze se estilhaçaram nos degraus, os dedos de bronze tremendo sem força. Zofia e Enrique avançaram, chutando os escombros para longe. O pingente de Tezcat agora parecia um sol em miniatura.

— Mais um passo e vamos atravessar para o outro lado — disse Zofia, levantando o pé.

— Esperem! — gritou Séverin. — Precisamos ter certeza de que não tem uma armadilha final...

Hipnos soltou um suspiro entrecortado, girando-a mais uma vez, e o ponto de vista de Laila foi roubado. Tudo o que ela viu foi a fina linha de luz azul em um dos degraus brilhantes, a promessa de outro lugar. Sua consciência escorregou...

Aqui, a lembrança de estar na cozinha do L'Éden pela primeira vez, misturando ingredientes para um bolo, as mãos cobertas de farinha e açúcar. O belo silêncio dos objetos sem nenhuma memória: cascas de ovo pálidas, um punhado de açúcar finamente moído, favas de baunilha partidas em um copo medidor de vidro.

Laila se lembrou da fome. Não do aperto no estômago pedindo comida, mas de algo diferente: sua boca salivando, um bolo crescendo bem devagar, água fervendo para o chá, o som das vozes de amigos do lado de fora da porta. A promessa de que esse anseio seria saciado, e muito mais. Sentia falta dessa fome.

— Laila!

Ela abriu os olhos e viu Ruslan se engalfinhando com Séverin no chão. Uma luz azul brilhava no fundo de seus olhos, e vozes passavam rapidamente por seus pensamentos.

— Há uma inscrição nos degraus.

Esconda...

... seu

rosto...

... diante

de...

... Deus

Não...

...cabe

a...

...você

ver...

... isso

Essas palavras não significavam nada para Laila. Suas lembranças se esvaíam rapidamente...

Os lábios de Séverin em sua coluna, descendo até a cicatriz dela; o cheiro metálico de neve; a cera na pista de dança do *Palais des Rêves*; o azul impressionante dos olhos de Zofia; as decorações Forjadas de ouropel nos corrimãos das escadas do L'Éden; Enrique encostado em suas pernas como um cachorrinho; a estranha ternura de seu primeiro dente de leite solto; a risada rouca de Hipnos; sua mãe partindo uma romã com as próprias mãos; o luxo áspero de um vestido de seda crua contra a pele; o calor espesso da

Índia; o sorriso predatório de Séverin; uma boneca de palha pegando fogo e queimando, queimando, queimando.

De longe, ouviu os outros chamando, mas suas vozes se fundiram até que não conseguisse distinguir quem estava falando.

— Vira!

— Não olha!

— Dá um passo pra trás!

Laila tentou ancorar a consciência em algo, levantar a mão que sabia que ainda devia ter, mas estava se desfazendo a cada segundo.

Ruslan agarrou Séverin pela nuca.

— Você não vai sem mim! É meu também! Eu quero saber. Preciso ver...

A última coisa que Laila viu foi Séverin fechando os olhos e levantando os braços para proteger o rosto. Laila não viu a luz atrás de si, mas a viu cair sobre o rosto dourado de Ruslan.

Esconda seu rosto diante de Deus.

Sob o contato da luz, o metal do rosto de Ruslan se afundou. Um grito rasgou a garganta dele enquanto seu rosto derretia, seu crânio escorregando pela carne vermelha.

Mas o ouro permaneceu em seus ossos.

Ruslan tinha ossos brilhantes, pensou Laila. Como um deus. Como o esqueleto que encontraram nas margens.

E, bem antes de o metal derreter, bem antes de a morte o roubar, Laila viu os olhos dele se arregalarem. O patriarca caiu de joelhos, boca aberta — por quê?

Um brilho estranho cintilou, refletindo no espelho dourado onde seu rosto estivera. Parecia luz estelar reunida e, ainda assim, de alguma forma, insondável, como a pele negra entre as estrelas.

Não cabe a você ver isso.

Foi o último pensamento de Laila antes que a luz a engolisse.

35

ENRIQUE

Mesmo antes de ver a escrita nos degraus, Enrique sabia que aquele era um fim.
Um fim para o quê, não sabia dizer. Chegara até ali pensando que poderia arrancar um pedaço de grandeza para si. Pensou que qualquer coisa que estivesse naquela pedra pudesse trazer seus sonhos a uma distância alcançável. Até imaginou que Séverin poderia fazer o impossível...

Nos segundos antes de fechar os olhos e a luz sair do portal, Enrique viu os amigos nos degraus polidos do zigurate. Viu Hipnos e Zofia encostados um no outro, o rosto dos dois sujo e manchado de lágrimas. Viu Laila deitada nos degraus, esfarrapada como uma boneca. E então havia Séverin, régio como sempre, não como os deuses, mas como os reis. Quando a luz o tocou, Enrique imaginou o amigo parecido com os reis de antigamente... aqueles que já haviam subido os degraus dos zigurates, feito sacrifícios e oferendas aos pés dos deuses, e sabiam que sua grandeza não vinha sem um preço.

Enrique observou Séverin dedilhar uma das cordas. Se emitiu algum som, ele nunca chegou a ouvir... mas sentiu o templo recuar. Naquele segundo, foi como se o mundo tivesse mudado sobre seu próprio eixo...

como se as estrelas no céu tivessem parado para ver o que aconteceria em seguida.

Enrique imaginou longos dedos esguios feitos de música puxando sua caixa torácica, dedilhando seus ossos como se fossem cordas de um alaúde, como se pudessem transformá-lo em uma nota que fazia parte da música que movia o universo.

36

SÉVERIN

Séverin Montagnet-Alarie não era nenhum desconhecido da morte. A Morte o tratava como um filho. A Morte o despertava do sono, o induzia a testar suas ambições e o tranquilizava — como uma mãe afastaria o cabelo da testa do filho e puxaria um cobertor até o queixo dele — de que não havia isso de ambição muito grande. Afinal, a Morte estaria sempre lá. E nenhum medo se comparava ao dela.

Mas, nos segundos em que se abaixou para dedilhar a lira divina, Séverin vivenciou uma morte para a qual não estava preparado.

Aqui, nos degraus de pedra do antigo templo, Séverin vivenciou a morte da certeza.

Foi o momento em que a convicção se transformou em confusão, e Séverin não teve outra escolha senão agarrar-se a uma esperança de asas fracas. Séverin sabia que era destinado à divindade, mas os dedos frios da dúvida penduraram novas palavras no final desse conhecimento:

Séverin sabia que era destinado à divindade... *não era?*

Desde que descobrira a verdade de sua linhagem e tomara posse da lira, Séverin imaginara esse momento a cada hora de cada dia. Todas as manhãs, ele virava o instrumento em sua mão e olhava para as linhas lavanda no interior de seu punho, conhecendo a promessa que pulsava em seu sangue: *Em suas mãos estão os portões da divindade...*

Aquilo não era o destino?

Não era aquele o propósito de glória que ele sempre esteve destinado a concretizar? Não era aquela a razão pela qual seus pais haviam morrido, por que os sete pecados o criaram e treinaram sua língua para se acostumar com a amargura, por que ele segurara Tristan em seus braços e não se movera mesmo quando o sangue começara a esfriar em sua própria pele, por que a mulher que amava estava se desvanecendo desde o dia em que se conheceram?

Mas então por que sua imaginação não correspondia à cena ao redor dele?

Imaginara que subiria esses degraus, imaculado e brilhante, de coração leve. Imaginara Enrique risonho, Hipnos dando uma piscadela, Zofia sorrindo e Laila... *viva.* E agora?

Séverin não conseguia nem virar a cabeça, mas sentia o espírito fragmentado deles ao redor de si. Ouviu Hipnos chorando baixinho e a quietude apavorada de Zofia. Ouviu Enrique murmurando orações e, acima de tudo, ouviu o silêncio da alma de Laila.

Não era assim que deveria ser.

— Eu posso dar um jeito nisso — disse Séverin, mantendo a cabeça baixa.

O templo desmoronava ao redor dele. Sua garganta doía. Seus ouvidos latejavam. Ele levantou a mão, tocando as cordas brilhantes da lira...

— Eu posso dar um jeito em tudo — sussurrou. — Não posso?

Aquelas palavras já não mais lhe pareciam um conhecimento.

Pareciam uma crença.

E, foi ali, naquele espaço entre fato e fé, que Séverin se encontrou orando pela primeira vez em mais de uma década.

— Por favor — implorou ele enquanto seus dedos dedilhavam o instrumento.

Por favor, me mostra que eu estava certo.

Por favor, dá um jeito nisso.

Por favor...

Algo o envolveu, e Séverin sentiu como se tivesse sido temporariamente desancorado do próprio tempo. Em poucos segundos, descobriria que estava errado sobre muitas coisas e certo sobre uma: a lira podia refazer o mundo. E refez.

VENEZA, 1890

Luca e seu irmão, Filippo, escondiam-se nas sombras da Ponte Rialto quando aconteceu.

Até dois dias antes, eles não sentiam fome graças ao homem do cais. O homem lhes dera maçãs cheias de moedas, mas agora eles só tinham mais duas, e o homem havia desaparecido. Luca se perguntou o que acontecera com ele.

Duas noites antes, houve uma explosão nas lagoas. De acordo com os boatos nos cais, a *polizia* não fizera nenhuma prisão. Em geral, Luca pouco se importava, mas a explosão não resolvida levara a mais patrulhamento nos mercados, o que tornou roubar muito mais difícil.

Toda vez que chegava perto de roubar uma maçã ou um pão das barraquinhas, ele via a *polizia* com seus grandes cassetetes Forjados e era forçado a recuar para as sombras. Não havia nada que pudesse fazer. Se não roubasse, seu irmão não comeria. E, se fosse pego roubando, o irmão ficaria indefeso.

Luca se virou para Filippo.

— Tá com fome?

Filippo fez cara de coragem e balançou a cabeça em negativa, mas seu estômago roncou alto.

Luca cerrou a mandíbula, tentando ignorar a dor lancinante na boca do estômago. Em vez disso, olhou para a gôndola cruzando as águas. Um menino se encostava no pai, meio adormecido, um doce desembrulhado no colo. A boca de Luca se encheu de saliva. Por que eles tinham que se esgueirar pelos cantos? Todos os dias seriam desse jeito?

Naquele exato momento, Luca ouviu uma música.

Ela vinha do nada e de todos os lugares. Ondulava as águas da lagoa. Sacudia as lamparinas de cristal que pairavam sobre as ruas e fazia com que os pratos de comida e mercadorias Forjadas caíssem no chão.

Filippo ofegou, apontando para os pratos Forjados que sustentavam pães que caíam e se estilhaçavam a apenas três metros de onde estavam escondidos. Luca avançou, aproveitando a distração da *polizia*, enfiou os pães sob a jaqueta e agarrou o irmão.

Eles saíram em disparada... a estranha música mordendo seus calcanhares, puxando o coração dos dois. Luca sabia, no fundo de seus ossos, que o mundo estava prestes a mudar, embora não pudesse dizer por quê. Longe dos sons altos e estrondosos, os irmãos atacaram a comida roubada.

Talvez, pensou ele, enquanto rasgava o pão... talvez o mundo mudasse a ponto de que Luca enfim pudesse tirar uma casquinha dele.

NOVA YORK, 1890

Um grupo de colecionadores relaxava em uma sala cheia de fumaça na reunião semanal da Sociedade Histórica de Artefatos Forjados de Nova York quando aconteceu.

Em um momento, o leiloeiro levantou uma caixa de ouro e lápis-lazúli do tamanho de um estojo de rapé. Um hipopótamo de jade esculpida parecia levantar a cabeça e depois parcialmente desaparecer na superfície azul, como se fosse uma verdadeira criatura deitada nas águas do Nilo. Milhares de anos antes, o objeto brilhante havia sido o brinquedo favorito de um jovem príncipe, tão estimado que fora colocado ao lado de seu túmulo para que pudesse continuar brincando com ele mesmo na vida após a morte.

O leiloeiro pigarreou.

— Dizem que esta peça em particular foi o brinquedo favorito do filho de Akhenaton e é uma doação de nossos maravilhosos amigos da Ordem de Babel...

— *Amigos*? — Um dos membros riu alto. — Que belos amigos, se tudo o que nos dão são brinquedos inúteis!

Um grupinho de membros sentados à mesa do homem começou a concordar em voz alta.

— É verdade! — disse outro. — Por que deveriam ter todo o tesouro glorioso só para eles...

— Eu digo que devemos tentar pegar outra coisa...

Mas talvez o objeto estivesse cansado de ser tomado.

Pois, no momento seguinte, ele explodiu, cobrindo a sala de fragmentos azuis e dourados, de modo que parecia que o céu da manhã havia caído ao redor deles.

MANILA, FILIPINAS, 1890

Esmeralda estava escondida do lado de fora do escritório de seu pai quando aconteceu. Em suas mãos havia uma cópia roubada de *La Correspondencia de Manila*. Os pais dela se recusavam a deixá-la ler o jornal, mas Esmeralda ansiava por provas de que o mundo era maior do que ela imaginava.

Aos catorze anos, Esmeralda se tornara tão certa de que seus pais prefeririam que ela passasse o restante de seus dias com o cabelo bem preso, as mãos bem dobradas no colo, e tudo tão arrumado, delicado e ordeiro que um vento forte a deixaria histérica.

— O que vem a seguir? — Ela ouviu o pai resmungar no escritório. — Você viu a petição das mulheres de Malolos?

— Elas querem ir para a *escola noturna* — disse um de seus amigos, rindo.

— Será que elas esqueceram mesmo qual é o lugar delas? — perguntou outro.

Por trás da porta fechada, Esmeralda franziu a testa. Tinha lido tudo sobre as mulheres que entregaram uma petição para permitir que estudassem. Entregaram diretamente ao governador-geral Valeriano Weyler. Esmeralda gostaria de ter caminhado ao lado delas, assinado seu nome e assistido à tinta secar no papel. Gostaria de poder seguir os passos de seus irmãos e primos e aprender.

E foi então que aconteceu.

Anos mais tarde, Esmeralda secretamente imaginou que, naquele dia, os anjos acima haviam ouvido sua oração. Que talvez o som que rasgou sua casa fosse a melodia celestial de mil trombetas, do tipo que ela via pintada no interior das catedrais... do tipo que sinalizava que Deus estava do lado dela.

37

SÉVERIN

contecera.

Séverin está no topo do zigurate.

A uma curta distância, há uma plataforma incrustada de joias, drapeada em sedas translúcidas e cercada por tocos de velas derretidas que cintilam como várias estrelas apanhadas. Uma essência aromática de rosas preenche o ar, e um zumbido de alaúdes distantes e sinos tilintantes adorna o céu noturno como ornamentos preciosos.

Aqui, entende Séverin, é terra sagrada.

Mas por que ele está aqui?

Em suas mãos estão os portões da divindade, não deixe ninguém passar.

Sabe que isso não é divindade, mas ainda assim é algo sagrado. Séverin pisca e sente o peso embriagante da responsabilidade enchendo seu peito. Embora tenha tocado a lira divina, talvez este seja o mais alto prestígio que ele vai alcançar.

Ele está aqui como um emissário dos céus.

Ele está aqui para se comunicar com algo superior.

Ele está aqui, totalmente mortal, para tocar o eterno.

E nada mais.

— Senhor — diz uma voz ao lado dele.

Séverin olha para a direita. Um homem de pele clara usando um véu lhe oferece uma vela. Outra pessoa aparece diante dele segurando um grande círculo de bronze polido que funciona como um espelho. Nele, Séverin pode ver atrás de si uma cidade antiga em meio a uma festa. Ele se vê e percebe que está usando as vestes de um rei. Uma túnica de marfim e um manto delicadamente tingido de escarlate, feito de lã penteada e seda, cobrem seu corpo. Uma fita de ouro finamente martelado envolve sua testa. Alguém passou kohl em torno dos olhos dele.

— Ela está além — informa o homem com o véu.

Ela.

Quando se move para a plataforma, ele vê uma silhueta esbelta atrás das cortinas iluminadas por velas, e percebe que a plataforma é, na verdade, uma cama. Há uma mulher esperando por ele lá, e Séverin compreende que ela às vezes é uma sacerdotisa e, às vezes, uma deusa... mas sempre está fora de alcance.

Lentamente, ele afasta as sedas e a vê reclinada contra tecidos ricos e travesseiros bordados com fio de prata. Há moedas de ouro enfiadas em seu cabelo. Ela usa uma camisa de linho finíssimo tingido de vermelho- -vivo. Suas mãos estão adornadas com hena, como se fosse uma noiva, e ele sabe que, esta noite, é isso o que ela é.

— *Majnun* — diz ela.

Séverin se lembra de si mesmo. De todos os seus eus. Ele se lembra de olhar para o corpo sem vida de Laila. Ao lado, os amigos tomados pela tristeza.

— Laila — chama ele, e o nome dela derrete como uma oração em sua língua. — O que aconteceu?

Uma sombra cruza o rosto dela, mas desaparece em seguida. Em vez disso, ela se move um pouco, dando tapinhas no lugar ao seu lado.

— Vem aqui — diz ela.

Ele a obedece. Quase tem medo de tocá-la, temendo que ela se dissolva sob seus dedos. Mas é poupado da decisão quando Laila alcança sua mão. Sua pele está quente. Quando ele olha para o rosto dela, ela sorri, e é o sorriso com o qual sonhou muitas vezes.

Neste momento, Séverin conhece a paz.

— Vai ficar tudo bem — diz Laila. — Eles estão seguros, Séverin. Ninguém vai machucá-los. Ninguém pode nos tocar aqui.

Essa certeza percorre seu corpo e, embora Séverin imaginasse que qualquer fracasso doeria, desta vez ele sente como se uma pressão estivesse saindo de seu peito. Não está resignado à mortalidade, mas estranhamente aliviado por ela, pois neste momento sabe que fez tudo o que podia e que, mesmo falhando, conseguiu manter as pessoas que ama seguras.

Séverin pestaneja e se lembra de suas perdas. Pensa nos olhos cinzentos de Tristan, no perfume de laranja do cabelo da mãe, na expressão dura da boca de Delphine Desrosiers.

Antes ele pensava que toda aquela dor deveria estar a serviço de algo maior, mas agora sabe que nunca foi algo que pudesse entender. E, quando olha para o céu noturno abismal, ele sente uma serena satisfação em não saber.

Ele se vira para Laila.

— A gente morreu?

Laila cai na gargalhada.

— Por que você pensaria uma coisa dessas?

— Talvez porque isso se pareça muito com o céu — responde ele, acariciando suas mãos.

Laila entrelaça os dedos deles, e a caixa torácica de Séverin parece que pode explodir de alegria.

— E o que te deixa tão certo de que teria permissão pra entrar no céu? — indaga Laila.

Séverin sorri.

— É só a esperança de que você ficaria tão terrivelmente solitária e entediada sem mim que daria um jeito de me trazer pra cá.

Laila volta a rir e vira o rosto para ele. Séverin percebe que há uma linha de ouro na garganta dela e que, quando a brisa muda, a luz das velas se prende nas curvas exuberantes de seu corpo.

Ela levanta o queixo dele com um dedo.

— E como você curaria todo esse tédio, *Majnun*?

Séverin se reclina nos travesseiros. Há muito tempo não se sente tão leve, tão desapegado da tristeza.

— Você tá pedindo uma demonstração?

— Ou duas — diz Laila, inclinando-se para beijá-lo com vontade. Depois de um momento, os lábios dela se movem até sua orelha. — Ou três.

Séverin não perde tempo. No fundo de sua mente, ele sabe que esse paraíso não pode durar. Que, mais cedo ou mais tarde, a realidade que deixou para trás vai acertar a conta com ele mais uma vez, inevitável como o amanhecer.

Ele enfia as mãos no cabelo dela, segurando-a contra si e saboreando cada respiração rápida, cada breve suspiro. Ele beija a linha do pescoço dela e traça cada curva com admiração e frustração, como se ela fosse uma caligrafia sagrada em uma linguagem que ele não sabe falar, mas deseja decifrar. Depois de um tempo, Laila o puxa para baixo, jogando a perna sobre o quadril dele e o guiando até ela. O mundo desaparece. Os dois se unem como um hino, o sagrado transformado em música, e, embora Séverin saiba que não é um deus, sua breve posse sobre o eterno faz com que ele se sinta infinito.

Mais tarde, muito mais tarde, Laila se enrosca em seu peito. Ele alcança a mão dela, beijando a hena no punho. A cidade abaixo está silenciosa. Uma linha de ouro toca o céu, e Séverin não consegue explicar a lenta angústia que percorre seu corpo.

— Você sabe, não é? — pergunta Laila, baixinho.

Há um nó na garganta dele. Sim, ele imaginou, mas não consegue se forçar a dizer.

— Foi o único jeito, Séverin — diz ela. — Uma vez que a lira foi tocada, o mundo mudou. O templo foi o começo e o fim da Forja, e, como eu sou Forjada e humana, o templo me pediu para ficar e guardá-lo. Eu supervisionarei seu poder enquanto ele remove a Forja do nosso mundo. Em troca... eu vou curar. Eu vou *viver*.

Séverin sempre esteve maravilhado com ela, mas, neste momento, sua admiração beira a reverência.

O templo realmente pode conceder poderes de divindade, mas não o escolheu. Escolheu a ela. Ele alcança suas mãos, beijando os batimentos em seu punho, e os dois ficam assim por mais alguns momentos até Laila voltar a falar:

— Você me prometeu milagres, *Majnun* — comenta ela, acariciando seu peito. — Me fala deles agora, para que eu tenha com o que sonhar.

Por um momento, Séverin não consegue falar, de tanta dor que sente, mas o amanhecer é rápido, o tempo é finito, e ele deve fazer uso do que lhe foi dado.

Séverin coloca a mão dela em seu peito e pensa em milagres. Uma vez, ele lhe prometera sapatos de cristal e maçãs da imortalidade. Agora, deseja mostrar a ela algo completamente diferente.

— Eu vou... vou aprender a fazer bolo — promete ele.

Laila solta um som de deboche.

— Vai sonhando.

— Não! — diz ele. — Eu vou. Farei um bolo para você, Laila. E nós... vamos fazer um piquenique. Vamos dar morangos um na boca do outro para o total nojo e repulsa de nossos amigos.

Laila tremelica em silêncio, e ele torce para que seja de tanto rir. A noite desaparece rapidamente. Um tom venenoso de azul toca o céu.

— Você promete? — pergunta ela.

— Eu prometo isso e mais, se te fizer voltar — jura Séverin. — Eu prometo levar você e Hipnos para o balé no inverno. A gente pode ficar na fila pra comprar castanhas assadas e tentar impedir Zofia de recriar essa iguaria em casa com uma lareira aberta na biblioteca. A gente pode passar um dia inteiro à beira da lareira, lendo livros e ignorando o Enrique lendo por cima dos nossos ombros...

— *Majnun* — repreende ela.

Mas ele não terminou e aperta a mão dela com força.

— Eu prometo que podemos ficar de bobeira como se fôssemos deuses com tesouros infinitos cheios de tempo sobrando.

A luz fica mais forte, e Séverin se vira para ela. Beija-a com voracidade. As lágrimas dela molham seu rosto.

Ela abre a mão contra a dele e, quando a luz toca suas palmas unidas, é como se tivessem sido unidas por mil amanheceres.

— Você e eu sempre estaremos conectados — afirma ela. — Enquanto eu viver, você também viverá. Eu sempre estarei com você.

Séverin sente — esse novo entrelaçamento entre a alma deles —, mas não entende o que isso significa.

— Laila... espera. Por favor.

Ele sabe que nunca vai esquecê-la, mas memoriza seus detalhes mesmo assim: açúcar e água de rosas, a linha de bronze da garganta dela, seu cabelo cor de tinta, de modo que apenas poetas possam escrever à sua sombra. Quando volta a beijá-la, os dentes dela batem nos dele, e o momento é tão dolorosamente humano que quase o leva às lágrimas.

— Eu vou voltar pra você, *Majnun* — promete ela. — Eu te...

O amanhecer chega.

Rouba a noite e suas últimas palavras em um só fôlego e, então — tão cerimoniosamente quanto o trouxe até o céu —, o libera sem cerimônia de volta à realidade dele.

38

HIPNOS

Nos anos que se seguiram, Hipnos nunca teria certeza do que havia vislumbrado naquele dia no topo do zigurate. Imaginara uma presença senciente e celestial... um dilúvio de luz dourada. Mas não era isso. Não podia ser ordenado em algo tão direto quanto a cor.

Se é que se pode dizer isso, era como uma música viva, ondulante e incompreensível.

Por um único momento no tempo, aquela música percorreu Hipnos, de modo que ele era como um painel secreto de vidro pelo qual a luz do sol brilhava e a luz da lua se movia, e aquilo tanto o iluminou quanto clareou suas ideias. Ele viu todas as pessoas que havia sido. O menino que adorava cantar, forçado a manter a boca fechada. O menino que ansiava por música e estava cercado por mil tipos diferentes de silêncio (o silêncio da raça de sua mãe, o silêncio de seus próprios desejos, o silêncio dos quartos luxuosamente decorados que ele assombrava como um fantasma). Durante toda a vida, Hipnos se sentiu como um conjunto de notas errante, desesperado por ser transformado em música, e havia encontrado isso nos amigos que se tornaram família. Mesmo com eles, Hipnos se sentia nervoso, como se a qualquer momento pudessem expulsá-lo da música deles... mas essa grande música o assegurou do contrário. A música lhe disse que ele era suficiente do jeito que era, que sua alma continha uma sinfonia própria, pois assim ele havia sido feito.

Mas então a música o libertou.

E ele ficou com a memória de vastidão... e a mais tênue sugestão de calor.

PARTE VI

39

ZOFIA

Três dias depois de escaparem do zigurate em ruínas e deixarem Poveglia para trás, Zofia sentava-se em um compartimento particular em um trem a caminho de Paris. O mundo já havia mudado. Segundo todos os jornais, objetos Forjados antigos em todo o mundo haviam parado de funcionar.

Ninguém sabia por quê.

Havia relatos de protestos fora das igrejas, enquanto líderes religiosos gritavam que aquilo era um sinal de que Deus estava decepcionado com eles. Os industriais falavam de como a invenção moderna eliminava por completo a necessidade de Forja. A arte daqueles com afinidade com a mente ou com a matéria permaneceu intacta, mas Zofia suspeitava de que um dia... até mesmo isso mudaria.

Em meio a toda a incerteza, havia uma coisa que Zofia sabia sem sombra de dúvida: ela não sabia o que aconteceria em seguida.

No passado, isso a teria incomodado. Ela teria passado toda a viagem de trem contando os pendentes de cristal pendurados nas luminárias. Agora, ela se encontrava muito menos incomodada com o desconhecido. Mesmo que o mundo estivesse escuro, Zofia sabia que poderia ser uma luz.

Sozinha no compartimento, Zofia olhou para a mão, na qual o enorme anel de granada de Laila agora brilhava em seu dedo. Dentro da joia, o número marcava *zero*.

Um dia, pensar em ver aquele número já havia paralisado Zofia. Mas aquilo ficara no passado, e, embora não tivesse terminado como ela imaginava, não a tinha deixado sem chão.

Zofia flexionou os dedos sob o peso do anel de granada. Ela o encontrara perto das margens de argila do lago na caverna, caído ao lado de uma lamparina quebrada. Devia ter escorregado da mão de Laila antes de entrarem no santuário.

Meses antes, quando Laila pediu a Zofia para que lhe fizesse o anel, a engenheira não gostara da ideia da pedra vermelha. Era a cor do sangue e lembrava Zofia dos sinais de alerta que já vira colocados em torno dos laboratórios da universidade.

— Eu gosto de vermelho — insistira Laila, sorrindo. — É a cor da vida. Na minha aldeia, as noivas nunca usavam branco porque consideramos ser a cor da morte. Em vez disso, usamos vermelho-vivo. — Laila dera uma piscadela. — Além disso, acho que o vermelho cai bem em mim.

Zofia virou o anel em seu dedo. Quando pensava em Laila, uma dor se abria dentro dela. Lembrava-se da amiga deitada sem vida na pedra, o templo desmoronando ao redor deles. Lembrava-se da luz ardente e da abertura do portal. Mas, depois disso, as lembranças de Zofia ficavam confusas. Ela não conseguia mais se lembrar do que vislumbrara do outro lado, mas recordava a sensação de uma calma extraordinária. Quando abrira os olhos, o templo estivera silencioso e Laila havia desaparecido.

Séverin pressionara as mãos no lugar onde ela havia desaparecido, com a cabeça baixa.

— Ela disse que vai voltar... quando puder.

Não houvera respostas além dessa, nem tempo para olhar ao redor do templo, que continuara a desmoronar e a se partir. Apesar de não saber ou entender para onde Laila havia ido, Zofia não estava preocupada com a amiga.

— Fênix?

Zofia ergueu os olhos e viu a porta de seu compartimento aberta e Enrique parado na entrada. Ele usava um terno azul-escuro, e o chapéu puxado sobre a cabeça quase escondia o curativo da orelha ferida.

— Posso te fazer companhia? — perguntou ele.

Zofia assentiu com a cabeça, e Enrique sentou-se diante dela. Nos dias desde que voltaram de Poveglia, houvera tanto a fazer e discutir, que trazer à tona seus sentimentos não tinha sido uma prioridade. Havia viagens para organizar, o L'Éden para contatar e a Ordem de Babel com a qual lidar.

Hipnos enfim havia entrado em contato com eles, encerrando assim a perseguição da Ordem e exonerando a equipe do que aconteceu no Conclave de Inverno uma semana antes... Agora, no entanto, a Ordem desejava entrevistá-los a respeito da morte de Ruslan e da Casa Caída. Eles concordaram em inventar uma história para evitar mencionar o templo sob Poveglia e o que aconteceu lá. Mas, sinceramente, Zofia nem mesmo sabia o que vira. Quando tentava se concentrar naqueles minutos, tudo o que conseguia lembrar era uma sensação de calma.

Sozinha com Enrique pela primeira vez em dias, Zofia percebia seus sentimentos aguçados. Mais apurados. Ela se lembrou do beijo deles... de como ele segurara a mão dela quando os esqueletos-sereia tentaram atraí-la para o lago... como eles lutaram contra a escuridão com chamas gêmeas.

Zofia queria dizer algo a ele, mas o quê? Que gostava de estar perto dele? Que queria beijá-lo de novo? O que isso significaria? Quando olhou para Enrique, viu que ele olhava para o anel em seu dedo.

— Você acredita no que Séverin disse? — perguntou ele, baixinho.

— Sobre a Laila? Que ela tá mesmo bem e segura... onde quer que esteja?

— Sim — disse Zofia, sem hesitar.

— Por quê? — Quis saber ele.

Zofia abriu a boca, depois fechou. Não havia ciência por trás de sua resposta. E, ainda assim, ela sonhara com Laila muitas vezes desde que haviam deixado Poveglia. Em seus sonhos, a amiga sentava-se ao lado dela e dizia que tudo ficaria bem, que não havia nada a temer. Zofia não conseguia quantificar de onde vinha sua certeza nem localizar sua fonte além da substância frágil dos sonhos. E, portanto, as únicas palavras que vieram a ela não eram dela, mas de Enrique, as mesmas palavras que ele usava com tanta frequência para provocar Zofia.

— Vamos dizer que é um palpite — disse ela.

Um sorrisão surgiu no rosto dele. Enrique olhou pela janela e seu sorriso diminuiu.

— Sei que é ridículo, mas às vezes... eu sonho com ela. Escuto ela dizendo que tudo vai ficar bem — revelou ele.

Zofia arregalou os olhos.

— Você também sonha com ela?

Enrique olhou de volta para ela. Suas sobrancelhas se arquearam. Zofia reconheceu sua expressão como descrença.

— Isso não pode ser coincidência — disse ele, balançando a cabeça. — Não acho que algum dia vou entender...

Zofia não sabia o que dizer. Enrique tinha razão. Ele nunca entenderia, nem ela.

— Agora o que fazemos? — perguntou o historiador, olhando para ela.

Uma pausa se estendeu entre os dois. O trem emitia um som baixo enquanto percorria os trilhos. A chuva embaçava as janelas de vidro.

Zofia imaginara que o mundo pararia por completo dentro do templo, e ainda assim ele continuou, ganhando velocidade e ímpeto apesar das mudanças. A ciência silenciosamente se afirmou no caos. Um objeto em movimento permaneceria em movimento a menos que recebesse a ação de uma nova força. Zofia se perguntou se isso se aplicava a seus sentimentos por Enrique. Talvez sempre ficasse assim — silencioso e igual —, a menos que ela agisse. No passado, não teria dito nada. Temia a rejeição. Temia acreditar que estava agindo fora do convencional.

Mas, agora, ela percebeu que não se importava mais.

Zofia respirou fundo. Em sua mente, imaginou Laila sorrindo, toda encorajadora, e isso lhe deu força para falar.

— Eu gosto de você, Enrique. Muito.

Zofia estudou o rosto dele. O olhar de descrença mudou. Um canto de sua boca se ergueu. Seus olhos se enrugaram.

Era felicidade.

— Eu também gosto de você, Zofia — confessou ele, antes de acrescentar: — Muito.

— Ah — exclamou Zofia. — Que bom.

Ela não planejara o que diria depois disso. Seu rosto estava pegando fogo. Suas mãos formigavam.

— Posso... segurar sua mão? — perguntou ele.

Zofia puxou as mãos mais para o colo.

— Eu não gosto de segurar mãos.

Enrique ficou quieto. Ele fez um som de "humm", e Zofia se perguntou se o chateara, se ele iria embora ou...

— Me diz do que você gosta — pediu ele.

— Eu... eu queria que você se sentasse mais perto de mim.

Ele se moveu e se sentou ao lado dela. Os ombros deles se tocaram. A perna dele roçou em sua saia. Zofia olhou para Enrique. Queria beijá-lo de novo. Queria saber se deveria perguntar primeiro ou simplesmente pressionar seu rosto contra o dele, mas então lembrou que, se ele estava levando um tempo para perguntar do que ela gostava, ela deveria retribuir.

— Você gosta disso? — perguntou ela.

Ele sorriu.

— Gosto.

— E agora, o que a gente faz? — indagou Zofia.

Enrique riu.

— Imagino que descobriremos um dia depois do outro.

Zofia gostou daquilo.

Eles tinham acabado de se acomodar em um silêncio confortável quando a porta do compartimento foi aberta mais uma vez, e Hipnos enfiou a cabeça para dentro.

— Eu tô largado às traças — anunciou ele. — Vou me juntar a vocês.

Enrique revirou os olhos.

— E se eu dissesse que você tá interrompendo?

— Tenha paciência, *mon cher*, eu nunca interrompo. Eu só complemento ou melhoro, e, de qualquer forma, não é sua permissão que busco, é a da nossa Fênix.

— Eu gosto quando você está aqui — disse Zofia.

Hipnos a fazia rir. Quando os três estavam juntos, Zofia sentia como se estivesse em terreno mais firme.

— Viu só? — provocou Hipnos, mostrando a língua para Enrique antes de se jogar no assento oposto ao deles.

Como Enrique, Zofia notou que o olhar de Hipnos se fixou em seu anel de granada.

— Sabe — começou ele, baixinho —, eu sonho com ela.

Enrique olhou para Zofia e depois para Hipnos.

— Nós também.

Hipnos deu uma risadinha, os olhos brilhando com lágrimas.

— Não sei o que vou fazer quando voltar... a Ordem tá uma bagunça. Já nem tenho mais vontade de fazer parte dela.

— Então não faça — disse Zofia.

Parecia bem simples para ela, mas Hipnos apenas sorriu.

— E o que fazer da minha vida, *ma chère?* — perguntou ele. — Não dá pra dizer que meu estilo de vida seja considerado econômico, e, embora eu goste de uma boa languidez, ficaria entediado sem uma ocupação.

— A Ordem de Babel ainda possui tesouros... sejam eles Forjados ou não, ainda são poderosos — disse Enrique, antes de acrescentar: — E, para início de conversa, eles nunca pertenceram à Ordem. Tenho certeza de que haveria trabalho em devolver esses objetos a seus legítimos donos e países.

Hipnos meneou a cabeça. Parecia pensativo.

— Hum — murmurou Hipnos, olhando para Enrique. — Sabia que você é muito mais do que um rostinho bonito? Também é bastante inteligente.

— Fico feliz que tenha notado — respondeu Enrique em tom monótono.

— Ah, eu noto muitas coisas — comentou Hipnos, sorrindo enquanto seu olhar alternava entre Enrique e Zofia.

O trem avançou, e Hipnos se virou para olhar a porta parcialmente aberta do compartimento. Zofia se perguntou onde Séverin estava.

Desde que saíram de Poveglia, ele mal havia falado com os três. De certa forma, isso a lembrava de como ele agira após a morte de Tristan. Mas desta vez, mesmo em seu silêncio, Séverin ajeitara as coisas para eles em vez de desaparecer. Até mesmo havia garantido a Enrique e Zofia que, não importava o que os esperasse em Paris, ambos sempre teriam um lar e um trabalho no L'Éden.

— Alguém viu ele desde que a gente embarcou? — perguntou Hipnos.

Zofia balançou a cabeça em negativa. Pelo que sabia, Séverin havia se certificado de que eles soubessem onde ficavam seus lugares e depois saíra para caminhar sozinho pelos compartimentos.

Enrique suspirou.

— Acho que de todos nós, ele deve se sentir pior... quer dizer, ele...

— Amava ela?

Zofia rapidamente ergueu a cabeça para ver Séverin os olhando. Ele estava com as mãos nos bolsos. Sua expressão era impenetrável.

Ao lado dela, Enrique corou.

— Séverin, eu...

— É a verdade — disse Séverin. — Dói, mas *c'est la vie.*

Todos o encararam em silêncio.

— Vocês se dão conta de que comprei essa cabine inteira pra nós e, ainda assim, vocês três estão socados num único compartimento que mal tem espaço pra duas pessoas? — observou Séverin.

— Mesmo assim... se a gente se espremer, ainda cabe uma quarta — disse Hipnos, encostando-se na parede da janela. — Se quiser se juntar a nós?

Séverin olhou para o pequeno assento. De início, Zofia pensou que ele daria meia-volta e iria embora, mas não foi o que fez. Lentamente, ele se sentou ao lado de Hipnos.

— Isso era o que ela teria querido, não era? — perguntou Séverin.

Ficaram quietos por um momento antes de Enrique dizer:

— Você acha que a Laila ia gostar de ser espremida num compartimento de trem com essa colônia do Hipnos que é de dar nos nervos? Tenho minhas dúvidas.

Hipnos bufou.

— Como você ousa? *Eau du Diable Doux* é uma fragrância rara e cobiçadíssima, vendida a dedo para poucos...

— Talvez porque, em grandes quantidades, queimaria os pelos do nariz da população em geral.

Zofia riu. Um sorriso repuxou até mesmo a boca de Séverin. Foi breve, mas estava lá. Os quatro observaram a chuva do lado de fora da janela. Zofia não podia dizer que estava feliz. Laila não estava ali, e o destino de Hela ainda pesava muito em seus pensamentos... mas a engenheira se sentia esperançosa em relação ao futuro. Esse futuro era incerto, mas era, como Enrique havia dito, algo a ser descoberto um dia de cada vez.

No dia seguinte, depois que se estabeleceu mais uma vez em sua suíte no L'Éden, Zofia encontrou um bilhete à espera dela no laboratório.

ATENÇÃO URGENTE REQUERIDA
TELEGRAMA AGUARDANDO MME. ZOFIA BOGUSKA
DE SR. E SRA. IZAAK KOWALSKI

Kowalski? Zofia não reconhecia o nome. Ela balançou o corpo um pouco no lugar, sentindo aquela sensação sombria de pânico do desconhecido flutuando nos recantos de seus pensamentos.

Não, disse para si mesma. Zofia respirou fundo, abriu os olhos e contou os alambiques e as garrafas familiares ao redor dela. Então, com os ombros erguidos, deixou o laboratório e rumou ao saguão principal.

Nos últimos dias, o L'Éden se transformara. Desde a notícia dos objetos Forjados falhando ao redor do mundo — alguns dos quais explodiram e até feriram pessoas —, o L'Éden removera quase toda a sua decoração Forjada.

Agora, o majestoso saguão era austero, iluminado por dezenas de velas. O mármore preto havia substituído os pisos de madeira polida, de modo que quase parecia que os convidados pisavam no próprio céu noturno. Acima, Séverin removera os lustres, e uma extensão exuberante de vegetação cobria o teto. Flores claras cresciam de cabeça para baixo, e vinhas espessas se agarravam às colunas que sustentavam a escada ornamentada.

Quando Zofia cruzou o saguão e passou pelos convidados muito bem-vestidos, seu coração começou a acelerar. Sobre o que era o telegrama? E de quem era?

O faz-tudo de Séverin a cumprimentou com uma pequena reverência.

— *Mademoiselle* Boguska, como posso ajudá-la?

— Tem um telegrama pra mim — informou Zofia.

— Ah, sim — disse ele, tirando a mensagem do bolso da jaqueta. — Posso ajudar em mais alguma coisa?

Zofia pegou o telegrama com as mãos trêmulas.

— Você pode mandar o *monsieur* Mercado-Lopez me encontrar aqui?

— Claro.

O faz-tudo saiu com uma pequena reverência, deixando Zofia com o telegrama na mão.

Ela quase desejou poder fingir nunca ter visto o bilhete na mesa de seu laboratório, mas seria como perder a carta de Hela tudo de novo... e Zofia estava cansada de se esconder das coisas que fugiam de seu controle.

Talvez fosse apropriado que, na noite anterior, Zofia tivesse sonhado com Laila. No sonho, elas estavam sentadas nos bancos altos da cozinha do L'Éden, mergulhando no leite quente biscoitos de açúcar perfeitamente claros.

Você sabe o que vai acontecer em seguida?, perguntara Zofia.

Laila balançara a cabeça em negativa. *É tão desconhecido pra mim quanto é pra você.*

Você não parece assustada, comentara Zofia.

Tudo o que posso fazer é esperar por uma alegria inesperada... e, se acabar sendo escuridão, bem, nada pode manter a luz afastada para sempre.

Zofia prendeu a respiração enquanto rasgava o envelope. Dentro, havia um quadradinho de papel creme.

Você recebeu minha carta sobre nosso casamento secreto? Não tive notícias suas. Vamos fazer uma visita em um mês.

Com todo meu amor,

Hela

Zofia suspirou alto, deixando os ombros caírem para a frente. Atrás dela, ouviu o som de passos apressados.

— O que aconteceu? — perguntou Enrique, correndo em sua direção. Ele parou apenas para beijá-la na bochecha, um hábito pelo qual Zofia havia começado a ansiar. — São más notícias?

— Não — disse Zofia, sorrindo e olhando para ele. As palavras de Laila no sonho lhe vieram à mente. — É... uma alegria inesperada.

40

ENRIQUE

DOIS MESES DEPOIS

Enrique disparou pelos longos corredores da galeria do L'Éden, fazendo um levantamento dos artefatos que haviam adquirido: uma estátua de bronze *kinnari* do Reino de Sião, três jarras canópicas cheias dos órgãos internos de um faraó desconhecido e a escultura de jade de um cavalo da dinastia Yuan. Havia muitos mais tesouros nos corredores, mas esses eram os únicos objetos que ainda precisavam ser embalados. O resto repousava sem fazer barulho em caixotes de madeira cheios de palha, esperando o dia em que seriam enviados de volta aos países a que pertenciam.

De certa forma, Enrique estava de volta ao ponto de partida.

Mais uma vez, eles roubavam os artefatos da Ordem de Babel. Novamente, ele catalogava a fabricação, o material, a história. Novamente, ele entrevistava e se correspondia com possíveis colecionadores nativos que se consideravam depositários culturais e guardiões tanto da história quanto do patrimônio. Pessoas assim eram diferentes dos membros da Ordem, que teriam guardado esses tesouros para si mesmos. Em vez disso, tratava-se de pessoas que prometiam cuidar dos artefatos até que o período de agitação política e cívica passasse, e eles pudessem mais uma vez ser expostos com orgulho para o benefício de todos.

E, no entanto, apesar da familiaridade das incumbências atuais, era a nova quietude que fazia esses corredores parecerem estranhos para o historiador.

Outrora, esses objetos Forjados teriam estado, à própria maneira, *vivos*. Agora, estavam perfeitamente imóveis.

Em todo o mundo, o fenômeno dos antigos objetos Forjados que perdiam sua animação era agora conhecido como o Grande Silêncio. Alguns culparam Deus. Outros, os poluentes industriais. Mas, não importava a que fosse atribuída a culpa, a consequência era a mesma: em pouco tempo a Forja seria uma relíquia do passado.

Mesmo a arte popular da Forja — candelabros flutuantes e ilusões que confundiam os sentidos — havia se tornado suspeita. Pela primeira vez em todos os anos em que Enrique trabalhara no L'Éden, os candelabros haviam sido parafusados às paredes em vez de flutuarem com serenidade pelos saguões. Isso fazia todo o lugar parecer estranhamente vazio.

— O que você tá fazendo? Não estou acostumado a te ver parado sozinho no escuro.

Enrique se virou e deu de cara com Séverin na entrada do corredor. Então acenou, e o rapaz cruzou o caminho na direção dele.

— Estou experimentando novos passatempos — disse Enrique. — Meditação melancólica, caminhadas dramáticas... até posso começar a exalar suspiros longos e lamentosos.

— Me parece um excelente uso do tempo — brincou Séverin. — Por acaso, sou perito em meditação melancólica, se quiser instruções.

— Que generoso da sua parte.

— Generosidade é meu mais recente novo hábito — disse Séverin, olhando para as caixas coletadas. — Embora eu duvide que a Ordem veja dessa forma. Acredito que ainda pensem que estou atrás da minha antiga herança. Até chegaram a me oferecer ela de novo, o que foi... estranho.

— E você tá atrás *do quê*? — perguntou Enrique.

O olhar de Séverin ficou distante e, ele, quieto. O rapaz havia mudado consideravelmente nos últimos dois meses. Diariamente, insistia que todos comessem juntos. À noite, fazia perguntas sobre a vida deles e às vezes até ria. Fiel à sua palavra, Séverin não havia desaparecido dentro de si mesmo, mas havia momentos em que parecia que, em seus novos lapsos de silêncio, estava em outro lugar completamente distinto.

— Acho que eu tô atrás de paz... seja lá o que isso possa parecer — disse ele, antes de gesticular para as caixas montadas. — Meu propósito parece bem claro.

Havia uma clareza suave na voz de Séverin. Uma espécie de saudade que o fazia parecer mais velho. Séverin enfiou a mão no bolso do paletó, abrindo a lata de cravos. Enrique franziu o nariz.

— Tem mesmo que fazer isso?

— Temo que sim — afirmou Séverin. Ao guardar a lata de cravos, ele tirou um envelope. — Aliás, pensei que você gostaria de ver isso. Acredito que esta seria, o quê, a *sexta* carta que mandam pra você?

Enrique reconheceu a escrita no envelope. Era dos Ilustrados. Desde o Grande Silêncio, parecia que alguns dos grupos Ilustrados finalmente estavam interessados nos tratados de Enrique sobre o poder cultural dos objetos.

— Algo assim — respondeu Enrique.

Séverin suspirou.

— Pensei que fosse isso o que você queria.

Tinha sido, pensou Enrique. Mas não mais.

— Arriscando parecer excepcionalmente pomposo, devo perguntar se o que está te segurando é alguma... fraqueza que notou da minha parte — disse Séverin. — Eu vou te apoiar não importa aonde você for, Enrique.

— Eu sei disso — declarou Enrique, e falava sério.

— Você não apoia mais a causa deles?

— Claro que apoio! — afirmou Enrique, enfiando as mãos nos bolsos. — Eu ainda acredito na soberania das nações colonizadas. Ainda quero ver as Filipinas tratadas como algo mais do que um estado vassalo da Espanha. Eu só... não acho que preciso pertencer ao grupo pra fazer a diferença. Vou responder, claro, e continuar escrevendo coisas para *La Solidaridad*... mas acho que devo encontrar meu próprio caminho.

— Entendo — disse Séverin, baixinho.

— Tive uma mudança de perspectiva — comentou Enrique.

No silêncio, ele sabia que ambos estavam pensando no zigurate.

Nenhum dos dois jamais poderia descrever por completo o que sentiram naquele momento em que a luz do portal Tezcat final os inundou. A cada dia que passava, a lembrança parecia mais suave. E, no entanto, às vezes o sentimento o atravessava em um assombro, e Enrique se lembrava de que havia tocado a vastidão e sentido a pulsação do universo dançar em seus ossos. Ele se lembrava de como era passar os dedos pelo infinito.

— Como você planeja encontrar seu próprio caminho? — perguntou Séverin.

Que estranho, pensou Enrique. Ele havia perguntado algo semelhante a Laila na noite anterior, em seus sonhos.

Às vezes, sonhava com ela. Às vezes, ele e Laila simplesmente caminhavam pacificamente ao longo de uma costa que Enrique já visitara quando criança. Enrique esperava por essas visitas. Se era realmente ela ou não, não parecia importar, pois o sentimento que vinha em seguida era sempre o mesmo. Era uma sensação de paz.

Na noite anterior, eles haviam conversado em uma sala que parecia a biblioteca do L'Éden.

Você está feliz, meu amigo?, perguntara ela.

Estou... feliz, Enrique havia confidenciado. E era verdade. Andava passando mais tempo com Zofia e Hipnos, e, juntos, os três pareciam ter tropeçado em uma felicidade única. *Mas às vezes me sinto perdido. Não suponho que você tenha algum conselho ou visão celestial.*

Não acho que esteja perdido, dissera Laila. *Você só tá procurando pela coisa que te preenche de luz.*

Enrique tinha franzido a testa. *Só porque é um sonho não quer dizer que você precisa ser tão enigmática, sabe?*

Laila havia sorvido seu chá dos sonhos e arqueado uma sobrancelha. *Se eu não soasse estranha e profética, então o sonho não seria memorável.*

Touché. Ele rira, e os dois brindaram com as xícaras de chá.

— Enrique? — chamou Séverin.

Enrique saiu abruptamente da lembrança.

— Talvez eu deva te deixar com seus pensamentos — disse Séverin, batendo com carinho nas costas dele. — Ah, e toma cuidado pra trancar quando sair. Tem crianças no hotel. É melhor não as deixar correr por aqui.

O queixo de Enrique caiu.

— *Crianças*? Desde quando você permite que crianças pisem aqui?

— Desde que descobri como é muito mais lucrativo permitir que famílias visitem — respondeu Séverin. Mas havia uma distância treinada em sua voz.

Havia algo que Séverin não estava dizendo. Enrique abriu a boca para perguntar quando, de repente, Séverin pigarreou.

— Vejo você no jantar — falou ele. — Aproveite sua melancolia.

— Pode deixar — disse Enrique, franzindo a testa enquanto Séverin se retirava apressadamente pelo corredor.

Por cerca de uma hora, Enrique tentou evitar que a melancolia tomasse conta, verificando três vezes o estado de vários artefatos, mas a mesma pergunta continuava surgindo em seus pensamentos.

Como ele planejava encontrar seu caminho?

A Laila do sonho sugerira procurar pela coisa que o preencheria de luz, mas o que isso significava? Viajar pelo mundo? Adotar um novo passatempo?

Foi nessa hora que Enrique ouviu passos suaves atrás de si. Ele se virou e encontrou um menino de cerca de dez anos que havia encontrado seu caminho pelo corredor e agora cutucava as asas da estátua *kinnara* dourada, meio humana, meio pássaro.

— *Não* toque nisso! — alertou Enrique, caminhando até ele.

O menino, uma criança de aparência bastante séria, de pele clara e um emaranhado de cabelo loiro gelado, olhou para Enrique com ar de desafio.

— Por que não?

Enrique abriu a boca e depois a fechou. Por algum motivo, o menino o fazia se lembrar de Zofia, dourada e teimosa. E sua curiosidade fazia com que o historiador se lembrasse, estranhamente, de si mesmo. Sabia que havia muitas maravilhas a serem encontradas nas dependências do L'Éden. Arriscar-se a entrar nessa galeria em particular significava que o menino primeiro tinha escolhido passar o tempo na biblioteca em vez de ficar do lado de fora em um brilhante dia de primavera.

Enrique quase fez uma careta ao se lembrar dos problemas em que se metera quando tinha a idade desse menino.

— Você tem sorte de eu não ter uma *tsinela* — murmurou ele.

O menino franziu a testa.

— Uma o quê?

— Deixa pra lá — disse Enrique, suspirando.

O menino fez uma careta, e Enrique se lembrou de fazer uma expressão semelhante sempre que antecipava que alguém estava prestes a gritar com ele. Odiava ser repreendido e preferia muito mais quando alguém lhe explicava algo.

— Você sabe quantos anos essa estátua tem? — perguntou Enrique, apontando para a *kinnara* dourada.

O menino negou com a cabeça.

— Pelo menos sete mil anos.

O menino esbugalhou os olhos. Por que as crianças tinham olhos tão grandes? Enrique não conseguia explicar por que continuou falando.

— Você... gostaria de segurar?

O menino fez que sim, entusiasmado.

— Muito bem — disse Enrique, tirando do bolso um par de luvas reserva. — É muito importante, quando manuseamos tais objetos, tratá-los com o máximo respeito. Você tá segurando um pedaço do tempo, e deve ter muito cuidado com ele.

Com ar solene, o menino calçou as luvas. Ele arfou um pouco quando Enrique colocou a estátua em suas mãos.

— Essa estátua é chamada *kinnari* — explicou ele —, uma criatura meio humana, meio pássaro. Acreditava-se que eram espíritos guardiões que vigiavam os humanos em tempos de perigo. Um pouco como anjos.

As sobrancelhas do menino subiram até a testa.

— Existem mais coisas além dos anjos?

Enrique ficou bastante surpreso. Havia se preparado para ser refutado na hora, ou para receber uma resposta zombeteira de que anjos não podiam se parecer com a estátua dourada nas mãos do menino. Mas as crianças eram diferentes. Apesar da pequena estatura, elas pareciam muito mais dispostas a aceitar a expansividade do mundo, enquanto os adultos pareciam perder esse dom com a idade.

Enrique descobriu que queria mostrar ao menino outros objetos apenas para ver a reação dele.

— Você gostaria de ver vasos canópicos? Eles costumavam conter os órgãos da realeza egípcia!

O menino arfou de leve.

Oh-ou.

— Espera, eu...

Mas era tarde demais. O menino havia corrido pelo corredor e desaparecido pela porta. Enrique tentou ignorar a pontada aguda que sentiu ao se virar. Pensou que seria a última vez que veria o menino, mas, alguns minutos depois, ouviu uma correria de passos se aproximando. Ele se virou lentamente e deu de cara com pelo menos uma dúzia de crianças o olhando. Na frente, o menino de cabelo loiro parecia sem fôlego e animado.

— Nós queremos ver os vasos canpópicos!

— São *canópicos* — corrigiu Enrique no automático.

Ele olhou para o mar de rosto animados e cheios de expectativa. Nem mesmo sua melhor audiência parecia tão encantada.

— Heinrich diz que eles costumavam conter os órgãos da realeza egípcia, mas isso não tem como estar certo — acusou uma menina, cruzando os braços na frente do peito. Ela fez uma pausa esperançosa. — Tem?

Enrique caminhou sem pressa até a jarra canópica, tocando-a levemente.

— Heinrich está correto. Nossa história começa há cerca de cinco mil anos...

Enrique logo descobriu que as crianças eram vorazes.

Depois que contou a elas sobre o significado religioso dos vasos canópicos, elas quiseram saber sobre os terríveis submundos e quais monstros viviam lá. Então quiseram saber sobre deuses e deusas de diferentes terras, de cujos nomes nunca tinham ouvido falar. Cada revelação era recebida com aplausos e admiração. Nunca houve um momento em que parecessem entediadas com a palestra do historiador.

E, com cada novo pedacinho de história ou novo relato, Enrique imaginou que de fato podia ver a imaginação das crianças se flexionando em novas direções.

Depois de um tempo, a curiosidade das crianças se voltou até para ele.

— O que aconteceu com sua orelha? — perguntou uma das crianças.

Enrique tocou a leve bandagem de linho sobre o ferimento. Não doía mais, mas a ausência de sua orelha ainda o surpreendia.

— Ouvi dizer que ele lutou contra um urso que estava guardando os tesouros e foi assim que ele a perdeu...

— Isso é mentira! — disse outra. — Ursos não guardam tesouros. São os *dragões*.

Enrique riu. As crianças tinham dezenas de perguntas, e ele mal conseguia responder uma a uma.

— Conta outra história pra gente! — pediu uma.

— Tem múmias aqui? Você já viu uma?

— *Posso* ver uma múmia?

Enrique mal conseguira acalmá-los começando a história do deus egípcio Osíris — uma versão abreviada, é claro, pois não era de toda adequada para crianças —, quando uma mulher alta e de pele escura, vestindo um rufo de pele, entrou nos corredores.

— Eu achei eles!

Uma horda de adultos a seguiu, gritando o nome dos filhos.

Ah, céus, pensou Enrique. Se esses pais estivessem furiosos com ele e perguntassem seu nome, decidiu que se apresentaria como Séverin Montagnet-Alarie.

Um por vez, os pais buscaram os filhos.

— Não, eu quero ficar! — protestou uma menina. — A gente estava aprendendo sobre múmias!

Um menino se recusou a se mover e se sentou no chão.

— Você vai contar mais coisa pra gente amanhã? — perguntou outro menino antes de ser arrastado pelo pai.

A criança solene de cabelo loiro ficou para trás, tentando se esconder atrás de uma das caixas de armazenamento. A mãe, uma mulher alta com um tufo de cabelo preto, riu e o convenceu a sair.

— As crianças parecem estar bastante encantadas com você — comentou ela. — Espero que não tenham sido muito incômodas.

— Elas... elas não foram incômodo algum — garantiu Enrique.

Pelo contrário, foi a coisa mais divertida que ele fizera em algum tempo. A intensa curiosidade das crianças era como uma fornalha em que todo o seu ser poderia se aquecer, e o entusiasmo delas o fez desejar voltar à sua pesquisa e vê-la com novos olhos.

— Qual é o seu nome? — perguntou a mulher.

— Sév... quero dizer, Enrique — disse ele. — Enrique Mercado-Lopez.

— Bem, estou em dívida com você por sua generosa instrução. Tenho a sensação de que você causou uma grande impressão nele, e não vou parar de ouvir falar disso por dias — falou a mulher, sorrindo de orelha a orelha. — Heinrich? Agradeça ao gentil professor.

— Ah, eu não sou professor... — começou Enrique, mas ninguém pareceu ouvi-lo.

— Obrigado, professor Mercado-Lopez — disse o menino.

Enrique se surpreendeu. Não havia imaginado o quanto adoraria o som desse título.

— *Eu* que agradeço — respondeu ele, sentindo o coração apertar contra as costelas.

— Eu sei o que quero fazer da minha vida — anunciou Enrique horas depois.

Encontrava-se no limiar da biblioteca onde ele, Hipnos e Zofia haviam concordado em se encontrar antes de descer para jantar. Zofia cutucava a lareira, enquanto Hipnos se encolhia em uma poltrona, com uma taça de vinho tinto na mão.

Hipnos ergueu uma sobrancelha.

— Fazer bebês?

— Não!

— Você não quer filhos? — perguntou Zofia.

— Não neste momento, não — disse Enrique.

Hipnos tomou um longo gole de vinho.

— *Roubar* bebês.

— De jeito nenhum! — negou Enrique. — Isso não tem nada a ver com bebês! Bem, talvez um pouco a ver com crianças, mas...

— Agora eu tô confusa — comentou Zofia.

— Acho que gostaria de ensinar — disse Enrique, antes que Hipnos ou Zofia pudessem interpretar mal suas palavras. Suas falas saíram num ímpeto: — Eu gosto que o aprendizado inspira outros a pensar por si mesmos e a olhar o mundo de maneira diferente. Eu não quero simplesmente tentar mudar o mundo sozinho, impondo minhas ideias às pessoas... Prefiro muito mais encorajá-las a pensar de maneira diferente. Acho que é daí que vai vir a mudança *duradoura* e... e acho que eu seria um professor bastante bom.

Ele esperou um momento, preparando-se para as reações dos dois.

— Nós já sabíamos disso — informou Zofia.

— O q-quê? — gaguejou Enrique.

— De verdade, não consigo entender por que você demorou tanto pra chegar a uma conclusão que Zofia e eu já concordamos que seria o melhor uso dos seus talentos — disse Hipnos.

Enrique não conseguia decidir se estava mais satisfeito ou irritado.

— Obrigado por me informar.

— Coisas assim são melhor descobertas por conta própria — argumentou Hipnos. — Embora eu esteja curioso... o que te fez perceber isso?

Enrique se viu pensando na conversa do sonho que teve com Laila. Pensou no sorriso felino dela e no horizonte de outro mundo iluminando-a.

— Suponho que se poderia dizer que é porque a ideia me encheu de luz — disse Enrique.

41

SÉVERIN

SEIS MESES DEPOIS

Séverin Montagnet-Alarie não era um deus. Como tal, não podia mudar o passado, o que não significava que não podia se libertar dele.

Séverin olhou pela janela do escritório, girando nervosamente uma lata de cravo nas mãos enquanto observava o caminho sinuoso de cascalho que levava à entrada do L'Éden. Eles chegariam em breve, e Séverin não tinha certeza do que fariam do lugar...

Era o início do inverno e, sob o sol quebradiço, a cidade parecia mais frágil. Do outro lado dos gramados, trabalhadores cavavam buracos e erguiam treliças, enquanto outros colocavam lonas para proteger as flores. No ano seguinte, as treliças ostentariam rosas de todas as cores e fragrâncias. Mas, em meio a toda aquela profusão de beleza, havia apenas uma estrela no jardim.

Séverin e uma equipe de jardineiros tinham levado quase um mês inteiro para encontrar uma única roseira sobrevivente da variedade que Tristan havia plantado e que Séverin arrancara do chão e queimara. Tristan nunca havia nomeado suas rosas, então o dever recaiu sobre Séverin. Dali em diante, aquela variedade seria conhecida para sempre como L'Énigme.

Enquanto algumas coisas haviam sido reconstruídas, outras foram destruídas.

O Jardim dos Sete Pecados não existia mais e, embora alguns hóspedes do hotel lamentassem o fato de não poderem mais dizer que passaram pelo inferno e voltaram a tempo do jantar, Séverin descobriu que já tivera o suficiente do inferno.

Em seu lugar, Séverin construíra um santuário de reabilitação para pássaros que, por diversos motivos, não podiam mais sobreviver na natureza. Havia pássaros canoros que caíram de seus ninhos muito jovens, pombos maltratados por mágicos ambulantes, pardais que já haviam se encontrado nas garras de gatos atacantes. Havia também outras aves, que foram sequestradas de suas casas nativas e trazidas para Paris como objetos de curiosidade. Pássaros com plumagem que rivalizava com os pores do sol, papagaios com bicos multicoloridos, falcões de olhos dourados e criaturas com uma crista de arco-íris na testa. Todos eles encontraram um lar no L'Éden e agora eram cuidados por um veterinário e zoólogo residente e, surpreendentemente, por Eva, que aposentara sua arte e se mudara para o L'Éden junto do pai doente. Para Séverin, cada pássaro carregava um pedaço de Tristan. Quando eles saravam, era quase como se, aos poucos, seu irmão também estivesse sarando.

À noite, Séverin caminhava pelo aviário. Na maioria das vezes, não olhava para os pássaros, mas sim para o chão, onde sua sombra se estendia irreconhecível ao lado dele.

Naqueles momentos, podia fingir que não era sua sombra, mas sim a de Tristan. Ele podia fingir que o irmão caminhava ao seu lado, com Golias equilibrado no ombro. Naqueles momentos, o murmúrio caótico de Paris desaparecia, substituído pela poesia secreta do canto dos pássaros e pelo bater de asas curativas, e às vezes — *às vezes* — Séverin quase podia ouvir Tristan suspirando. O som era como a paz se desprendendo da dor e ganhando asas para o céu.

Uma batida à porta do escritório tirou Séverin de seus pensamentos.

— Entre.

Enrique apareceu com um sorriso esperançoso no rosto e um feixe de papéis nos braços.

— Eles já chegaram? Porque eu estava pensando... ahh!

Um grito alto ecoou pelo escritório, e Séverin se virou para encontrar Argos caminhando em direção a Enrique.

Argos era... estranho. O pavão de um ano tinha sido mantido nos apartamentos apertados de uma madame de bordel, que abandonou a criatura na rua com sua plumagem arrancada. Quando chegou ao L'Éden, ele havia atacado todos que tentaram cuidar dele, exceto Séverin. Um mês depois, com boa comida e mais espaço para vagar, Argos se transformara em uma criatura bela e ilustre. Por razões desconhecidas para a equipe e apesar das frequentes tentativas de conduzi-lo para outro lugar, Argos também começara a seguir Séverin por todos os cantos.

— Você pode chamar seu guarda demoníaco? — perguntou Enrique.

— Argos — disse Séverin, gentil.

O pavão bufou, acomodando-se perto da lareira. O pássaro não tirou os olhos de Enrique, que o contornou.

— Sendo bem sincero, essa *coisa* me faz preferir a companhia do Golias.

— Ele não é tão ruim — disse Séverin. — Talvez um pouco superprotetor, mas tem boas intenções.

Enrique o encarou.

— O Argos quase botou o novo chef pra correr.

— O chef cozinhou demais o halibute. Não posso dizer que discordo do Argos em sua avaliação do homem.

Enrique bufou, depois lhe entregou os papéis.

— Estas são as novas potenciais aquisições.

Agora que a Forja era vista com suspeita, o poder da Ordem de Babel havia desaparecido, e eles foram forçados a vender seus consideráveis tesouros aos maiores licitantes do público. Industriais e magnatas ferroviários ricos disputavam a chance de exibir a história em suas salas de estar, enquanto Séverin e sua família lutavam para devolver esses artefatos a seus donos originais ou, na falta disso, a museus em suas terras natais.

No passado, Séverin roubara por causa da arrogância de poder tirar da Ordem de Babel. Agora, sentia-se honrado com a ideia de guiar a história para diferentes lares. A história até podia ser moldada pela língua dos conquistadores, mas não é uma forma ou história fixa, e, com cada objeto que repatriavam, era como adicionar ou reformular uma frase em um livro cujas páginas eram tão largas e infinitas quanto um horizonte.

Séverin folheou a pesquisa.

— Bom trabalho. Vou dar uma olhada e vamos finalizar um projeto para o outono.

Enrique fez que sim com a cabeça, seu olhar se desviando para a janela.

— Você está pronto?

— Claro que não.

— Bem, pelo menos você é sincero — observou Enrique, com um pequeno riso. — Não se preocupa... você vai contar com ajuda.

— Eu sei.

— Eu acho... acho que ela ficaria feliz... em saber o que você tá fazendo — disse Enrique, baixinho.

Séverin sorriu.

— Eu também acho.

Ele pensou, mas não tinha certeza. Com o tempo, foi percebendo que os outros sonhavam com Laila. Nos sonhos, ela até falava com eles. Mas nunca falava com Séverin.

Ele a esperava todas as noites e, embora às vezes a *sentisse*... nunca a via. Naqueles momentos em que mais sentia a falta dela, pensava na promessa que Laila tinha feito. *Eu sempre vou estar com você.* Sem saber se isso era verdade, ele não teve escolha a não ser acreditar.

— Bem. Eu preciso ir — disse Enrique. — Tenho que me preparar para as palestras de amanhã, e gostaria de fazer isso antes que eles cheguem.

— Eu aviso quando chegarem — informou Séverin. — Por favor, se certifica de que Zofia guardou tudo que seja muito inflamável...

— Já fiz isso — garantiu Enrique. Ele franziu a testa. — Ela não ficou feliz.

— E diga a Hipnos pra não beber na frente deles.

— Eu comprei uma xícara de chá pra ele colocar vinho. Ele também não ficou feliz.

— E vê se tenta não dar uma palestra pra eles logo que fizerem uma pergunta a respeito de qualquer coisa na propriedade — pediu Séverin.

Enrique ficou bastante ofendido.

— Seria realmente uma palestra? — Ele levantou as mãos e agitou os dedos. — Ou seria uma *inquietação* do mundo que eles conhecem?

Séverin olhou para ele.

— Talvez já tenha coisa inquieta demais nesta casa.

— Aff — bufou Enrique. Ao se virar para a porta, lançou um olhar mordaz para Argos, que cochilava ao lado da lareira. — Você é um frango superfaturado e supercolorido, e tem sorte de não ser nem *remotamente* comestível. Espero que saiba disso.

Argos continuou dormindo.

Séverin riu. Quando Enrique saiu, ele acariciou as penas de Argos e depois voltou para a mesa. Sobre a superfície de madeira havia um ouroboros manchado que já havia ficado preso à lapela de seu pai. Séverin traçou o formato aos poucos, lembrando-se da zombaria na voz de Lucien Montagnet-Alarie quando transmitiu o que considerava ser o conselho mais precioso para seu filho:

Nunca podemos escapar de nós mesmos, meu filho... somos nosso próprio fim e começo, à mercê de um passado que não deixa de se repetir.

— Você está errado — disse Séverin, baixinho.

Mesmo enquanto dizia aquilo, ele não sabia realmente se falava a verdade. Havia muito que não podia dizer que sabia. Não sabia o que significava quando Laila dissera que eles sempre estariam conectados enquanto ela vivesse. Não sabia se ela cumpriria sua promessa e voltaria para ele. Não sabia se seus esforços fariam a diferença, ou se o mundo continuaria indiferente e deixaria seu legado na poeira.

Do lado de fora da janela, ouviu-se o som de cascos batendo no cascalho. O coração de Séverin acelerou quando ele olhou pela janela e os viu pela primeira vez em meses: Luca e Filippo, os irmãos órfãos de Veneza. Levou séculos para localizá-los, e apenas um mês para que os papéis de adoção fossem feitos. Séverin se preparara para esse momento por quase um ano, mas, naquele instante, o peso total do que estava empreendendo o deixou sem ar.

Séverin engoliu em seco, a mão que apoiava no parapeito da janela ficando branca, enquanto prendia a respiração e observava Luca e Filippo saírem da carruagem. Não foi um grande passo, mas Luca estendeu a mão para o mais novo, Filippo, e não a soltou mesmo quando já estavam no cascalho. Embora tivesse providenciado comida e abrigo, eles ainda estavam muito magros e pequenos demais para a idade. Com suas roupas muito grandes e novos cortes de cabelo, pareciam crianças trocadas que haviam caído no mundo humano. Quando Luca envolveu o braço em torno do irmão, Séverin sentiu uma forte dor nas costelas.

Lentamente, soltou a respiração.

Lentamente, soltou o parapeito da janela.

Atrás dele, Argos soltou um grito inquisitivo.

— Chegou a hora — anunciou ele.

Séverin lançou um último olhar para o broche do ouroboros. Talvez o pai dele tivesse razão. Talvez ele estivesse se enganando, e tudo o que estava fazendo era assumir seu lugar em um ciclo sem fim fora de seu controle. Talvez seu último beijo em Laila não passasse de uma ilusão provocada pelo templo em ruínas. Talvez ela existisse nas franjas dos sonhos e nada mais.

Mas a fé era uma coisa teimosa, e a rotação do mundo apenas servia como um torno que a tornava muito mais afiada à medida que cortava a névoa de tudo o que ele não sabia.

Poderia viver com esse desconhecido?

Poderia fazer as pazes com isso?

Sim, pensou ele, embora muitas vezes se sentisse mais certo em alguns dias do que em outros.

No entanto, ele faria igual à maioria dos mortais.

Ele tentaria.

EPÍLOGO

A primeira vez que fez um bolo, Séverin usou sal em vez de açúcar. Foi, como Enrique gentilmente disse, um completo desastre. Mesmo assim, Séverin ficou encantado. Laila considerara impossível que ele alguma vez fizesse um bolo. Fazer aquilo, não importa o quanto fosse terrível, o fazia pensar que talvez outras coisas que pareciam impossíveis pudessem se tornar realidade.

E, de certa forma, elas se tornaram. O tempo tratou Séverin com uma mão leve e, a cada ano que passava, ele começou a entender o que Laila quis dizer quando prometeu que sempre estariam conectados.

Nenhum fio de cabelo grisalho tocava sua cabeça. Nenhuma ruga marcava seu rosto. Isso surpreendera Enrique e irritara bastante Hipnos, que, de todos ali, acreditava ser o mais merecedor da juventude eterna.

O próprio Séverin não se importava necessariamente com a juventude eterna. Na verdade, isso apenas complicava a vida dele em Paris e a tutela de Luca e Filippo, mas ainda era um sinal. Um sinal que ele não entendeu até falar com Zofia.

— Significa que ela ainda está viva — disse Zofia. — Ela prometeu conexão, e cumpriu.

Enquanto eu viver, você também viverá.

Zofia sorriu para ele. Pela primeira vez, Séverin notou linhas de riso ao redor de seus olhos e boca, e ele ficou feliz que a vida a tivesse marcado com alegria.

— Séverin... acho que isso significa que ela também vai cumprir a outra promessa.

A outra promessa dela.

Era uma coisa que nenhum deles jamais ousou dizer em voz alta, como se a promessa fosse tão frágil que a pronunciar novamente quebraria a possibilidade ao meio.

E, ainda assim, ele carregava a esperança disso dentro de si todos os dias: *Eu voltarei para você.*

Com o passar dos anos, ele começou a sonhar com Laila. Às vezes, ela visitava seus sonhos todas as noites durante uma semana. Às vezes, desaparecia por anos. E ainda assim, toda vez que voltava, ela dizia a mesma coisa: *Eu nunca terminei o que comecei a dizer pra você naquela noite.*

Ele sabia o que ela queria dizer. Ela dissera: "Eu te..." e então o mundo o arrastara para longe.

Me conta agora, dizia ele, e toda vez ela balançava a cabeça em negativa.

Não, Majnun. Eu também preciso de algo com que sonhar.

O mundo continuou a girar.

Guerras eclodiram, reinos caíram, modas mudaram. Os anos passaram num piscar de olhos e, ainda assim, apesar do implacável impulso do tempo, Séverin encontrou momentos que pareciam ancorá-lo. Teve a primeira vez que Luca o abraçou e Filippo adormeceu com a cabeça em seu ombro. Como ele, parecia que os meninos tinham muitos pais, mas, nesse caso, era impossível dizer qual dos pais era mais amado.

Zofia conduzia experimentos científicos e ensinava números a Filippo quando ele tinha dificuldades na escola. Hipnos deu a Luca sua primeira bebida aos dezesseis anos e passou a noite toda ao lado dele enquanto o garoto vomitava e jurava nunca mais tocar numa garrafa. Enrique contava histórias que os mantinham acordados à noite, e Séverin fazia o que sua mãe, *tante* FeeFee e Tristan haviam tentado fazer todos aqueles anos: ele tentava proteger.

Até mesmo Argos gostou dos meninos e não parecia se importar quando eles colocavam as penas caídas de sua cauda nas calças e imitavam o estranho pássaro.

No início, Séverin conseguia esconder a juventude contínua com maquiagem teatral. Mas, a cada ano que passava, sua juventude ficava mais difícil de disfarçar. Após vinte anos, não dava mais para esconder. Naquele dia, ele passou com alegria as rédeas do L'Éden para os filhos adotivos.

Com Hipnos, ele construiu museus e arquivos, financiou estudiosos visitantes e emprestou suas peças ao redor do mundo. Enrique continuou a ensinar e escreveu livros que ganharam reconhecimento internacional. Zofia criou e patenteou invenções proeminentes e foi nomeada aluna honorária da *L'École des Beaux-Arts*. Séverin estava presente quando Luca se casou e quando Filippo embarcou em um navio que o levaria para longe da Europa, para as Américas. Séverin brincou com crianças e netos, e passou inúmeras noites junto à lareira quente onde Zofia, Enrique e Hipnos haviam feito um lar entre os três.

Séverin esteve ao lado deles pelo restante da vida do trio, e continuou presente para seus descendentes muito depois que Enrique, Zofia e Hipnos haviam passado deste mundo para o próximo.

No trabalho, ele manteve vivos os legados dos amigos e, enquanto isso, esperava que Laila cumprisse com sua promessa.

Em outubro de 1990, Séverin desceu do metrô de Paris e seguiu para sua casa no oitavo *arrondissement* de Paris. Uma leve geada sussurrava no ar. Artistas cantavam nas ruas, e meninas passavam brigando pelo uso de um Walkman.

O apartamento ficava no último andar do agora renovado Hotel L'Éden. O governo o declarara monumento histórico alguns anos antes por conta do passado como uma instituição renomada do século XIX, com arquitetura excepcional e o berço da rosa L'Énigme, uma das flores mais populares de Paris.

Para Séverin, sua casa era L'Éden no nome... e nada mais. Os jardins haviam desaparecido. A biblioteca se tornara um cobiçado local de casamento, e as suítes escondidas de seu escritório foram convertidas num bar chique, cheio de supermodelos e atores nos fins de semana. E, ainda assim, como fazia todos os dias, Séverin parava diante das portas que ele mesmo havia desenhado... e esperava que hoje fosse o dia em que ela voltaria. Esperava pelo que parecia ser uma eternidade, e, a cada ano, sua esperança só ficava mais forte. A esperança o guiava pela mão enquanto ele continuava seu trabalho em vários museus. A esperança inclinava seu queixo para o céu. A esperança o induzia a acordar de manhã e enfrentar o dia com os ombros erguidos e a coluna reta.

E assim, como sempre, e com esperança no coração... Séverin abriu as portas.

No momento em que entrou no L'Éden, sentiu os pelos da nuca se arrepiarem. Olhou ao redor do saguão com um pé atrás, mas nada parecia fora do comum. Mesmo assim, a luz aparentava vacilar através das janelas. Sem saber por quê, seu coração começou a acelerar quando ele entrou no elevador privativo. Lá dentro, se recompôs. Talvez estivesse com tontura de fome ou então uma febre começava a surgir... mas então as portas do elevador se abriram.

A primeira coisa que Séverin notou ao entrar no corredor não foi uma pessoa, mas um perfume. O inconfundível aroma de água de rosas e açúcar. Ele prendeu a respiração, não querendo soltá-la para o caso de nada daquilo ser real. Mas então a porta de seu apartamento se abriu. Uma sombra esguia pousou sobre o tapete. Séverin não conseguia levantar o olhar. Sua esperança era muito pesada, muito dolorosa. Quando foi forçado a voltar a respirar, sentiu como se fosse o primeiro suspiro de uma nova vida.

Por anos, ele tinha vivido não como um deus ou um homem, mas como um fantasma e, com duas palavras, ele se vê gloriosamente ressuscitado. Duas palavras que quase o fazem acreditar em magia, porque, ao som delas, o tempo, há tantos anos tão parado para ele, agora levanta a cabeça ansiosamente e começa a avançar mais uma vez.

—Olá, *Majnun.*

AGRADECIMENTOS

O fim...
Não consigo acreditar que a trilogia *Os lobos dourados* tenha oficialmente terminado. Essa história viveu em meu coração por tanto tempo que me sinto um pouco vazia e extremamente *chorosa* ao saber que essa história chegou ao fim.

Ainda mais avassaladora do que essa tristeza catártica é a dívida de gratidão que devo a todos que ajudaram a dar vida a essa história. Meu maior agradecimento vai para meus leitores, que gritaram a respeito dessa trilogia por todos os cantos da internet. Obrigada pela arte de vocês, pelas playlists, pelos memes, pelas mensagens, pelos bookstagrams e pelo entusiasmo. Meus agradecimentos especiais aos membros da indomável equipe de rua dos Lobos Dourados! Não consigo dizer o quanto seu apoio e as edições de fotos lindas (e muitas vezes hilárias) me animaram e inspiraram. Um agradecimento especial a Mana, uma das primeiras leitoras e campeãs desta trilogia, que gentilmente emprestou seu humor impecável e talento criativo para compartilhar esta história com ainda mais leitores.

Como sempre, sou grata às várias equipes que supervisionaram as vendas, os aspectos editoriais, a gravação de áudio, a produção do livro — DE

VERDADE, A TODO SER HUMANO — na Wednesday Books. Eileen, obrigada por sempre me apoiar e por todos os "socos românticos". DJ, obrigada por celebrar a magia da história. Mary, obrigada por dar a essa história um lugar extra brilhante na publicidade! Obrigada a Christa Desir pela cuidadosa edição e por gentilmente domar minha Tendência a Capitalizar Coisas Sem Motivo.

Para minha família na Sandra Dijkstra Literary Agency, obrigada! Para Thao, agente extraordinária, que é a campeã mais feroz por aqui. Para Andrea, por todos os passaportes de livros e a documentação cuidadosa das elaboradas montagens de Halloween. Para minha assistente, Sarah, que garante que eu esteja viva e em funcionamento.

As amizades que fiz na comunidade de escritores são meu *coven* favorito de bruxas. Renee, JJ, Lemon, a amizade de vocês é uma magia que eu aprecio profundamente. Lyra, obrigada por lançar seu Olho do Terror sobre meus rascunhos. Ryan, pela sequência inspiradora de mensagens animadas. Jennifer, que me levanta quando sou pisoteada por dias ruins de escrita.

Para os amigos que me lembram do mundo fora da minha cabeça, obrigada. Niv, melhor das amizades e melhor pessoa entre as sonhadoras. Bismah, enigmática e sábia como um gato. Marta, o mais quente dos suéteres humanos. Cali, para conversas ao estilo do personagem Stitch. Ali, para noites como batatas dançantes. McKenzie, para caminhadas bêbadas no cemitério. Cara-Joy, a mais fashion e intimidante das líderes de torcida. A totalidade dos Golden Hores (Kaitlin, MeiLin, Nico, Hailey, Katie, Natasha) — sou grata ao bom humor, à companhia e à gentileza de vocês em serem indulgentes com minhas tangentes históricas. Também devo agradecer à abundância de Erics em minha vida. Eric Lieu, que me deixou emprestar seu nome, e Eric Lawson, pelo título do fim desta trilogia (desculpe, McKenzie, sei o que fiz).

Sou abençoada com uma família que me inspira e me eleva e, criticamente, me mantém alimentada. Momo, Dodo, Mocha, Puggy, Cookie, Poggle e Rat: eu amo vocês. Para Ba e Dadda, que me contavam histórias e me levavam às livrarias a qualquer hora do dia, obrigada. Para Lalani e Daddy Boon, gostaria que tivéssemos mais tempo para histórias, mas sua lembrança me guia. Para a querida urso Panda, que guardou o início desta trilogia, e para Teddy, que protegeu o fim.

Por último, mas não menos importante, para Aman. Obrigada por me tirar dos meus muitos penhascos. Sem você não há nenhuma jornada que valha a pena trilhar.

Primeira edição (agosto/2025)
Papel de miolo Luxcream 60g
Tipografias Alegreya e Aphasia
Gráfica LIS